흑원 上

흑월 · 上

1판 1쇄 찍음 2015년 10월 7일
1판 1쇄 펴냄 2015년 10월 14일

지은이 | 무연
펴낸이 | 고운숙
펴낸곳 | 봄 미디어

기획 · 편집 | 정수경, 박혜진

출판등록 | 2014년 08월 25일 (제387-2014-000040호)
주소 | 경기도 부천시 원미구 소향로17, 304(두성프라자) (우)420-864
영업부 | 070-5015-0818 편집부 | 070-5015-0817 팩스 | 032-712-2815
E-mail | bommedia@naver.com
소식창 | http://blog.naver.com/bommedia

값 9,000원

ISBN 979-11-5810-144-2 04810
979-11-5810-143-5 04810(세트)

※파본은 구입하신 서점에서 교환하여 드립니다.

장편 소설
무연

목차

序章

아슬아슬하게 날아오는 화살을 피한 사내가 땅을 굴렀다. 바닥을 구르면서 튄 흙이 온몸에 묻었지만, 그런 것을 신경 쓸 겨를은 없었다. 매섭게 날아온 화살이 스쳐 버린 팔에서 붉은 피가 길게 흘러내렸다.

"흡."

몸을 일으키려는 사내의 어깨를 순식간에 다른 화살이 스치고 지나갔다.

이래서는 사냥터의 사슴과 별반 다르지 않았다.

사냥터에서 기다리라는 명령을 들었을 때부터 느꼈던 불안은 현실이 되어 사내의 목숨을 위태롭게 하고 있었다. 어깨의 상처를 손으로 막은 사내가 거친 숨을 내쉬며 화살이 날아온 방향을 노려보았다.

그에게 활을 쏘고 있는 자는 황제, 그것도 피와 색에 미친 폭군으로 불리는 사내였다.

"후우."

무거운 숨을 내쉰 사내가 몸을 일으켰다. 동시에 팽팽한 시위를 당기고 있던 황제가 손을 놓았다. 날카로운 소리와 함께 황제의 화살이 다시 그를 향해 날아들었다.

입술을 질끈 깨문 사내가 간소한 차이로 황제의 화살을 피한 순간, 전혀 예상하지 못한 방향에서 날아온 화살이 그의 허벅지를 파고들었다.

"으윽!"

허벅지를 뚫은 화살에 사내가 한쪽 무릎을 땅에 꿇었다.

황제는 자신을 죽일 것이다.

독기에 찬 눈으로 황제를 노려보던 사내가 입에 고인 피를 거칠게 뱉어 냈다.

이대로 호락호락 죽어 줄 생각 따윈 없었다. 하물며 황제가 왜 자신에게 활을 겨누었는지 알고 있기에 더더욱 그가 원하는 대로 움직일 마음은 없었다.

처음부터 자신의 것이었다. 황제는 그의 것을 사내가 뺏은 것이라 생각하고 있었지만 실제로 사내의 것을 빼앗으려 했던 사람은 황제였다.

황제의 활에 다시 화살이 걸렸다. 시위가 팽팽해지고, 기다렸다는 듯 황제의 눈이 사내의 심장을 노려보았다.

'연기하.'

황제의 이름을 속으로 삭인 사내의 눈에 핏발이 섰다.

이번에야말로 황제는 사내의 심장을 노릴 것이다. 처음부터 죽이려 했던 사내, 사냥이라는 명목을 내세울 수 있는 이런 좋은 기회를 놓칠 리 없었다.

그때, 사내의 앞에 작은 그림자가 드리워졌다. 힘겹게 버티던 사내도, 사내에게 활을 겨누고 있던 황제도 갑작스럽게 나타난 인영의 모습에 눈이 커졌다.

"왜……."

믿을 수 없다는 목소리가 사내의 입에서 흘러나왔다.

사냥터의 짐승처럼 농락당할 때조차 볼 수 없었던 공포가, 자신을 막는 인영의 모습에 빠르게 그를 삼켰다.

"왜 여기에 있는 거야!"

"……."

"비켜! 그러다가 죽는다고!"

사내의 고함에도 앞의 인영은 움직이지 않았다.

입고 있는 남복만 아니라면 여인으로 보일 정도로 미모의 사내였다. 가는 체구나 여린 얼굴선, 온몸을 휘감은 부드러운 분위기가 위태로우면서도 눈을 뗄 수 없을 만큼 곱고 아름다운 이였다.

"지안아, 제발 비키란 말이다!"

처절한 사내의 외침에 지안이라 불린 이가 고개를 뒤로 돌렸다.

찰나의 순간이었지만 말 없는 감정이 치열하게 오고 갔다. 안 된다며 고개를 젓는 사내와 달리 지안의 모습은 평소와 별반 다르지 않았다.

가쁜 숨을 내쉬는 지안의 입가에 희미한 미소가 생겨났다.

다치기는 했지만 황제의 활에 죽지 않았다. 치밀려는 눈물을 지안이 힘껏 참아 냈다.

아직 안도할 때가 아니다.

"현원은 물러나라."

황제의 고함에도 지안은 한 걸음도 움직이지 않았다.

지안의 모습에 사내가 입술을 깨물었다. 이대로라면 자신뿐만 아니라 지안도 위험해질 것이다. 다친 다리를 붙잡은 사내가 몸을 일으켰다.

"여기 있으면 죽는다! 어서 비키란 말이다!"

온몸을 휘감는 두려움에 심장이 터질 듯 뛰었다. 미친 폭군의 화살을 맞는 것은 두렵지 않았다. 하지만 지안이 다치는 것은 원하지 않았다.

황제의 화살이 그를 꿰뚫는 모습을 생각하는 것만으로도 사내는 소름이 끼쳤다.

"지안아, 제발!"

"지켜야 할 것은 이제 없다고 생각했습니다."

지안에게 목숨은 살기 위한 수단일 뿐이었다. 왜 살아야 하는지에 대한 이유도, 살아야 한다는 욕심도 없었다.

"숨을 쉬고 힘겹게 살아남으니 지켜야 할 것이 생겨 버렸습니다."

"송지안!"

"그러니 지킬 생각입니다. 저기에 계신 황제께서는 이제 나에게서 어떤 것도 가져가지 못할 것입니다."

황제의 심기가 불편해지자 지안에게 물러나라는 목소리가

곳곳에서 울려 퍼졌다. 그들의 외침을 한 귀로 흘리며 지안이 황제의 화살을 고요히 바라보았다.

"비키거라."

서슬 퍼런 고함이 사냥터에 차갑게 울려 퍼졌다.

자신을 먼저 죽이지 않는 한, 이 사내를 죽일 수 없다.

사내의 앞을 막아선 지안이 조용히 눈을 감았다. 지안의 행동에 황제가 분노에 찬 고함을 내질렀다.

황제의 손이 팽팽한 시위를 놓자, 화살이 날카로운 파공음을 내며 지안을 향해 날아갔다.

第一章 · 황제

굳게 닫힌 문에서 들려오는 소리에 등을 돌린 지안이 눈을 감았다.

하지만 그의 노력과는 달리 문 너머로 들리는 여인의 교성과 사내의 숨소리는 점점 거칠어졌다. 교성 사이로 들려오는 살이 부딪치는 소리가 눈으로 보지 않아도 무슨 일이 일어나고 있는지 알 수 있었다.

"폐하. 하앗."

자지러지는 교성을 들으며 지안이 미간을 찌푸렸다.

"후우."

여인과는 다르게 황제의 목소리는 거의 들리지 않았다. 자리에 앉아 무릎을 모은 지안이 힘든 숨을 내쉬었다.

피와 색에 미친 황제, 사람들 사이에서 떠도는 소문이 아니라 실제로도 황제는 포악하고 잔인하였다. 조금이라도 거슬리거나 잘못된 행동을 저지르면 목이 잘리거나 심하게는 가문이 멸문되는 일도 비일비재하였다.

“폐하! 폐하!”

거의 매일 밤 일어나는 일이었지만 역시나 남의 정사를 듣는 일은 지안에게 고역이었다.

가장 웅대하고 거대한 황궁, 모든 부와 힘이 모여 있는 곳임에도 지안은 좀처럼 이곳에 마음을 둘 수 없었다.

톡톡.

누군가가 어깨를 두드리자 지안이 숙였던 고개를 들었다. 단정한 차림의 백발노인이 옅은 미소를 지으며 보고 있자 놀란 지안이 벌떡 자리에서 일어났다.

“내시감! 어찌……!”

지안의 말을 자르며 내시감이 그에게 다른 곳으로 가자고 손짓하였다. 침소에서 조금 떨어진 곳에 멈춘 그가 지안에게 낮게 말하였다.

“이제부터는 소인이 있을 테니 현원께서는 이만 퇴궁하시지요.”

“아직 폐하의 허락을 받지 못했습니다. 그리고 밤이 늦었습니다. 소인은 괜찮으니 내시감께서 쉬십시오. 밤바람이 찹니다.”

괜찮다고 고개를 젓는 지안을 보며 내시감이 부드러운 미소를 지었다.

하루가 멀다 하고 곱다 하면 가리지 않고 여색을 탐하는 황제였다. 여인도 모자라 남총까지 들일 생각으로 지안을 데려온 것이라 생각했기에 처음 내시감은 지안을 못마땅하게 바라보았다.

하지만 그의 생각과는 다르게 지안은 또래보다 눈치가 빠르고 행실도 올발랐다. 누구도 말릴 수 없는 황제의 폭주를 종종 막기까지 하였다.

조용하면서도 입바른 말을 하는 지안을 건방지다 생각하면서도 황제는 그만큼은 가까이하였다. 그가 곁에 머물고 난 후부터 미약하지만 황제가 변화를 보이니 지안을 안 좋게 보던 내시감의 시선도 변해 갔다.

"늙은 소인에게 밤잠이 있으면 또 얼마나 있겠습니까? 하지만 현원께서는 내일 새벽에 입궁하셔야 할 터이니 지금이라도 퇴궁하시지요."

"폐하께서 아시면 내시감께서 곤혹스러운 일을 겪으실 것입니다. 길어야 반시진이니……."

"이미 여희라는 궁인도 준비시켰습니다. 소인이 많은 것을 알지는 못하나 현원의 집이 도성에서 한 시진 정도 걸린다 들었습니다. 폐하께서는 두려운 분이시지만 저에게는 여지를 주시니 현원께서는 이만 돌아가십시오."

여희라는 이름에 지안의 입가에 희미한 미소가 감돌았다.

시비이지만 가족처럼 의지하며 함께 산 여인. 가문이 멸문된 후, 지안은 그녀를 누님처럼 여기며 지금까지 살아왔다. 여희 또한 지안을 귀하게 여겼기에 그를 따라 황궁까지 왔다.

시비인 여희는 본디 황궁에 있을 수 없었지만, 내시감의 도움을 통해 궁인의 신분으로 황궁의 잡일을 도맡아 하고 있었다.

내시감에게 지안이 깊게 고개를 숙였다.

"그럼 소인 먼저 물러나겠습니다."

"저기…… 현원."

내시감에게 고개를 숙인 지안의 뒤로 당혹스러운 표정의 내관이 다가왔다.

"폐하께서 찾으십니다."

황제가 찾는다는 말에 지안과 내시감의 얼굴이 딱딱하게 굳었다.

늦은 저녁이든, 해조차 뜨지 않은 새벽이든 상관없었다. 황제가 찾으면 지안은 곧바로 그에게 가야 했다.

지난번, 황제의 총애를 받는 그를 마음에 들지 않아 했던 내관들의 장난으로 궁 구석의 허름한 광에 갇혔었다. 하루를 갇혀 있던 지안을 다음 날 내시감이 푼 내관들이 찾아냈다. 별다른 상처가 있지는 않았지만 지안은 좀처럼 정신을 차리지 못했다.

그리고 실신한 그를 본 황제는 주모자인 내관들의 목을 자신의 손으로 직접 베었다.

"송 현원."

난감한 표정의 내시감에게 괜찮다는 미소를 보인 지안이 고개를 숙였다.

"후우."

사라지는 지안을 보며 내시감이 고개를 절레절레 저었다. 아무리 화려하고 고운 가희도 황제는 한 달을 가지 않았다.

흥미를 끌어도 결국 한순간일 뿐, 황제는 지루해하였고 더 자극적인 것을 찾아다녔다.

하지만 모두에게 적용되던 황제의 광기가 이상하게도 지안에게만큼은 예외였다.

각종 연회는 물론, 심지어 승상과 대면할 때조차 황제는 그를 곁에 두었다.

"좋은 징조인가? 일시적인 충동인가?"

하루가 멀다 하고 피바람이 불던 황궁이 잠잠해졌다. 지안의 존재 하나로 크게 황제가 변하는 것은 어렵겠지만 그래도 조금이나마 변하기를 바라였다.

하지만 어찌 될지는 알 수 없는 일, 한숨을 내쉰 내시감이 젊은 내관에게 몇 가지를 지시한 후 지안이 사라진 방향으로 걸음을 옮겼다.

❁ ❁ ❁

문이 열리고 지안의 눈에 보인 것은 나신으로 기절해 있는 여인과 무심한 눈으로 침의를 걸치는 황제의 모습이었다. 눈으로 마주하기 어려운 모습에 방으로 들어온 지안이 깊게 고개를 숙였다.

붉어진 얼굴로 시선을 회피하는 지안을 보며 황제가 피식 실소를 흘렸다.

"보기 불편하느냐?"

"아니옵니다. 다만 폐하께서 품은 여인이신데 어찌 소인이 얼굴을 들고 볼 수가…….”

“밖의 내관은 들라.”

문이 열리며 내관 둘이 조용한 걸음으로 들어왔다. 황제가 심드렁한 눈으로 기절해 있는 여인을 바라보았다.

“끌어내라.”

마음에 안 드는 물건을 치우는 어조로 황제가 내관에게 명령하였다. 그 명령을 들은 지안의 눈 끝이 작게 떨렸다. 하지만 하루 이틀 받은 명령이 아닌 듯 기절한 여인을 끌고 나가는 내관들의 표정은 그대로였다.

여인이 나간 후 굳게 문이 닫히자, 황제가 편안히 자리에 앉았다. 서안에 턱을 기댄 그가 몸을 숙이고 있는 지안을 물끄러미 바라보았다.

당혹스러워하는 지안을 보면 기분이 한결 나아졌다. 단순한 심술이었지만, 지안의 저런 반응을 보기 위해 황제는 일부러 이런 상황에 그를 불렀다.

“늦었구나.”

“잠시 자리를 비웠었습니다. 송구하옵니다. 폐하.”

황궁에 머문 지 반년이 지났어도 지안은 달라지지 않았다. 넘치는 제물에 황제의 관심까지 한 몸에 받아도 처음 황궁에 들어왔을 때와 똑같았다.

그래서 마음에 들었다.

그렇기에 저 변하지 않는 모습을 더럽히고 싶었다.

“네가 계집이었다면 저 자리에 누워 있는 사람은 너였을 것이다.”

목소리에서 느껴지는 열기에 지안은 조용히 입술을 깨물었다. 자신을 어떤 눈으로 보고 있을지 알기에 더욱 깊게 얼굴을 숙였다.

다른 이가 저런 말을 했다면 농담하지 말라며 웃어넘겼을 것이다. 하지만 상대는 황제, 절제라는 단어와 전혀 상관이 없는 저 사내는 진심으로 원하면 지안을 침상에 눕힐 사람이었다.

"소인은 사내입니다, 폐하."

"여인보다도 더 곱게 생긴 사내지."

기척조차 느끼지 못했건만, 어느새 황제는 그의 앞에 와 있었다. 우악스럽게 잡힌 멱살에 지안이 속수무책으로 끌려갔다. 마음속 깊게 울분과 분노를 가지고 있어도 황제 앞에서는 결코 티를 낼 수 없었다.

평생을 단련하고 여느 사내 못지않은 실력을 갖췄지만 황제와는 비교 자체가 어려웠다.

목에 닿는 황제의 입술에 지안이 눈을 감았다.

"폐하!"

"얌전히 있어라."

몸을 뒤로 빼려는 지안의 어깨를 황제의 큰 손이 붙잡았다. 지안의 가는 목을 뜨거운 혀가 미끄러지듯 핥아 내렸다. 코끝에 스미는 지안의 체향을 자신의 몸에 담듯 황제가 깊은 숨을 들이마셨다.

사내들에게서 느껴 보지 못했던 욕구가 이상하게도 지안과 있으면 제멋대로 꿈틀거렸다.

이 아이를 안으면 자신을 괴롭히는 갈증이 조금은 가라앉지 않을까?

어깨를 움켜잡고 있던 손이 떠는 등을 달래듯 쓸어내렸다. 이를 세워 지안의 목덜미를 살짝 깨무니 소스라치게 놀란 그가 숨을 들이켰다.

"널 안아도 즐거울 것 같구나."

"폐하. 보는 눈이 많습니다. 놓아주십시오!"

지안의 비명에 목을 핥던 황제가 피식 실소를 터트렸다. 작은 어깨에 얼굴을 묻으며 황제는 대수롭지 않은 어조로 말했다.

"눈이 있어도 보았다고 말할 수 없고, 귀가 있다고 들었다고 할 수 없는 것들이 저기에 있는 내관이라는 것들이다."

"제가 원하지 않습니다."

"뭐?"

품에 안겨 있는 지안은 떨고 있었다. 하지만 그를 바라보는 눈만큼은 전혀 떨림이 없었다.

저 눈을 볼 때마다 심장이 떨렸다.

미친 황제라며 모두 눈을 피하거나 몸을 숙일 때, 지안의 저 눈만큼은 어떠한 가식도 없이 그만을 바라보았다.

"겨우 네 주제에 짐을 거부할 수 있다고 생각하는 것이냐?"

"폐하. 저는……."

"아니면 너 또한 내가 서자 출신의 황제이니 만만하게 여겨도 된다고 생각하는 것이냐?"

서자 출신이라는 말에 지안이 숨을 삼켰다.

어린 황태자를 죽이고 권좌에 오른 황제.

그 때문인지 황제는 서자 출신이라는 것에 심한 열등감을 가지고 있었다.

저 부분을 잘못 건드리면 목이 떨어지는 것으로 끝나지 않는다. 그만큼 황제에게 출생은 치명적인 약점이자 역린이었다.

"제 주제에 어찌 감히 폐하를 그리 볼 수 있단 말입니까. 그리고 폐하께서는 하늘 아래 유일한 원하국의 지존이십니다. 그걸 누가 부정한단 말입니까."

숨을 내쉬면 황제의 뺨에 닿을 정도로 가까운 거리. 약한 내관이나 여린 궁녀였다면 황제와 눈을 마주치는 것만으로도 정신을 놓았을 것이다.

하지만 지안은 그런 방법조차 쓸 수 없었다. 여기서 실수하면 죽는 것은 자신뿐만이 아니었으니.

"하하하하."

날카롭게 노려보던 황제가 발작하듯 웃음을 터트렸다. 황제가 자리에서 일어나자 그제야 지안이 떠는 숨을 내쉬었다.

건방지고 겁이 없어도 결정적인 순간에 지안은 자신을 굽힐 줄 알았다.

황궁 아래 그의 비위를 이렇게까지 잘 맞추는 이가 있을까? 입안의 혀처럼 굴어대니 반년이 지났어도 놔줄 수 없었다.

웃음을 거둔 황제가 몸을 숙인 지안에게 나지막이 말하였다.

"잊지 마라. 넌 내 것이니라."

내 것이라는 말이 족쇄처럼 지안의 목을 움켜쥐었다.

벗어날 수도, 그렇다고 황제의 편에서 맞춰 갈 수도 없었다. 지금은 총애 아닌 총애를 받고 있지만 기복이 제멋대로인 황제가 언제 돌변할지는 아무도 모르는 일이었다.

하루하루가 가시밭길이어도 지안이 할 수 있는 일은 없었다.

툭.

머리맡에서 들려오는 소리에 지안의 고개가 조금 올라갔다. 서책 몇 권과 끈이 풀린 장계가 지안의 머리맡에 굴러다니고 있었다.

자리에 누운 황제가 짧게 말했다.

"읽어라."

지안이 몸을 일으켜 천천히 서책을 펼쳤다.

특유의 낭랑한 목소리가 흘러나오자 황제가 편안히 눈을 감았다.

무슨 내용의 서책인지, 또 무엇을 써 놓은 장계인지 그는 전혀 궁금하지 않았다.

그저 책을 읽어 내리는 지안의 목소리가 좋았다. 그의 목소리에 귀를 기울이다 보면 어느새 마음이 편해지고 깊은 잠이 들 수 있었다.

방에 조용히 울려 퍼지는 지안의 목소리를 들으며 황제가 고른 숨을 흘렸다.

❀ ❀ ❀

황제가 침수에 들자 빠져나온 지안은 힘겨운 걸음을 터덜터덜 옮겼다.

깊은 밤이 되어서야 궁을 나올 수 있었다. 언제나 있는 일이었지만 오늘은 유난히 힘들었다.

"도련님."

무거운 걸음을 옮기는 지안의 귀에 익숙한 소리가 들렸다. 그가 멈추자 소리가 났던 방향에서 여인이 종종걸음으로 다가왔다.

"여희! 내시감께서 먼저 가라고 하셨다는데 왜 여기에 있는 거예요?"

창백해 보일 정도로 하얀 피부인 지안과 달리 가무스름한 피부에 수수한 외모를 가진 여인이었다. 스쳐 지나가도 기억에 남지 않을 평범한 인상이었지만 눈에 띄는 것은 목의 절반을 덮고 있는 흉측한 흉터였다.

굳어 있던 지안의 얼굴에 그제야 환한 미소가 생겼다.

황제를 따라 황궁에 올 수밖에 없었던 이유, 황궁에 따라갈 수 없으니 명을 거두어 달라는 지안의 거절에 황제는 여희를 죽이려 하였다.

지안의 사정이야 황제에게는 지나가는 돌만큼이나 관심 없는 것이었다. 지안을 데려갈 수만 있다면 여희의 목숨 따위 아무것도 아니었다.

그런 상황에서 여희를 구할 수 있는 방법은 황제를 따르는 것뿐이었다.

"도련님을 두고 저 혼자 갈 수 있나요? 피곤해 보여요. 어서 가……."

이리저리 지안을 살피던 여희의 몸이 굳었다. 여희가 왜 그러는지 아는 지안이 슬며시 손으로 목을 가렸다. 황제가 깨문 목덜미가 빨갛게 부어 있었다.

자신의 몸보다도 지안을 더 아끼는 여희였다. 차오른 눈물이 금세 떨어질 것처럼 그렁그렁 댔다.

"별거 아니에요. 여희."

"……."

"여희. 진짜 아무것도 아니에요."

지안의 거듭된 말에 여희가 말없이 고개를 끄덕였다. 자신만 아니었다면 지안은 황제를 따라가지 않았을 것이다. 지안에게 황제는 새로운 세상을 열어 준 힘을 가진 자가 아니라 세상을 무너뜨린 원수였다. 시비를 가족처럼 여겨 주는 그가 고맙고 미안했다.

여희가 시무룩해지자 지안이 안절부절못하였다. 고개를 숙인 여희가 조용히 먼저 걸음을 옮기고, 그가 그 뒤를 따랐다. 불안한 눈으로 그녀를 보던 지안이 입고 있던 장옷을 벗어 여희에게 올려 주었다.

몸을 데우는 장옷을 본 것도 잠시, 지안을 향해 여희가 비명을 질렀다.

"도련님! 그러다가 감모 걸리세요. 어서 다시 입으세요!"

"도대체 얼마나 기다린 거예요? 옷이 너무 차갑잖아요. 괜찮으니까 잠시만이라도 입고 있어요. 침소에서 이리저리 뛰어다닌 터라 냄새는 나지만 옷은 따뜻해요."

황제에게 썼던 딱딱한 어조와는 또 다른 다정한 목소리가 여희를 다독였다.

당황한 여희가 벗으려 하자 눈치 좋은 지안이 그녀의 팔에 자신의 팔을 감았다.

지쳐 있던 지안의 얼굴에 편안한 미소가 돌자 뭐라 하려던 여희가 말을 삼켰다.

"밤이 늦기는 했지만 이렇게 걸어가는 것도 좋을 것 같아요."

"도련님께서는 내일 일찍 나오셔야 하잖아요."

"조금만 자면 되죠. 천천히 가요."

밤공기를 길게 마시는 지안을 보며 여희가 눈을 내렸다.

팔짱을 낀 지안의 손을 여희가 감쌌다.

"도련님."

"괜찮아요. 그러니까 걱정하지 마요."

여희의 마음을 읽은 것처럼 묻지도 않았는데 지안이 먼저 대답하였다. 지안의 대답에 여희가 알겠다며 고개를 끄덕였다.

주거니 받거니 소소한 대화를 하며 궁을 나오자 둘을 향해 병사가 다가왔다.

"현원 되십니까?"

병사의 물음에 여희와 팔짱을 뺀 지안이 고개를 끄덕였다.

"현원을 댁까지 모셔다드리라는 폐하의 명입니다. 마차가 준비되어 있으니 오르시지요."

황제의 명이라는 말에 지안이 얼굴이 창백해졌다.

분명 침수에 든 것을 확인하고 나온 걸음이었다. 그런데 언제 잠이 든 황제가 이런 명령을 내린 것인지 알 길이 없었다.

마차를 보는 지안의 눈이 딱딱하게 굳었다. 황제가 그에게 주는 호의는 은혜가 아니라 부담이었다. 심지어 왜 마차를 내어 주고 병사를 붙였는지 알고 있는 지안으로서는 더더욱 받아들이기 힘들었다.

마차를 타지 않겠다며 지안이 입을 열려는 순간, 병사가 먼저 고개를 숙였다.

"현원께서 타지 않으시면 저희 또한 돌아올 필요가 없다고 명하셨습니다."

황제에게 사람의 목숨은 원하는 것을 얻기 위한 수단일 뿐이었다.

그리고 그의 수단을 지안은 결국 받아들일 수밖에 없었다.

두려움에 떠는 여희의 손을 잡은 지안이 힘없이 말했다.

"여희. 마차에 타야겠어요."

지안의 말에 여희가 고개를 끄덕였다.

잠시 후, 두 사람이 오른 마차가 천천히 출발하기 시작하였다.

❋ ❋ ❋

"이번 거래도 대홍려 덕분에 무사히 이루어졌습니다. 정말로 감사드립니다."

"아닐세. 연국의 인삼은 폐하께서도 종종 즐기시니 태성 상단 덕분에 나 또한 폐하의 눈에 들 수 있게 되었네."

턱수염을 쓸어내리는 중년 남자에게 젊은 사내가 고개를 숙였다.

황제가 힘으로 권좌에 오른 후, 선제부터 교역을 해 오던 나라와 마찰이 생기기 시작했다.

자신에게 이득이 되지 않으면 상대를 내려다보는 황제의 무례한 태도에, 주변 나라들은 원하국을 제외한 채 은밀히 손을 잡고 있었다.

"폐하께서는 강인하시고 그에 걸맞은 패기도 가지고 계시지만 나라 간의 교역은 또 그런 것이 아니지 않은가! 특히나 연국의 왕은 폐하께 원한을 가지고 있는 인사인데 상단에서 어찌 설득했는지 신기할 정도네."

"원하국의 상황과 상단의 사정을 말씀드렸을 뿐입니다. 또한 태성과의 교역은 연국에 해가 될 일은 없지 않습니까?"

젊은이의 말에 대홍려가 고개를 끄덕였다.

"어찌 되었든 채훈 부단주의 힘이 컸네. 단주도 같이 보았으면 좋았을 것을……. 번번이 만나지 못하는 것이 안타깝군."

대홍려의 말에 채훈이 송구스럽다는 표정으로 고개를 숙였다.

원하국에서 원하는 물건이 있으면 태성으로 가라는 말이 있을 정도로 상단의 규모는 엄청났다.

황궁에 물건을 대는 것은 물론, 저 먼 남도까지 거래할 정도로 대륙 곳곳의 상권을 확보한 태성 상단은 현재 정치적으로나 경제적으로 고립된 원하국을 타국과 연결하는 데 막강한 영향력을 발휘하고 있었다.

"단주님께서 건강이 좋지 않으신 편이라…… 누가 될 수 없다며 만남을 저어하시는 것이니 대홍려께서도 너그러이 봐주시지요."

"내가 저어할 게 무엇이 있는가. 단주 덕분에 이 자리까지 올랐거늘. 단주께서는 신경 쓰지 말라고 전해 주게. 그나저나 내가 연국의 사자를 만나 교역이 열린 것으로 폐하께서는 알고 계시네만 정말로 그리돼도 괜찮은 것인가? 이번 일은 태성 상단의 공이 컸지 않은가?"

막혀 있던 연국과의 거래가 태성 상단의 중재로 물꼬를 트게 되었다. 생각 이상의 수확에 황제는 드물게 대홍려를 칭찬하였다.

하지만 이번에 혁혁한 공을 세운 태성 상단은 철저히 자신을 숨기고 모든 공을 대홍려에게 넘겼다.

"어차피 금전적인 이득만 얻으면 되는 장사치입니다. 그리고 이번 공으로 대홍려께서 더 좋은 자리에 오르신다면 또한 소인들에게도 좋은 것이 아니겠습니까?"

"당연하지 않은가. 내 이번에 받은 도움은 절대로 잊지 않을 것이네."

대홍려의 큰 소리에 채훈이 고개를 숙였다. 극진한 인사와는 달리 고개를 숙인 채훈의 눈은 뒤에 길게 늘여 놓은 발로 향해 있었다.

"그나저나 대홍려께 긴히 여쭙고 싶은 것이 있습니다."

"얼마든지 물어보게. 내 아는 선에서 말해 주지."

오늘 대홍려를 부른 이유는 연국의 일에 대한 것도 있었지만, 다른 목적이 있었다.

발에서 시선을 뗀 채훈이 차분한 어조로 물었다.

"최근 폐하의 곁에 현원이라는 이가 머물고 있다는 소문을 들었습니다. 폐하의 총애를 얻으시는 분이라 들었는데 당최 어떤 분인지 알 수가 없어서 말이지요."

채훈의 조심스러운 태도에도 현원이란 말을 들은 대홍려의 얼굴은 딱딱하게 굳었다.

목이 타는지 식은 차를 들이켜자 서둘러 채훈이 잔에 차를 채웠다.

연거푸 차를 물처럼 들이켠 대홍려가 주변을 잠시 둘러보았다.

"반년 전에 어사중승이 사냥터에서 폐하를 시해하려 했던 일을 기억하는가?"

"어찌 잊을 수 있겠습니까? 그 일로 어사중승과 뜻을 같이 했던 이들의 목이 모두 떨어지지 않았습니까?"

고개를 끄덕인 대홍려가 숨을 고르듯 수염을 매만졌다.

"그때 폐하를 구한 것이 현원이라 하더군. 본디 그곳에 터전을 잡고 사는 사내였던 것 같은데 폐하를 구한 것은 물론이고 상처 치료까지 했다 들었네."

"폐하의 눈에 들기 위해 일부러 접근한 것일지도 모르지 않습니까?"

"그건 아닌 것 같네. 황궁에 억지로 데려왔다고 했거든."

대홍려의 말에 채훈이 미간을 좁혔다. 일부러 말을 돌리는 것이 아님에도 이해가 되지 않았다.

어두운 채훈의 표정에 대홍려가 웃음을 터트렸다.

"아하하. 그렇게 고민할 필요 없네. 다들 현원의 배경에 의아해했거든."

"외람된 질문이옵니다만 조금만 자세히 이야기해 주실 수 있으십니까?"

"자네도 현원을 만나 보면 알게 되겠지만, 입이 무겁고 조용한 성격이라네. 쓸데없는 말을 하지 않으니 폐하의 마음에 찼겠지. 다만 폐하와는 달리 현원은 황궁에 오지 않고 싶어 했다더군."

"조금은 의외군요. 폐하의 곁이라면 권력이 보장되는 자리인데 그걸 마다하는 사람이 있단 말입니까?"

"그러게 말이야. 어쨌든 현원이 따르지 않자 폐하께서 같이 사는 시비의 목을 거두려 하셨나 보더군. 가족 같은 시비라며 자비를 구했지만, 그런 상황을 이해해 주실 폐하는 아니지 않은가."

대홍려의 말에 채훈이 고개를 끄덕였다. 황제에게 자비와 배려는 없는 것이나 다름이 없었다. 황제가 현원을 데려올 생각이었다면, 황제는 현원의 사지를 다치게 해서라도 끌고 왔을 것이었다.

냉정하고 잔인한 황제, 그에게 다른 사람의 목숨은 뜻을 이루는 수단일 뿐이었다.

"억지로 끌려왔으면서도 제법 버티고 있군요."

"버티는 정도가 아니지. 생긴 것은 여인보다도 곱게 생겼는데 하는 행동이나 말투는 뭇 사내들보다도 매섭고 단호하다네. 감히 폐하께 그 정도로 직언을 올릴 수 있는 사람이 있을 것이라고는 생각도 못 했네."

"직언이라니. 폐하께 누가 그리할 수 있단 말입니까?"

대홍려의 말에 믿기지 않는다는 표정으로 채훈은 고개를 갸웃했다.

심기를 거슬렀다는 이유만으로 황제는 내관은 물론 대신들의 목도 서슴없이 베었다. 연이어 들려오는 황제의 폭정에 백성은 물론 대신들 사이에서도 공포에 질린 불평이 끊임없이 나오는 중이었다.

그런 황제에게 직언을 할 수 있는 사람이라니, 그러고도 살아남았다는 사실이 믿기지 않았다.

"무슨 연유에서인지 현원의 직언에 폐하께서는 어떠한 제재도 하지 않으시네. 물론 폐하의 진노를 산 일은 꽤 있었다고 하지만 아직까지 살아남은 것은 물론 여전히 폐하를 최측근에서 모시고 있으니 대단하다면 대단한 사람이지."

"……."

"어느 가문의 출신인지는 알 수 없지만, 총애를 받고 있어도 사사로이 힘을 취하거나 권력을 휘두르지 않는다네. 어쩌면 그 청렴한 성격 때문에 폐하께서 총애하시는 것일지도 모르지. 덕분에 폐하의 곁에서 알랑대던 이 내관의 기세가 한풀

꿔였다는 이야기까지 돌고 있네."

"그 정도입니까?"

"만나는 것은 어렵지 않을 것이나 대화는 쉽지 않을지도 모르네. 나도 전에 보았지만 생각보다 말수가 없는 청년이었거든."

주거니 받거니 하며 대홍려와 채훈이 대화를 이어 갔다.

이야기를 끝낸 대홍려가 완전히 떠난 후, 방으로 돌아온 채훈은 길게 드리워져 있던 발을 걷었다.

그러자 다른 방이 모습을 드러냈다. 최소한의 가구만이 놓여 있는 방의 상석에 채훈보다도 젊은 사내가 담뱃대를 입에 문 채, 반쯤 누워 있었다.

선이 굵은 얼굴에 확실한 이목구비가 눈을 사로잡는 미남이었다. 뺨에서 목으로 이어지는 긴 흉터가 인상을 차갑고 날카롭게 보이도록 했지만, 그것조차 감수할 정도로 사내에게서는 시선을 끌게 하는 매혹이 느껴졌다.

"단주님. 대홍려가 떠났습니다."

옆으로 몸을 돌린 사내가 베개에 팔을 기댄 채, 손으로 턱을 받쳤다. 사내가 돌아눕자, 반쯤 풀린 상의 사이로 단단한 근육이 모습을 드러냈다.

다섯 걸음까지 다가온 채훈이 허리를 세운 채 무릎을 꿇고 앉았다. 무심한 듯 고요한 시선에 담겨 있는 강한 힘이 고개를 숙인 채훈을 서서히 압박하였다.

"생각보다 쉽게 물러났습니다. 기세만으로는 단주님을 봐야만 떠날 것이라 예상했었습니다만."

"대홍려는 눈치가 좋은 편이지. 오늘은 아니라는 걸 느꼈을 것이다. 고집을 부리기에 대홍려는 욕심도 많거든."

낮지만 또렷한 목소리에서 반항할 수 없는 힘이 느껴졌다. 몸이 좋지 않다는 채훈의 설명과 달리 태성 상단의 단주는 상대를 휘어잡는 힘과 능력을 갖추고 있는 이였다.

"기하. 그놈이 아끼는 사내라…… 그런 주제에 현원이라는 이름을 붙였단 말이지?"

"대홍려는 아니라지만 연기하의 남총이 아니겠습니까? 색이라면 물불을 가리지 않는 사내이니 다른 사내를 안는다 한들 이상한 일도 아닙니다."

원하국 황제의 이름을 단주나 채훈이나 대수롭지 않게 내뱉고 있었다. 다른 이가 봤다면 불경이고 불충이라 했을 터, 하지만 둘은 눈썹 하나 꿈틀대지 않았다.

물고 있던 담뱃대를 떼자 하얀 연기가 단주의 입에서 천천히 흘러나왔다. 권좌의 자리에 앉아 있을 황제를 생각하자 등의 상처가 욱신댔다.

"당분간 대홍려는 네가 상대해라. 광록대부는?"

"연기하의 감시가 심했지만 사도의 힘을 빌려 목숨을 구했습니다. 현재 서쪽 분가에서 단주의 명을 기다리고 있습니다. 물론 연기하에게는 광록대부가 자진하였다는 보고가 올라갔습니다."

채운의 보고를 들으며 단주가 다시 담뱃대를 입에 물었다. 느긋하다 못해 나른해 보이는 행동이었지만 채훈은 그 자리에서 조용히 기다렸다.

단주는 생각을 겉으로 표현하는 이가 아니었다. 은밀하고 치밀하게 원하는 것을 얻어 내는 것이 단주의 능력이었다.

상단과 거래하는 귀족들은 좀처럼 모습을 보이지 않는 단주의 행동에 거만하다고 하거나, 실은 무능한 단주 대신 채훈이 상단을 이끄는 것이 아니냐는 말을 꺼내곤 하였다.

하지만 그들이 꺼내는 가설은 전부 틀렸다.

태성의 모든 일은 단주의 손에서 이루어졌다. 그리고 그가 귀족들을 만나지 않는 이유는 아직 때가 되지 않았기 때문이었다.

"채훈아."

"예. 단주."

"황궁의 현원이라는 자와 자리를 마련해라."

"네? 단주, 고작 미색만 갖춘 남총일지도 모르는 이를 만나신다니 부담이 큰 일이옵니다."

"고작 남총 따위가 반년이나 그놈의 곁을 지킬 리 없지. 기하가 믿는 사람은 세 명뿐이다. 승상 유남훈, 내시감, 이 내관. 그 사이에 들어갔다면 간과할 놈은 아니다."

단주의 말에 채훈이 짧게 탄성 하였다.

채훈과는 반대로 단주의 입가에는 비틀린 미소가 자리 잡았다.

곁에 두는 내관조차 믿지 못해 두 달에 한 번은 사람을 바꾸는 황제였다. 그런 황제가 현원이라는 웃기지도 않는 자리에 앉힌 걸 보면 무언가가 있긴 있었다.

현원이라는 이가 곁에 있고 난 후부터 제어 없이 날뛰던 황제가 종종 자신을 다잡는 일이 생겨났다.

'그렇게 놔둘 수 없지.'

자신의 욕망을 따라서, 기하는 더 망가지고 엉망이 되어야 했다.

오랜 시간 뼈를 깎는 고통으로 준비한 일이다. 그것을 고작 출신 성분도 모르는 어린 사내 하나로 망가지게 둘 생각은 없었다.

"정 안 되면 죽이는 수밖에."

연초의 연기 사이로 흘러나오는 목소리가 섬뜩하였다. 방을 채우는 연기가 열린 창문으로 천천히 빠져나가자 편하게 몸을 돌린 단주가 담뱃대를 다시 입에 물었다.

❋ ❋ ❋

조용히 앉아 있는 지안을 바라보던 황제가 경상에 놓여 있는 벼루를 던졌다. 황제의 손에서 날아간 벼루가 지안의 이마를 후려쳤다.

"폐하!"

이마에서 터진 피가 얼굴로 흘러내리자 놀란 내시감이 한 걸음 앞으로 나왔다. 힘을 실어 던진 것이 아니었기에 상처는 심하지 않았지만, 황제가 지안을 저렇게 대한 것은 반년 만에 처음 있는 일이었다.

"노여움을 거두어 주시옵소서. 폐하."

"내시감은 물러나라."

"폐하."

"물러나라 하였다."

나지막한 목소리에 깃들어져 있는 살기가 숨 막히도록 차가웠다. 심지어 무릎을 꿇고 앉아 있는 지안을 보는 황제의 눈은 내뿜고 있는 살기 못지않게 서늘한 빛을 띠고 있었다.

하지만 그러한 황제의 시선을 받는 지안은 동요하지 않았다. 잘못했다며 몸을 숙이지도, 억울하다며 목소리를 높이지도 않았다.

그저 평소처럼 그 자리 그대로 황제의 앞에 고개를 숙이고 있을 뿐이었다. 이마에서 흐르는 피가 한 방울씩 바닥으로 떨어졌다.

일촉즉발의 분위기, 숨소리조차 내기 힘든 정적이 계속되었다.

"현원은 다시 말하라."

차갑다 못해 섬뜩한 목소리로 황제가 지안에게 답을 요구하였다.

이마에 흘러내리는 피를 소매로 닦아 낸 지안이 당장에라도 나서려는 내시감을 바라보았다. 지안의 시선에 안 된다며 고개를 젓던 내시감은 거듭된 그의 말 없는 요구에 결국 제자리로 돌아갔다.

"사도께서는 폐하의 어심을 거스르는 말씀을 주로 하시지만, 상황 폐하 때부터 스스로의 자리에서 많은 덕망을 쌓아 올리신 분입니다. 그런 분을 내치시고 대홍려를 사도의 자리에 올리는 것은 옳지 않다고 사료되옵니다."

"짐의 생각을 구구절절 막는 늙은이인데도 말인가?"

"본디 대홍려는 외국의 빈객을 접대하고 귀순한 외이를 담당하는 관직이옵니다. 그런 그가 사사로이 타국과의 교역에 관여하는 것은 어울리지 않습니다. 또한 대홍려 혼자만의 힘으로 그런 큰일을 해냈다는 것을 곧이곧대로 받아들이기에는 어려운 일입니다. 연국과 교역의 문을 연 것은 그 공을 치하하는 것이 마땅하오나 현 사도를 내치고 그 자리를 대홍려에게 넘긴다는 것은 과하다 사료되옵니다."

막힘없이 나오는 지안의 말에 틀린 것이라고는 전혀 없었다. 하지만 그것을 알면서도 황제의 차가운 눈은 변하지 않았다.

오늘 조회에서 황제는 오랫동안 자신의 뜻과 거스르게 행동한 사도를 내치고 공을 올린 대홍려를 그 자리에 앉힐 생각이었다.

대신들의 반발이 만만치 않을 터였지만 어차피 자신의 뜻이었다. 거절한다면 그에 따른 대가를 치르게 하면 그만이었다.

그렇게 생각하던 중 자리를 지키고 있는 지안에게 자신의 심중을 꺼내 보였다.

반은 호기심으로 시작된 대화는 결국 피를 보는 상황으로까지 이어졌다.

"대홍려의 뒤에 누가 있다는 말인가?"

"대홍려의 주변을 살피신 후, 충분히 자질이 있다고 판단되시면 그때 그에 맞는 자리에 올리시는 것이 옳다고 사료되옵니다."

"그럼 현원은 짐이 지금 잘못된 판단을 하고 있다는 것인가?"

황제의 검이 뽑히는 소리가 서늘하게 들렸다. 그리고 지안의 목에 그 서늘한 감촉이 다가왔다. 고개를 숙이고 있던 지안이 얼굴을 들어 황제를 바라보았다.

"현원! 그 무슨 불경이오!"

이 내관이 지안의 행동을 날카롭게 나무라자, 옆에 있던 내시감이 곧바로 그를 지적했다. 그에 불만에 찬 이 내관이 입을 삐쭉대며 곁눈질로 지안을 노려보았다.

잡고 있는 검을 살짝 비틀자 지안의 목에서 가는 실핏줄이 흘러내렸다. 연이은 상처에 지안의 얼굴이 창백해졌지만 황제를 바라보는 시선은 그대로였다.

"짐이 현원에게 너무 많은 것을 허락했군. 제 주제도 모르고 세 치 혀를 그딴 식으로 나불대다니 말이야."

"소인이 할 수 있는 일은 폐하의 정무에 조금이나마 도움이 될 수 있도록 부족한 생각을 말씀드리는 것뿐입니다. 폐하의 어심을 흐트러트리고자 함이 아니었습니다."

지안의 대답에 황제의 입가에 비틀린 미소가 자리했다.

검은 내려놓은 황제가 한쪽 무릎을 꿇어 그와 눈을 마주하였다. 손으로 머리카락을 살짝 쓸자 벼루에 맞은 상처가 드러났다.

싫다는 그를 곁에 둔 지도 벌써 반년이었지만, 황궁의 누구보다도 지안은 가장 솔직하게 자신을 대하였다.

"너는 짐의 소유다."

지안이 자신의 뜻에 거스르는 말을 꺼낼 때마다 주체할 수 없이 화가 치밀었다. 하지만 시간이 흐를수록 질리기보다는 더 탐이 났다.

지안의 하얀 뺨을 황제가 부드럽게 어루만졌다. 사내임에도 손에 닿는 피부가 여인의 것처럼 곱고 부드러웠다. 사내라는 것조차 상관없다는 생각이 들 정도로 지안은 하루하루가 달라졌다.

이대로 안아 버릴까? 비릿한 혈향 속에서도 은은히 느껴지는 지안의 체향이 황제를 충동질하였다.

사내여도 상관없다. 지안이 자신을 어떤 생각으로 바라보는지도 관심 없다.

"폐……하."

황제의 손길에 당황한 지안이 몸을 빼려 하였다. 하지만 그의 반항은 허리를 붙잡는 황제에 의해 막혔다.

벼루에 맞을 때는 꿈쩍도 안 하던 지안이 고작 뺨을 어루만지는 손길에 당황하여 도망가려 하였다. 사내임에도 사내 같지 않은 놈. 황제의 욕망에 불이 붙었다.

지안을 품에 안은 황제가 그의 상처를 혀로 할짝댔다.

상처에서 느껴지는 고통보다도, 가감 없이 느껴지는 황제의 혀에 지안이 소리 없는 비명을 터트렸다. 상처를 핥아 내리던 혀가 가늘고 고운 얼굴로 조금씩 내려왔다.

"폐하!"

"가만히 있어."

밀어내려는 지안의 팔을 황제가 움켜쥐었다. 주체할 수 없이 치밀기 시작한 욕구가 황제를 집어삼켰다. 반항하는 지안을 바닥에 눕힌 황제가 정염에 찬 시선으로 그를 훑어 내렸다. 검에 베인 목에서 흘러내린 실핏줄에 황제의 눈이 날카로워졌다.

지안의 목 주변에 황제가 만들어 낸 상처가 하나씩 눈에 들어왔다. 지안에게 이렇게 할 수 있는 사람은 자신뿐이었다. 고개를 숙인 황제가 목에 난 상처를 천천히 혀로 핥았다.

"놓아주십시오! 폐하!"

"네가 원하는 것이라면 무엇이든지 주마."

"제가 지금 원하는 것은 폐하에게서 벗어나는 것입니다."

"뭐?"

지안의 말에 황제의 움직임이 멈추었다. 황제에게서 벗어난 지안이 깊게 몸을 숙였다.

황제에게 죽을지도 모른다는 공포와 온몸에 남아 있는 그의 흔적이 끔찍하기만 했다.

처음부터 복수하겠다는 생각 자체가 잘못된 것인지도 모른다. 곁에 있는 것만으로도 몸이 떨렸다. 불충이고 불경으로 죽임을 당해도 어쩔 수 없었다. 지금만큼은 이 구역질 나는 곳에서 벗어나고 싶었다.

"더는 폐하께서 계신 이곳에 피 냄새를 뿌릴 수 없사옵니다. 상처를 치료하고 오겠습니다."

몸을 일으킨 지안이 도망치듯 황궁을 벗어났다. 지안의 행동에 기다렸다는 듯 이 내관이 목소리를 높였다.

“저런 무례가 어디 있겠습니까! 폐하. 소인이 바로 현원을 끌고 오겠습…….”

“놔둬라.”

“폐, 폐하?”

몸을 일으킨 황제의 입가에 묘한 미소가 자리 잡았다.

들끓는 욕망이 몸 안에서 휘몰아쳤지만 그는 조용히 자신을 갈무리하였다.

어차피 황궁의 주인은 자신이었고, 지안은 자신의 것이었다.

“안아야겠다.”

황제의 선언에 이 내관은 물론 상황을 외면하고 있던 내시감 또한 놀라 고개를 들었다.

정작 모두의 시선을 받는 황제는 태연하다 못해 여유로웠다.

황제의 입에서 즐거운 웃음소리가 흘러나왔다.

❀ ❀ ❀

황제의 침소인 태건궁에서 나온 지안이 입을 틀어막았다. 이마의 상처는 느껴지지 않는 것과 달리 얼굴과 목에 남아 있는 황제의 감촉은 끔찍했다.

결국 몇 걸음 걷지 못하고 몸을 숙인 지안이 토악질을 하였다. 할 수만 있다면 황제의 촉감이 남아 있는 모든 부분을 없애 버리고 싶었다.

몇 번이고 토악질을 해도 속이 가라앉지 않았다. 몸을 일으킨 지안은 쇄골 아래를 주먹으로 두드렸다.

점점 황궁에서 버티는 것이 힘들어졌다. 황제가 보내는 시선이 무엇을 의미하는지 묻지 않아도 알고 있었다. 그런 그가 자신이 여인이라는 것을 알게 된다면, 그리고 송가의 살아남은 여식이라는 것을 알게 된다면…….

"현원."

멀지 않은 곳에서 들려오는 음성에 몸을 떨고 있던 지안이 고개를 돌렸다.

단정하게 차려입은 의관이 지안을 향해 고개를 숙였다. 황궁에 오래 있었던 것은 아니었지만 지안으로서는 처음 보는 의관이었다.

말로는 표현하기 어려운 기운에 지안은 눈을 좁혔다. 그녀가 아는 한, 황궁에서 저 정도의 기운을 가지고 있는 사람은 황제뿐이었다. 하지만 거부감이 드는 황제의 기운과는 달리 앞의 사내는 사람을 자연스럽게 이끄는 기운을 가지고 있었다.

"폐하께서 보내셨습니다. 자리를 옮기시지요."

부드러운 미소에 또렷한 외모를 가진 젊은 의관이었다. 둘을 발견한 궁녀에게서 연신 탄성이 들려왔지만 정작 의관을 보는 지안의 표정은 복잡했다. 잠시 동안 고민하던 지안은 말없이 그를 따라 걸음을 옮겼다.

조용한 곳으로 자리를 옮긴 지안이 권해 준 곳에 앉자, 옆으로 다가온 의관은 가져온 물품으로 이마의 상처를 치료하기 시작하였다.

능숙한 손길로 상처 치료는 물론, 얼굴에 묻은 피까지 깔끔하게 닦아 내는 의관을 보며 지안이 물었다.

"새로 들어왔는가?"

"이제 들어온 지 사흘 되었습니다. 소인의 능력이 미흡하여 현원께서 바로 아시는 듯하옵니다."

"그런 게 아니네. 다만 진짜 치료를 해 줄 거라고 생각하지 않았을 뿐이네."

지안의 말에 의관의 손이 잠시 멈추었다. 여전히 입가에는 밝은 미소가 지어져 있었지만, 시선은 전과 달랐다. 지안이 의관의 손을 붙잡았다.

"폐하께서는 단 한 번도 의관을 보내신 적이 없네. 그리고 그대의 손은 의관이라기보다는 검을 잡았던 사람에 더 가깝군."

의관의 얼굴에 깃들어져 있던 미소가 지안의 말에 딱딱하게 굳었다.

"의관이 아니라는 것을 아시면서 어찌 따라오신 것입니까?"

"그냥…… 그대를 따라오면 최소한 그곳에서는 나올 수 있을 것 같아서 그랬네."

지안의 말에 의관, 아니, 의관의 모습을 한 단주가 헛웃음을 터트렸다.

황제의 책사 노릇을 하고 있다는 현원은 고운 이목구비와는 달리 왜소하고 위태로워 보였다.

당장에라도 무너질 것 같은 불안한 모습, 자신이 너무 깊게 생각한 것은 아닐까?

어쩌면 채훈의 말대로 그저 황제가 가지고 노는 남총 중 하나였을지도 모른다는 생각이 들었다.

하지만 막상 대화를 시작하니 결과는 기대 이상이었다. 단주의 입가에 묘한 미소가 감돌았다.

"나를 죽이려고 온 것인가?"

"어찌 그렇게 생각하시는지요?"

"원하든 원하지 않든 온종일 황제의 곁에 있는 현원이란 존재를 좋게 볼 사람이 몇이나 있겠는가?"

"……."

"그렇다고 쉽게 죽어 줄 생각은 없네."

원하지 않는다는 지안의 말이 이상할 정도로 강하게 단주의 귀에 들어왔다.

뛰어난 머리로 황제의 곁에서 권력을 노리는 놈이라면 주저 없이 죽일 생각이었다. 그런데 생각과는 전혀 다른 지안의 모습이 자꾸 그의 호기심을 끌었다.

더군다나 앞에 앉아 있는 현원을 남총으로 부르기에는 무리가 있었다.

"연기하도 늙었군."

"뭐라 했는가?"

"아닙니다. 그저 현원을 뵙고 싶었을 뿐입니다. 좀처럼 황궁 밖에서 현원을 뵙기가 어려워서요."

집까지 데려다준다는 반지르르한 말로 황제는 지안에게 감시를 붙였다. 붙이는 호위 따위야 얼마든지 상대할 수 있었지만, 문제는 황제였다. 결국 감시자들과의 합의 아닌 합의로 그들은 집에서 스무 걸음 떨어진 곳에서 여희와 지안을 감시하고 있었다.

지안은 시간이 흐를수록 자신을 손아귀에서 좌지우지하려는 황제에게 넌덜머리가 났다.

"그래서 직접 얼굴을 본 성과는 있는가?"

앞에 있는 이가 여인이라는 것을 황제가 알았다면 이대로 황궁을 돌아다니게 두지 않았을 것이다.

왜 황제가 상처를 입히면서까지 자신의 곁에 두려고 하는지 알 것 같다. 다른 여인들과 현원은 다르다. 조용하면서도 흔들리지 않는 단단함이 보이는 여인이었다.

"소문과는 다르게 현원께서 폐하를 그렇게 좋아하지 않으신다는 것, 그리고 소문과는 다르게 현원께서는 신중하시고 날카로우시다는 것, 마지막으로 폐하께서는 현원의 본모습을 전혀 보시지 못했다는 성과를 얻었지요."

본모습이라는 말에 지안의 눈이 커졌다. 그것도 잠시, 몸을 날린 지안이 단주와의 거리를 벌렸다. 찰나라 할 순간에 공격할 거리를 만든 지안을 보며 단주는 순수하게 감탄하였다.

죽이기에는 아깝다. 그렇다고 이대로 황제의 곁에 두는 것도 마음에 들지 않았다.

예상외의 수확, 고개를 숙인 단주의 입가에 만족스러운 미소가 생겨났다.

"소인은 현원에게 어떤 위해도 가하지 않을 것입니다. 성과는 그냥 성과일 뿐, 황궁의 누구도, 특히 폐하께서는 아무것도 모르실 것입니다."

단주의 말에도 지안은 자세를 풀지 않았다. 오늘 처음 본 그의 말을 어찌 믿는단 말인가.

조용히 단주를 응시하던 지안이 낮은 목소리로 물었다.

"대홍려의 뒤에 있는 이가 자네인가?"

핵심을 파고드는 지안의 물음에 단주의 눈이 커졌다. 곧 표정을 원래대로 돌린 단주가 지안을 향해 몸을 숙였다.

"현원께서는 정말로 소인이 생각한 범주보다도 더 뛰어난 분이셨군요."

"……."

"제대로 인사드리겠습니다. 태성 상단의 제하라고 합니다."

이름을 이야기할 생각은 없었다. 그저 얼굴을 보고 쓸모없으면 죽이고, 패로 활용할 수 있으면 나대지 말라며 경고만 던질 생각이었다.

하지만 마음이 바뀌었다.

채훈이 알면 무모했다고 난리를 치겠지만 제하는 자신의 눈을 믿었다.

"현원께서 절실히 원하는 것이 생기셨을 때 상단으로 오시지요. 도움이 되어 드리겠습니다."

"그저 폐하의 곁을 지키는 자리일 뿐이다. 상단의 도움을 받을 일은 없다."

"사람의 인생이라는 것이 언제나 정해진 데로 가는 것은 아니지 않습니까?"

제하의 말을 곱씹던 지안이 자세를 풀었다.

"그럴 일은 없을 것이다."

더는 황궁에 있을 생각이 없다.

어려운 일이겠지만 떠날 것이다. 나라의 미련도, 과거의 복수도 다 부질없었다.

"그대의 말은 나 또한 못 들은 것으로 하겠다. 그리고…… 치료 고맙다."

지안의 말에 제하가 고개를 들었다. 시선과 시선이 만났다.

그는 왜 제 심장이 멋대로 뛰는지 알지 못했다. 처음 만나 대화를 한 것이 전부, 그런데도 떠나가는 지금의 순간이 안타깝게 느껴졌다.

등을 돌려 나가려는 지안을 향해 제하가 몸을 날렸다. 갑작스러운 상황에 제하의 첫 번째 공격은 막았지만 연타로 들어오는 급습은 속수무책으로 뚫렸다.

급소를 공격당한 지안이 제하의 품 안으로 쓰러졌다.

여인의 은은한 체향이 그의 후각을 간질였다. 이대로 품에 더 안고 싶었지만, 조금 전부터 그를 신경 쓰게 하던 눈이 이 상황을 지켜보고 있었다.

"오랜만이군."

제하의 말에 몸을 숙이고 있던 내시감이 고개를 숙였다.

창백한 얼굴로 몸을 떠는 노인을 보며 제하가 피식 실소를 터트렸다.

"내가 눈치가 좋은 것인가? 아니면 황제가 눈이 없는 것인가? 여인을 사내로 알고서 물건이나 던지는 꼬락서니라니, 기하 그놈도 예전 같지 않군."

"보는 눈이 많은 황궁입니다. 어찌 위험을 무릅쓰고 오신 것입니까?"

"사람이 많은 황궁이니 나 하나가 들어온다고 갑자기 달라지지는 않지."

지안에게 했던 말투와 내시감에게 건네는 말투는 분위기부터 사뭇 달랐다. 예의 바르고 정중했던 말투는 온데간데없이 사라진 채, 살기만이 가득 찬 말투에서 노인을 찍어 내리는 강압적인 힘이 느껴졌다.

"몸을 험히 다루지 마시옵소서."

"이미 망가진 몸이 또 얼마나 더 망가지겠는가?"

제하의 차가운 말에 내시감이 입술을 깨물었다.

내시감을 보던 제하가 안고 있는 지안을 침상에 눕혔다. 손을 들어 하얀 얼굴을 어루만지니 미끄러지듯 고운 피부의 감촉이 느껴졌다.

지금의 감정이 무엇인지는 알 수 없으나 헤어지는 순간만큼은 아쉽게 다가왔다.

"네가 지켜라."

"……."

"기하에게 목숨을 잃거나 부서지도록 방치한다면 넌 그 대가를 치러야만 할 것이다. 구 년 전의 것까지 포함해서 말이지."

구 년이라는 단어에 내시감의 몸이 움찔댔다.

방을 나온 제하가 오랫동안 지안을 눈에 담았다.

어차피 다시 만날 것이다. 지안은 조만간 그에게 다시 오게 될 것이다.

문을 닫은 그는 마치 자신의 집을 돌아다니는 것처럼 황궁 밖을 나갔다.

❀ ❀ ❀

오후까지 무난했던 황제의 기분이 저녁이 되자 급격히 내려앉았다. 무슨 연유에서인지 격노한 황제는 저녁에 있을 연회까지 취소하고 태건궁에서 곧바로 침수에 들었다.

눈에 띈 궁녀를 품에 안자마자 기절하듯 잠든 황제가 연신 미간을 찡그렸다. 이마 가득 송골송골 맺힌 땀이 얼굴을 적셨지만 황제는 좀처럼 잠에서 깨어나지 못했다.

"기하 형님!"

아직 솜털이 보송보송한 황태자는 기하를 보며 환하게 웃고 있었다.

연하국의 차기 황제.

송가(家)의 든든한 지원을 받고 있던 황태자.

구 년 전 그날에도 황태자는 기하를 전혀 의심하지 않았다.

여섯 살 위의 자비롭고 현명한 형님. 황태자에게 기하는 그런 존재였을 것이리라.

그리고 기하는 그런 황태자에게 자신의 검을 꽂았다.

"네가 죽어야 내가 황제가 된다."

놀란 눈으로 바라보는 황태자를 몇 번이고 찌르고 베었다.

황태자가 움직이지 않을 때까지 검을 휘두르던 기하가 얼굴에 묻었던 피를 닦아 냈다.

연하국의 차기 후계자는 이제 자신뿐이다.

자신을 막을 자는 아무도 없었다.

"정말 그렇게 생각해?"

들려오는 목소리에 기하의 눈이 믿을 수 없다는 듯 아래로 향하였다. 확실히 죽였던 황태자가 기하를 보며 비틀린 미소를 짓고 있었다.

"왜? 죽인 줄 알았어?"

숨이 끊어진 것을 확인했었다.

놀란 기하의 목을 피투성이 손이 움켜잡았다.

"컥!"

황태자의 손을 기하가 붙잡았다. 하지만 한번 잡은 황태자의 손은 풀어지지 않았다.

하얗게 질린 기하가 황태자를 연신 밀어냈다.

"내가 죽은 줄 알았어?"

기하의 목을 움켜잡은 손에 힘을 주며 황태자가 비틀린 미소를 지었다. 죽어 가는 기하를 보며 조롱이 섞인 말로 속삭였다.

"곧 죽이러 갈게. 기다려."

"아악!"

자리에서 벌떡 일어난 황제가 거친 숨을 내쉬었다.

부들부들 떨리는 손으로 목을 어루만졌다. 꿈이었건만, 조금 전까지 목이 졸린 것처럼 통증이 밀려왔다. 가쁜 숨이 의지와는 상관없이 연거푸 입에서 흘러나왔다.

잊을 만하면 나타나는 황태자의 망령에 황제가 치를 떨었다.

"그놈은 죽었다."

자신이 직접 그를 난도질하였다. 다시는 살아나지 못하도록, 숨이 끊어진 것을 확인까지 하였다. 죽었으면 얌전히 있을 것이지 또다시 망령처럼 그에게 나타났다.

벌써 구 년이었다. 연하국의 황제는 이제 자신이다. 누구도 그걸 바꿀 수 없었다.

"폐하, 아직 어둡사옵니다. 좀 더 쉬시어요."

잠들기 전 품에 안았던 궁녀가 황제를 뒤에서 껴안았다. 목에 닿는 그녀의 팔에 황제의 감각이 곤두섰다.

고개를 돌리니 피투성이인 황태자가 자신을 보며 웃고 있었다.

"까아악!"

"이제 보니 휘령이 널 보낸 것이었구나."

"무, 무슨 소리를…… 컥! 폐, 폐하! 사, 살려 주시…… 컥."

궁녀의 손톱이 황제의 팔을 긁었지만 목을 조르는 손은 꿈쩍도 하지 않았다.

지금 황제의 눈에 보이는 것은 죽기 직전의 궁녀가 아니었다.

제대로 죽이지 못한 황태자의 환영.

이번 기회에 끊어지지 않은 질긴 악연을 없애 버리리라.

"폐, 폐…… 커억."

어떻게든 지금 상황을 벗어나기 위해 버둥대며 몸부림치던 창백한 궁녀의 눈이 하얗게 뒤집혔다.

궁녀의 목을 조르는 기하의 입에 비틀린 미소가 생겼다.

이 궁녀만 죽여 버린다면, 전부 끝낼 수 있다.

"죽어! 내 것이라면 얌전히 죽으란 말이다!"

그때, 거칠게 문이 열리고 지안이 다급히 안으로 들어왔다. 황제와 궁녀의 상황을 본 지안은 내시감의 만류에도 황제에게 달려갔다.

"폐하! 이러시면 안 됩니다!"

"비켜라!"

"폐하. 궁녀는 아무 잘못도 하지 않았습니다. 죽이시면 안 됩니다!"

필사적으로 저지했지만 황제에게는 아무것도 들리지 않는 듯했다. 황제의 악력을 이길 수 없었던 지안이 뒤를 돌아봤지만, 다들 황제의 진노가 무서워 앞으로 나서지 못하고 있었다.

궁녀의 상황이 심각해지자 결국 지안이 궁녀의 목을 움켜쥔 황제의 팔을 후려쳤다. 황제의 손에서 풀려난 궁녀가 목을 붙잡으며 거친 기침을 쏟아 냈다.

"어서 물러나라!"

"현원! 이게 무슨 짓이냐!"

"살고 싶으면 어서 나가란 말이다!"

황제의 팔을 붙잡은 지안이 궁녀를 향해 소리쳤다. 그 소리에 정신을 차린 궁녀가 몸도 제대로 가리지 못한 채, 비명을 지르며 침소 밖을 뛰쳐나갔다. 궁녀가 나간 것을 확인한 지안이 안도한 찰나, 그녀의 몸이 황제에 의해 침상에 처박혔다.

잘못했다며 말을 꺼내기도 전에 황제가 지안의 목을 움켜잡았다.

"커억!"

"너 또한 휘령이 보낸 첩자였던 것이냐?"

"폐⋯⋯ 폐."

아늑해지는 정신을 억지로 다잡으며 지안의 손이 황제를 움켜잡았다. 핏발 선 황제의 눈이 지안을 죽일 듯이 노려보고 있었다.

"휘령! 그놈이 옥새를 가지고 있을 것이야! 너는 알지? 그가 어디에 있는지 알지 않느냔 말이다."

"컥. 컥!"

"휘령은 어디에 있느냐? 옥쇄는 어디에 있느냔 말이다!"

황제의 목소리가 아늑하게 들려왔다.

이대로 죽고 싶지 않았다. 하지만 그녀의 힘으로 황제를 떼어 내는 것은 무리였다.

황제의 팔을 붙잡던 지안의 손이 힘없이 떨어졌다. 점점 정신이 나락으로 떨어져 갔다.

'여희…….'

찰나의 순간 지안의 입가에 힘없는 미소가 지어졌다. 지안이 죽는다면 여희는 많이 슬퍼할 것이다. 어쩌면 이렇게 끝날 일이었을지도 모른다.

마치 죽음을 기다리는 것처럼 반항을 멈춘 지안의 모습에 그제야 황제의 눈에 빛이 돌아왔다.

그녀가 늘어진 다음에나 황제가 목을 움켜잡았던 손을 뗐다.

거친 숨을 내쉬던 그는 쓰러진 지안을 노려보았다. 떠는 손으로 얼굴을 쓸어내리니 옅은 숨소리가 감촉으로 느껴졌다.

제정신으로 돌아온 황제가 정신을 잃은 지안의 목에 입술을 묻었다.

"후우."

자신을 놓았을 때 나서서 말릴 사람이 몇이나 있는가. 하지만 지안은 목숨을 걸고 황제를 말렸다. 기절한 지안을 품에 안자 날뛰던 공포가 천천히 사그라졌다.

가는 목에 입술을 묻으니 굳게 다문 입에서 작은 숨이 새어 나왔다.

"밖에 누구 있는가?"

주저 없이 나섰던 지안과는 다르게 황제에게 죽임을 당할까 숨어 있던 내관들이 그제야 모습을 드러냈다. 무능한 그들의 행동에 황제의 입가에 쓴 미소가 서렸다.

결국 저놈들은 자신이 위험해지면 주저 없이 그를 버릴 이들이었다.

하지만 지안은 다르다. 그의 마지막 순간까지 지안은 함께 있어 줄 것이다.

"현원을 옮겨라. 그리고 방금 전 나간 궁녀를 죽여라."

황제의 명령에 내관들이 일사불란하게 움직였다.

건장한 내관에게 업혀 나가는 지안을 황제가 바라보았다. 주체가 안 될 정도로 욕심이 치밀었다.

곁에 두는 것만으로 마음이 차질 않는다.

"이 내관을 들라 하여라."

❋ ❋ ❋

어두운 밤, 불이 꺼진 침소로 황제가 걸음을 옮겼다.

굳게 닫힌 문의 양쪽에 서 있던 내관이 황제를 보자 고개를 숙였다. 그리고 둘의 옆, 여희가 창백한 표정으로 자리를 지키고 있었다.

"전부 물러가라."

황제의 말에 여희가 고개를 들었다. 하지만 그녀의 행동은 옆에 있던 내관에 의해 저지되었다. 끝까지 버티는 여희를 내관들이 끌고 나가고, 황제가 방으로 들어갔다.

숙면을 유도하는 향의 연기가 황제의 코끝에 맴돌았다.

이불을 덮은 채 누워 있는 지안을 보던 황제가 자리에 앉았다.

하루가 지났건만, 지안은 깨어나지 않았다. 몸이 한계에 다다라서 그런 것이라는 소리를 들었지만 지안이 잠들어 있는 시간이 계속될수록 알 수 없는 초조함이 황제를 괴롭혔다.

"왜 깨어나질 않는 것이냐?"

낮지만 또렷한 지안의 목소리가 듣고 싶었다. 그를 탐탁지 않아 하면서도 곁에 머물며 하자는 대로 따르는 지안의 목에 얼굴을 묻고 체향을 마시고 싶었다.

잠시 동안 호기심에 곁에 두는 것이라 생각하고 있었다.

그런데 막상 지안이 없어지자 그 자신도 알지 못하는 불안과 공포가 황제를 집어삼켰다.

대수롭지 않은 감정이라 생각했건만, 아무리 여인을 안고 술을 마셔도 쉽사리 가라앉지 않았다. 황제의 머릿속을 가득 채우는 것은 생사를 알 수 없는 황태자의 협박과 그를 말리던 지안의 목소리뿐이었다.

지안의 목소리를 떠올리자 황제의 입가에 부드러운 미소가 감돌았다.

"네가 있는 곳을 오니 이제야 머리가 맑아지는구나."

황제의 목소리에도 깊게 잠든 지안은 움직이지 않았다. 멋대로 치밀던 감정이 거짓말처럼 사라졌다. 몸을 숙이니 단정히 잠이 든 지안에게서 고른 숨소리가 흘러나왔다.

그동안 안았던 수많은 여인들과는 비교할 수 없었다.

사내라는 사실을 알면서도 점점 몸의 열기가 제멋대로 황제를 흔들었다.

언제나 갈증만을 느끼고 살아오던 그에게 지안은 실로 오랜만에 욕구를 자극하는 존재였다.

"지안아."

작은 뺨을 황제의 큰 손이 부드럽게 어루만졌다. 마르고 갈라진 입술이었지만 여느 가희보다도 시선을 끌었다. 엄지 손가락으로 입술을 쓸자 지안의 입가에서 긴 숨이 흘러나왔다.

물끄러미 그 모습을 보던 황제가 고개를 숙였다.

입술과 입술이 닿았을 뿐이건만, 처음으로 느껴 보는 전율이 몸을 후려쳤다. 뜨거운 혀로 지안의 입술을 열고 혀를 휘감았다. 힘없는 지안의 입술을 침략하는 순간, 황제는 철저히 약탈자가 되었다.

조금만 닿겠다는 생각은 지안의 숨결을 빼앗는 순간, 완전히 잊어버렸다. 지안의 뒤통수를 잡은 황제가 제 마음껏 욕심을 채웠다.

정신이 아늑해질 때까지 호흡을 빼앗고 입안의 체액을 빨아들였다. 잠든 와중에 당한 침입에 지안이 발버둥을 쳤지만, 손목을 잡은 황제에 의해 움직임이 막혀 버렸다.

"후우."

지안의 얼굴이 창백해질 때까지 입술을 탐하던 황제가 그제야 간신히 입술을 떼었다. 입술에 남은 지안의 체액을 혀로 핥으며 탐욕 어린 시선으로 그를 바라보았다.

"안아 버릴까?"

하지만 자신의 물음에 황제는 쓰게 고개를 저었다.

이대로 안으면 지안은 죽어 버릴지도 모른다. 설령 죽지는 않더라도 본래의 의지와는 상관없이 안긴다면 지안은 그를 거부할지도 모른다.

지안이 필요하다.

누구도 잠재우지 못하는 자신의 광기를 달랠 사람은 지안뿐이었다.

지안이 곁에 있다면, 언제나 그 모습 그대로 자신을 바라봐 준다면…… 상상하는 것만으로도 황제의 심장이 떨렸다.

"하늘 아래 모든 것이 폐하의 것입니다. 어찌 주저하시는 것입니까?"

"이 내관."

"폐하의 자비에 모든 것을 얻은 현원입니다. 폐하께서 원하시면 무엇이든지 드려야 하는 것이 당연한 이치가 아니겠습니까?"

모두 물러나라 했거늘, 방 밖으로 보이는 이 내관의 그림자에 황제가 미간을 찌푸렸다. 하지만 밖에서 무릎을 꿇고 몸을 숙인 이 내관의 얼굴에는 옅은 미소가 감돌았다.

눈엣가시 같은 현원을 제거할 좋은 기회였다. 아무것도 없는 주제에 고결한 척하는 모습 따위 꼴 보기 싫었다. 현원의 성격상 황제의 남총으로는 절대로 살 수 없는 자였다.

현원을 죽이거나 철저히 부숴 버릴 수만 있다면…… 그에게 다시 한 번 황제의 총애가 돌아오게 될 것이다.

"하명만 하시옵소서. 지난밤 말씀드린 대로 움직이겠나이다."

"……."

"태의가 주는 약을 현원은 아무 의심도 없이 마실 것입니다. 몸은 점점 무거워질 것이고, 폐하의 품에 안기더라도 반항은 하지 못할 것입니다. 현원의 침소에서 안으시면 될 일입니다. 불조차 꺼진 침소에서 무슨 소리가 들린다 한들 내관들이 무엇을 알겠습니까. 그리고 대신들은…… 누가 감히 폐하의 결정에 입을 열 수 있단 말입니까?"

조곤조곤 이 내관의 달콤한 말에 황제의 입가에 비틀린 미소가 생겨났다.

사내여도 상관없다. 아니다. 사내인 것이 무슨 문제란 말인가.

황제인 그가 지안을 원하고 있었다. 이제 지안이 아니면 채울 수 없는 욕구였다.

"움직여라."

황제의 명에 이 내관의 입가에 미소가 감돌았다.

"명을 받들겠습니다. 폐하."

몸을 일으킨 이 내관이 즐거운 표정으로 밖을 나갔다.

그사이 복도 사이에서 몸을 숨기고 있던 내시감이 창백한 표정으로 지안과 황제가 있는 침소를 보고 있었다.

❋ ❋ ❋

사람들의 절규가 타오르는 집 곳곳에서 울려 퍼졌다.

병장기가 부딪치며 나는 날카로운 쇳소리가 비명 사이에 끊임없이 들려왔다.

"절대 나오면 안 된다. 무슨 일이 있어도 장 밖으로 나오면 안 돼!"

지안의 답도 듣지 않은 채, 그녀를 장에 숨긴 어머니는 문을 뚫고 튀어나온 창에 몸이 뚫리며 쓰러졌다. 장의 틈으로 보이는 붉은 피에 놀란 지안이 양손으로 입을 틀어막았다.

"죄인 송정기를 찾아라!"

"반드시 찾아야 한다!"

아홉 살이었던 지안이 나라의 일이나 가문의 상황에 대해서 알 리 없었다. 언제나 재미난 이야기를 해 주던 아버지와 자애로운 어머니, 그리고 송가의 장남인 오라버니와 차녀인 언니의 관심과 애정 속에서 하루하루를 행복하게 지냈을 뿐이었다.

여느 때와 똑같은 날이 흐를 것이라 생각했다.

하지만 황궁에서 쳐들어온 병사들이 가문을 쑥대밭으로 만들면서 지안의 세상은 하나씩 무너져 내렸다. 무슨 일인지도 알지 못한 채, 우격다짐으로 들어온 군대는 가문의 모든 사람들을 도륙하였다.

"유모. 어디 있어?"

바닥에 뿌려져 있는 어머니의 피가 무서웠다. 더군다나 차마 감지 못한 어머니의 눈은 붉게 충혈되어 있었다. 절대 장에서 나오지 말라고 했지만 곳곳에서 들어오는 매캐한 연기에 더는 이곳에 있을 수 없었다.

조심스러운 걸음으로 어머니의 시선과 피 웅덩이를 피해 나온 지안이 문을 열었다.

"아악!"

문을 연 지안이 마주한 것은 검에 난자당해 죽어 있는 유모였다. 차마 눈 뜨고 볼 수 없는 모습에 지안이 바닥에 주저앉았다. 그렁그렁 눈물이 눈에 가득 맺혀 있었지만 감당할 수 없는 모습에 울음조차 터지지 않았다.

비틀거리며 뒷걸음질 치던 지안은 작은 손에 축축한 것이 닿자 고개를 돌렸다.

손에 가득 묻은 어머니의 피, 결국 억누르고 있던 공포가 한꺼번에 터져 버렸다.

"아아악."

정신없이 비명을 지르던 지안이 결국 울음을 터트렸다. 예전엔 그녀가 조금이라도 눈물을 보이면 누구라도 다가와 달래 주었었다. 하지만 이런 참사에서 그녀를 달래 줄 사람은 없었다.

도리어 피의 비릿한 향과 옮아 붙은 불에서 나는 검은 연기만이 방을 채울 뿐이었다.

그런데도 지안은 울음을 그칠 수 없었다. 여기서 울음을 멈춰 버리면 그녀의 눈에 어머니와 유모의 시신이 다시 보일 것 같았다.

서럽게 울음을 터트리는 그녀의 앞을 긴 그림자가 가로막았다. 정신없이 울던 지안이 앞을 가린 인영을 향해 고개를 돌렸다.

무장한 사내가 지안을 보며 광기에 찬 미소를 지었다. 그의 검에서 툭툭 흘러내리는 피가 섬뜩하였다. 울음을 그친 지안은 벽에 몸을 붙였다. 하지만 지안이 뒤로 물러날수록 미소를 지은 병사는 더 가까이 다가왔다.

검을 위로 들어 올린 사내가 일말의 주저도 없이 그녀를 향해 검을 내리쳤다.

"까아악!"

날카로운 비명에 자고 있던 여희가 몸을 벌떡 일으켰다. 여인의 흐느끼는 목소리가 들리자 놀란 그녀는 지안에게로 달려갔다.

문을 여니 지안이 무언가를 밀어내듯 허공을 향해 팔을 허우적대고 있었다.

"도련님! 도련님!"

"오지 마!"

"꿈이에요. 도련님! 꿈이란 말이에요."

"아아악."

방을 가득 울리는 지안의 목소리가 평소와 완전히 달랐다. 품에 지안을 안은 여희가 그녀를 연신 흔들었다. 하지만 여희의 노력에도 지안은 좀처럼 잠에서 깨지 못했다.

발작을 일으킨 사람처럼 몸을 비트는 지안을 여희가 단단히 붙잡았다.

"꿈이에요. 아무 일도 없어요! 제발 일어나세요!"

"살려 주세요! 살려 주세요!"

"지안 아가씨! 제발! 아가씨!"

도련님이었던 단어가 아가씨로 바뀌었다. 사내의 낮은 목소리에서 여인의 비명으로 바뀐 지안이 부정하듯 고개를 저었다.

일주일에 한두 번씩 꾸는 악몽에 지안은 언제나 자신을 놓았다. 아무리 흔들고 소리쳐도 꿈을 꾸는 지안은 좀처럼 정신을 차리지 못했다.

거친 발작에 자리옷의 고름이 풀리고, 하얀 붕대로 몇 번 이고 단단히 여민 가슴이 모습을 드러냈다.

"저리 가! 아악!"

밀어내려는 지안의 움직임은 처절했지만, 여희 또한 이를 악물고 그녀를 붙잡았다. 지안의 손을 잡은 여희가 잇자국이 나도록 힘껏 물자 그제야 지안의 비명이 멈추고, 감겨 있던 눈이 떠졌다.

"아가씨. 괜찮아요."

"아……."

초점 없는 눈과 악몽에 질린 몸이 공포에 떨고 있었다.

딱딱하게 굳은 지안의 몸을 연신 쓸어내리며 여희가 속삭였다.

"꿈이에요. 안 좋은 꿈이에요."

어두운 눈에 가득 차오른 눈물이 소리 없이 얼굴을 타고 흘러내렸다.

"여희."

"곁에 있어요."

"황제가…… 아버지랑 어머니를 죽였어요."

"지난 일이에요. 꿈이에요."

"황제가 전부 죽였어요."

차라리 소리 내며 울어 버리면 나으련만 정신을 차린 지안은 속으로 참고 있었다.

하지만 마음과는 다르게 몸은 이미 만신창이, 지안을 안은 여희가 그녀의 어깨에 얼굴을 묻었다.

중서령이었던 송정기는 황제가 신임하는 신하이자 청렴결백으로 이름이 자자하던 대신이었다. 하물며 송가는 몇 번이나 황후를 세워, 명성과 힘을 가지고 있는 대가문 중의 하나였다.

삼공 중 하나가 될 수 있는 충분한 권력과 자질이 있음에도 송정기는 외척이 힘을 휘두를 것을 염려하여 중서령에 머물며 황제를 보필하였다.

어리지만 적통인 황태자와 권력을 가지고 있던 서자인 황자.

원리 원칙을 중요시하던 송정기는 둘 사이에서 황태자를 지지하였다.

치열한 정쟁의 결과, 무력으로 권좌에 앉은 황자는 황태자를 옹립했던 송가를 멸문시켰다.

이십 년을 넘게 황제를 섬기며 명맥을 유지해 오던 송가는 그날 이후 완전히 자취를 감추었다. 멸문된 가문에서 살아남은 사람은 지안뿐, 그녀 또한 여희가 병사를 죽이지 않았다면 죽은 목숨이었다.

“아가씨. 괜찮아요. 지난 일이에요.”

그녀의 다독임에도 지안의 떨림은 좀처럼 가라앉지 않았다.

그날 이후로 계속되는 악몽이었다. 어렸을 때처럼 매일 시달리지는 않았지만 한번 꿈에 빠지면 좀처럼 깨어나지 못했다. 잠에서 깨어나도 몸에 남아 있는 공포에 지안은 오랫동안 몸을 떨었다.

"작은 주인님께 목숨으로 약조했어요. 아가씨만큼은 지킬 거라고요."

마음을 두면 안 되는 상대라는 것은 알았다. 상대는 송가의 차기 가주. 송정기의 하나뿐인 아들이었다. 닿을 리 없다고 생각한 마음이 닿은 순간, 그는 여희를 대신해 죽었다.

지안을 구해 달라는 마지막 말이 구 년이 지난 지금도 생생했다.

그 사람의 유언 하나로 지금까지 버텨 왔지만, 여희에게도 지안은 누구와도 바꿀 수 없는 한 명뿐인 가족이었다.

"아가씨를 지키려고 사내로 만든 것이었는데."

"……."

"황제와 만나게 될 줄은 생각하지도 못했어요."

황제라는 단어에 지안의 몸이 움찔댔다.

입을 다문 여희가 그녀의 등을 천천히 토닥였다. 흥건히 젖은 땀에 창백한 얼굴이 보기에도 안쓰러웠다.

지안을 숨기기 위해 여희는 그녀를 사내로 만들었다. 스스로 목숨을 지킬 수 있도록 사람을 구해 무를 가르치고, 있는 돈을 전부 털어 그녀에게 문을 배우게 하였다.

영특한 지안이었기에 하나를 가르치면 열을 깨우쳤다. 이제는 괜찮다고 생각했다. 이 정도라면 지안은 제 목숨을 지키며 살아갈 수 있겠다는 믿음을 가지게 되었다.

"역시 그날 아가씨를 말렸어야 했어요."

하루가 다르게 지안의 미색은 빛을 더해 갔다. 황제는 지안을 사내로 알고 있었지만 그것조차 얼마 가지 않을 것이다.

"황궁에 오지 말았어야 했어요."

여희의 말을 들으며 지안은 눈을 감았다.

처음 황제를 만난 날, 지안은 복수를 떠올렸다.

죄 없는 가문을 멸문시킨 원흉, 자신을 구 년 동안 이 지옥 속에서 살게 한 원수.

그를 죽일 수만 있다면, 그리하여 가문의 원수를 갚을 수만 있다면 이 지옥에서 벗어날 수 있을 것이라 생각했다. 어쩔 수 없이 끌려왔지만, 언젠가는 황제에게 복수할 것이라 다짐했었다.

하지만 황제에게서는 작은 틈조차 보이지 않았다. 복수가 멀어질수록 지안을 채운 절망감은 공포로 바뀌었다.

이대로 복수는커녕 그에게 죽는 것이 아닐까. 그녀가 송가의 살아남은 여식이라는 것을 아는 순간 황제는 여희도, 지안도 죽일 것이다.

진정되었던 지안의 몸이 다시 떨리기 시작하였다. 지안의 반응에 여희가 다시 달랬지만, 그녀의 두려움은 오랫동안 사라지지 않았다.

❋ ❋ ❋

잠에서 깬 지안이 정신을 차리려는 듯 눈을 깜박거렸다. 연이은 꿈 때문인지 그녀의 눈에 초점이 돌아오기까지 오랜 시간이 흘렀다. 온몸에 느껴지는 고통에 지안의 입에서 무거운 숨이 흘러나왔다.

"여희."

"삼 일이나 못 깨어나셨어요! 정말 어떻게 되는 줄 알고…… 도련님이 어떻게 되는 줄 알고 놀랐단 말이에요!"

여희의 손을 붙잡은 지안이 걱정하지 말라는 듯 옅은 미소를 지었다. 그녀의 힘없는 미소에 여희가 입술을 깨물었다.

벼루에 맞은 상처가 이제야 겨우 아물어 가는 중이었다. 그랬더니 이번에는 자신을 막았다며 지안의 목을 졸랐다고 한다. 다행히 지안은 정신을 차렸지만, 무려 삼 일 만이었다.

지안의 목에는 황제가 조른 탓에 생긴 멍이 각인처럼 남아 있었다.

그녀가 깨어나지 않았던 시간 동안 여희는 하루에도 수천 번 천당과 지옥을 오가는 기분이었다. 지안과 눈을 맞추고 있던 여희가 그녀를 안았다.

"도련님. 떠나요."

"여희."

"이러다가 도련님이 죽어요. 그것만큼은 절대 볼 수 없어요. 여기서 이러다 죽느니 차라리 도망가요."

울음을 터트리는 여희를 다독이며 지안이 눈을 감았다.

하지만 곧 뇌리를 스치는 황제의 눈빛에 몸을 떨다 바짝 마른 입술을 있는 힘껏 깨물었다.

황제는 미쳤다. 여희의 말대로 계속 황궁에 있다가는 황제의 광기에 자신이 무너질 것이다.

"여희. 떠나요."

여희의 눈이 그녀를 보았다.

멍이 든 손으로 여희의 뺨을 쓸어내린 지안이 힘겨운 숨을 내쉬었다.

"떠나요."

그제야 긴장이 풀린 여희가 고개를 끄덕였다. 이번 일이 충격이었는지 지안은 여희가 원하는 대로 떠나자는 말을 하였다. 이제라도 마음을 바꾼 것이 정말로 다행이었다.

젖은 수건으로 지안의 얼굴을 닦아 준 여희가 몸을 일으켰다.

"새 물로 바꿔 올게요. 조금 더 쉬어요."

그녀의 말에 지안이 고개를 끄덕였다. 눈을 감은 지안의 몸에 이불을 덮어 준 여희가 조용히 방 밖으로 나왔다. 기척조차 내지 않고 조심히 걸어 나오던 여희의 눈에 초조해하는 내시감이 보였다.

"어찌……."

여희의 목소리에 내시감이 복잡한 눈으로 그녀를 보았다.

이게 잘하는 짓인지 알 수 없었다. 하지만 황제와 이 내관의 계획을 들은 이상 내시감이 할 수 있는 일은 이것이 전부였다.

"네가 지켜라."

시비 하나로 지안을 구할 거라 생각하지 않는다.

하지만 적어도 시간을 끌 수는 있을 것이다.

"할 말이 있네. 잠시 따라오게."

지안이 쏟아 낼 절규가 눈에 선하지만 그가 할 수 있는 최선이었다.

❋ ❋ ❋

연이어 일어난 일 때문인지 지안은 좀처럼 자리에서 일어나지 못했다.

다른 건 몰라도 체력은 자신 있었건만, 황궁에서 지어 주는 약을 먹으면 먹을수록 나아지기보다는 점점 더 늘어지는 기분이었다.

하지만 다른 사람도 아니고 황제의 태의가 지어 주는 약이었다. 약의 효능에 대해 뭐라 말을 덧붙일 수는 없었다.

침상에 앉은 지안의 눈이 어두워진 창밖을 바라보았다. 더없이 좋은 곳이고, 입고 있는 옷이나 덮고 있는 침요 모두 최고의 것뿐이었지만 이곳이 황궁이라는 생각 때문인지 마음이 놓이지 않았다.

"후우."

깊은 호흡을 내쉰 지안은 천천히 몸을 움직였다. 충분히 쉬고 있건만, 몸은 쓰러졌던 그날과 똑같았다. 손 하나 제대로 들어 올릴 힘조차 모이지 않고 있었다.

"도련님."

문이 열리고 죽을 가져온 여희가 지안의 옆에 앉았다. 여희에게서 죽을 받아 든 지안의 안색이 어두워졌다.

"나도 나지만 여희 안색이 좋지 않아요. 태의는 어렵지만 의관에게라도 진맥을 받아 보는 게 어때요?"

걱정하는 지안을 보며 여희가 괜찮다는 표정으로 고개를 저었다.

여희가 괜찮다고 하니 지안으로서도 더는 말을 꺼낼 수 없었다. 여희의 표정이 어두운 이유가 자신 때문이라 생각한 지안이 눈을 내렸다.

자신을 좀 챙겨도 되건만 여희에게는 언제나 지안이 최우선이었다.

지안보다 아홉 살 위였지만 그녀에게 여희는 마음을 여는 언니이자 어머니 같은 존재였다. 황궁을 들락거리게 된 이후로 번번이 그녀를 걱정시키는 것 같아 마음이 무거웠다.

그릇을 치운 지안이 굳은살이 박여 있는 거친 손을 말없이 붙잡아 그녀를 향해 부드러운 미소를 지어 보였다.

"오늘은 늦었고 내일은 꼭 돌아가요."

"도련님."

"쉽지는 않겠지만, 어차피 여희와 나뿐이잖아요. 황제의 감시를 피할 수 있을 거예요. 어디라도 상관없어요. 여희랑 같이 있으면 원하국이 아니어도 얼마든지 살 수 있을 거예요."

자신을 다독이는 지안을 보며 여희가 입술을 질끈 깨물었다.

떨리는 몸을 억지로 삼키고 애써 표정을 바꾼 여희가 같이 가져온 물을 지안에게 넘겼다.

"그나저나 오늘은 여희가 입고 있는 옷이 다르네요. 왠지 내가 입고 있는 옷이랑 비슷해요."

"그래요?"

"그런 게 아니라 정말로 똑같은 걸요. 방이 어두웠다면 비슷하게 보였을 것 같아요."

지안의 말에 여희의 몸이 움찔댔다. 하지만 너무나도 찰나였기에 지안은 눈치채지 못하였다. 재빨리 표정을 바꾼 그녀가 태연하게 지안에게 물을 권하였다.

"물부터 조금씩 마셔요."

여희가 주는 물을 받아 든 지안은 잔을 의심 없이 비웠다.

하지만 잠시 후, 몸을 휘청거리는 지안을 여희가 자신의 무릎에 눕혔다. 당혹스러운 표정으로 바라보는 지안을 거친 손으로 연신 어루만지고 또 어루만졌다.

지안의 말대로 여희는 그녀와 최대한 똑같이 꾸몄다. 심지어 가슴의 붕대조차 지안과 똑같이 동여맨 상태였다.

오늘 밤, 약에 기력이 쇠한 지안을 황제가 억지로 품에 안을 것이다.

이 내관을 제외한 모든 내관을 물리고 사람들의 눈을 피해 어두운 방에서 지안을 안을 것이니, 비명을 지르며 반항을 해도 아무 소용이 없을 것이다.

이것이 내시감에게서 들은 황제의 계획이었다.

내시감은 미안하다며 몇 번이고 몸을 숙였지만, 여희는 도리어 감사하다는 말을 하였다. 그가 알려 준 덕분에 지안을 지킬 수 있게 되었다.

지안이 잠들면 여희는 지안 대신 침상에 누울 것이다. 그리고 그사이, 지안은 황궁을 나가게 될 것이다. 얼마 가지 못해 황제에게 들키겠지만 최소한 지안이 목숨을 구할 시간은 벌게 될 것이다.

지안이 아니라 여희가 황제의 계획을 듣게 된 것은 다행이었다.

“태의가 아가씨의 약에 맥이 풀리는 약초를 섞었어요. 아가씨께서 황제에게 반항하지 못하게 만들기 위해서 말이죠.”

황궁 안에서 여희는 지안을 도련님이 아니라 아가씨라 부르고 있었다. 무거운 팔을 힘겹게 올린 지안이 여희의 옷소매를 붙잡았다.

소매를 잡은 지안의 손을 여희의 손이 감쌌다.

“저는 미친 황제의 손에 귀한 아가씨가 부서지는 모습을 볼 수 없어요. 오늘 황제가 지안을 안겠다면서 이곳으로 온대요. 아무리 상대가 황제여도 제가 있는 한 지안이 더러운 일을 당하게 두진 않을 거예요. 내가 지안 대신 황제의 품에 안길 거예요.”

“아…… 안…….”

“그사이에 지안은 황궁을 나갈 거예요.”

여희의 목소리가 평소와는 다르게 불길했다. 무슨 생각인지는 모르겠지만 당장 그만두라고 말하고 싶었다. 하지만 힘이 빠진 몸은 지안의 의사와는 상관없이 점점 아늑해졌다.

밖에서 지키고 있던 내관의 헛기침 소리가 들려왔다.

황제가 오고 있다는 신호, 여희가 지안의 귀에 나지막이 속삭였다.

“황제 따위 결국은 사람일 뿐이에요. 무서워하지 마요.”

"제…… 여……."

기운을 쥐어짜듯 희미한 목소리가 지안에게서 흘러나왔다. 약에 지지 않으려는 듯 입술을 깨문 지안이 여희를 보고 있었다.

고개를 젓는 지안의 이마에 여희가 짧게 입술을 맞추었다.

"혼자여도 꼭 살아남아요. 지안."

의지와는 다르게 감겨 오는 눈에 결국 지안은 자신을 놓았다.

지안의 눈가에 고여 있는 눈물을 닦아 내며 여희가 그녀를 자신의 눈에 담았다.

"같이 못 떠나서 미안해요."

"……."

"그래도 지안을 지킬 수 있어서 다행이에요."

지안을 눕힌 여희의 입가에 환한 미소가 생겨났다.

마지막까지 그녀를 자신이 지킬 수 있어서 행복했다. 지안은 여희 덕분에 살 수 있었다고 말했지만, 그건 그녀도 마찬가지였다.

그날 지안을 구해 내지 못했다면, 여희 또한 구 년 전에 자신의 삶을 버렸을 것이다.

지안 덕분에 버텨 낸 삶이니 그녀를 위해 버려도 상관없었다.

몇 번이고 지안의 얼굴을 쓸어 낸 여희가 자리에서 일어났다.

헝클어진 머리를 깔끔하게 정리하고 문을 열자 먼발치서

초조하게 기다리고 있던 내관들이 다가왔다.

"도련님을 잘 부탁드립니다."

방으로 들어온 내관들이 지안을 업고 부지런히 밖으로 나갔다.

지안이 완전히 사라질 때까지 그 모습을 지켜보던 여희가 문을 닫고 불을 껐다.

그녀가 누워 있었던 침상에 누우며 여희가 눈을 감았다.

❋ ❋ ❋

"현원! 안 되네!"

내시감의 저지에도 지안의 걸음은 멈추지 않았다.

비틀대는 걸음에 곧바로 쓰러져도 이상하지 않을 위태로운 모습이었다. 하지만 내시감이나 다른 내관의 제재에도 지안의 눈에는 아무것도 보이지 않았다.

"현원. 그렇게 할 수밖에 없었던 그 사람을 생각하게! 이러면 안 되네!"

"……."

"뭐하는 것이냐? 어서 현원을 막지 않고!"

이 복도를 꺾기만 하면 지안이 머물렀던 침소다.

간신히 병사들을 매수하여 황궁 밖으로 내보냈건만, 한 시진 후 지안은 스스로 황궁으로 돌아왔다. 핏발이 선 눈에 창백한 얼굴이 무너져 내릴 것처럼 위태로웠다.

내시감의 호통에 내관 몇이 지안에게 달려들었다. 앞으로

가던 걸음이 멈추자 그제야 지안의 눈이 자신을 막은 내관에게로 향했다.

눈이 마주친 순간, 팔을 잡고 있던 내관의 몸이 바닥에 곤두박질쳤다. 동시에 반대편 팔을 잡고 있던 내관이 배를 부여잡았다.

강하지만 짧은 타격음이 들릴 때마다 지안을 막던 내관들이 땅을 굴렀다.

모든 내관이 쓰러진 후, 그녀의 앞을 막은 내시감이 고개를 저었다.

"현원!"

"내시감이 가장 귀하게 여기시는 것은 무엇입니까? 그 자리입니까? 아니면 내시감의 명예입니까?"

지안의 물음에 내시감의 말문이 막혔다.

핏발이 선 눈에 붉은 것이 맺혔다. 건장한 내관들을 순식간에 제압했음에도 지안은 눈에 보일 정도로 몸을 떨고 있었다.

"여희를 이곳에 두고 저 혼자 황궁을 나갈 수는 없습니다."

지안이 고개를 숙인 내시감의 옆을 스쳐 갔다.

여희가 없는 삶은 생각할 수 없었다. 지금의 지안을 만든 것은 부모도, 가문도, 황제도 아니었다. 약에 쓰러지기 직전 그녀의 모습이 눈에 선했다.

그녀가 지안 대신 황제에게 간 것이라면…… 사람의 목숨 따위 가축만도 여기지 않는 황제의 분노가 여희에게 쏟아진다면…….

모퉁이를 돌아 침소 앞에 선 지안이 문을 열었다.

"아가씨. 괜찮아요."

귓가에 여희의 목소리가 들려왔다.

"현원인가?"

검붉은 침의를 입은 황제가 말도 없이 들어온 지안을 노려보았다. 기다렸다는 듯 황제의 옆에 앉아 있던 이 내관이 입을 열려 했으나 조용히 있으라는 황제의 손짓에 몸을 굽혔다.

"꿈이에요. 안 좋은 꿈이에요."

기괴하게 꺾인 목이, 늘어진 몸이 언제나 봐 왔던 그녀와는 사뭇 달랐다.

지안이 오면 언제나 환한 미소로 먼저 다가오던 여희였다. 하지만 지금만큼은 지안을 향해 눈을 치켜뜨고 있을 뿐, 미동조차 없었다.

"그날 황제를 만나지 않았다면 이런 일은 일어나지 않았어요. 예전으로 돌아가요. 돌아갈 수 있어요."

여희의 앞에서 지안이 무릎을 꿇고 주저앉았다. 황제에게 몸을 숙여야 한다는 것조차 잊은 지안의 손이 여희의 얼굴을 쓸어내렸다.

차갑다.

악몽에 힘들어하는 지안을 달래는 여희의 손길은 언제나 따뜻하고 부드러웠다. 아직도 그 감촉이 손에, 뺨에 남아 있었다.

"감히 궁인 주제에 부귀영화에 눈이 멀어 네 침소에서 짐을 유혹하려 하였다. 짐을 능멸하려 하다니 맹랑한 년! 넌 그런 몸으로 도대체 어디에 있었던 것이냐?"

황제의 태연한 목소리가 꿈처럼 아늑하게 들려왔다.

무릎걸음으로 여희에게 다가간 지안이 그녀를 품에 안았다.

"아……."

"혼자여도 꼭 살아남아요. 지안."

"짐의 목소리가 들리지 않는 것이냐?"

"아아악!"

여희의 목에 남아 있는 검붉은 멍을 본 지안의 입에서 절규가 터져 나왔다.

어떤 모습으로라도 상관없었다.

살아만 있으면 또 어떻게든 살아갈 자신이 있었다.

멍청한 자신 때문이다. 실력도 안 되는 주제에 복수를 하겠다며 멋대로 날뛴 탓이었다.

죽어야 하는 사람은 여희가 아니라 자신이었다. 그런데 왜 여희가 죽은 것인가!

"송 현원."

어느새 다가온 황제가 여희를 보는 지안의 턱을 잡아 매섭게 돌렸다.

지안의 반응에 짜증을 내려던 황제의 눈이 커졌다. 심상치 않은 상황에 지안을 말리려던 내시감조차 석상처럼 굳었다.

지안의 눈에서 흘러내린 붉은 피가 한 방울씩 바닥에 떨어졌다.

그 순간 황제의 심장이 내려앉았다.

무언가가 잘못되었다. 이런 지안의 모습은 단 한 번도 본 적이 없었다.

온몸을 감싸는 공포에 황제가 지안에게서 몇 걸음 물러났다.

"당장 놔라!"

"……."

"그 시비를 당장 놓으란 말이다!"

황제의 고함에 지안의 눈이 여희를 바라보았다.

지안의 눈에서 흘러내리는 핏방울이 여희의 뺨에 한 방울씩 떨어졌다.

허공을 헤매는 여희의 눈을 보던 지안이 그녀의 얼굴을 감쌌다. 여희만이 들을 수 있는 작은 소리로 속삭였다.

"미안해요."

"짐의 말을 거부하겠다는 것이냐! 당장 그것을 내려놓으란 말이다!"

"집으로 돌아가요. 이제 이런 곳에 있지 마요."

"뭐하는 것이냐! 당장 저것을 현원에게서 떼어 내지 않고!"

황제의 불호령에 내관들이 지안을 붙잡았다. 여희를 떼어 내려 하자 지안이 내관의 행동에 격렬히 저항하였다.

내관들이 속수무책으로 밀리자 결국 황제가 나섰다. 저항하는 팔을 잡은 황제가 지안의 목 뒤를 가격하였다.

쓰러진 지안을 받은 황제는 안고 있는 시신을 주저 없이 떼어 냈다.

지안이 보여 준 눈이 아직도 서늘했다.

그가 복종하고 따라야 할 사람은 바로 황제인 자신밖에 없다는 것을 톡톡히 알려 줄 생각이었다.

지안을 내관에게 넘기며 황제가 나지막이 말했다.

"송 현원을 남쪽의 금옥에 가둔다."

금옥이라는 말에 놀란 내시감이 황제를 바라보았다.

남쪽에 만들어 놓은 금옥은 식사는 물론 누워 있지도 못할 만큼 좁은 곳이었다. 심지어 지하에 있어 한 줄기의 빛도 들어오지 않았다.

"폐하, 현원이 잠시 판단이 흐려져 그런 것이니……."

"이 빌어먹을 곳이나 치워라."

내시감의 말을 자르며 황제가 침소 밖으로 나갔다.

바닥에 널브러져 있는 여희의 시신을 보며 내시감이 눈을 감았다.

❀ ❀ ❀

굳게 닫혀 있던 상단의 문이 열리고, 채훈이 제하와 함께 밖으로 나왔다.

대상단의 단주가 직접 움직이자 사람들이 몰려들었다. 그들의 시선에는 아랑곳하지 않고 채훈에게 짧게 지시한 제하가 마차에 올랐다.

마차가 사라질 때까지 자리를 지키던 채훈이 주변의 사람들을 훑고는 상단 안으로 들어갔다. 문이 굳게 닫히자 몰려든 사람들끼리 저마다의 말을 꺼내기 시작하였다.

"아까 그 사람이 단주인가?"

몰려 있던 사람 중 늦게 온 사내가 눈을 좁히며 물었다. 뒤늦게 나타난 사내의 물음에 다른 이가 한심한 눈으로 쳐다보았다.

"그럼 저런 마차를 탈 사람이 단주 말고 또 누가 있겠냐?"

"어디서 많이 본 모습인데……."

"뭘 안다고 어디서 봤다고 하는 건가? 실없기는."

"아니. 아니란 말일세."

말을 삼키던 사내가 턱을 손가락으로 연신 쓸어내며 고개를 갸웃거렸다. 한참을 곰곰이 생각하던 사내가 뇌리를 스치는 생각에 눈을 크게 떴다.

"저 단주, 죽은 황태자와 닮지 않았나?"

사내의 말에 몰려 있던 사람들 사이에서 실소가 터져 나왔다. 주변의 비웃음에 기분이 상한 사내가 화가 난 듯 버럭 고함을 질렀다.

"내 분명 황태자의 얼굴을 본 적이 있단 말일세! 생김새가 아주 비슷하네!"

"말이 되는 소리를 하게. 몇 년 전에 죽은 황태자와 똑같은 얼굴일 리가 없지 않은가!"

"분명 황태자란 말일세!"

자신의 말이 통하지 않자 사내가 발을 동동 굴렀다. 시간이 많이 흘렀지만 분명 예전에 얼핏 본 황태자는 저와 같은 얼굴을 하고 있었다. 하지만 아무리 얘기를 꺼내도 주변에서는 비웃을 뿐, 그의 말에 동조하지 않았다.

붉은 얼굴을 씩씩거리며 다시 입을 열려는 순간, 사내의 뒤에 서 있던 중년 여인이 대화에 끼어들었다.

"마냥 웃을 일도 아니요. 태성 상단의 단주가 황태자와 비슷하게 생겼다는 소문이 돈단 말이오. 황제가 무서워 말을 못 꺼낼 뿐이지. 황태자를 한번 봤던 사람들은 단주와 그렇게 비슷하게 생겼다는 말을 꺼낸다고 하였소."

여인이 말을 꺼내자 기다렸다는 듯 다른 사람들이 대화에 끼어들었다.

"최근 황태자를 봤다는 사람들이 제법 있던데, 그게 태성 상단의 단주를 말하는 건가 보오?"

"최근이 아니라 이야기가 나온 지 꽤 된 일이오. 황제가 무서워서 쉬쉬할 뿐이지."

제하가 황태자와 비슷하다는 말로 시작된 이야기는 어느새 그가 황태자일지도 모른다는 이야기로 이어졌다. 꼬리에 꼬리를 무는 이야기에 호기심을 느낀 사람들이 한가득 몰려들었다.

그리고 그 순간, 닫혔던 문이 다시 열리며 상단의 일꾼들이 사람들 사이에 끼어들었다.

"이상한 소리 해 댈 거면 당장 물러나시오!"

일꾼들의 훼방에 사람들이 투덜대며 각자 왔던 곳으로 흩어졌다. 몰려 있던 사람들이 완전히 사라질 때까지 자리를 지키던 일꾼들은 상단 안으로 들어갔다.

훼방을 놓던 일꾼들이 사라지자 흩어졌던 사람들이 다시 하나둘 몰려들었다.

❈ ❈ ❈

일주일 만에 금옥을 나온 지안을 맞이한 것은 매달려 있는 여희의 목이었다. 그만큼 시간이 지났어도 여희의 눈은 여전히 허공을 맴돌고 있었다.

끔찍한 모습에 궁인들은 고개를 숙이고 도망치듯 자리를 피했지만 지안은 그곳을 계속 지키고 있었다.

지안의 옆에 서 있던 내관이 고개를 숙인 채 말을 이었다.

"눈을 감기려 했습니다만 감기지 않았습니다. 시신은 폐하의 명에 따라 불에 태웠습니다. 현원. 이곳에 계속 있으시면 폐하의 노여움을 다시 사게 될 것입니다. 저 또한 내시감의 불호령을 받을 테고 말이지요. 제발 침소로 걸음을……."

내관의 초조한 목소리가 지안을 달랬지만, 지안의 귀에 들리는 것은 내관의 목소리가 아니었다. 더럽고 엉망인 모습이었으나 여희를 보는 지안의 눈에는 불길할 정도로 어두운 빛이 감돌고 있었다.

"혼자여도 꼭 살아남아요. 지안."

빛도 들어오지 않는 곳에서 지안이 버틸 수 있었던 것은 여희가 마지막으로 남긴 말 때문이었다. 그 생각 하나만으로 지안은 지옥 같은 순간을 어떻게든 버텨 냈다.

얼마나 억울했으면 일주일이 지났어도 눈조차 감지 못했을까?

머리가 매달려 있는 벽으로 다가간 지안이 거친 손으로 벽에 묻은 피를 조심스럽게 쓸어 냈다.

부귀영화에 눈이 멀어 제 주제의 신분을 망각하고 황제를 현혹시키려 한 죄인을 효수한다. 황궁의 모든 이들은 죄인의 머리를 보며 조심 또 조심하여 자신의 행동에 경계해야 할 것이다.

여희의 피가 묻어 있는 방문을 읽어 내리는 지안의 눈에 다시 핏줄이 붉게 맺혔다. 부모를 죽인 것도 모자라 황제는 지안에게 남아 있던 유일한 사람까지 죽였다.

그리고 황제를 현혹시키려 했다는 죄까지 뒤집어씌웠다.

억울하다. 어디에도 터트릴 수 없는 원통함이 분노로 바뀌었다.

죽을 각오로 황제에게 달려든다면, 모든 원흉인 그를 죽일 수만 있다면.

"돌아가요."

여희의 목소리가 들려왔다.

복수심에 정신을 놓으려 했던 지안이 입술을 깨물었다.

"집으로 돌아가요."

눈을 뜬 지안이 고개를 들어 여희를 바라보았다.

그녀가 원하는 것은 복수가 아니었다. 그저 지안이 살아남는 것, 그녀가 평생 원한 것은 그것뿐이었다. 그런 여희의 마지막 바람을 저버리는 일은 할 수 없었다.

"돌아가요. 여희. 내가 집에 데려가 줄게요."

"현원! 무슨 소리를 하시는 것입니까? 어서 침소로 가셔야 합니다!"

짧은 신음을 낸 내관이 바닥에 쓰러졌다.

"그렇게 있으면 네가 해를 입지는 않을 것이다."

쓰러진 내관을 미안한 눈으로 보던 지안이 여희를 묶은 줄을 풀었다.

천천히 아래로 내려온 여희의 머리를 지안이 조심스러운 손길로 안아 들었다. 그리곤 더러운 손을 옷에 닦아 여희의 뜬 눈을 손으로 덮었다.

일주일 내내 감기지 않던 눈이 지안의 손길에는 별다른 저항 없이 감기었다.

똑똑.

어두웠던 하늘에 한 방울씩 비가 내리기 시작했다. 내리는 비에 더러워진 여희의 얼굴을 닦은 지안은 입고 있던 옷을 벗었다.

"이제 이런 곳에 절대 오지 않을게요. 조금만 추워도 참아요."

천천히 내리던 비는 폭우가 되어 지안을 때렸지만, 그녀는 미동도 하지 않았다.

여희의 머리를 옷으로 감싼 지안이 황궁 밖으로 걸음을 옮겼다.

방해하는 사람은 누구라도 죽이리라. 그런 각오로 걸음을 옮겼지만, 황제의 명령인지 내시감의 배려인지 누구도 황궁 밖을 나가는 지안을 말리지 않았다.

한번 내리기 시작한 비는 좀처럼 멈추지 않았다.

황제에 대한 원한도, 과거에 대한 증오도 접었다.

여희가 원하는 대로 황궁에서 벗어나 조용히 살아갈 것이다.

한 치 앞도 내다보기 어려운 상황에서 지안은 집으로 걸음을 옮겼다.

❀ ❀ ❀

흐르는 비에 까만 재가 흘러내렸다.

여희의 머리를 안고 있던 지안은 결국 무릎을 꿇고 주저앉았다.

차가운 비는 느껴지지도 않았다. 믿을 수 없는 눈이 집을, 아니, 집이었던 터를 바라보고 있었다.

"너는 내 것이니라."

소유욕에 가득 찬 눈이 지안을 보며 언제나 같은 말을 되풀이하고 되풀이했었다.

하지만 그의 말에 지안은 어떠한 대답도 하지 않았다.

그녀는 황제의 것이 아니었다.

자신의 뜻을 거부한 지안에게 황제가 내린 판결은 처참했다.

낡고 허름한 곳이었지만 적어도 지안에게는 여희와 함께한 기억이 남은 집이었다.

모든 것을 잃은 지안이 갈 수 있는 마지막 장소를 황제는 태워 버렸다.

남은 것은 검은 재, 그리고 형체를 알 수 없이 녹아 버린 세간뿐이었다.

철저히 그녀를 복종시키기 위해 황제는 지안이 가지고 있던 전부를 부숴 버렸다.

"도대체 우리가 너에게 무슨 잘못을 그렇게 했다는 것이냐?"

지안의 입에서 서늘한 물음이 흘러나왔다.

죽은 여희가 마지막까지 지키려 했던 지안의 모습이 완전히 무너져 내렸다.

충혈된 눈에서 흐르는 피눈물이 흐르는 비에 흔적도 없이 사라졌다. 하지만 사라진 것은 흐르는 피눈물뿐, 억지로 봉합되어 있던 상처와 원한이 하나씩 지안을 집어삼키기 시작했다.

"네가 무슨 권리로 내 전부를 무너뜨리느냔 말이다!"

태연했던 황재의 모습이 지안의 머릿속을 가득 채웠다.

복수하지 말라는 여희의 말을 지안은 마음속 깊이 덮어 버렸다.

이제 그녀에게 남은 것은 하나도 없었다. 지켜야 할 사람도, 돌아갈 곳도.

"내 세상이 무너졌으니 당신의 세상도 무너져야지."

쉽게 죽이지 않을 것이다.

세상에서 가장 고통스럽게, 모두가 그에게 등을 돌려 누구도 남지 않았을 순간에, 생의 집착으로 버티는 그를 직접 죽일 것이다.

"황제!"

피를 토하는 절규가 폭우에 삼켜졌다.

"고통스러워하는 널 보며 침을 뱉을 것이다. 살려 달라는 애원을 들으며 널 조롱할 것이다! 전부를 잃은 너의 마지막 숨을 반드시 내가 끊을 것이다!"

지안의 입에서 황제를 향한 저주가 끊임없이 흘러나왔다.

아슬아슬하게 자신을 지켜 오던 지안은 어디에도 없었다.

피눈물을 흘리며 절규하는 지안에게서 예전의 모습은 전혀 보이지 않았다.

비가 그칠 때까지 지안의 입에서 황제를 향한 증오가 끊임없이 흘러나왔다.

第二章 · 거래

다섯 걸음 뒤에서 지안을 보는 제하의 미간이 찌푸려졌다.

'멍청한 노인네.'

분명히 부서지지 않도록 지키라고 했었다. 내시감이 제대로 해낼 것이라고는 기대하지 않았지만 결과는 제하가 생각한 것보다도 처참했다.

황제를 움직이기에 지안은 괜찮은 패였다. 더군다나 권력에 욕심이 없으면서도 똑똑한 여인이었으니 어떻게 활용하든 유용한 사람이었다.

하지만 재조차 남지 않은 터를 보는 지안은 이미 망가질 대로 망가져 있었다.

'다른 걸 찾아야 하나.'

제하에게는 주저할 시간 따위 없었다.

미쳐 있어도 여전히 막강한 권력을 휘두르는 황제였다. 황제가 그의 존재를 눈치채기 전에 제하가 먼저 황제의 목에 검을 들이대야 했다.

득과 실을 따질 때, 제하가 선택할 최선은 지안을 버리는 것이었다. 그걸 알면서도 제하는 주저앉아 있는 지안의 등을 물끄러미 바라보았다.

볼수록 마음에 들지 않았다. 생각 같아서는 주저앉아 있는 지안을 일으켜 세우고 정신 차리라며 날카롭게 쏘아붙여 버리고 싶었다.

하지만 그럴 수 없었다.

그녀에게서 그의 과거가 스쳐 갔다. 지금 누구보다 지안의 상황을 이해하는 사람은 바로 제하였다. 몸을 돌리는 대신 지안을 향해 제하가 걸음을 옮겼다.

제하가 움직이는 것과 동시에 지안을 감시하던 시선이 그에게로 향하였다. 불쾌한 감각에 제하의 눈이 차갑게 변하였다.

"모두 제거해라."

그의 말이 끝나자마자 뒤에 있던 이들의 모습이 순식간에 사라졌다. 동시에 지안을 따라온 감시자들의 기척 또한 빠른 속도로 사라지기 시작하였다.

황제가 보낸 감시자들이 완전히 사라진 후 제하가 지안에게 다가갔다.

"시신을 수습해야 하지 않나?"

제하가 있는 것을 알면서도 정면을 보던 눈이 그제야 움직였다.

황궁에서의 정중한 말투와는 거리가 먼 차가운 말에도 지안의 눈은 그대로였다.

혼이 빠져나간 것 같은 공허한 눈에 고여 있는 피가 거슬렸다.

황제에게 짓밟히고 무너진 사람이 한둘이었겠는가. 개중에는 지안처럼 패로 이용하려다가 부서지고 망가진 이들 또한 수두룩했다.

복수할 기회를 달라며 매달리는 그들을 버릴 때도 제하는 눈 하나 깜짝이지 않았다.

이번만큼은 왜 이러는지 모르겠다.

그녀의 모습이 거슬리면서도 다른 이들에게 했던 것처럼 버릴 수 없었다.

"망자를 보내는 것도 산 사람이 해야 하는 일이다."

"……."

"집을 불태울 때 망자의 몸도 같이 태웠다고 들었다."

허공을 맴돌던 지안의 눈에 그제야 옅은 빛이 돌아왔다.

겨우 눈빛이 조금 돌아온 것뿐이건만, 왜 이리 마음이 놓이는 것인지 알 수 없었다.

다행이라는 생각이 들면서도 한편으로는 지안의 저런 눈에 화가 치밀었다.

지안은 자신과 달랐다. 하지만 그녀의 모습에서 보이는 것은 저 자신이었다.

지안이 비틀거리며 몸을 일으키자 제하는 자신도 모르게 부축하기 위해 다가왔다.

"이 사람의 마무리는 제가 해야 합니다."

"……."

"배려에 감사드립니다."

황궁에서의 인사와 지금의 인사는 다가오는 느낌이 완전히 달랐다.

황궁에서의 지안에게는 최소한 인간적인 느낌이 있었다. 하지만 지금의 어조에서 느껴지는 감정은 지독히도 담담했다.

'황제를 향한 분노조차 없는가?'

그건 아니다. 감정조차 없었다면 눈가에 피눈물이 고여 있지도 않았을 것이다.

손으로 흙을 파는 지안의 눈에서 핏방울이 떨어지는 순간, 제하의 눈이 커졌다.

온몸을 관통하는 전율에 그가 자신도 모르게 주먹을 쥐었다.

피눈물을 쏟을 만큼 치미는 분노를 지안은 참아 내고 있었다. 당장에라도 황제를 죽이겠다며 달려들던 다른 이들과는 달리 그녀는 온몸으로 황제를 향한 분노를 견디고 있었다.

'데려가야겠다.'

그는 머릿속을 가득 채우던 복잡한 생각을 조용히 접었다.

이렇게까지 황제를 향한 증오를 가지고 있는 이라면 충분했다. 이 상황에서 그의 감정은 중요하지 않았다.

황제를 지옥으로 몰아넣을 수만 있다면, 모든 것을 잃고 미치는 모습을 볼 수만 있다면 그는 지안뿐만 아니라 누구와도 손을 잡을 수 있었다.

❋ ❋ ❋

"무능한 것들!"

황제의 일갈에 내관은 물론, 보고를 하던 이들까지 몸을 숙였다.

분노를 삭이지 못한 황제가 들고 있던 잔을 힘껏 던졌다. 그것만으로는 화가 가라앉지 않는지 잘 차려져 있는 주안상까지 뒤집었다.

"고작 사내놈 하나를 못 지켜서 놓쳐? 더군다나 지금 어디에 있는지도 알 수 없다? 그걸 지금 짐에게 들으라고 가져온 소식이냔 말이다!"

황제의 분노에 누구도 고개를 들지 못했다.

자칫 고개를 들어 눈이라도 마주쳐 버린다면 다음에 그들이 맞이할 것은 분노한 황제의 검이었다.

평소였다면 황제를 현원이 막았겠지만, 이번은 그 때문에 일어난 일이었다.

"못난 것들."

황제는 황궁 밖으로 나가려는 지안을 막지 않았다.

지안에게 사람을 붙여 놓긴 했지만 어차피 그가 돌아올 곳이라고는 황궁밖에 없었다.

돌아갈 장소조차, 믿고 의지하던 사람조차 잃은 지안은 절대적인 힘에 몸을 굽히고 되돌아올 것이었다. 하지만 황제의 생각과는 달리 감시자를 모두 쓰러뜨린 지안이 자취를 감추었다.

지안이 사라졌다는 보고를 듣자 또다시 불안이 치밀었다.

절대 놓칠 수 없었다. 그는 자신의 사람이었다.

안든, 안지 못하든 그런 건 나중의 일이었다. 가장 급한 것은 사라져 버린 지안을 찾는 일이었다.

"당장 현원을 찾아오란 말이다!"

황제가 검을 뽑자 몸을 숙였던 이들이 도망치듯 밖으로 나갔다.

꽁지가 빠져라 도망가던 이들을 노려보던 황제는 핏줄이 도드라지도록 주먹을 쥐었다.

그날 이후로 되는 일이 없었다. 그 멍청한 시비가 지안 대신 침소에 있지만 않았어도 이렇게 일이 힘들게 흘러가지는 않았을 것이다.

"폐하. 진노를 거두십시오."

나지막한 음성에 황제가 날카로운 눈으로 고개를 돌렸다.

모두가 몸을 숙인 방에서 홀로 자리에 앉아 술을 기울이던 중년 사내가 느긋하게 입을 열었다.

"겨우 사내 하나일 뿐입니다. 지금은 그딴 일로 화를 내실 때가 아니지 않습니까?"

풍채만큼이나 묵직한 힘이 느껴지는 목소리였다.

중년 사내의 말에 황제의 눈에 살기가 어렸다. 자신의 앞에서 대범하게 술잔을 채우는 그를 보며 황제가 조롱하듯 입을 열었다.

"승상은 짐이 사내에게 관심을 두는 것이 심히 못마땅해 보이는군."

황제의 조롱에 승상이 몸을 숙였다.

승상 유남훈.

황후의 가문이자, 서자인 황자 기하를 권좌의 자리에 올리는 데 막역한 공을 세운 이였다.

황제의 든든한 지지 기반으로, 외척도 상당한 영향력을 휘두르고 있는 사내였다. 안하무인에 광기로 자신을 놓은 황제였지만, 승상만큼은 가벼이 대하지 못하였다.

"황궁의 모든 것이 폐하의 것입니다. 사내에게 관심을 두신들 소인이 무엇을 말씀드릴 수 있단 말입니까?"

"그대의 귀한 딸을 외면하고 있는데도 괜찮다 말하는 것인가?"

"폐하의 마음을 얻지 못한 것은 황후마마의 부덕이지요. 지금은 황후마마의 부덕보다는 심상치 않은 조정의 움직임을 잡는 것이 우선입니다."

지안이 사라졌다는 보고를 듣기 전의 이야기가 다시 나오자 황제의 미간이 찌푸려졌다.

폭정이 계속되면서 유가와 황제에게 좋지 않은 감정을 가진 대신들이 서로 손을 잡기 시작했다. 딴에는 은밀하게 움직이고 있다고 생각하겠지만, 황제와 남훈은 이미 그들의 움직임을 파악하고 있었다.

"그들이 움직이기 전에 이쪽에서 목을 베면 그만이지 않은가?"

"폐하. 모든 상황을 피로 정리하신다면 반발하는 이는 더욱 늘어날 것입니다."

"모든 일에 자비를 두면 저들은 더 쓸데없는 생각으로 일을 꾸미겠지. 차라리 한 번에 처리하여 경고의 의미로 삼는 것도 나쁘지 않다."

말 안에 깃들어져 있는 살기에 남훈의 미간이 단단히 굳었다.

날이 갈수록 황제가 정도를 벗어난다는 소문이 돌고 있었다. 더군다나 이번 현원의 일로 인해 그에게서 등을 돌린 대신의 수도 상당했다.

황제의 포악한 성정을 알고도 그를 권좌에 올린 것은 남훈이었다.

신뢰하던 선제를 버리고, 스승이라 따르던 황태자를 죽이고 얻어 낸 권력이었다.

그가 황궁에서 어떻게 날뛰든 상관없었지만, 황제로 인해 유가의 힘이 위험해지는 것은 사양이었다.

'남총이라…….'

그가 간접적으로 보아 온 현원은 황제의 곁에 머물며 권력의 단맛을 노리는 이가 아니었다. 도리어 남훈조차 어려워하는 말을 종종 꺼내는 현원을 보며 황제의 곁에 두는 것도 나쁘지 않겠다는 생각까지 하고 있었다.

보이는 것과 실제는 다르다는 것일까? 아니면 황제의 일방적인 관심인 것일까?

남총이 되지 않을 것이라는 확신으로 내버려 두고 있었지만, 그게 아니라면 지금이라도 움직이는 것이 맞았다.

'확인해 봐야겠군.'

황제의 잔에 술을 채우는 남훈의 눈가에 차가운 빛이 서렸다.

❋ ❋ ❋

흔들리는 마차 안에서 제하의 눈이 품에 안겨 있는 지안을 향하였다.

모든 준비를 끝낸 지안은 무너지듯 제하의 품에서 쓰러졌다. 죽은 것처럼 지쳐 잠든 지안의 얼굴을 제하의 깊은 눈이 오랫동안 바라보았다.

잠든 지안은 깨어 있을 때나 별반 차이가 없었다. 미간을 잔뜩 찡그린 얼굴은 마치 누군가에게 쫓기는 것처럼 어둡고 딱딱했다.

"지안."

처음의 지안은 생각한 것보다도 뛰어난 여인일 뿐이었다. 불안해 보이면서도 내면의 강함과 현명한 처신이 황제의 곁에 두기에는 아까운 그런 사람일 뿐이었다.

그러나 그 후에 본 그녀는 철저히 망가지고 부서진 상태였다. 황제의 힘에 전부를 잃었던 수많은 사람 중의 하나였지만, 그럼에도 제하는 그 사람들처럼 지안을 버릴 수 없었다.

"송지안."

그녀를 안고 마차에 오르는 순간, 제하의 뇌리에 지안이라는 이름이 스쳐 갔다.

익숙지 않았지만, 그렇다고 아주 낯설지만은 않은 이름.

더군다나 그녀의 성이 '송'이라는 것도 제하의 감을 흔들고 있었다.

"네 존재가 나에게 득이 될까, 실이 될까?"

감시자를 처리해 버렸으니 지금쯤 황제는 분노로 날뛰고 있을 것이었다.

더욱이 품에 잡아 제 것으로 소유하려 했던 존재가 사라졌으니 사람을 풀어 그녀를 찾고 있을 것이다.

지안의 출신을 황제는 알고 있을까? 그럴 리가 없다. 만약 황제가 그걸 알고 있었다면 지안을 죽였거나 남복 따위 당장 벗기고 후궁으로라도 만들었을 것이다.

'기하는 모른다.'

그녀가 어떤 존재인지 황제가 알게 된다면……. 제하의 눈이 작아졌다.

"채훈아."

"네. 단주."

"마차를 세워라. 본가로 가겠다."

"네?"

제하의 말에 채훈의 눈이 커졌다.

모르는 사람들은 둘의 차이가 뭐가 있겠느냐고 하겠지만, 적어도 둘에게 있어서 본가와 분가의 차이는 엄청났다.

도성에 있는 거점은 모든 사람들이 본가로 알고 있는 분가였다.

단주와 부단주 외에 본가를 알고 있는 사람은 많아 봤자 스무 명 정도, 전부 제하의 진짜 목적을 알고 있는 사람들뿐이었다.

"하지만 단주. 현원은 아직 확인되지 않은 사람입니다. 본가로 그를 데리고 가는 일은 조금 더 생각하신 연후에……."

"내가 아는 송지안이 이 여인이라면 자격은 충분하다. 그리고 내가 잘못 판단한 것이라면 죽이면 그만이지."

주저 없이 지안의 목숨을 거두겠다는 제하의 말에 채훈이 숨을 삼켰다.

황제처럼 정도를 벗어난 행동을 하지 않을 뿐, 단주 또한 독을 품은 맹수였다. 목적을 위해서라면 사람을 버리는 것도, 죽이는 것도 서슴없이 하는 이가 바로 태성 상단의 단주인 제하였다.

현원이라는 이에게서 무엇을 본 것인지는 몰라도 이미 마음을 굳인 제하를 채훈이 설득할 방법은 없었다.

마차가 멈추고, 말에서 내린 채훈이 고삐를 제하에게 건네었다.

단번에 말에 오른 제하가 다른 이에게서 지안을 받아 안아 들었다. 지안이 떨어지지 않도록 품에 조심히 안은 제하가 말고삐를 잡았다.

"호위를 붙이겠습니다."

"필요 없다. 사람 수를 늘려 봤자 흔적만 남길 뿐이지. 혼자 가겠다."

채훈이 조용히 고개를 숙이자 제하가 말을 출발시켰다. 왔던 방향과 다른 방향으로 가는 제하를 보던 채훈이 주변에 대기하는 이들을 보며 말했다.

"단주의 흔적을 지운다."

채훈의 말에 고개를 숙인 이들이 부지런히 몸을 움직였다.

❀ ❀ ❀

닫혀 있는 문을 열자, 방에서 움직이던 시종들이 제하를 향해 고개를 숙였다.

인사를 받은 그가 손을 젓자 시종들이 몸을 숙이며 방을 나갔다.

사람들이 빠져나간 방에 남아 있는 지안의 등을 제하가 복잡한 눈으로 바라보았다.

벌써 삼 일째, 제하는 지안을 데리고 있었다.

지안을 가둔 것은 아니었지만, 지안 또한 밖으로 나가려 하지 않았다.

시간이 멈춰 버린 것처럼, 그녀만이 남은 방은 본가의 어느 곳보다도 조용하였다.

'송정기의 딸.'

자신에 대해 지안은 어느 것도 말하지 않았지만, 제하는 이미 필요한 것을 모두 알아낸 후였다. 창밖에 시선을 고정시킨 지안을 보던 제하가 눈을 좁혔다.

중서령 송정기가 유난히 귀하게 여겼던 딸이었다. 큰아들과 둘째 딸 또한 뛰어났지만 느지막이 얻은 막내딸은 하루가 다르다며 입이 마르도록 자랑을 했었다.

어린아이가 무엇을 얼마나 아느냐고 되묻는 제하에게 직접 눈으로 보면 아실 거라던 중서령의 표정이 또렷이 남아 있었다.

비록 그 이후 송가가 멸문되면서 지안을 보지 못하고 끝나 버렸지만, 그녀가 송정기의 딸이라는 걸 알게 되니 보이지 않던 것이 하나씩 보이기 시작하였다.

'눈이 닮았다.'

저런 눈으로 바라보면 아무리 듣기 싫은 소리를 내뱉는다 하여도 화를 낼 마음조차 들지 않았었다.

저 눈으로 꺼내는 말 한마디, 한마디가 모두 매서웠지만, 그만큼 도움이 되었었기에 그 또한 중서령을 믿고 의지했었다.

그리고 중서령이 황제에게 무너진 순간, 제하 또한 속수무책으로 당해 버렸다.

삶이라는 것은 때로는 믿기 어려울 정도로 잔인하였다. 황제에게 가문과 부모를 잃었던 지안은 또 한 번 그에게 잔인하게 짓밟혔다.

지안은 평온해 보였지만, 그건 단지 겉모습일 뿐이었다.

무너진 집터에서 하루, 이곳에서 삼 일. 지안은 단 한순간도 잠들지 않았다.

그제야 기척을 느꼈는지 밖을 보던 지안의 눈이 문가에 서 있는 제하를 향하였다.

그녀의 시선에 제하의 눈 끝이 떨렸다. 그저 바라보는 눈임에도 뭐라 말할 수 없는 묘한 기분이 들었다. 복잡한 기색을 감추며 제하가 지안에게 다가갔다.

어차피 과거는 과거일 뿐이다. 지금은 그녀가 자신에게 도움이 될 패인지, 아니면 더 많은 것을 알기 전에 없애야 하는 독인지 판별할 때였다.

"잠을 자지 않는다더군. 이곳이 불편한가?"

제하의 물음에 지안이 고개를 저었다.

의관의 차림새를 하고 황궁으로 숨어들었을 때와는 확실히 다른 말투와 행동이었다. 하지만 그런 제하의 행동이 불쾌하기보다는 당연한 것처럼 느껴졌다.

아직 그에 대해 아는 것은 전혀 없었다. 하지만 황제의 감시를 제거하면서까지 데리고 온 것을 보면 앞의 사내는 자신에게 원하는 것이 있었다.

그게 어떤 것인지 알 수 없었기에 지안은 그가 주는 편의를 받아들이며 머물렀다.

하지만 잠만큼은 몸이 이끄는 대로 들 수 없었다.

"무서워서요."

지안의 대답에 제하가 이해할 수 없다는 듯 미간을 찌푸렸다.

하지만 그녀는 진심이었다. 여희도 없는 지금, 악몽을 꾸게 된다면…… 그 악몽을 이겨 낼 자신이 없었다.

여희가 없는 지안은 철저히 혼자였다.

제하라는 사내가 무슨 꿍꿍이를 가졌는지 상관없었다. 이제 그녀의 목적은 하나, 어떻게든 살아남아 황제를 제 손으로 죽이는 것뿐이었다.

"이제는 말해 줄 때도 되지 않았소?"

지안의 물음에 무슨 소리냐는 듯 제하가 눈을 좁혔다. 그의 말 없는 답에 지안이 담담히 물었다.

"왜 도와준 것이오? 이제 난 현원이 아닐지도 모르오."

"여전히 현원일 수도 있겠지. 그러지 않고서야 현원을 찾겠다며 도성에 병사들이 깔렸을 리 없으니까."

"그래서 날 여기에 데리고 온 것이오?"

"가둔 적은 없어. 네가 나가지 않은 것뿐이지."

제하의 말에 지안의 눈이 다시 창으로 향했다.

황제가 그녀를 찾고 있다는 말에도 지안은 그대로였다. 조금만 건드리면 은근슬쩍 자신의 목적을 말하는 귀족들과는 확실히 달랐다.

저 작은 머리로 무슨 생각을 하고 있을까? 제 아버지와 똑같은 눈매를 가진 여인은 성격 또한 그 아비와 똑같을까?

창을 보고 있는 지안의 턱을 잡은 제하가 자신을 바라보게 하였다.

"난 폐하께 드려야 할 것이 있거든."

지안은 제하의 눈을 똑바로 바라보았다. 대화를 하면 할수록 상단의 장사꾼 같은 느낌은 없었다. 도리어 누군가를 지배하는 위치가 어울리는 사람, 하지만 그가 누구인지 파헤칠 생각은 없었다.

다만 황제라는 단어가 나올 때마다 제하의 눈에 비치는 흔적은 분노였다.

희미하다 못해 사라질 것처럼 미약했지만 지안은 제하가 황제를 어떻게 보고 있는지 알 수 있었다.

"당신도 나와 같은 걸 원하는 것이었소?"

지안의 말에 평정심을 유지하던 제하의 눈이 꿈틀댔다.

과거를 아는 사람을 제외하고 제하의 말을 알아차리는 사람은 손에 꼽았다. 표정이 드러나도 무슨 의중인지 알 수 없는 제하의 화법을 그나마 받아들이는 사람은 부단주인 채훈뿐이었다.

"왜 황제가 그대에게 집착했는지 알 것 같군."

"……."

제하의 말이 거슬렸는지 지안의 이맛살이 찌푸려졌다. 하지만 제하는 진심이었다. 굳이 표현하지 않아도 상대의 의중을 파악하고 핵심을 찔렀다. 의중을 읽고 그에 맞춰 행동하니 제멋대로인 기하조차 지안을 마음에 들어 했을 것이다.

"지금의 모습으로 황제를 찾아가면 그대가 원하는 것을 쉽게 얻을 수 있을지도 모르지."

소복에 긴 머리를 단정하게 내린 지안에게 사내의 흔적은 온데간데없었다.

꾸미지 않았음에도 시선을 끌게 하는 미색과 그에 맞는 현명함 또한 갖추고 있으니 단번에 황제를 사로잡을 것이다.

누구보다도 제하는 황제가 어떤 사람인지 알고 있었다.

주변을 전부 무너뜨려서라도 집착하는 존재라면, 그 존재가 사내가 아니라 여인이라는 것을 자각한다면 황제는 모든 힘을 다 써서라도 그녀를 그의 소유로 만들 것이다.

"그가 원하는 것이 나라면 더더욱 이 모습으로는 갈 수 없지요. 원하는 것을 얻는 대신 죽어 가는 것이 무슨 복수입니까?"

"……."

"잃어야지요. 제 것이라 생각했던 것을 잃어 가며 남은 것이라고는 자신의 몸뚱이 하나밖에 없을 때 그때……."

지안의 말이 멈추자 제하가 고개를 갸웃했다.

창백한 얼굴에 크게 뜬 눈이 무언가를 떠올린 듯 한동안 말이 없었다.

"무슨 일이지?"

제하의 물음에도 지안은 오랫동안 말이 없었다.

"아닙니다."

"……."

"쉬지 못해서 그런 것뿐입니다. 쉬어야겠습니다."

거짓말이다.

지금 떠올린 생각을 지안은 숨기고 있었다.

하지만 제하는 지안을 추궁하는 대신 몸을 돌렸다.

"내가 그대의 시간을 너무 많이 뺏은 것 같군. 쉬어라."

무엇을 생각했든 간에 지안은 제하의 도움이 필요했다. 하지만 제하는 그 사실을 알면서도 모른 척하였다.

만약 지안이 그에게 쓸모가 있는 패라면 그녀는 결국 자신에게 올 것이다.

❀ ❀ ❀

다음 날, 당황하는 시종의 말을 넘기며 제하가 비어 버린 방을 보았다.

방은 마치 누구도 지낸 적 없었던 것처럼 단정히 정리되어 있었다.

남아 있는 것은 여인이 입고 있었던 소복뿐, 그리고 그 옆에 곱게 접힌 서신이 놓여 있었다.

제하가 손을 내밀자 시종이 서신을 그에게 건네었다.

당신과 내가 같은 것을 꿈꿀 수는 있겠지요. 하지만 당신과 내가 꿈꾸는 결과가 같다고는 장담할 수 없습니다. 배려에는 감사드리지만 당신이 내민 손을 잡을 수는 없습니다.

단정히 적혀 있는 서신에 제하의 입꼬리가 올라갔다.

서신일 뿐이었지만 지안의 담담한 목소리가 들리는 듯하였다. 지난밤, 제하의 조롱 섞인 말에도 차분히 대답하던 그녀의 모습이 머릿속을 스쳤다.

“제 아버지와 똑같으면서도 하는 행동은 다르군.”

송정기라면 뜻이 있는 사람을 모아 힘을 키워 황제와 대적하는 방법을 선택했을 것이다. 실제로 구 년 전에도 그러한 방법을 썼었고, 그 결과 그와 손을 잡았던 모든 이들은 황제의 손에 목숨을 잃었다.

하지만 지안은 손을 내밀기보다는 혼자 감당하는 것을 택하였다.

자칫 제하에게 피해가 갈까 손을 잡을 수 없다는 거절이 참으로 그녀다웠다.

"복수를 하려면 이용도 할 줄 알아야지."

혼자서 죽일 수 있는 상대였다면 이렇게 오랜 시간 준비하지도 않았을 것이다.

어쩌면 지안이라면 지금까지 누구도 얻지 못했던 황제의 총애를 얻어 낼지도 모른다. 그리고 그녀를 이용하여 제하는 원하는 것을 이룰 수 있을 것이다.

하지만 생각이 계속될수록 제하의 표정은 밝아지기보다는 점점 어두워졌다.

'이용하고 버린다.'

복수를 하려면 필요한 상대를 이용하고 버릴 줄 알아야 했다. 특히 지안처럼 누군가의 말을 따르기보다 스스로 선택하고 판단할 줄 아는 이는 이용이 끝나자마자 처리해야 하는 패였다.

그 순간, 조용히 앉아 있던 지안의 모습이 뇌리에 스쳤다.

제하의 미간이 살짝 찌푸려졌다. 그의 시선이 침상에 단정히 접혀 있는 소복에 향하였다.

"방을 치우지 마라."

제하의 명령에 고개를 숙이고 있던 이들이 놀란 눈으로 그를 바라보았다.

제하가 이곳에 여인을 데리고 온 것은 평생에 처음 있는 일이었다. 하물며 그가 데려온 여인은 아무 말도 없이 이곳을 떠나 버렸다.

사람을 풀어 찾아오라고 할 줄 알았던 시종들은 여인이 머물던 방을 치우지 말라는 명령에 경악하였다.

믿을 수 없는 시선이 연신 제하를 바라보았지만, 그는 어느 때보다도 냉철하고 평온했다.

그날 이후로 단 한 번도 해 보지 않았던 도박을 해 볼 생각이었다.

이용하고 버릴 것인가? 귀하게 아껴 자신의 사람으로 만들 것인가?

방으로 걸어가는 제하의 입가에 옅은 미소가 감돌았다.

❀ ❀ ❀

태건궁의 복도를 걸어가던 내관의 발걸음이 멈추었다. 믿을 수 없는 눈이 그들을 지나쳐 가는 이에 고정되었다.

못 볼 것이라도 본 것처럼 사색이 된 내관을 지나쳐 목적지에 도착하니 경악한 이 내관과 창백한 내시감의 모습이 보였다.

"네, 네가 어찌 여길!"

"혀, 현원?"

지안을 보자마자 놀란 이 내관이 뒷걸음질을 쳤다.

자신에게서 멀어지는 이 내관을 지안이 차가운 눈으로 노려보았다. 그런 일을 저지를 만한 사람은 이 내관밖에 없었다.

그를 향한 분노를 터트리는 대신 지안은 내시감을 향해 고개를 숙였다.

"일이 있었던 터라 입궁하지 못했습니다. 고해 주십시오."

"혀, 현원! 어떻게…… 여길…… 안 되네. 왜 여기를……."

"폐하. 현원입니다."

모두 굳은 채 서 있기만 하자 지안이 직접 침소를 향해 고하였다.

침소로 향하는 내내 복도에서 들었던 굉음이 언제부터인가 완전히 멈춰 있었다. 걸어오는 소리가 들리고 얼마 지나지 않아 닫혀 있던 문이 열렸다.

엉망진창인 방, 바닥에 몸을 숙인 채 떨고 있는 내관과 궁녀들, 그리고 흐트러진 모습의 황제.

직접 문을 연 황제의 눈이 고개를 숙인 지안을 꿰뚫듯 노려보고 있었다.

황제의 시선에도 지안은 담담했다.

"너……."

"정리를 하느라 늦었습니다. 송구하옵니……."

말이 채 끝나기도 전에 황제의 팔이 그녀를 붙잡았다. 그의 팔에 지안이 속수무책으로 끌려갔다.

"전부 나가라!"

지안을 침소로 끌고 간 황제가 안에 있는 이들에게 소리쳤다. 내관과 궁녀들이 빠르게 방 밖으로 나가는 부산스러운 상황 속에서도 황제의 시선은 눈을 내린 지안만을 바라보고 있었다.

지안이 사라진 후, 황제는 철저히 무너져 내렸다.

한번 시작된 의심과 초조는 그를 완전히 집어삼켰다. 어디에 숨어 있든 상관없었다. 무슨 수를 써서라도 찾아낼 것이었다. 곁에 있지 않겠다면 다리를 부러뜨려서라도 자신의 품에 가둘 생각이었다.

그랬던 지안이 일주일 만에 제 발로 직접 찾아왔다.

아무 일도 없었던 것처럼, 평소와 같이 담담하고 침착한 모습 그대로 그의 앞에 서 있었다.

문이 닫히고 둘만이 남자 황제가 나지막이 명령하였다.

"짐을 봐라."

아래를 보던 눈이 그를 향하였다.

그것만으로 충분했다. 지안이 사라져 버리자 생겨났던 모든 것이 그녀의 시선 하나에 천천히 사그라졌다.

하지만 황제는 지안을 곧바로 받아들이지 않았다.

"왜 돌아왔느냐?"

"……."

"짐의 목숨을 없애러 온 것이냐? 아끼던 시비와 터전을 없애 버린 짐에게 원한을 갚으러 온 것이냐 묻고 있다."

"분노보다 무서운 것이 외로움이었습니다."

지안의 대답에 황제의 눈이 커졌다.

예전에는 이런 반응에도 두려워하며 남몰래 몸을 떨었을 것이다. 여희가 죽은 후, 안에서 무언가가 사라진 것이 분명했다. 이제는 그가 두렵지 않았다. 평소와 다름없는 표정으로 황제 앞에서 얼마든지 거짓을 말할 수 있었다.

"하늘 아래 소인이 머물 곳은 이곳밖에 없었습니다. 폐하의 방식을 원망하지만 폐하를 증오할 수는 없었습니다. 소인이 의지할 분은…….”

“되었다. 그만해라.”

지안의 어깨에 얼굴을 묻으며 황제가 말을 잘랐다.

황제를 향한 원망을 감추진 않았다. 번지르르한 말로 진심을 감췄다면 아무리 지안이었어도 황제는 목을 베었을 것이다.

원망해도 결국 돌아올 곳은 그의 곁밖에 없었다는 지안의 고백에 황제가 안도하였다. 그가 원하는 대로 일이 이루어졌다. 이제 지안이 머물 곳은 그의 곁뿐이었다.

의지할 사람은 그밖에 없었다는 지안의 말이 황제의 의심을 무너뜨렸다.

“그날 일은 짐의 실수였다. 이제 그런 일은 없을 것이니라.”

“…….”

“원망하거라. 그리고 의지하거라. 짐이 너에게 힘을 주마.”

그녀를 달래듯 나오는 달콤한 목소리에도 지안의 표정에는 변화가 없었다.

눈조차 감지 못한 채 죽은 여희의 얼굴이 지안의 머릿속을 가득 채웠다. 이제 그녀가 지킬 세상은 없었다. 남은 것이라고는 죽지 않고 살아남은 자신의 목숨뿐, 그것조차 지안은 아깝지 않았다.

쉽게 죽이지 않을 것이다.

그가 무너뜨린 것은 지안의 전부, 그렇다면 이제는 그의 전부가 무너질 차례였다.

❀ ❀ ❀

어두운 밤, 황궁 내의 장서각에서 책을 보는 지안의 눈은 어두웠다.

황제조차 깊은 침수에 든 새벽, 작은 불에 의지해 장을 넘기는 지안의 손길이 분주했다.

그녀가 읽고 있는 서책은 구 년 전 황제가 황태자였던 휘령을 제거하고 권좌에 올랐던 시기의 일을 기록해 놓은 것이었다.

황제가 권좌에 오르면서 전부 없애 버리라고 했던 것들, 하지만 내시감의 도움으로 장서각에 숨겨져 있던 것들을 읽게 되었다.

'내시감을 수족처럼 부릴 수 있는 자.'

내시감이 아무리 지안을 좋게 보고 있어도 여희를 움직여서까지 그녀의 목숨을 구할 정도로 친분이 있는 것은 아니었다.

생각할 수 있는 것은 하나, 노인에게서 나온 이름은 역시나 제하였다. 결국은 제하의 도움으로 그때의 일을 적어 놓은 서책까지 볼 수 있게 되었다.

그러나 아무리 원하국 최고의 상단이어도 이렇게까지 황궁 깊숙이까지 힘을 미칠 수는 없었다.

"난 폐하께 드려야 할 것이 있거든."

제하의 목소리가 떠오르자 지안이 서책을 보던 시선을 거두고 미간을 눌렀다. 짧게 자는 잠을 제외하고는 침상에 몸을 누이고 잠들지 못하였다. 피곤한 숨이 지안의 입가에 미약하게 흘러나왔다.

제하에게 도움을 얻을수록 감사하기보다는 불안했다.

힘을 가지고 있어서, 황제에게 원한이 있어서 그가 내민 손을 잡기 어려운 것이 아니었다. 지안이 어떻게 움직일지 미리 아는 그의 행동이 두려웠다.

정신을 차리려는 듯 고개를 저은 지안이 다시 서책의 내용을 보기 시작하였다.

"너 또한 휘령이 보낸 첩자인 것이냐?"

"휘령 그놈이 옥새를 가지고 있는 것이야? 너는 알지 않으냐? 그가 어디에 있는지 알고 있지 않으냔 말이다!"

지안이 황궁으로 돌아온 이유는 하나였다.

황제의 손에 죽을 뻔했던 그날, 처음이자 마지막으로 들었던 황제의 본심 때문이었다.

서책에는 황제의 손에 의해 황태자 휘령이 목숨을 잃었지만 시신은 찾지 못했다는 내용이 적혀 있었다. 황제는 자신이 죽인 황태자가 살아 있을지도 모른다는 불안을 가지고 있었다.

"황태자가 살아 있다면……."

힘으로 권좌를 차지한 황제는 거듭된 폭정으로 대신들과

척을 지고 있었다. 하물며 서자 출신이라는 열등감에 사로잡혀 있는 그였다.

만약 황태자인 휘령이 죽은 것이 아니라면 지지 기반이 약한 황제는 단번에 무너질 것이다.

서책을 앞에 둔 채 고민하던 지안이, 생각난 듯 품에 넣어 놓았던 것을 꺼내 조심스럽게 펼쳤다. 산더미처럼 쌓여 있던 장계 중 옥새가 찍혀 있던 것을 몰래 빼돌려 놓았었다.

내시감이 주고 간 몇 가지 서책 중 하나를 꺼낸 지안이 미리 표시해 놓았던 곳을 펼쳤다.

거기에는 선제 때부터 쓰던 옥새의 인장이 찍혀 있었다.

신중한 눈길로 인장과 인장을 비교하였다.

"다르다."

아주 미세한 차이였지만 확실히 달랐다.

인장을 비교하던 지안의 손끝이 미세하게 떨렸다.

'황제에게는 옥쇄가 없다.'

간단하지만 치명적인 사실이었다.

'황제의 생각처럼 휘령이 살아 있다면…… 그가 옥쇄를 가지고 있는 것이라면.'

가짜 인장이 찍혀 있는 종이를 지안이 힘껏 움켜잡았다.

제하는 이 사실을 알고 있는 것일까? 그렇기에 자신에게 일부러 정보를 준 것인가?

황제를 무너뜨릴 방법을 찾았다. 하지만 지안의 표정은 좋지 않았다. 이 정보를 이용할 힘이 그녀에게는 없었기 때문이다.

이용할 수 있을 것이라 생각한 정보가 실은 아무런 쓸모도 없는 것이었다.

피가 배어 나올 정도로 힘껏 지안이 입술을 깨물었다.

❁ ❁ ❁

내리는 비를 보며 의자에 앉은 제하가 담뱃대를 입에 물었다. 그의 입에서 흘러나오는 연기가 방향을 잃고 공기 중에 사라졌다.

분명 사흘 전, 분가에서 지안이 제하를 찾았다는 채훈의 보고가 있었다.

제하가 누구인지, 어디에 있는지 아무 말도 하지 않았지만 얼버무리는 채훈의 대답에 지안은 더는 묻지 않고 상단을 떠났다고 하였다.

"포기한 것일까?"

자신의 말에 제하는 고개를 저었다. 그렇게 쉽게 복수를 접을 여인이 아니었다.

현명한 여인이니 곧 한계를 깨달았을 것이다.

상대는 대국의 황제, 아무리 지안이 뛰어나다고 해도 불가능한 일이었다. 결국 그녀가 찾아올 곳은 이곳뿐, 하지만 이 주가 지나도 지안은 오지 않았다.

담뱃대의 연초를 길게 빨아들이며 그가 손으로 턱을 받쳤다.

앞으로의 일을 생각해도 모자랄 판에 여인을 생각하고 있다니 그답지 않은 일이었다. 그런데도 생각에 빠져 있으면 자연스럽게 그녀가 떠올랐다.

"괜한 관심을 보였나?"

이제 준비는 거의 끝난 상황이었다. 가장 중요한 일이 남아 있었지만 어차피 궁극적인 목표는 유가와 황제에게 자신이 겪었던 고통을 그대로 느끼게 하는 것이었다.

그랬던 제하의 계획에 지안이 들어왔다. 부서질 듯 위태로웠던 여인은 남복으로 자신을 가리고 원수인 황제의 곁으로 돌아갔다.

어차피 손을 잡지 않을 상대라면 그걸로 끝이었다. 그런데 지금 그가 느끼고 있는 이 복잡한 기분은 무엇이란 말인가.

"내가 그녀를 과대평가한 것인지도 모르지."

스스로의 대답에 제하가 씁쓸한 미소를 지었다.

그의 예상과는 달리 황제의 힘에 지안이 다시 몸을 숙였을지도 모른다.

정적을 제거하고 권좌에 오른 황제였다. 막상 황제를 직접 대면한다면, 그가 보여 주는 힘에 겁을 먹었다면 지안은 황제에게 맞서는 대신 그에게 복종하는 삶을 선택할 수도 있었다.

꼬리를 무는 생각에 초조해진 제하가 입술 끝을 깨물었다. 하지만 동시에 눈썹이 꿈틀댔다.

'초조해? 내가?'

그저 멸문된 가문에서 살아남았을 뿐, 지안의 가치는 없었다. 황제라는 목적이 아니었다면 신경조차 쓰지 않았을 여인, 그런데 지안의 그림자가 제하의 머릿속에서 좀처럼 사라지지 않았다.

"송지안."

조용한 방 안에 단정히 앉아 있던 지안을 떠올리자 제하의 입가에 미소가 감돌았다.

목적을 이루기 위해 많은 여인을 보았지만 지안은 확실히 달랐다. 완전히 부서져 버린 것 같으면서도 한 걸음 뒤에서 보는 그녀는 제법 자신을 다잡고 있었다.

눈에 보이는 외모보다 제하의 관심을 끄는 것은 사내 못지 않게 강인한 내면이었다.

"그래 봤자 결국 과거의 잔재이거늘."

즐거운 미소가 씁쓸하게 바뀌었다.

그리고 지금 지안을 생각할 여유 따위는 그에게 없었다. 그를 바라보던 지안의 눈이 떠올랐지만 제하는 거칠게 고개를 저었다.

담뱃대를 물고 있는 입에서 하얀 연기가 천천히 흘러나왔다.

"오늘까지."

지안이 오지 않으면 움직일 것이다. 자신의 목적을 아는 그녀를 살려 줄 생각 따위 없었다.

그녀의 생각을 끝낸 순간, 예민한 그의 피부로 사람의 기척이 느껴졌다.

'왔다.'

주변을 의식하듯 기척을 최대한 숨긴 걸음에 제하의 입가에 미소가 감돌았다.

담뱃대를 내려놓은 그가 자리에서 일어났다. 느슨하게 묶은 자리옷 너머로 단단한 근육이 스치듯 보였다. 나른한 걸음에 느긋한 모습이었지만, 공격할 틈 따위는 전혀 찾을 수 없는 강함이 느껴졌다.

제하가 문을 열자, 밖에서 대기하던 시종들이 몸을 숙였다.

"내가 찾을 때까지 모습을 보이지 마라."

제하의 명령에 몸을 숙인 시종들이 뒷걸음질로 사라졌다. 시종의 기척이 완전히 사라지자, 느긋한 걸음으로 제하가 복도를 천천히 걸어갔다.

복잡한 감정 사이로 알 수 없는 떨림이 느껴졌다. 누구에게도 느껴 보지 못했던 감정이 어색하면서도 싫지 않았다.

복도를 빠져나온 제하의 입가에 옅은 미소가 감돌았다.

내리는 빗속에 서 있는 지안은 조금 야위었지만 변함없이 차분한 모습이었다.

그녀를 보자 심장이 조금씩 빠르게 뛰기 시작했다. 굳이 송정기의 딸이어서 느껴지는 감정만은 아닐 것이다.

계속되는 정적 속에서 제하가 먼저 입을 열었다.

"나와는 손을 잡지 않을 줄 알았는데?"

"당신이 태성 상단의 단주인 것이오?"

빗속에서도 차분한 지안의 목소리가 듣기 좋았다. 내내 느꼈던 초조함과 복잡한 감정이 그녀의 목소리에 씻기듯 사라졌다.

인정하고 싶진 않았지만 인정할 수밖에 없었다.

그는 지안이 자신에게 돌아오길 바라고 있었다.

"글쎄?"

제하의 대답에 지안의 눈이 좁아졌다.

모든 것을 알고 있으면서도, 상대에게 작은 패 하나도 보여 주지 않는 상대.

어쩌면 황제보다 앞에 있는 이 사내가 더 위험할지도 모른다. 하지만 자신에게 중요한 것은 복수, 그걸 위해서라면 지안은 앞의 사내와 손을 잡아야 한다.

제하를 노려보던 지안이 차갑게 말하였다.

"거래를 하기 전부터 거짓을 말하는 사람과는 할 이야기가 없소."

지안의 말에 제하의 눈이 작게 꿈틀댔다. 하지만 곧 입꼬리가 살짝 올라갔다.

이제부터 하게 될 거래가 그녀에게 절대적으로 불리하다는 것을 지안은 알고 있었다. 그런데도 제하에게 몸을 숙이지 않고 동등한 관계로 거래하기를 원하였다.

지금 그녀가 꺼낸 말은 제하에게는 도발이었다. 하지만 나쁘지 않았다. 몸을 숙이고 들어오는 이들보다 적당한 선에서 다가오는 지안의 모습이 그를 흔들었다.

"들어와."

몸을 돌린 지안의 뒤로 제하의 목소리가 들렸다.

고개를 돌리니 그가 지안을 향해 손을 내밀고 있었다.

떨리는 몸을 애써 참으며 지안이 그의 손에 자신의 손을 포개었다. 들어오라는 소리에 온몸의 힘이 전부 빠져 버리는 기분이었다. 하지만 이를 악물고 간신히 버티었다.

그의 손을 잡고 미끄러운 계단을 하나씩 올라갔다.

굳은 표정으로 계단을 전부 올라서자 지안을 보며 제하가 지나가는 말투로 말하였다.

“예전에는 웃는 모습이 고왔는데 말이야.”

지안의 걸음이 그의 말 한마디에 멈추었다.

이 사내가 무슨 말을 하고 있는 것일까? 생각 없이 던지는 말이라는 걸 알면서도 놀라는 것은 어쩔 수 없었다.

찰나의 순간에 마주한 시선에서 무엇이 오고 갔는지는 제하도 지안도 알지 못했다. 당황한 지안이 잡고 있던 제하의 손을 매섭게 쳐 냈다.

경계하듯 한 걸음 물러난 지안을 물끄러미 보던 제하가 몸을 돌렸다.

느긋한 발걸음으로 안으로 들어가는 제하를 굳은 표정의 지안이 따랐다.

❋ ❋ ❋

그가 준 차에서 따뜻한 연기가 모락모락 올라왔다.

입모를 쓰고 왔어도 워낙 세차게 내리는 비 때문인지 지안의 옷은 곳곳이 젖어 있었다. 여분의 옷을 줄 테니 갈아입으라는 제하의 말에 지안은 고개를 저었다.

찻잔을 보던 눈을 올리자, 그녀를 바라보던 제하와 눈이 마주쳤다. 여유로운 자세로 지안을 보는 그에게선 약간의 틈도 보이지 않았다.

"예전에 절실히 원하는 것이 있다면 도움을 주겠다고 했던 제안, 아직도 유효한 것이오?"

"그대가 무엇을 원하는지에 따라 달라지겠지."

정중했던 의관의 모습은 어디에서도 보이지 않았다. 흐트러진 모습과는 달리 앞의 사내는 치밀하고 음흉하였다. 어떻게 말하느냐에 따라 지안은 목적을 잃을 수도, 혹은 전부를 잃고 무너져 버릴 수도 있었다.

여희가 살아 있었다면 절대 안 된다며 지안을 말리고 또 말렸을 것이다.

하지만 여희는 죽었다.

"원하는 것을 말하기 전에 먼저 묻고 싶은 것이 있소."

"뭐지?"

"왜 그날 의관으로 날 찾아온 것이오?"

지안의 물음에 제하의 한쪽 입꼬리가 올라갔다.

그와 손을 잡는 방법밖에 없다는 것을 알면서도 지안은 신중했다. 남을 평가하는 데 냉정했던 송정기가 왜 그렇게 칭찬을 했는지 알 것 같았다.

"조금 있는 능력으로 황제의 곁에서 힘을 얻으려는 애송이면 죽일 생각이었거든. 쓸모가 있다면 황제를 감시할 유용한 패로 쓸 생각이었고."

"당신이 황제가 되고자 하는 것이오?"

지안의 물음에 제하가 묘한 미소를 지었다.

질문의 선을 넘지 말라는 제하의 시선에 지안이 굳게 입을 다물었다.

겉으로만 동등해 보일 뿐, 결국 이번 거래의 주도권을 가진 사람은 제하였다.

"천천히, 최대한 고통스럽게 죽일 수 있는 독과 원하국 옥새를 원하오."

옥새라는 말에 제하의 미간이 작게 모였다.

"황제의 옥새를 빼앗아 달라는 것인가?"

"황제가 가지고 있는 가짜가 아닌 선제부터 내려온 진짜 옥새, 그걸 찾아 달라는 것이오."

언제나 여유롭던 제하의 표정이 처음으로 바뀌었다. 모든 정보를 가지고 있는 것 같은 그도 옥새가 가짜라는 것은 몰랐단 말인가? 제하의 놀란 표정을 보던 지안이 품에 있던 종이를 꺼내 내밀었다.

두 장의 종이. 지난밤 지안이 비교했었던 옥새의 인장이 찍혀 있는 것이었다.

"황제는 진짜 옥새를 가지고 있을 황태자의 존재를 두려워하고 있었소. 제 주변의 사람들을 전부 휘령의 첩자라며 오해할 정도로 말이오."

"……."

"당신이 준 정보를 보면 황제가 황태자를 죽였다는 내용은 있지만 시신은 찾지 못했다고 적혀 있소. 내 짐작일 뿐이지만 옥새를 찾는다면 분명 황태자도 찾을 수 있다고 생각하오."

"새로운 황제를 옹립할 생각인가?"

"내 바람은 황제를 지금의 자리에서 끌어내린 후 죽이는 것뿐이오. 새로운 황제를 옹립하고 그 후를 만드는 것은 내

몫이 아니오. 난 그런 일을 해낼 그릇이 아니오."

몸을 숙여 도와 달라고도, 분노하며 억지를 부리지도 않았다. 남의 이야기를 하듯 담담하게 자신을 이야기하는 지안은 사내와 여인을 떠나 숭고해 보이기까지 했다.

침착하고 현명하면서 대범하기까지 하니 목적을 위해서라면 죽는 것도 주저하지 않을 것이다.

쓰고 버릴 패만으로 생각하는 존재라면 지안의 저런 생각은 나쁘지 않았다.

하지만 머리와는 다르게 제하는 지안의 저런 모습이 마음에 들지 않았다.

"네가 원하는 걸 도와준다는 건 결국 내 목과 상단 전체를 걸어야 한다는 말이지. 황제의 곁에서 조언이나 해 대는 현원이라는 패를 얻는 조건으로는 맞지 않아. 넌 이 거래에 더 많은 걸 걸어야 해."

제하의 말에 지안의 눈이 어두워졌다.

이곳에 올 때부터 떨리던 심장이 빠르게 뛰기 시작했다.

역시 앞의 사내는 황제보다도 더 힘든 상대였다. 지안은 결국 생각하던 마지막 조건을 꺼내었다.

"내가 걸 수 있는 최선은 나 자신일 뿐이오. 그것 외에 내가 걸 수 있는 것은 없소."

"고작 네 목숨 하나만을 믿고 나와 내 상단의 목 전부를 걸라? 네 목숨이 황제의 목숨과 똑같다고 생각하나?"

차가운 그의 눈이, 날카로운 그의 말이 지안의 심장을 찔렀다.

그의 말은 틀리지 않았다. 똑같은 심장을 가지고 있어도, 제하의 말대로 신분에 따라 사람의 가치는 달랐다. 그렇기에 아무런 가치가 없는 여희는 어이없이 죽임을 당했고, 사람 같지도 않은 황제는 그 지위 하나로 많은 이들에게 보호를 받고 있었다.

불공평하지만 어쩔 수 없는 일이었다.

"같지 않다는 건 알고 있소. 그저……."

"……."

"황제라는 인간 하나를 죽이기에는 내 목숨이 부족하다고 생각하지 않을 뿐이오."

지안의 답을 들은 제하의 입가에 옅은 미소가 감돌았다.

그녀의 말은 억지다. 상인으로서 이득과 손해를 계산했을 때 이 거래는 맞지 않았다.

하지만 제하는 상인이 아니었다. 태성 상단은 그의 목적을 이루는 데 필요한 수단일 뿐이었다. 지안 또한 그가 생각한 수단 중 하나였다. 하지만 자신을 걸겠다는 지안의 말을 듣는 순간부터 묘한 전율이 제하를 감쌌다.

그녀를 이용할 수 있을 것이다. 현명하고 영특한 여인이니 얼마든지 자신의 뜻을 알아채고 원하는 결과를 만들어 줄 것이다. 하지만 이 순간, 제하의 눈에 지안은 수단, 그 이상의 존재로 다가왔다.

"각오하고 있다는 건가?"

자리에서 일어난 제하가 그녀에게 가까이 다가왔다.

진정하려 애를 쓰고 있어도 제하를 바라보는 지안의 눈엔 떨림이 가득했다. 그의 손이 지안의 뺨을 만지자 몸의 떨림이 느껴졌다.

그녀의 살결을 느끼는 순간, 저에게 두려움을 느끼면서도 참아 내려는 지안을 보는 순간 그를 괴롭히던 복잡한 감정들이 한순간에 사라졌다.

"그대가 원하는 것을 들어줄 테니……."

탁자에 몸을 기댄 제하가 고개를 숙이자 놀란 지안이 숨을 참았다.

약간의 틈을 두고 마주한 시선에서 여러 감정이 섞여 들었다. 제하의 얼굴이 바로 앞으로 다가오자 지안이 참고 있던 숨을 힘겹게 내쉬었다.

떠는 숨 너머로 느껴지는 체향은 달콤했다. 빨갛게 달아오른 입술을 핥으면 그가 생각하는 것보다도 달콤한 향이 배어 나올 것 같았다.

"황제의 앞에서는 철저히 사내로 있어. 하지만 내 앞에서는 그러지 마."

"내가 걸겠다는 것은…… 읍."

코끝을 간질이는 숨결을 전부 삼키듯 제하의 입술이 지안을 덮쳤다. 놀란 지안이 제하의 옷을 움켜잡고 밀어냈지만, 그는 요지부동이었다. 반항하는 등을 달래듯 쓸어내린 손이 도망가려는 허리를 휘감았다.

졸지에 제하의 품에 안긴 지안이 다급히 입을 닫았다. 하지만 그것보다도 빠르게 제하의 혀가 지안을 휘감았다. 약하다 못해 녹아내릴 것처럼 여린 입안에서 그가 거침없이 자신의 흔적을 남겼다.

힘겹게 내쉬는 숨도, 부드럽고 따뜻한 혀도, 거듭되는 입맞춤에 촉촉이 생겨나는 체액도 그는 하나도 남기지 않고 삼켰다.

"그, 그만!"

거부의 말조차 거듭되는 입맞춤에 힘없이 사라졌다. 원한만을 생각하며 억눌러 왔던 욕구가 입맞춤 하나에 생생히 되살아났다.

오랫동안 숨을 쉬지 못한 얼굴이 창백해지고, 힘이 빠진 지안이 늘어진 다음에서야 제하가 덮치고 있던 입술을 뗐다.

"하아. 하아."

그에게 몸을 기댄 채, 가쁜 숨을 내쉬는 지안을 아쉬운 듯 제하가 바라보았다.

오랜만에 여인을 안아서 그런 것일까? 그건 아니었다.

지금 그를 흔들고 있는 것은 다른 여인이 아니라 바로 지안이었다. 생경하게 느껴지는 여체가 그의 욕망에 불을 질렀다.

코끝에 감도는 향기로운 체향도, 삼킬수록 다디단 입술도 자신만의 것으로 하고 싶었다.

"이게 무슨 짓입니까?"

그와는 달리 갑작스럽게 당한 일에 지안은 정신을 차릴 수 없었다. 제하를 살피기 위해 조심스러웠던 행동과 말투가 이 순간 완전히 무너져 버렸다.

자신을 걸 때부터 각오했던 일이었지만, 막상 준비되지 않은 상태에서 당하니 분노가 치밀었다. 그에게서 벗어나기 위해 지안이 제하의 팔을 잡았다.

팔을 잡고 저항하려는 지안을 그가 힘으로 밀어붙였다. 저항하는 지안을 안은 제하가 자신의 침상에 그녀를 눕혔다.

"이거 놔!"

지안의 팔목을 잡아 머리 위로 올린 제하가 그녀를 노려보았다.

"황제를 죽인다 하지 않았나?"

"황제를 죽인다고 했지. 당신의 여인이 된다고는 하지 않았어."

"원하는 걸 구해 주는 대신 그대를 여인으로 원한다면? 내 목숨을 거는 일에 그 정도 받을 자격은 된다고 생각하는데."

제하의 일갈에 당황한 지안이 놀란 눈으로 그를 바라보았다.

노려보는 지안과는 달리 제하는 여느 때보다도 냉정했다. 기하가 원하는 존재, 그걸 알면서 제하 또한 지안을 원했다.

"현원도, 여인인 그대도 전부 내가 가지겠다는 거다. 이 정도는 되어야 거래가 성립된다고 보는데 어떠한가?"

"……."

"내 요구가 싫으면 밀어내. 그럼 거래는 없었던 일로 하겠다. 그게 아니라면…… 철저히 내 앞에서는 여인으로 있어."

제하의 조건에 지안의 눈이 붉게 충혈되었다.

각오했던 일이었지만 막상 현실로 닥치니 겁부터 더럭 나버렸다. 사내로 자랐어도 사내라는 존재를 전혀 모르는 지안이었다. 누군가의 여인으로 산다는 생각 자체도 하지 못했던 삶이었다.

앞의 사내가 자신을 이런 눈으로 봤는지 모르고 있었다. 아니, 어쩌면 그녀의 약점을 잡고 사내로서의 욕구를 채우려는 것뿐일 수도 있었다.

"난 황제처럼 강제로 그대를 안을 생각은 없어. 거래야 안 하면 그만이니까."

그의 말에 지안의 심장이 내려앉았다.

제하는 지안의 도움이 없어도 원하는 것을 얻어 낼 힘이 있었다. 하지만 지안은, 그녀는 제하의 도움이 꼭 필요했다.

제하의 눈에서 거짓은 보이지 않았다. 거짓으로 자신을 속이려 했던 황제와 달리 그는 지안이 원하는 것을 구해다 줄 것이다. 고작 감 하나로 그를 믿는 행동은 위험했지만, 더는 방법이 없었다.

'여희.'

여희의 마지막 모습이 떠오르자 반항하던 지안의 몸에서 힘이 풀렸다. 감은 눈에 고인 맑은 눈물이 얼굴을 타고 흘러내렸다.

움켜잡고 있던 팔목을 풀자 눈을 뜬 지안이 제하를 조용히 바라보았다.

눈에 가득 담겨 있던 떨림도, 온몸으로 하던 거부도 없었다.

지안의 허락 아닌 허락에 제하의 입술이 다시 그녀에게 향하였다. 그의 입술이 닿는 순간, 품 안의 작은 여체가 잠시 떨렸지만 그뿐이었다.

수줍게 열린 입술에서 느껴지는 달콤한 향에 그가 자신을 내려놓았다.

혀를 휘감고 촉촉한 체액을 빨아들였다. 가쁘게 내쉬는 숨조차 소유하려는 것인지 그는 오랫동안 지안의 입을 탐하고 또 탐하였다. 붉게 달아오른 입술을 이를 세워 살짝 깨무니 놀란 지안이 침상의 천을 움켜잡았다.

"하아."

힘겹게 내쉬는 숨이 그의 남아 있는 이성을 끊임없이 흔들었다.

여인을 모르는 것은 아니었으나 품에 있는 지안은 달랐다. 하얗고 여린 뺨을 쓸어내린 손이 가는 손을 어루만지고 단단히 묶여 있는 옷고름으로 향하였다.

옷고름을 풀려는 순간, 지안의 손이 제하를 막았다.

그녀의 제재에 입술을 뗀 제하가 지안을 바라보았다.

"독부터 가져와요. 이 이상을 원한다면 당신도 나에게 주는 게 있어야지요."

황제를 죽일 수만 있다면…… 그가 고통스럽게 무너지는 것만 볼 수 있다면 이 사람의 품에 얼마든지 안길 수 있었다.

하지만 전부를 넘기는 거래라면 그녀도 얻는 것이 있어야 했다.

냉정한 눈에 깃들어져 있는 열망을 지안은 전부 감당하였다. 닿아 있는 피부로 느껴지는 그의 체온은 살을 태우듯 뜨거웠다.

제하는 지안을 원했다. 그리고 지안은 황제를 죽일 수단을 원했다.

"맞는 말이군."

온몸에서 들끓는 열망을 억지로 참으며 제하가 힘겹게 말했다. 침상에 갇혀 있는 지안은 이성을 버리게 할 정도로 매혹적이었지만 거래는 거래였다.

그는 제 욕심대로, 멋대로 구는 황제와는 달랐다.

지안은 자신의 요구를 모두 받아들였다. 거래는 거래. 그는 지안과의 거래를 지킬 생각이었다. 몸을 일으킨 그가 침상에 누워 있는 지안에게 말하였다.

"옥새는 기약할 수 없지만, 독은 한 달 안에 구할 수 있을 것이다."

"……."

"수발들 시종을 보낼 테니 쉬어라."

말을 끝낸 제하가 방을 나갔다.

자신은 괜찮다. 애초에 각오하고 온 일이 아니었는가.

여희를 죽인 황제만 무너뜨릴 수 있다면 얼마든지 참아 낼 수 있었다. 거래는 지킨다고 했으니 곧 자신이 원하는 것을 제하는 구해 올 것이다.

괜찮다며 여러 번 생각하고 또 생각했건만, 이상하게도 눈에 눈물이 가득 차올랐다.

침상에 누운 지안이 팔로 눈을 가리며 입술을 깨물었다.

작게 오열하는 소리가 조용한 방 안을 서서히 채웠다.

❀ ❀ ❀

나지막한 지안의 목소리가 태건궁을 울렸다. 작지만 또렷하게 들리는 목소리는 시끄럽기보다는 편안함을 느끼게 하였다.

"저이가 현원인가?"

여인의 물음에 내시감이 고개를 숙였다.

단정히 올린 머리에 꽂혀 있는 봉황잠이 눈길을 끌었다. 금실로 수놓아진 붉은 비단옷과 곳곳에 치장된 장신구가 여인을 한껏 돋보이게 하였다.

"폐하께서 아직 오수에 드시지 않으셨사옵니다. 고하겠습니다. 황후마마."

"아니다. 이대로 있겠다."

안에서 들려오는 지안의 목소리를 듣고 있는 듯 황후가 자신의 자리를 지켰다. 작은 티조차도 보이지 않는 하얀 피부에 바스러질 것처럼 가늘고 여린 몸이 사람의 시선을 끌게 하는 미인이었다.

하지만 아름다운 모습과는 다르게 황후의 눈은 차가웠다.

"자빈도 안에 있다고 했는가?"

"그렇사옵니다. 황후마마."

내시감의 대답에 황후의 눈이 굳게 닫힌 문으로 향하였다.

최근 황제가 사내를 궁으로 들여와 현원이라 부르며 아낀다는 이야기가 퍼질 대로 퍼져 있었다.

안채의 후궁들은 이럴 수 없다며 하소연을 했지만, 워낙 기행으로 유명한 황제였기에 이제는 남총도 거둔다고 생각했다.

그렇게 치부했었던 일이 시간이 흐를수록 점점 달라졌다.

"저분 곁에 있으면서 단 한 번도 목소리가 바뀌지 않는구나. 누구나 폐하의 기운에 휩쓸려 몸을 사리는데 말이다."

"황후마마."

"하긴 그런 배짱이 없었다면 애초에 궁에 데려오지도 않았겠지."

황후의 조소에 내시감이 몸을 숙였다.

내시감의 모습에 황후, 유세령의 입가에 옅지만 불쾌한 미소가 감돌았다.

황제가 권좌에 오를 때 황후의 자리에 오른 그녀는 승상 유남훈의 딸이자 죽은 황태자의 연인으로 유명한 여인이었다.

차기 황태자비로 유력했던 그녀가 왜 황태자를 버리고 현 황제와 손을 잡았는지 아는 사람은 거의 없었지만, 어찌 되었든 기하가 황제가 되자 자연스럽게 그녀 또한 황후의 자리에 올랐다.

"왜 폐하께서 저이를 현원이라 부르는지 알겠구나."

최근 그녀를 찾아오는 후궁에게서 현원을 험담하는 말이 하루가 멀다 하고 들려왔다. 황제의 총애를 받아야 힘이 생기는 후궁 입장에서는 침소에 들 때까지 곁에 머무는 현원의 존재가 반가울 리 없었다.

서책을 읽어 내리는 목소리를 들었을 뿐이건만, 세령은 현원이 조금은 다르게 다가왔다. 사내임에도 목소리가 맑고 투명하였다.

사람을 많이 아는 것은 아니었지만, 목소리만 들었을 때는 단정하고 올바른 이라 느껴졌다.

"현원을 가장 싫어하는 자빈이 있다면…… 안의 분위기가 어떨지 눈에 선하구나."

세령의 말에 내시감이 몸을 깊게 숙였다.

내시감을 잠시 본 세령은 소리 없이 긴 한숨을 내쉬었다. 일촉즉발의 분위기에 굳이 끼어들고 싶지 않았지만, 오늘은 그녀도 황제와 담판을 지어야 했다.

"이대로 기다리겠다. 현원이 나가든, 자빈이 나가든 둘 중 하나가 나가야 폐하와 대화라는 것을 할 수 있을 테니 말이다."

놀란 내시감이 만류하였으나 세령은 요지부동이었다.

결국 그녀의 고집에 내시감이 한 걸음 물러나 몸을 숙였다.

❋ ❋ ❋

황후가 문밖에서 기다리고 있는 것을 아는지 모르는지, 지안은 황제가 건넨 서책을 조용히 읽고 있었다. 그녀보다 상석에서 저고리를 벗어 가슴이 반쯤 드러난 여인이 황제의 몸에 기댄 채 그의 어깨를 주무르고 있었다.

녹아들듯 달콤한 시선으로 자신만을 봐 달라며 황제를 바라보고 있었지만, 여인의 바람과는 달리 그의 눈은 서책을 읽어 내리는 지안에게 멈춰 있었다.

"현원은 어떻게 생각하는가?"

갑작스러운 물음에 서책을 읽던 지안의 행동이 멈추었다. 지안의 눈이 자신을 바라보자 황제의 입가에 옅은 미소가 감돌았다. 그에 반해 어깨를 주무르는 여인의 미간은 작게 찌푸려졌다.

"무엇을 말씀하시는 것인지요?"

"서책의 내용처럼 말이다. 황제가 죽으면서 저를 모셨던 모든 이들을 무덤에 같이 묻어 버리는 행동을 어떻게 생각하느냐 말이다."

황제의 물음에 지안이 들고 있던 서책을 물끄러미 바라보았다.

읽으라며 그가 건넨 것은 선제들의 업적과 사후의 내용이 들어 있는 서책이었다. 마침 읽고 있었던 것은 원하국의 개국 초반에 행해졌던 순장에 관한 부분이었다.

잠시 생각을 정리한 지안이 입을 열려는 찰나, 황제의 어깨를 주무르던 여인이 먼저 그의 귀에 작게 속삭였다.

"소첩이라면 폐하께서 생을 놓으시는 순간 자결할 것이어요. 폐하께서 없으신 이승이 무슨 의미가 있겠사옵니까?"

"자빈."

"예. 폐하."

"나는 현원에게 물었다. 짐을 귀찮게 할 생각이라면 나가라."

황제의 말에 놀란 자빈이 입을 다물었다. 곧이어 매서운 시선이 고개를 숙이고 있는 지안에게로 향하였다. 보지 않아도 느껴지는 시선에 지안은 옅은 한숨을 내쉬었다.

후궁과 황제를 같이 봐야 하는 지금과 같은 순간이 지안에게는 힘든 일 중 하나였다.

황제의 총애에 목숨을 거는 후궁들과는 달리 지안은 그의 관심이 소름 끼치도록 싫었다. 그의 목숨을 거두겠다는 일념으로 버티고 있는 자리였다. 황제의 시선만으로도 피곤한 와중에 후궁들의 시샘까지 견뎌 내는 일은 쉬운 것이 아니었다.

"선제 폐하의 행동은 이기적이라 말씀드리고 싶습니다."

"네 이놈! 지금 폐하의 앞에서 무슨 망발인 것이냐? 이기적이라니! 네놈이 생각이 있는 것이냐! 폐하! 현원은 지금……."

말을 잇던 자빈이 황제의 살벌한 시선에 숨을 삼키며 몸을 숙였다. 검이 있으면 당장에라도 자빈을 벨 것처럼 노려보던 황제의 눈이 다시 지안에게로 향하였다. 자빈을 바라보던 것과는 다르게 지안을 보는 황제의 눈은 다정하다 못해 부드러웠다.

'도대체 폐하는 현원의 무엇이 마음에 드신다고 저러신단 말인가?'

한 번도 본 적 없는 황제의 시선에 자빈이 입술을 깨물었다.

보면 볼수록 현원이 마음에 들지 않았다. 황제의 곁에서 수발이나 드는 주제에 마치 모든 것을 가지고 있는 것처럼 으스대는 모습이 볼수록 가관이었다. 하물며 사내 주제에 여인들보다 고운 외모까지 가지고 있으니 눈엣가시처럼 거슬리는 것은 당연했다.

자빈이 지안을 어떻게 보고 있는지 모르는 황제가 지안에게 답을 재촉하였다.

"선제 폐하께서 목숨을 거둔 사람들에게도 가족이나 마음을 나누는 벗이 있었을 것입니다. 사후의 봉양을 위해서라지만 귀한 목숨을 그리 거두는 일은 아니라고 생각하옵니다. 만인의 아버지인 황제이시라면 아직 생이 남아 있는 그들의 목숨을 거두시기보다는 남아 있는 그들의 삶을 지켜 주셔야 하는 것이 맞다고 사료되옵니다."

물 흐르듯 나오는 대답에 황제의 입가에 미소가 감돌았다.

그날 이후, 지안은 황제에게 일정한 선을 그으면서도, 그를 대하는 행동은 바꾸지 않았다. 비록 종종 복잡한 시선으로 그를 바라보기는 했지만, 황제는 지안만큼은 이해해 줄 수 있었다.

평생을 가족같이 여기던 시비였으니 상실감이 컸을 것이다. 바로 저에게 마음을 열지는 못하겠지만 기다릴 수 있었다.

"황제는 그런 것까지 신경을 쓰지 않는단다. 혼자 죽기 외로우니 하나라도 더 같이 죽었으면 하는 바람으로 그랬을 수도 있을 테지. 지안아. 황제도 결국 사람일 뿐이란다. 자신의 삶이 끝나 가는데 또 누구를 위하고 지키겠느냐?"

황제의 입에서 나오지 않을 법한 말이 나오자 지안과 자빈의 눈이 커졌다. 힘으로 찍어 누르기만 할 뿐, 사람다운 느낌은 한 번도 보이지 않았던 황제였다.

무심한 표정 너머로 극심한 외로움이 느껴졌다. 하지만 그것은 찰나, 원래대로 돌아온 황제가 매달리는 자빈을 바라보았다.

"짐이 죽으면 자결하겠다고 하였나?"

"네? 폐하께서 없으신 이곳이 소첩에게 무슨 의미가 있겠습니까? 설마 소첩이 거짓을 말한다고 생각하시는 것입니까?"

"그럼 죽어라."

"네?"

황제의 말에 놀란 자빈이 몸을 일으켰다. 놀란 나머지 몸을 떠는 그녀와 다르게 황제의 입가에는 즐거운 미소가 지어져 있었다. 몸을 일으킨 황제가 그녀를 바라보며 입꼬리를 올렸다.

"날 위해 죽을 수도 있다 하지 않았느냐? 그걸 증명해 보이란 말이다."

"폐, 폐하! 무슨 말씀을……."

"뭐하는 것이냐? 검이라도 가져다줘야 죽을 것이냐?"

황제의 말이 진심임을 느낀 자빈이 뒷걸음질을 쳤다. 자빈이 행동으로 옮기지 않자 황제가 일어나 검을 꺼내었다. 동시에 앉아 있던 지안이 자리에서 일어났다.

"폐, 폐하!"

"날 연모하는 증좌를 보이라 했거늘 왜 그리 몸을 떠는 것이냐?"

"폐하! 소첩이 잘못하였나이다. 살려 주십시오. 살려 주십시오. 폐하."

갑자기 달라진 분위기에 놀란 자빈이 아래로 내려와 몸을 숙였다. 살려 달라며 울음을 터트리는 자빈을 보고 황제가 비틀린 미소를 지었다.

어차피 후궁이야 널리고 널렸다. 시끄러운 계집 하나 죽인다 한들 비어 버린 빈의 자리에만 관심을 가질 뿐, 이 여인을 걱정할 이는 아무도 없었다. 황제의 손길이 아니면 궁녀만도 못한 존재, 그러면서도 그럴듯한 거죽을 믿고 제멋대로 주둥아리를 놀렸다.

"그래. 짐이 너 같은 것에게 무엇을 기대하겠는가?"

검에 힘을 준 황제가 자빈의 앞에 섰다. 울음을 터트리던 자빈이 검을 보자 비명을 질렀다.

그때 지안의 손이 황제의 손을 조용히 감쌌다.

"폐하. 노여움을 거두시옵소서."

손에서 느껴지는 지안의 체온에 황제가 고개를 돌렸다. 조용하고 차분한 시선이 황제를 응시하였다.

그저 바라보는 것뿐인데도 제멋대로 날뛰던 짜증과 분노가 서서히 가라앉았다.

쓸데없는 말로 자신을 말리려 했다면 지안에게까지 분노를 풀었을 것이다. 하지만 황제의 손을 잡고 있을 뿐, 지안은 말이 없었다.

지안에게 검을 넘긴 황제가 자빈을 보며 서늘하게 말하였다.

"당장 내 눈앞에서 사라져라."

황제의 명령에 몸을 일으킨 자빈이 비명을 지르며 뛰쳐나갔다. 경멸 어린 시선으로 자빈을 노려보던 황제가 고개를 돌리니, 지안이 검집에 검을 꽂고 있는 것이 보였다.

"지안아."

"예. 폐하."

"짐이었다면 많은 궁인을 묻지 않았을 것이다. 쓸데없이 시끄러운 것들을 함께 묻어서 무슨 영화를 보겠느냐? 가장 마음에 드는 이 하나만 데리고 가면 충분할 것인데 말이다. 안 그렇소? 황후."

황제의 말에 지안의 눈이 열려 있는 문으로 향하였다. 열린 문으로 들어오는 세령을 발견한 지안이 자리에서 몸을 숙였다.

안으로 들어온 세령은 지안을 한동안 바라보았다. 목소리만 단정한 줄 알았는데 외모 또한 여인 못지않게 수려한 사내였다.

남총일 수도 있겠다는 생각을 했었지만, 세령은 곧 생각을 접었다. 황제의 남총으로 총애를 얻는 자였다면 자빈을 살려서 보내지 않았을 것이었다.

"황후께서 어인 일로 이곳까지 오신 것이오?"

"폐하와 상의할 이야기가 있어 오게 되었습니다."

"짐과 할 이야기라…… 연인의 심장에 검을 직접 꽂을 만큼 배포가 크신 황후께서 무슨 걱정이 있어 짐과 이야기를 하겠다는 것인가?"

"폐하!"

황제의 조롱에 분노한 세령이 목소리를 높였다. 불편한 분위기가 계속되자 지안이 조용히 걸음을 옮겨 자리를 비우려 하였다.

"현원은 자리를 지켜라."

"폐하."

"황후께서는 보는 눈이 있으면 제 본모습을 못 드러내시는 분이니 네가 자리를 지켜야겠구나."

황제의 비아냥거림에 세령의 눈이 점점 차가워졌다. 치마를 붙잡고 있는 손에 힘을 주며 세령이 황제가 건네는 자리에 앉았다.

둘의 분위기를 살피며 지안 또한 조용히 자리에 앉았다. 상석에 느긋하게 앉은 황제가 손으로 턱을 괴며 귀찮은 눈으로 세령을 쳐다보았다.

"오늘따라 태건궁이 여인들의 목소리로 소란스럽구려. 짐이 고단하여 오수에 들고 싶으니 황후께서는 짧게 이야기를 해 주셨으면 하오."

"후계가 잡히지 않은 황제는 지지 기반이 불안한 지존일 뿐입니다. 소첩이 말씀드릴 상황은 아니오나 후궁들이어도 상관없으니 속히 황은을 내리시어 회임을……."

"하하하핫."

세령의 말을 자르듯 황제가 박장대소를 터트렸다. 노골적인 황제의 행동에 세령의 미간이 잔뜩 찌푸려졌다. 그녀가 자신을 어떻게 보든 상관없다는 듯 황제가 허리까지 숙여 가며 즐거운 웃음을 터트렸다.

"황후께서는 예나 지금이나 말씀을 참 재미나게 하시오."

"소첩의 말이 농으로 들리시는 것입니까?"

"농이 아니니 재미있는 것이지요. 하지만 황후, 이번만큼은 승상의 뜻을 잘못 전하신 듯하오."

"……."

"후궁이어도 상관이 없다? 승상이 황후에게 그리 말했을 리가 없지 않소? 하루라도 빨리 짐의 씨를 받아 황자를 잉태하라고 채근했겠지. 그래야 유가의 지지 기반이 단단해지기도 하고, 황자가 있다면 미친 황제 따위 얼마든지 제거하고 새 황제를 옹립할 수도 있는 것이고 말이오?"

"폐하!"

핵심을 찌르는 황제의 말에 세령의 얼굴이 창백해졌다.

숨조차 함부로 내쉴 수 없을 정도로 팽팽한 긴장감이 흘렀다. 둘의 가운데에서 지안은 조용히 눈을 감았다. 그들은 화려하고 웅장했지만 그 안은 더럽고 추잡하였다.

둘의 이야기를 듣던 지안이 눈을 감자, 황제의 미간이 꿈틀댔다. 연이은 일에 지친 듯 창백한 얼굴에 자꾸 신경이 쓰였다.

지안의 저런 모습이 세령 때문인 것 같은 기분에 불쾌해진 황제가 그녀를 노려보았다.

"회임을 하고 싶으면 그대가 하고 싶다고 직접 말씀하시오. 둘러말하는 거짓 조언 따위 듣기 불쾌하니 말이오."

"……."

"뭐 본인의 선택을 후회하는 황후이시니 선뜻 나서지 못하는 것도 있겠지만 말이오. 아직도 황후께서는 제 손으로 심장을 찌른 휘령을 잊지 않고 계시지 않소?"

"폐하! 말씀이 지나치십니다!"

"그대가 이곳을 뒤집어 놓은 것에 비하면 짐의 말이 지나칠 것도 없지."

황제의 답에 세령이 입술을 깨물었다.

언제나 이런 식이었다. 쉽지 않은 사내라는 것을 알면서도 황태자를 버리고 그를 선택하였다. 가문의 결정이라는 것도 있었지만, 무너지는 황태자보다는 힘을 얻은 그가 낫다는 생각에서였다.

황제의 말대로 지금의 상황이 세령은 뼈에 사무치도록 후회되었다.

이 사내는 황제의 재목이 아니었다. 그저 열등감과 자괴감에 빠진 광인일 뿐.

"폐하께서 무슨 말씀을 하시든 오늘은 확답을 들어야겠습니다. 이대로라면 소첩은……."

"현원은 이만 나가 보거라."

세령의 말을 자르며 황제가 지안에게 명령하였다.

생각지도 못한 명령에 지안이 고개를 들어 황제를 바라보았다.

"황후께서 단단히 마음을 먹은 듯하니 짐 또한 모처럼 진심으로 상대해 드려야지. 짐이 찾을 때까지 현원은 태건궁 밖으로 나가 있어라."

이곳에서 더는 둘의 이야기를 듣고 싶지 않았던 지안이 조용히 몸을 일으켰다.

별의별 모습을 다 보여 주던 황제가 이런 명령을 내리는 것이 이상했지만 어차피 물어볼 생각 따위는 없었다. 자리에서 일어난 지안이 뒷걸음질로 나가자, 살기 어린 황제의 눈이 세령을 노려보았다.

싸늘한 그의 시선에 세령이 자신도 모르게 몸을 떨었다.

"이제부터 제대로 대화라는 것을 해 보도록 하지. 황후."

❋ ❋ ❋

태건궁을 나온 지안은 길게 숨을 내쉬었다. 연이어 일어난 일에 온몸이 천근만근이었다.

황제를 죽이겠다는 일념으로 버티고 있었지만, 황궁 안에서 끊임없이 일어나는 불쾌한 일은 그녀를 점점 피곤하게 만들었다.

예전에는 그런 지안을 여희가 다독여 줬지만, 이제 그녀에게는 아무도 없었다.

자리에 선 지안이 손으로 얼굴을 가렸다. 잠다운 잠을 자지 못한 지 벌써 이 주가 넘어갔다. 지친 몸이 쉬라며 지안을 재촉했지만, 그녀는 쉽게 잠들 수 없었다.

"후우."

무거운 숨을 내쉰 지안은 고개를 저었다. 모처럼 얻은 휴식이었다.

지친 정신을 추스를 겸 황궁 안을 걸어 보려던 안일한 생각은 내관과 궁녀를 끌고 온 자빈에 의해 산산조각이 나 버렸다.

자빈의 눈짓에 지안의 양팔을 내관이 붙잡았다. 포박된 지안이 당황하여 입을 열었다.

"이게 무슨 짓이십니까?"

지안을 노려보던 자빈이 있는 힘껏 그녀의 뺨을 후려쳤다. 그 힘에 지안의 고개가 왼쪽으로 완전히 돌아갔다.

순간적으로 일어난 일에 놀란 지안이 자빈을 노려보았지만, 그와 동시에 자빈의 손이 지안의 반대편 뺨을 힘껏 후려쳤다.

"내가 누군 줄 알고! 네까짓 것이 감히 폐하 앞에서 날 모욕하였단 말이냐?"

자빈의 말에 황당한 지안이 눈을 부릅떴다. 죽을 뻔한 것을 살려 놨더니만 황제 앞에서 자신을 모욕했다며 이런 보복이나 저지르고 있었다.

"소인은 마마께서 폐하께 험한 일을 당하실까 염려되어 그런 것뿐입니다. 마마를 모욕하다니요. 그런 적 없습……."

지안의 말에 화가 난 자빈이 또다시 손을 올렸다. 날카로운 소리와 함께 지안의 뺨이 붉게 달아올랐다.

"건방진 놈 같으니라고! 얌전히 잘못하였다며 빌어도 모자랄 판에 뭐, 그런 적이 없다고? 내 오늘 너의 그 버르장머리를 단단히 고치고 말 것이야!"

연거푸 맞은 뺨이 화끈거렸다. 황제도 모자라 후궁에게까지 이렇게 당하니 이제는 화조차 나지 않았다.

황제의 검에 살려 준 것이 모욕이라는 말인가? 그렇다면 그냥 죽게 내버려 뒀어야 하는 것이 현명한 일이라는 것인가.

지안이 살기를 담아 노려보자 자빈이 몸을 움찔대며 뒤로 물러났다.

“감, 감히! 네 주제에 눈을 그따위로 치켜뜨는 것이야!”

“소인이 폐하께 말씀드리면 어찌하려고 이러시는 것입니까?”

“이, 이 못된 것! 감히 그 입으로 폐하를 걸고넘어지면 내 얌전히 물러날 것이라 생각하는 것이냐?”

“소인이 못 할 것이라 생각하시는 것입니까?”

지안의 말에 자빈의 손이 공중에서 멈추었다.

손톱에 찢어졌는지 입술 끝이 아렸다. 입안의 피를 뱉어낸 지안은 팔을 잡고 있는 두 명의 내관 중 오른쪽에 있는 이의 정강이를 후려쳤다.

“악!”

짧은 비명을 지르며 내관이 쓰러지자 팔을 잡고 있는 또다른 내관의 손을 꺾었다. 손을 꺾고 복부를 가격해 쓰러뜨린 지안이 주저앉은 내관의 몸을 힘껏 차 버렸다.

포박에서 풀려난 지안이 자빈을 노려보자 그녀가 비명을 질렀다.

“너! 너!”

“이만 물러나겠습니다.”

“누가 네 마음대로 그렇게 하라 했느냐! 뭐하는 것이냐! 어서 이놈을 붙잡지 않고!”

“자빈은 그 정도에서 멈추어라.”

서늘한 목소리에 자빈과 지안의 고개가 소리가 난 방향으로 돌아갔다. 언제 온 것인지 이쪽을 바라보는 세령의 모습에 지안이 고개를 숙였다. 지안이 고개를 숙이자 그제야 자빈 또한 몸을 숙였다.

둘의 인사를 받으며 다가온 세령이 지안의 뺨을 조용히 바라보았다. 있는 힘껏 때려서인지 뺨이 붉게 부어 있었다. 더군다나 손톱에 찢어진 입술은 그녀가 보기에도 제법 심했다.

“폐하께서 아끼시는 현원이오. 폐하께서 진노하시면 자빈께서는 어찌 감당하시려 이런 경솔한 짓을 하신 것이오?”

“황후마마! 이건 현원이 소첩에게 씻을 수 없는 모욕을…….”

“현원이 아니었다면 자빈의 목숨은 어찌 되었을지 모르는 일이오. 지금 일은 자빈께서 현원에게 실수를 하신 듯하오. 사과하세요.”

“황후마마!”

억울하다며 자빈이 고개를 저었지만, 세령은 요지부동이었다.

몸을 부들부들 떨며 자빈이 지안을 매섭게 노려보았다. 하지만 황후의 앞에서 제 성질머리대로 지안을 대할 수는 없는 노릇이었다.

“오늘 일은 오해가 있었던 듯하네. 넘어가게나.”

말을 끝낸 자빈이 이만 가 보겠다는 말을 남긴 후, 도망치듯 자리를 피하였다. 자빈이 사라지는 것을 본 세령이 길게 숨을 내쉬었다.

"지금 일은 불쾌하겠지만 현원도 조용히 넘겼으면 하구나. 폐하께서 아시면 저 사람이 어찌 될지 모르니. 폐하의 총애를 받기가 어려워 저러는 것이니 그대가 이해하라."

세령의 말에 지안이 조용히 고개를 숙였다. 입술 끝에 맺혀 있는 붉은 핏방울이 그녀의 시선을 자꾸 끌었다. 지안을 바라보던 세령이 품에 넣어 놓았던 손수건을 꺼내 그녀에게 내밀었다.

"아니옵니다. 황후마마. 곧 멈출 것입니다."

"여인이든 사내든 상처를 가벼이 여기면 안 되는 것이다. 의관에게 보이기 전까지는 이걸로 막고 있어라."

세령의 고집에 지안이 내미는 수건을 받아 들었다.

대화다운 대화를 하지는 않았지만 보면 볼수록 차분하고 단정한 이였다. 황후는 제 앞에서도 흐트러짐 없는 지안의 모습이 참으로 마음에 들었다.

"폐하께서 데려온 이라 들었다. 폐하의 곁에 있느라 그대가 고생하는구나."

"아니옵니다. 황후마마."

"그대의 선택으로 오게 된 것인지, 폐하의 강제로 오게 된 것인지는 알 수 없으나 그분의 곁에 머무는 것이 쉽지 않은 일임은 알고 있단다. 힘들겠지만 앞으로도 잘 부탁한다."

세령의 말에 지안이 할 수 있는 것은 고개를 숙이는 것뿐이었다. 한동안 말없이 그녀를 보던 세령이 지안을 지나쳐 자신의 궁으로 걸음을 옮겼다.

사라지는 세령을 보는 지안의 표정이 복잡했다. 절제 없이 마음이 따르는 대로 행동하는 황제와 다르게 세령은 누구보다도 자신을 절제하고 중도를 지키려 노력하는 여인으로 보였다.

황제와 혼인한 것이 죄라면 죄. 그녀가 황후의 자리에 있는 한 감내해야 할 것이었지만 여인으로서 그녀를 보는 지안의 마음은 편하지 않았다.

입술을 누르던 수건을 떼니 피가 어느 정도 멈춰 있었다. 세령이 준 것을 품에 넣은 지안은 다시 태건궁으로 걸음을 옮겼다.

❀ ❀ ❀

흩뿌려지는 피에 대홍려가 바닥에 고개를 숙였다.

"다시 말해 보라."

"폐, 폐하!"

고개를 숙인 그의 앞으로 흘러내리는 피에 놀란 대홍려가 몸을 떨었다. 내관 둘과 궁녀 하나의 목을 베었음에도 황제의 표정은 처음과 별반 다르지 않았다. 자신도 모르게 몸을 피한 대홍려가 다시 고개를 숙였다.

"어찌하여 연국과의 거래가 무산된 것이냐?"

"그것이, 소인도 모르겠습니…… 아악!"

숙여진 어깨로 검이 관통하였다. 온몸이 꿰뚫리는 고통에 대홍려가 바닥에 주저앉았다. 반면 대홍려의 어깨를 검으로 찌른 황제의 눈에는 진한 광기가 스며들었다.

자빈과 황후의 일만으로도 화가 난 그에게 청천벽력 같은 일이 연이어 들이닥쳤다. 얼마 전 연국과 이루어졌던 교류가 무산되었다는 것이다.

정통이 아닌, 힘으로 권좌를 차지한 도의 없는 황제와는 거래할 수 없다는 것이 그 이유였다. 감히 자신의 앞에서 정통성을 운운하다니 분노가 치밀었다.

"네가 주도한 일이 아니더냐?"

"폐하! 살려 주시…… 으아악."

몸을 숙이는 대홍려를 보던 황제가 어깨를 찍고 있던 검을 비틀었다. 대홍려의 비명이 방을 가득 채웠다.

살아 있는 내관과 궁녀에게 도움의 시선을 보냈지만, 두려운 그들은 황제를 말리는 대신 바닥 깊숙이 고개를 숙일 뿐이었다.

하필이면 황제의 광기를 말릴 유일한 사람인 지안도 없는 상황, 대홍려는 눈물범벅이 된 얼굴로 황제에게 자비를 구하였다.

"소인, 다시 연국과의 길을 열어 보겠습니다. 이번 일을 도와준 상단이 있습니다. 그들을 다시 끌어들여서라도…… 아악."

어깨를 뚫고 나온 검이 빠져나오고, 뿜어 나오듯 터진 피가 대홍려의 얼굴과 바닥을 적셨다. 피로 흥건한 바닥을 구르며 대홍려가 고통스러운 비명을 질렀다.

방을 채우는 비명에 미간을 찌푸린 황제가 조금의 주저도 없이 검을 휘둘렀다.

"꺅!"

바닥을 구르는 대홍려의 목에 비명을 지른 궁녀들이 굳게 닫힌 문을 필사적으로 바라보았다.

이 자리에 지안이 있었다면 이렇게까지 끔찍한 일은 일어나지 않았을 것이다. 하지만 아무리 기다려도 지안이 나타날 기색은 없었다.

"크큭."

대홍려를 죽인 황제가 비틀린 웃음을 터트렸다.

그나마 좀 쓸모가 있을 줄 알았더니만 결국 황제인 그를 우롱하였다. 가치 없는 인간 따위 그에게는 필요 없었다. 목이 잘린 대홍려를 보던 황제가 그의 몸에 검을 찍었다.

"내시감."

황제의 명령에 자리를 지키고 있던 그가 조용히 다가왔다.

"사지를 잘라 도성 밖에 효시해라."

"네. 폐하."

황제의 명령에 내관들이 몸을 숙였다. 지금 황제를 말릴 사람은 아무도 없었다.

몸을 숙인 내시감이 밖으로 나가려는 순간, 얼굴의 피를 닦아 낸 황제가 말을 이었다.

"대홍려의 본가에 병사들을 보내라. 대홍려의 식솔을 모두 죽이고, 전 재산을 몰수하겠다."

조금의 자비도 없는 명령에 방을 지키던 이들이 숨을 들이마셨지만, 명령을 마친 황제의 눈에는 광기가 어려 있을 뿐 조금 전과 다르지 않았다.

공포에 젖은 내관과 궁녀를 보며 비릿한 미소를 지은 황제가 자리로 돌아가 누웠다.

황제의 태연한 모습에 방을 지키던 내관과 궁인의 눈에 두려움이 서렸다.

❀ ❀ ❀

방 밖을 나오는 시신들을 보며 의관의 모습을 한 제하가 입꼬리를 올렸다.

대홍려는 태성 상단이 연국과의 거래를 도와줬다고 철석같이 믿고 있었지만, 실상은 달랐다. 황제와 상단 사이에서 제 이익만 찾으려는 대홍려는 오래 데리고 있을 사람이 아니었다.

교류가 무산된 황제가 결국 대홍려를 죽였다.

'그렇게 천천히 무너져야지.'

나라 간의 교역이 어그러졌다는 이유로 황제는 네 사람의 목숨을 거두었다.

미친 황제에게 궁인이나 대홍려의 목숨은 굴러다니는 돌보다도 가치 없는 것이었지만, 다른 사람들에게는 두려움을 느낄 충분한 계기가 될 것이다.

'아직 멀었다.'

황제는 자신의 광기에 무너지고, 부서져야 한다.

그의 광기가 원하국에 독이 된다는 것을 더더욱 널리 알려야 했다. 모든 이들에게서 황제의 당위성을 부정당했을 때,

오랫동안 준비해 온 그의 검이 황제의 목을 꿰뚫게 될 것이다.

모든 것을 빼앗은 황제, 그렇기에 제하는 그에게서 받아내야 할 것이 무척이나 많았다.

"어찌 이곳에 계시는 것입니까?"

제하의 모습을 발견한 내시감이 주변을 연신 살피며 다가왔다.

"황제가 대홍려를 죽였는데 여기까지 관심을 가질 자가 있는가?"

제하의 조롱에 내시감이 입을 다물었다. 황제의 광기는 진정되기보다는 점점 더 극을 향하고 있었다. 지안이 있을 때는 그나마 잠잠하였지만, 그것도 찰나일 뿐 황제는 방향을 잃은 연처럼 날뛰었다.

제하에게는 이득이었지만, 황제의 독기에 애먼 사람들이 죽는 것을 보는 일은 힘들었다.

"대홍려의 집안을 멸문시키라 하였습니다."

"황제의 행동에 더 질려 하겠군."

"도와주실 수…… 없으십니까?"

내시감의 부탁에 제하가 입꼬리를 올렸다. 하지만 곧 눈엔 황제 못지않은 진한 살기가 감돌았다.

"어찌하여 내가 대홍려의 가문에 자비를 내려야 한단 말인가? 배신자의 가문을 지켜 줄 정도로 난 너그럽지 않다."

칼같이 자르는 제하의 말에 내시감이 말을 삼켰다.

황제와 방향이 다를 뿐, 제하가 추구하는 것도 결국은 같았다. 내시감인 그가 어찌할 수 없는 일, 제하를 향해 말없이 고개를 숙였다.

"소인. 이만 돌아가 보겠습니다. 조심하시옵소서."

"황제의 곁에 지안이 있는 것인가?"

제하의 물음에 내시감이 고개를 저었다.

"현원이 있었다면 대홍려는 몰라도, 다른 궁인들의 목숨은 구했을 것입니다."

내시감의 대답이 묘하게 그의 신경을 건드렸다. 황제가 관심을 가지고 있다는 이유로 데려온 여인일 뿐이었지만, 막상 황제가 그녀에게 관심이 있다는 대답에 미간이 찌푸려졌다.

자신이 거둔 여인이었다. 그 누구라도, 황제라도 그녀의 소유를 주장할 수 없었다.

"지안을 퇴궁시켜라."

"하나 폐하께서 찾으시면……."

"아프다고 해."

말을 끝낸 제하가 몸을 돌렸다. 뒤도 돌아보지 않은 채 걸어가는 제하를 내시감이 어두운 눈으로 바라보았다.

❋ ❋ ❋

오늘은 일찍 퇴궁하라는 황명에 지안은 평소보다 빨리 집으로 돌아왔다. 황명을 전달하는 내시감의 표정은 어두웠지만, 모처럼 황제에게서 일찍 벗어난 지안의 얼굴에는 옅은 화색이 돌았다.

"오셨습니까? 주인님. 얼굴이……."

"별것 아니니 신경 쓰지 않아도 된다."

마당을 쓸던 시종이 지안의 앞으로 다가왔다. 걱정하는 그에게 장옷을 넘긴 지안의 눈에 불이 켜져 있는 방이 보였다.

여희가 죽은 후, 황제는 황궁에 그녀가 머물 궁을 따로 마련해 주었다. 입이 떡 벌어질 정도로 으리으리한 규모에 황제가 직접 뽑아 보낸 궁인들이 지안만을 수발하기 위해 자리를 지키고 있었다.

황공하다 못해 부담스러운 궁.

그렇기에 지안은 그곳에 머물 수 없었다.

지안은 처소에 머물라는 황제의 명령을 거부하였다. 검을 뽑은 황제가 목숨을 담보로 명을 받들라 했지만, 지안은 차라리 목을 베시라는 말로 그에게 항명하였다.

완강한 고집에 황제가 결국 손을 들었다. 대신 그녀가 살 자택을 직접 마련해 주었다.

궁만큼은 아니었지만, 그럼에도 상당한 규모의 저택이었다. 예전 집과는 비교할 수 없는 곳에도 지안은 여전히 마음을 두기 어려웠다.

"방에 계십니다."

지안의 시선이 불이 켜진 방을 향하자 옷을 받아 든 시종이 낮게 속삭였다.

황제가 마련해 준 지안의 저택에는 황궁에서 직접 가르침을 받은 시종들이 배치되었고, 궁에서 온 병사들이 집을 지키고 있었다.

하지만 명목상의 배려일 뿐, 황제가 보낸 이들의 공통적인 목적은 하나였다.

현원을 감시하는 것.

하지만 황제의 생각을 비웃듯 제하가 중간에서 움직였다. 어디까지 영향력을 미치는지 알 수 없었지만, 황제가 골라서 보낸 이들은 결과적으로는 제하가 미리 뽑아 놓은 사람들이었다.

감시를 하기 위해 보낸 사람들이 감시하지 않는다.

제하가 움직여 준 덕분에 집에서만큼은 황제의 눈에서 벗어나 편히 쉴 수 있었다.

닫힌 문을 열자 지안을 제일 먼저 맞이한 것은 제하가 아니라 그가 피우는 연초의 향이었다.

"늦었군."

"오늘은 오는 날이 아니지 않나요?"

어차피 지안이 여인인 것을 다 알고 있는 그의 앞에서 굳이 목소리를 낮추거나 말을 높일 필요는 없었다. 이곳으로 처소를 옮긴 후, 지안은 본래의 말투로 제하를 대하기 시작하였다.

"상단 연회가 시끄러워서."

황궁에서의 친절하고 부드러운 의관의 모습은 더는 보이지 않았다. 휴식을 취하는 맹수처럼 제하는 느긋하고 여유로웠지만 빈틈이라고는 찾아볼 수 없었다.

무슨 생각을 하는지 절대로 알 수 없는 자, 그럼에도 지안은 앞의 사내와 손을 잡았다.

"당신이 단주면서 상단에서 여는 연회에 참여하지 않는 건가요?"

"내가 안 가도 채훈이 충분히 알아서 하겠지. 쓸데없이 나설 인물이 아니라서 말이야. 그나저나…… 얼굴은 왜 그 꼴이지?"

제하의 물음에 지안이 얼굴을 가리듯 고개를 돌렸다. 그의 눈에 보이지 않는 사이, 도대체 무엇을 하고 다녔는지 지안의 입술에 딱지가 앉아 있었다. 가리듯 지안이 고개를 돌렸지만 이미 제하의 눈에 들어온 뒤였다.

지안의 반항은 제하가 턱을 잡고 그를 향해 돌리면서 끝이나 버렸다.

붉게 부어오른 것까지는 넘긴다 해도 손톱에 긁혔는지 찢어진 입술에 상처가 길게 나 있었다. 제하의 말에 지안이 별것 아니라는 듯 손을 저었다.

"그냥 좀 스친 것뿐이에요."

스쳤다고 넘기기에는 상흔이 제법 깊었다.

현원이라 부르고 화풀이 대상으로 쓰는 것인지 멍이 하나 가라앉으면 새로운 상처가 생겨서 돌아왔다. 지안은 괜찮다며 고개를 돌렸지만 상처를 보는 제하는 왠지 모를 화가 치밀었다.

"여인의 손톱에 일부러 얼굴을 가져다 대기라도 했다는 건가? 뺨을 치는 것도 모자라서 손톱으로 찢을 정도로 미움을 사고 다니는지 몰랐군."

연신 괜찮다며 상처를 감추려는 지안의 행동에 제하가 미간을 꿈틀댔다.

사내든 여인이든 다른 이에게 이렇게 맞을 이유는 없었다. 복수에 전부를 걸었어도 지안은 자신을 아끼지 않았다. 한번 치밀어 오른 화가 잠재워지지 않았다.

"황제의 곁에 붙어 있는 현원이 마음에 들 리가 없…… 헉!"

몸을 돌리는 지안을 잡은 제하가 찢어진 상처를 혀로 할짝댔다. 비릿한 피가 혀끝에 느껴졌다.

"흡."

찢어진 입술에 느껴지는 촉촉한 감촉에 지안의 감각이 곤두섰다. 밀착된 그에게서 느껴지는 열기에 정신을 차릴 수 없었다.

턱을 들어 자신을 보게 한 그가 입술의 상처를 혀로 할짝댔다. 너무 놀란 나머지 상처의 고통도 잊은 채 지안이 숨을 삼켰다.

노골적으로 지안을 원하는 것은 아니었지만, 종종 그는 이런 식으로 자신의 흔적을 남겼다.

한숨이 나올 정도로 천천히 상처를 핥던 그가 입술을 살짝 어루만진 뒤 혀를 뗐다. 그제야 그에게서 벗어난 지안이 작게 쏘아붙였다.

"이런 식으로 자꾸 다가오지 마세요. 누가 보기라도 하면…… 아앗! 이거 놓으란 말입니다!"

내려 달라며 지안이 발버둥 쳤지만 그녀를 어깨에 둘러멘 제하는 꿈적도 하지 않았다.

혀끝에 닿는 비릿한 피와 입술에서 느껴지는 감촉이 그에게 묘한 흥분을 느끼게 하였다. 이런 식으로 흔적을 남기는 일을 지안은 싫어했지만, 제하에게는 복수뿐인 삶에 처음으로 느껴 보는 색다른 기분이었다.

버둥대는 지안을 침상에 내려놓은 그가 서랍장에 넣어 놓은 함을 꺼내었다.

"의관에게 상처도 안 보여 줬나?"

"어떻게…… 아!"

상처를 핥았으니 치료를 받았는지 묻지 않아도 알 수 있을 것이다. 제멋대로 행동하면서도 황제와 다르게 그에게서는 배려라는 것이 느껴졌다. 지금 이 순간도 목소리는 퉁명했지만 찢어진 상처에 약을 바르는 손길은 조심스러웠다.

상처에 약이 닿자 따끔한 느낌에 지안이 이맛살을 찌푸렸다. 제하에게 얼굴을 맡긴 채, 지안이 그의 물음에 답을 하였다.

"황제의 후궁이 홧김에 현원의 뺨을 때렸다고 하면 그의 성격상 그녀를 죽이고도 남을 텐데 어찌 의관에게 상처를 맡기겠어요. 상처를 치료하는 내내 의관이 누가 그랬는지, 왜 그랬는지 계속 물어볼 텐데 그것도 귀찮고 말이죠."

"황제의 후궁이라…… 훗날은 생각 안 하고 일을 저지를 후궁이라면 자빈밖에 없겠군."

마치 모든 상황을 직접 본 것처럼 말하는 제하의 모습에 그녀의 눈이 커졌다.

황궁의 어디까지 영향을 미칠 수 있는 것일까? 좀처럼 움직이지 않는 이라 알고 있었건만, 그에게서 나오는 정보는 대부분 황궁에서 직접 겪은 사람만이 알 수 있는 것들이었다.

이만큼의 힘을 가지고 있으면서도 그는 무엇을 기다리며 움직이지 않고 있는 것인가.

대화를 하면 할수록 이 사람이 가지고 있는 정보가 신기하면서도 두려웠다.

"황제에게 죽을 뻔한 걸 살려 줬더니 모욕을 받았다며 이러더군요. 그래도 황후마마 덕분에 이 정도에서 끝날 수 있었어요."

"황후?"

낮게 되묻는 목소리에서 살기마저 느껴졌다. 황제를 언급했을 때와 비슷한 기운이었지만 지안은 미처 제하의 변화를 감지하지 못했다.

"소문대로 황제와의 사이는 좋지 않았지만 확실히 그와는 다른 느낌이었어요."

"글쎄. 황제와 다를지 똑같을지는 모르는 일이지."

뼈 있는 말에 지안이 고개를 갸웃했다. 무슨 일이 있었던 것인지 물어볼 수는 없었지만, 제하는 황후에 대해 이야기하는 것이 마뜩잖은 눈치였다. 사람마다 상처는 있는 법, 굳이 그녀를 도와주는 그에게 싫은 이야기를 계속할 필요는 없었다.

더는 지안이 말을 꺼내지 않자 치료를 끝낸 제하가 조용히 함을 갈무리하였다. 그때 문이 열리며 물에 젖은 수건을 가져온 여시종이 둘을 향해 고개를 숙였다.

"밖의 이가 냉찜질이 필요할 것 같다 하여 가져왔습니다.

혹 상처가 심하시면 의원이라도 부를까요?"

그녀의 물음에 지안이 고개를 저었다. 그저 화가 난 여인에게 뺨을 맞은 것뿐이었다. 별것도 아닌 일에 유난을 떠는 것 같아 지안은 혼자 하겠다며 여시종을 내보냈다.

약을 바르고 차가운 수건을 갖다 대니 화끈거림이 가라앉는 기분이었다. 뺨에 수건을 댄 채 고개를 돌리자 본래 앉아 있던 자리로 간 제하가 다시 담뱃대를 입에 물고 있었다.

언제나 무심한 눈으로 연초를 입에 달고 사는 사내. 누구보다도 많은 것을 가진 그였지만, 정작 당사자의 모습은 세상사의 모든 일에 관심 없는 것처럼 보였다.

"연초를 그렇게 피워도 괜찮은 건가요?"

지안의 관심에 제하의 눈이 그녀에게로 향하였다. 언제나 먼저 다가가는 사람은 제하일 뿐, 지안은 그에게 어떠한 물음도 관심도 가지지 않았었다.

그랬던 그녀가 처음으로 제하에게 관심을 보였다.

사소한 호기심일 뿐 아무 의미 없는 물음이었지만, 묘한 기분이 그를 휘감았다.

"연초를 피우면 아프지 않으니까."

"당신이 어디가 아프다고…… 아. 미안해요. 내 생각이 짧았군요."

뺨에서부터 목으로 내려오는 긴 흉터를 본 지안이 말을 삼켰다. 군데군데 검상과 화상으로 보이는 흉터가 늘어지는 옷 사이로 간간이 보였었다.

지안이 관심을 접자, 긴 연기를 내뱉은 제하가 그녀에게 물었다.

"피워 보겠나?"

생각 외의 제안에 지안의 눈이 그가 피우던 연초로 향하였다. 하지만 잠시 후, 그녀가 고개를 저었다.

"그럴 생각은 없어요. 그리고 여희가 싫어할 거예요."

"여희? 아!"

처음 듣는 이름에 고개를 갸웃거린 것도 잠시, 여희가 누구인지 깨달은 제하가 고개를 끄덕였다. 지안 대신 황제의 손에 목숨을 잃은 시비, 그녀는 자신 때문에 여희가 죽은 것이라 자책했지만 실상은 그게 아니었다.

품에 안든, 안지 못했든 황제는 지안을 고립시키기 위해서 여희를 죽였을 것이다. 제하가 아는 황제는 그런 이였다.

죽은 후에도 부서지려는 지안을 잡아 주는 유일한 존재, 비록 신분은 낮았을지 몰라도 여희라는 여인이 한 일은 그가 보기에도 대단한 것이었다.

"죽어서도 그대를 잡아 주고 있는 이라…… 귀한 존재였나 보군."

제하의 말에 놀란 지안의 눈이 커졌다. 여희가 죽은 이후로 자각하지 못했던 심장이 제 존재를 알리듯 격하게 뛰기 시작하였다.

황궁에서 머무는 내내 지안이 들은 말은 고작 시비 때문에 그런 소란을 피웠느냐는 것뿐이었다. 그들은 여희를 시비 주제에 황제를 유혹하려 한 탕녀 정도로 여겼다.

하지만 제하는 여희를 귀한 존재라고 해 주었다. 대수롭지 않게 꺼낸 말일지 몰라도, 지안에게는 생채기로만 가득했던 마음에 처음으로 위로가 되는 말이었다.

"살아 있었다면 진흙탕에서 엉망이 되었어도 행복했을 거예요."

눈가가 붉어진 지안이 고개를 돌렸다. 억누르고 있던 감정이 무너지듯 한 번에 복받쳐 올랐다. 결국 그녀는 옷소매로 눈을 가렸다.

"그대가 잘못한 건 없어. 목숨이 위험한 사람을 구한 것이 죄는 아니지 않나. 다만 구한 놈이 미친놈이었던 것뿐이지."

제하의 입에서 흘러나오는 연초의 연기가 처연했다. 눈가에 가득 고여 있는 눈물을 옷소매로 닦으며 지안이 입술을 깨물었다. 운다고 예전으로 돌아갈 수는 없었다.

가족 같았던 여희는 죽었고, 황제는 미안하다는 말 한마디도 없이 그녀의 일을 덮었다.

지안의 눈에 서서히 독이 스며들었다.

"그러니 대가를 치러야지요. 내 세상이 무너진 만큼 그 또한 무너지는 고통을 맛보아야지요. 그리고……."

"……."

"고마워요."

고맙다는 말에 밖을 보던 제하가 그녀를 바라보았다. 어떤 일에도 꿈적하지 않던 심장이 그녀의 말 한마디에 제멋대로 뛰기 시작했다. 고맙다는 말을 한 지안의 모습은 담담했지만, 그 안에 담겨 있는 감정은 그렇지 않았다.

자신을 제하가 어떻게 보고 있는지 까맣게 모르는 지안이 자리에서 일어났다.

"옷을 갈아입고 올게요."

처음 들어왔을 때처럼 지안은 조용히 방 밖을 나갔다.

그저 잠깐 사라지는 것뿐인데도 왠지 모르게 마음이 공허했다. 그의 삶에서 여인을 향한 감정은 없다고 생각했다. 그에게 있어 연모의 결과는 배신이고 죽음이었다.

그런데 지안과 함께 있을수록 멈춰 있던 감정이 하나씩 일깨워졌다.

지안을 여인으로 느낀다는 것일까? 아니면 지금까지 들어본 적 없던 말을 들은 나머지 그녀에 대한 판단이 흐려지는 것일 뿐인가.

혼란스러운 와중에도 한 가지는 확실히 알 수 있었다.

지안이 사라진 이 방이 지독히도 춥게 느껴진다는 것. 그녀가 돌아올 것임을 알면서도 혼자 남은 이 순간이 마음에 들지 않았다.

무겁게 가라앉은 눈동자가 지안이 사라져 버린 문을 오랫동안 응시하였다.

❀ ❀ ❀

"유가와의 혼인이 무산되어 버리면 송가와 사돈을 맺으시는 것이 어떻겠습니까?"

송정기의 뜬금없는 말에 서책을 보던 제하가 이맛살을 찌푸렸다. 이미 날짜까지 정한 국혼이었다. 혼인할 여인과 백년해로하며 지내라는 말을 해도 모자랄 판에 혼인이 무산되면 자신의 가문과 혼인을 하자니 중서령답지 않은 말이었다.

제하가 그만하라며 손을 저었지만 송정기는 멈추지 않았다.

"지안은 전하와 여섯 살 차이이니 잘 어울리는 쌍이 될 것입니다."

"중서령은 그만하라. 이미 날이 잡힌 혼인이 아닌가. 그리고 유가와의 혼인은 정략적인 것이 아님을 그대도 알지 않는가?"

"유가의 여식이 부족하다는 것이 아닙니다. 다만 전하의 그릇에 못 미치는 것은 맞사옵니다."

"그럼 그대의 여식인 지안은 그 자리에 맞는다는 것인가?"

"지금은 부족하지만 영특한 아이이니 전하의 배필로는 더없이 맞을 것입니다."

"언제부터 잔소리로도 모자라 황태자의 연모까지 관여하게 된 것인가?"

"황태자의 스승이라는 지위의 권한 아니겠습니까? 유남훈이 전하께 이런저런 이야기를 하는 것과 똑같은 것이지요."

능청스럽게 맞받아치는 송정기를 향해 제하가 손을 저었다.

이제 며칠 후면 오랜 연모의 결과가 이루어지는 날이었다. 그런 때에 혼인이 무산될지도 모른다는 생각 따위 하고 싶지 않았다.

더는 말을 꺼내지 말라는 제하의 명을 받은 이후로 송정기는 아무 말도 하지 않았다.

고대하던 시간이 꿈처럼 다가왔다. 나라의 상황은 어려웠지만, 하나씩 노력하다 보면 바뀔 것이라 생각했었다.

그랬던 그의 바람은 세령이 그의 심장을 찌르는 것으로 끝이 났다.

잠들었던 제하가 눈을 부릅떴다.

방금 전에 겪었던 것처럼 생생한 과거에 그가 숨을 들이마셨다. 침상에서 일어나니 위에 덮여 있는 이불이 보였다.

분명 침상에 누울 때만 해도 덮지 않았던 것. 이런 일을 할 사람은 그가 잠들기 직전에 나갔던 지안뿐이었다.

이불을 걷고 자리에서 일어난 제하가 방을 나섰다. 깊은 밤, 병사와 수발을 들 최소한의 시종 외에는 인기척조차 없는 저택을 걸어가는 그의 눈은 한없이 가라앉아 있었다.

원하국의 황태자. 한때 전하라고 불렸던 시기도 있었다.

하지만 그것은 과거의 지위일 뿐, 지금의 그는 태성 상단의 단주일 뿐이었다.

걸음을 멈춘 그가 무거운 숨을 내쉬며 손으로 눈을 가렸다.

연모가 배신으로 돌아오고, 믿었던 이들이 그를 지키기 위해 목숨을 잃었다.

분노는 증오로 바뀌고, 증오는 잘 벼려진 날카로운 검이 되었다. 죽었다고 알려진 원하국의 황태자는 악착같이 살아남아 황제의 목을 꿰뚫을 날만을 바라며 살고 있었다.

"단주님."

지안의 침소 앞에 서니 문을 지키고 있던 병사들이 고개를 숙였다. 닫혀 있던 문이 열리자 지안이 계단에 앉아 기둥에 머리를 기댄 채 잠들어 있었다.

밖에서 잠든 그녀를 불안한 표정의 시종들이 지키고 있었다.

"모두 물러가라."

제하의 명에 고개를 숙인 시종들이 물러났다.

황태자였던 그가 전부를 잃고 무너지는 데에는 오랜 시간이 걸리지 않았다. 두 명의 스승 중 하나였던 송정기는 그를 지키다 죽었고, 다른 스승이었던 유남훈은 황제인 기하와 손을 잡고 그를 무너뜨렸다.

죽어 버리는 것이 더 나았다는 생각을 한 것도 여러 번이었지만 결국 그는 살아남아 지금의 상황까지 도달하였다.

"송지안."

한쪽 무릎을 꿇어 지안과 눈높이를 맞춘 제하가 나지막이 그녀의 이름을 불렀다.

지척에서 수발을 드는 시종의 보고로는 잠자는 것이 무섭다는 말을 했다고 하였다. 서책을 보든지 아니면 밖에서 찬바람을 쐬든지 하며 억지로 잠을 쫓는다는 보고는 들었지만, 막상 눈으로 직접 보니 마음이 불편하였다.

참다 참다 한계가 왔는지 선잠에 빠져든 그녀를 보는 제하의 눈이 굳었다.

"부서질 것 같다."

지안은 왜 자신에게 도움을 주느냐는 물음을 했었다. 그녀의 물음에 제하는 어떤 대답도 할 수 없었다. 처음에는 자신을 지키려다 죽은 송정기에 대한 보답이라 생각했었다. 그런데 지금은 알 수 없었다.

사소한 행동 하나에도, 스치듯 꺼내는 마음의 상처에도 이상할 정도로 신경이 쓰였다. 지안의 뺨을 보던 제하의 손이 그녀에게 다가갔다.

하지만 뺨의 바로 옆에서 그의 손이 멈추었다.

"고마워요."

처음 황궁에서 만났을 때도, 정체를 숨긴 제하에게 그녀는 고맙다는 말을 하였다. 오늘도 시비에 대한 말 몇 마디를 해줬을 뿐인데 그녀는 똑같은 말을 들려줬다.

자신은 그녀에게 고맙다는 말을 들을 자격이 있는 것일까? 어쩌면 그와 손을 잡은 것만으로도 그녀에게는 고난이 될 수 있었다. 한참을 주저하던 손이 얼굴을 가리는 앞머리를 살짝 젖혔다.

부서질 듯 위태로운 그녀에게서 자신의 과거가 보였다. 하지만 오랫동안 방황했던 그와 다르게 지안은 곧바로 자신을 추스르고 일어났다.

여희라는 시비 덕분일까? 그건 아니다.

'이 여인이 강한 것뿐이다.'

주저하던 손이 조심스럽게 지안의 뺨을 감쌌다. 힘없는 지안의 얼굴이 그의 손에 기대 왔다.

황제의 손에 부서지기 전에 그가 먼저 움직였다면 지금처럼 망가지지 않았을 것이다.

거슬리면서도 끌리는 존재. 신경이 쓰이면서도 관심이 가는 여인.

양분된 감정 속에서 제하의 마음이 점점 다른 쪽으로 기울어지고 있었다.

몸을 일으킨 그가 잠들어 있는 지안을 안아 들었다. 예민한 지안의 눈이 제하를 향했다.

"일어나야……."

"아직 밤이다. 더 자도 돼."

"안 돼요. 자면…… 꿈이라도 꾸게 되면……."

참았던 잠이 한꺼번에 몰려오는 듯 고개를 젓고 있음에도 지안은 좀처럼 깨지 못했다. 어떻게든 깨려는 지안을 침상에 눕힌 제하가 나지막이 다독였다.

"괜찮아."

"일어나야…… 일어나야 하는데."

억지로 몸을 일으키려는 지안을 제하가 잡았다. 무슨 꿈을 두려워하는지 알 수 없었지만, 지금 그녀에게 필요한 것은 휴식이었다.

어떻게든 잠에서 깨려는 지안을 보다 못한 제하가 그녀의 옆에 누웠다. 일어나려는 지안의 팔을 잡아 품에 안았다.

여인의 분내는 아니었지만 그녀에게서 나는 옅은 체향이 코끝을 감돌았다. 강한 여인이었으나 품으로 느껴지는 몸은 여렸다.

힘을 주면 무너져 버릴 것처럼 여린 몸을 안으며 제하가 그녀에게 속삭였다.

"자도 돼."

"으음."

"괜찮아."

나지막한 목소리가 잠결의 지안을 부드럽게 다독였다. 그녀를 달래듯 작은 등을 그의 손이 천천히 토닥였다. 일어나려는 의지보다 오랫동안 쌓여 있던 피로가 더 강했던 지안은 결국 제하의 품에서 다시 잠들었다.

지안에게서 고른 숨이 흘러나오자 제하 또한 눈을 감았다. 은은한 지안의 향을 맡고 있으니 잠깐 깨어 있던 잠이 몰려왔다. 그녀의 머리에 기댄 그도 천천히 잠을 청하였다.

종종 지안이 잠에서 깨기는 했지만 그때마다 같이 깬 제하가 다시 잠들 때까지 그녀를 달랬다.

사내로 살기는 했어도 사내의 품에서 잠드는 날이 올 거라고는 생각하지 못했다. 하지만 무겁게 내려앉는 눈이, 오랜만에 느끼는 다른 이의 체온이 단단히 다잡고 있던 지안을 무너뜨렸다.

여희가 죽은 후, 지안은 처음으로 깊게 잠들 수 있었다.

❋ ❋ ❋

아침 해가 아스라이 들어오자 지안의 눈이 작게 꿈틀댔다. 옆을 바라보자 그녀의 어깨를 팔로 감싼 그에게서 고른 숨소리가 들려왔다.

여희가 죽은 이후로 이렇게까지 깊게 잠든 적은 없었다. 종종 깨기는 했지만 그때마다 낮게 다독이는 목소리가 그녀를 안정시켰다. 몸 위에 걸쳐져 있는 그의 팔을 조심히 떼어낸 지안이 몸을 일으켰다.

깊게 잠들었는지 지안이 일어나도 그는 잠에서 깨지 않았다. 어쩌다 그와 한 침상에서 잠들었는지는 알 수 없었지만, 그렇다고 제하에게 왜 자신과 함께 잠들었느냐며 화를 내고 싶지는 않았다.

"제하."

태성 상단의 단주. 황제에게 원한을 가지고 있는 자.

몸 곳곳에 상흔을 가진 사내. 가진 것이 없는 그녀의 억지 조건을 두말없이 받아들인 사내. 아는 것보다도 모르는 것이 더 많은 사내.

그는 많은 것을 숨기고 있었지만 지안에게는 상관없는 일이었다. 적어도 그의 품에서 안정을 얻었고, 복수할 힘을 얻었으니까.

거래의 조건으로 그는 그녀를 원한다고 했지만 일정선 이상 다가오지는 않았다.

무엇이라고 단정할 수 없는 관계. 그럼에도 황제와는 다른 느낌으로 다가왔다.

제하에게 다가가던 지안의 손이 허공에서 멈추었다. 하지만 잠시 후, 조심스러운 손길이 제하의 뺨에서 목으로 이어지는 긴 상흔을 감쌌다.

그녀의 가는 손가락이 길고 깊은 상흔을 부드럽게 쓸어내렸다.

"당신 덕분에 악몽을 꾸지 않았어요."

제하의 상흔을 어루만지던 손이 차가워진 뺨을 감쌌다.

"고마워요."

그때, 제하의 눈이 작게 꿈틀댔다. 잠을 방해한 것 같아 미안해진 지안이 뺨에 있던 손을 떼려 했다.

하지만 완전히 떨어지기 직전에 제하의 큰 손이 그녀의 손을 잡았다. 눈을 뜬 그가 당황하는 지안을 물끄러미 바라보았다.

"미안해요. 잠을 깨울 생각은 없었어요."

갑자기 달라진 어조에 제하의 입꼬리가 작게 올라갔다. 수줍어하면서도 조곤조곤 말하는 모습이 어느 여인 못지않았다. 아니, 잠결에 들었을 뿐인데도 두근거렸다.

"이런 식으로 사내를 홀릴 줄도 아는 건가?"

제하의 말에 지안의 표정이 굳었다. 하지만 그녀를 놀릴 생각으로 말한 것이 아니었다.

잠에서 깬 순간 뺨에서 느껴지는 체온은 따뜻하다 못해 아늑하였다. 놀란 지안이 손을 떼려는 것을 자신도 모르게 막기까지 하였다. 눈을 뜨자 보이는 지안의 모습에 조용하던 심장이 떨렸다.

"손 놓아주세요."

제하의 말에 기분이 상한 지안이 손을 틀었다. 그러자 지안의 손을 깍지 껴 붙잡은 제하가 몸을 일으켰다. 바로 앞까지 다가온 그의 모습에 놀란 지안이 뒤로 몸을 뺐다.

당황한 눈에 옅게 띤 홍조가 보기 좋았다. 도망가려는 지안을 잡은 제하가 작은 어깨에 얼굴을 묻었다. 은은한 체향이 그의 욕구에 불을 질렀다. 떨고 있으면서도 시선을 피하지 않는 그녀를 보며 제하가 입꼬리를 올렸다.

으스러지게 품에 껴안고 붉게 달아오른 입술을 마음껏 삼키고 싶었다.

팔을 잡았던 손으로 지안의 입술 선을 조용히 어루만졌다. 손끝에서 느껴지는 그의 촉감과 체온에 지안이 고개를 돌렸다. 드러난 유려한 목선에 고개를 숙인 그가 깊게 입술을 묻었다.

"하아."

입술을 깨물고 숨을 참았던 지안에게서 힘든 숨이 흘러나왔다.

황제에게서는 마냥 역하게 다가왔었던 감촉이 왜 이 순간만큼은 다르게 느껴지는지 알 수 없었다.

지안의 의사 따위 안중에 없이 다가오는 것은 황제와 같았지만, 그녀에게 다가오는 그의 손길은 황제와는 다르게 다정하고 따뜻하였다.

아늑해지는 정신을 억지로 다잡으며 그녀가 입술을 깨물었다.

"안 돼요."

은은한 체향에 얼굴을 묻고 쇄골의 파인 부분을 희롱하던 제하의 움직임이 멈추었다. 그를 떼어 낸 지안이 뒤로 물러났다.

얼굴에 맺힌 열은 홍조와 가쁜 숨을 내쉬는 모습이 온몸을 휘감은 열기를 자극하였다.

"아직은 안 돼요."

그때의 거래를 상기시키려는 것인지 흐트러진 저고리를 붙잡은 채 지안이 고개를 저었다.

그와는 거래로 이어진 사이, 원하는 전부를 들어주는 대신 원하는 것이 그녀라면 얼마든지 받아들일 수 있었다. 하지만 지금은 아니다.

그에게서 그녀는 아무것도 얻어 내지 못했다.

거래는 거래. 들끓는 욕망을 누르며 제하가 잡고 있던 그녀의 손을 풀었다.

"광록대부가 사라졌어."

"네?"

제하의 말에 무슨 소리냐는 듯 지안이 고개를 갸웃했다. 욕망을 잠재우듯 시선을 돌린 그가 몸을 일으켰다.

"황제를 암살하려 했는데 너 때문에 실패했었거든. 간신히 황제에게서 목숨만 구해 놓았는데 분이 풀리지 않았나 보더군. 사병을 데리고 황제를 죽이겠다며 사라졌어."

"무슨 말을 하는 거죠?"

지안의 물음에 제하가 고개를 돌렸다.

복수를 위해 거둔 이들은 때론 제하의 말조차 무시한 채, 위험한 일을 초래하였다.

황제의 원한으로 거둔 광록대부는 능력은 있었지만 자신의 감정을 조절하지 못하였다. 더군다나 자신의 계획을 방해한 지안을 거두었다는 소식에 그는 자신의 상황도 잊은 채, 제하에게 무모한 결정이라며 목소리를 높이기까지 하였다.

'지안, 너는 어떨까?'

마음이 가는 여인이었지만, 그렇기에 믿음이 필요했다.

그를 연모한다며 전부를 줄 것 같았던 여인은 그의 심장을 찌르고 황후가 되었다.

제멋대로 움직이는 광록대부는 이미 쓸모가 없어진 패, 하지만 궁금해하는 물음에 대한 답을 구할 수 있는 수단으로는 쓸 수 있을 것이다.

잠들기 전, 탁자에 올려놓은 약병을 든 제하가 지안에게 그것을 건네었다. 병을 받아 든 지안이 무엇이냐는 표정으로 그를 바라보았다.

"해독약."

"해독약이라니…… 무슨?"

"가지고 있다 보면 알게 될 거야."

병을 받아 든 지안이 모르겠다는 표정으로 고개를 갸웃거렸다. 물끄러미 그녀를 보던 제하가 창으로 고개를 돌려 지나가는 말을 꺼내었다.

"알아서 잘하겠지만 감정에 휘둘리지 마."

제하의 말에 지안이 눈을 좁혔다. 하지만 이미 할 말을 끝낸 그는 방을 나간 뒤였다.

알 수 없는 말에 모르겠다는 듯 지안이 고개를 저었다.

하지만 그의 말뜻을 알게 되는 데에는 그리 오랜 시간이 걸리지 않았다.

第三章 · 시험

연이어 날이 화창하자 황제는 모든 정무를 제쳐 놓은 채 지안과 최소한의 인원만을 데리고 사냥을 나왔다. 황궁에서 이틀 정도 걸려 도착한 설천산에 자리를 잡자마자 사냥은 곧바로 시작되었다.

내관과 병사들이 사냥감을 몰면 황제의 활이 단 한 번의 실수도 없이 먹이를 꿰뚫었다. 때로는 추격한 사냥감을 칼로 찍어 목숨을 끊어 놓기까지 하였다. 사냥감의 피가 몸에 묻을 때마다 황제의 눈에 광기가 서렸다.

"하얏!"

놀란 사슴이 수풀 속으로 사라지자, 황제가 말을 채근하였다. 그의 뒤를 호위들이 바쁘게 뒤쫓았다. 사라지는 황제를 지안이 어두운 눈으로 바라보았다.

여희와 생활하기 위해 사냥을 하기는 했지만, 필요 이상의 살생은 하지 않았다. 쾌락만을 위해 무자비하게 생명을 죽이는 황제를 지안은 받아들일 수 없었다. 하지만 그녀가 뭐라 할 수는 없는 법, 지안은 조용히 황제의 뒤를 따랐다.

쫓기는 동물의 도망가는 소리와 말이 뛰는 소리가 산을 부산스럽게 울렸다. 그들의 선두에 선 황제가 활의 시위를 당겼다. 시위를 떠난 화살이 정확히 사슴의 다리를 꿰뚫었다.

절뚝거리면서도 도망가려는 사슴의 바로 옆까지 달려온 황제가 허리에 꽂혀 있던 검을 꺼내었다. 날카로운 검으로 사슴의 목을 베자 뿜어져 나온 피가 황제의 얼굴을 적셨다.

또 다른 사냥감을 향해 황제가 말을 움직였고, 목이 베인 사슴을 따라온 병사들이 부지런히 자리를 옮겼다.

풀어 놓은 사냥감을 모두 죽인 다음에나 산을 채우던 혈향과 동물의 단말마가 멈추었다.

"씻어야겠다."

활과 검을 내관에게 건넨 황제의 눈이 자연스럽게 지안을 찾았다. 그의 눈에 들기 위해 적극적으로 사냥에 임했던 이들과는 달리 지안은 곁을 지킬 뿐 사냥에 참여하지 않았다.

지금 이 순간도 번지르르한 아부를 해 대는 다른 이들과 달리 지안은 산처럼 쌓여 있는 동물의 사체를 굳은 눈으로 바라보고 있었다.

한 걸음 뒤에서 조용히 기다리는 지안의 모습에 황제의 심장이 뛰기 시작했다.

귀찮게 하는 이들을 모두 물린 황제가 지안에게로 걸어갔다. 그의 모습에 지안이 몸을 숙였다.

"폐하."

"현원은 이 상황이 마음에 들지 않나 보군."

황제의 말에 아니라며 부정하려 하였다. 하지만 잠깐의 고민 후, 지안의 입이 열렸다.

"소인이 무슨 자격으로 지금의 상황을 판단할 수 있겠습니까? 하지만 의미 없는 살생이라 생각되옵니다."

"허허. 어찌! 현원은 말을 삼가라!"

지안의 말을 듣고 있던 대신이 목소리를 높였다. 그를 막은 황제가 즐거운 미소를 지었다. 철저히 지안다운 말투였다. 황궁에 자빈과의 일이 퍼질 대로 퍼져 있었지만, 지안은 그런 일이 없다며 입을 다물었다.

총애를 받고 있음에도 권력을 탐하지 않았고, 황제의 힘을 이용하지도 않았다. 그에게 애원하는 이들과 달리 지안은 원하는 것을 들어 달라며 매달리지도, 다른 술수를 꾸미지도 않았다.

지안의 저런 점이 황제는 마음에 들었다. 그렇기에 누구보다도 그가 오롯이 자신의 사람이 되기를 갈망하였다.

"나의 현원은 입이 매섭지. 그 점이 마음에 들어 데리고 있는 것이고 말이지."

"……송구하옵니다. 폐하."

"현원의 말대로 무의미한 살생이 맞다. 입이 있되 억울하다는 말도 못 하는 짐승이나, 입이 있어도 눈치를 보는 것들이나 죽여 봤자 와 닿는 것은 아무것도 없다. 잠깐의 분노만 달랠 뿐, 결국 사람이나 짐승이나 죽으면 그뿐이지."

"……."

"하지만 네가 죽으면 짐은 많이 상심할 것이다."

황제의 말에 지안의 눈이 그를 향하였다. 놀란 그녀를 물끄러미 바라보던 황제가 손을 들어 지안의 얼굴을 감쌌다. 그의 손길에 하얗게 질린 지안이 몸을 뒤로 뺐지만 그녀의 작은 반항은 팔을 붙잡은 황제의 행동에 막히고 말았다.

"그러니 너 또한 짐을 떠날 생각 따위는 품지 마라. 짐은 널 절대 놓지 않을 것이다."

황제의 말에 하얗게 질린 지안이 고개를 돌렸다. 그를 볼 때마다 죽은 여희가 떠올랐다.

그가 지안을 어찌 보고 있는지는 묻지 않아도 뻔하였다. 지안이 여인이라는 것을 알게 된다면 지금 그가 지키고 있는 최소한의 선도 사라지게 될 것이다.

여희를 죽인 자, 그리고 지안이 죽여야 할 자.

이 상황에서 검을 휘두른다면 그를 죽일 수 있을지도 모른다. 황제가 그녀에게 가진 감정이 호기심과 욕망이라면, 그녀가 황제에게 가진 감정은 고통과 증오였다.

"소인의 생각이 부족하였나이다."

황제의 팔을 조심히 떼어 낸 지안이 몸을 숙였다.

지안의 행동에 황제의 입가에 감돌던 옅은 미소가 사라졌다. 누구에게도 보여 주지 않던 진심을 보였어도 지안은 황제의 감정을 철저히 외면하였다.

시비를 잃은 상실감을 생각해 참고 있었지만 슬슬 한계였다. 본래 그는 인내하는 자가 아니었다.

예전에는 그랬을지 모르지만 이제는 기다리지 않아도 원하는 것은 전부 손아귀에 쥘 수 있는 황제였다. 가는 팔도, 벗어나려 뒷걸음질 치는 조심스러운 행동도 모두 자신만의 것이어야 했다.

주변을 채운 혈향에 사냥의 여운이 가득한 몸이 지안의 체향을 맡자 제멋대로 들끓었다.

열망에 가득 찬 눈이 지안을 응시하였다.

"오늘 시중은 현원이 들 것이다."

지안에게 목욕 시중을 들게 하겠다는 황제의 선언에 주변이 수선스러워졌다. 이미 시중을 들 여인까지 준비시킨 후였다.

"폐, 폐하."

지안의 팔을 붙잡은 황제가 내관이 안내하는 곳으로 걸음을 옮겼다. 창백해진 지안이 빠져나오기 위해 몸부림을 쳤지만 이미 황제는 마음을 굳힌 뒤였다.

❀ ❀ ❀

울창하고 거대한 숲도 볼만했지만, 설천산에서 가장 유명한 곳은 산 정상에서 흐르는 온천이었다. 종기에 효험이 있다는 것으로 유명한 이곳은 선제는 물론 황제도 종종 정양을 위해 오는 곳이었다.

적당히 데운 술을 잔에 따른 지안이 온천에 몸을 담그고 있는 황제에게 조심히 내밀었다. 지안이 건넨 잔을 받은 황제가 뒤로 물러난 그녀의 모습에 피식 웃음을 터트렸다.

"그리 떨어져 있으면 짐이 널 어쩌지 못할 것이라 생각하느냐?"

황제의 조롱에 지안이 입술을 깨물었다.

이 넓은 곳에 그와 단둘이 있는 지금의 상황이 몸서리치게 싫었다. 하물며 시중이라니, 이 미친 황제가 어떻게 나올지 겁이 났다.

"시중들 여인을 들이겠습니다."

"짐이 널 데리고 올 때 한 말을 못 들은 것이냐? 아니면 못 들은 척을 하는 것이냐?"

술을 마시며 농을 하는 황제의 행동에 지안이 입술을 깨물었다. 그날 이후로 지안에게 조금도 손을 대지 않았던 황제였다. 자비 아닌 자비를 내리는 것도 이제는 한계란 말인가.

하지만 지안도 쉽게 황제에게 먹힐 생각은 없었다.

"자칫 폐하께서 남총을 들이셨다는 거짓된 소문이 돌 수도 있는 일이옵니다. 어찌 폐하께 소인이 그런 누를 끼쳐 드릴 수 있겠습니까?"

"짐은 상관없다."

황제의 말에 지안의 눈이 커진 것도 잠시, 탕에 있던 그가 몸을 일으켰다. 아무것도 걸치지 않은 황제의 몸에 지안이 반사적으로 고개를 돌렸다. 여인처럼 행동하는 그녀를 실소 지으며 본 것도 잠시, 황제가 지안을 잡아 어깨에 올렸다.

"폐하!"

비명에도 아랑곳없이 지안을 탕으로 끌고 온 황제가 온천

물에 몸을 담갔다. 억지로 온천에 들어온 지안이 입에 들어온 물을 뱉기 위해 잔기침을 연거푸 하였다.

갑작스러운 상황에 허우적대는 지안을 황제가 정염에 찬 눈으로 바라보았다.

힘껏 품에 안으면 바스러질 것처럼 젖은 몸이 연약하였다. 사내임에도 손에 잡히는 몸피가 여인처럼 부드러웠다. 지안이 여인이라면 얼마나 좋을 것인가? 아니다. 어쩌면 여인일지도 모르는 일이었다.

"널 안으면 내 갈증도 충족이 되겠지."

오랫동안 기다리던 순간이 다가오자 황제는 주저하지 않았다.

물 밖으로 나가려 바동거리는 지안의 팔을 그가 잡아끌었다. 졸지에 황제의 위에 앉은 자세가 되어 버린 지안의 얼굴이 창백해졌다.

황제의 몸에 조금이라도 손을 대고 싶지 않았지만 이 자세에서는 달리 방법이 없었다. 어쩔 수 없이 황제의 어깨를 붙잡았다. 겁에 질린 손길을 느끼며 황제가 그녀의 가슴에 얼굴을 묻었다.

"지안아."

붕대로 묶은 가슴 위로 황제가 얼굴을 묻자 놀란 지안이 숨을 삼켰다. 이대로 숨을 내쉬면 황제에게 들켜 버릴 것 같았다.

지안과는 다르게 그녀의 품에 얼굴을 묻은 황제는 모처럼 편안한 숨을 내쉬었다.

"숨을 쉬어라."

"놓아주십시오. 폐하."

"짐은 네가 여인처럼 느껴지는구나."

터져 나오려는 비명을 지안은 억지로 삼켰다. 들켜 버린 것일까? 아니다. 들켰다면 저런 말 따위 하지 않고 그녀를 품에 안았을 것이다. 이 상황이 끔찍했지만 머리를 굴려도 벗어날 방법 따위는 생각나지 않았다.

결국 황제에게서 떨어지는 대신 지안이 그와 눈을 마주쳤다.

"폐하께서는 소인께 무엇을 원하시는 것입니까? 전 폐하의 곁에 머무는 것을 택하였습니다. 이 이상 폐하께 무엇을 드리겠습니까."

"짐이 원했던 것은 처음부터 하나였다."

몸을 담근 온천의 열기는 느껴지지도 않았다. 족쇄 같은 황제의 시선이 온몸을 휘감듯 그녀를 사로잡고 있었다. 머릿속에서 위험하다며 빠져나오라는 신호가 계속 들려왔다.

하지만 황제의 시선에, 그가 단단히 잡고 있는 팔이, 머리와는 다르게 전혀 움직이지 않았다. 지안의 품에 얼굴을 묻었던 황제가 고개를 들었다.

"짐에게 네 전부를 다오."

"놓아주십시오! 폐하! 싫습니다!"

"오늘은 널 놓치지 않을 것이다."

머릿속에서 울리던 경고가 극한까지 치달았다. 놀란 지안이 몸을 일으키려는 찰나, 황제의 손이 그녀의 머리를 감싸 자신에게로 끌었다. 순간 일어난 일에 비명을 지르기도 전에 황제의 입술이 지안을 덮쳤다.

혀뿌리가 뽑힐 듯이 다가온 그는 지안의 전부를 태우는 불 같았다. 숨조차 내쉴 틈도 없이 지안에게 입맞춤을 한 그는 자신의 것을 누리듯 그녀의 입술을 철저히 유린하였다.

정신을 잃었을 때 했었던 입맞춤과는 비교조차 할 수 없었다. 제 힘껏 반항하는 모습마저 황제에게는 소유욕을 자극하는 행동일 뿐이었다.

"폐하! 그만!"

지안의 반항에 자극을 받은 황제가 그녀의 입술을 힘껏 깨물었다. 입술이 찢어지면서 나는 비릿한 향이 황제의 본능을 일깨웠다.

누구라도 이 상황을 막으면 목을 베어 버릴 것이다. 입안의 체액을 빨아들이듯 혀를 휘감은 그가 지안의 모든 것을 삼키듯이 달려들었다.

몸 위에 앉아 있던 지안의 허리를 잡아 악력으로 그녀를 벽에 밀어붙였다. 거칠게 빼앗던 입술에서 떨어지자 지안에게서 가쁜 숨이 흘러나왔다.

"폐하!"

황제의 입술이 귓불로 향하자 지안이 비명을 질렀다. 밀어내는 지안의 팔을 붙잡은 황제가 물에 젖은 상의를 거칠게 찢어 냈다. 찢어진 옷 사이로 보이는 하얀 어깨 위로 이를 훑어 내렸다.

"이거 놔!"

지안의 목소리를 들은 황제의 움직임이 멈추었다.

분명 평소의 미성이 아니었다. 짧은 순간이었지만 귀에 들린 것은 여인의 목소리였다. 하지만 그에게 벗어나려 몸부림치는 지안은 자신이 무슨 목소리를 냈는지조차 깨닫지 못하였다.

황제가 굳은 짧은 틈, 그의 품에서 벗어난 지안이 온천을 빠져나오려는 찰나, 정신을 차린 그가 그녀를 뒤에서 껴안았다.

"하지 마!"

분명 지안의 목소리와는 달랐다. 하지만 처음 굳었던 것과 달리 황제는 있는 힘껏 지안을 붙잡고 있었다.

뒤에서 느껴지는 감각에 지안의 이마에 핏줄이 돋았다. 이대로 그에게 당할 수는 없었다.

황제에게 당하느니 차라리 같이 죽을 것이다.

지안이 죽을 각오로 황제의 목을 움켜잡았다. 생각하지 못한 공격에 황제의 몸이 굳은 사이, 어깨를 힘껏 쳐 낸 그녀가 온천 밖으로 몸을 날렸다.

입에 들어간 물을 뱉어 내며 지안이 찢어진 옷을 붙잡았다. 그런 그녀를 잡기 위해 몸을 일으키던 황제의 움직임이 갑자기 멈추었다.

"쿨럭. 컥! 컥!"

지안을 보던 황제가 몸을 숙여 기침을 하였다. 손을 들어 입을 쓸어내리니 붉은 피가 묻어 나왔다. 탕에 있던 그가 몸을 비틀거렸다.

그의 모습에 도망가려던 지안이 자리에서 멈추었다. 그 순간, 온천의 주변에서 이질적인 기운들이 하나둘씩 모습을 드러냈다.

지안과 황제를 포위한 자객들 중 선두에 있던 자가 황제를 향해 검을 겨누었다.

"저자가 황제다! 반드시 죽여야 한다!"

"컥!"

자객의 고함과 더불어 굵직한 피를 흘리며 황제가 온천 끝에 손을 기댔다. 그를 향해 스무 명 정도 되는 자객들이 검을 들었다. 그때, 문이 열리고 대기하던 호위들이 자객들에게 달려들었다.

일촉즉발의 상황, 지안의 눈이 황제와 자객을 번갈아 바라보았다.

몸을 기댄 황제가 매서운 눈으로 지안을 노려보았다. 그의 눈을 바라보던 지안이 피가 묻은 입술을 질끈 깨물었다.

내려놓았던 자신의 검을 든 지안이 자객을 향해 몸을 날렸다.

❀ ❀ ❀

중독된 황제를 죽일 수도 있었다. 성공만 한다면 호시탐탐 그녀를 억지로 안으려는 황제에게서 벗어날 수도 있고 여희의 죽음에 대한 대가도 치를 수 있었다.

하지만 독을 먹었음에도 황제는 흐트러지지도, 심지어 불안해하지도 않았다. 그 모습을 보는 순간, 지안은 자신의 생각이 잘못되었다는 것을 깨달았다.

'시험이다.'

지금 상황은 황제에게 전혀 치명적이지 않았다. 도리어 황제는 지금 이 일을 지안의 본심을 읽는 데 이용하고 있었다.

황제를 원망하지만 동시에 의지할 사람은 황제밖에 없다는 말로 황궁에 돌아왔다.

그 거짓말을 받아들인 황제는 지안을 곁에 두었다.

그런데 이 순간, 황제의 시험에 빠져 자객과 같이 그를 공격하게 된다면 그는 지안의 진심을 알아차릴 것이다.

'죽이고 싶다.'

누구보다도 그의 목을 베고 싶었다. 황제의 시험 따위 전부 무시해 버리고 마음 가는 대로 그에게 검을 휘두르고 싶었다.

"감정에 휘둘리지 마."

이 순간 왜 제하의 말이 떠오르는지 알 수 없었다. 마음은 황제의 목에 검을 휘두르고 있었지만, 몸은 이미 자객을 향해 검을 날리고 있었다.

호위를 쓰러뜨린 자객이 그의 심장에 검을 꽂으려는 순간 지안의 검이 자객의 목을 꿰뚫었다.

간신히 목숨을 구한 호위가 고개를 숙였지만, 이미 지안의 검은 다른 자객을 향해 움직이고 있었다.

황제에게 가까이 가려는 자객들은 다섯 보를 남겨 놓고 지안의 검에 하나씩 쓰러졌다. 찢어진 입술에서 흘러내리는 피보다 마음에 생긴 상처에서 흐르는 피가 더 쓰리고 아팠다.

목으로 날아오는 검을 막은 지안이 입술을 깨물었다. 죽여야 할 상대를 지키는 처참한 기분이 그녀를 집어삼켰다.

"하앗!"

얼굴에서 흘러내리는 물 사이로 눈물이 섞여 들어갔다. 뒤늦게 들어온 내관들이 중독된 황제를 옮기려 했지만, 황제는 그들을 물린 채 자리를 지키고 있었다.

검을 밀어낸 지안이 비틀거리는 자객의 다리를 베었다. 피를 흘리며 쓰러지는 그를 지나 그녀의 검이 호위를 위협하는 다른 자객을 향해 움직였다. 자객을 상대하고 있어도 지안의 시선은 자신을 쳐다보는 황제를 향했다.

'독조차 통하지 않는 것인가?'

분명 피를 흘리며 휘청거리는 것을 보았다. 하지만 그뿐, 황제는 악착같이 버텨 내며 지안을 지켜보고 있었다. 황제를 상대하기에 그녀는 터무니없이 약하다.

수없이 죽이겠다는 마음을 품어도 결국은 황제의 놀잇거리처럼 손아귀에 휘둘리고 있을 뿐이었다.

"아악!"

팔목에서 터지는 피를 감싸며 자객이 바닥을 굴렀다. 자객의 목을 벤 지안이 입술의 피를 손등으로 닦아 냈다.

"죽여라!"

멀지 않은 고함에 지안이 다시 검을 들었다. 그와 동시에 달려들던 검이 지안의 검과 부딪쳤다.

검과 검이 만나는 날카로운 소리가 들리고, 압도적으로 누르는 힘에 지안이 이를 악물었다. 지금까지 상대했던 자객과는 확실히 다른 이였다.

빗겨 내듯 검을 밀어낸 지안이 몸을 굴렀다. 그사이 비틀거린 황제가 내관과 호위에 의해 온천 밖으로 나갔다. 황제가 사라진 것을 발견한 자객이 지안을 노려보며 이를 갈았다.

"네년 때문에 또 기회를 잃었다."

지안이 누구인지 알아보는 자객의 말에 그녀의 움직임이 멈추었다. 바닥을 구르느라 쓸린 팔에서 붉은 피가 묻어 나왔다.

검을 잡지 않은 손으로 상처를 누른 지안은 주변을 빠르게 훑었다. 수적으로 불리했던 만큼 살아남은 호위는 네 명밖에 되지 않았다. 그에 반해 열다섯 정도 남은 자객들이 지안과 호위를 향해 거리를 좁혔다.

지안과 대치하던 자객이 복면을 벗었다.

그녀로서는 처음 보는 중년 남자의 모습이었다. 굳이 나이를 잡자면 사십 대 중후반 정도, 건장한 체격에 날카로운 눈이 문인보다는 무인에 가까워 보이는 이였다.

"그때도 네가 나서지 않았다면 황제는 죽었다. 반드시 죽일 수 있었어."

그나마 남아 있던 호위가 하나씩 사라져 갔다. 그때라는 말에 지안은 그가 누구인지 알 수 있었다.

"광록대부."

"예전에는 그런 위치에도 있었지. 황제를 죽이겠다는 생각만으로 버텨 왔다."

"……."

"너는 황제를 죽이려는 것인가? 지키려는 것인가?"

광록대부의 물음에 지안의 눈이 커졌다. 황제의 시험에 들지 않기 위함일 뿐이었다. 황제를 지키려는 것이냐는 물음을 들을 이유는 없었다.

"날 시험하는 황제의 의도를 알면서도 당신의 행동을 따랐어야 했다는 것이오? 황제는 이 상황에서 전혀 초조함을 느끼지 않았소."

"그렇게 기다리기만 해서 언제 죽이는가! 그러는 동안에도 내 자식을 죽인 저 황제는 제가 누릴 것을 다 누리며 살고 있거늘! 도대체 언제까지 몸을 사리고 기다린단 말인가! 결국 네년도 단주의 반지르르한 말에 넘어갔나 보군."

광록대부의 말에 지안의 눈이 커졌다. 기다리라는 말에 넘어가다니 무슨 소리인 것인가?

마지막 호위가 쓰러지고, 광록대부와 그가 데리고 온 열둘의 자객이 살아남아 지안의 주변을 포위하였다.

"단주의 말에 넘어갔다는 것이 무슨 뜻이오?"

지안의 말에 광록대부의 눈에 조롱의 빛이 떠올랐다.

처음부터 이렇게 했으면 끝날 일이었다. 어설픈 명분과 정의를 믿어 단주와 손을 잡은 것이 문제였다. 자식이 모두 죽은 그날 이후로 살아도 산 것이 아니었다.

자신은 죽는다. 하지만 죽을 때는 죽더라도 자신을 우롱한 단주와 황제를 모두 가만히 두지 않으리라.

"황제가 먹은 독이 원래 누구의 것이라 생각하는가?"

놀란 지안의 눈이 커졌다. 검을 잡고 있는 손이 부들부들 떨렸다.

알 수 없는 불안이 그녀를 휘감았다.

"복수를 참으라고 하면서도 너에게 줄 것을 내 눈앞에 뻔히 놓았다. 그 독을 가져가면 패로서 가치가 없으니 버리겠다는 의미였겠지. 단주 그놈은 언제나 두 가지 선택지를 만들어 놓고 참는지 저지르는지 보는 놈이니까. 같잖은 믿음만 보여 놓고 사람을 시험하는 그의 방식, 이제는 지긋지긋하다."

"……."

"그전에 내 복수를 두 번이나 방해한 너를 먼저 없애야겠다."

광록대부의 검이 지안의 머리 위로 올라왔다. 지안의 눈이 자신에게로 떨어지는 검을 물끄러미 바라보았다.

그를 믿었었다. 그런데 그게 거짓이라는 말인가. 왜 그는 자신이 구해 달라고 한 독을 광록대부에게 넘겼단 말인가.

"해독약. 가지고 있다 보면 알게 될 거야."

그의 말이 머리를 스쳐 갔다.

광록대부처럼 그녀도 시험했다는 것인가? 독이 오는 데 시일이 걸린다는 말을 하였다. 거래는 거래이니 지킨다는 말까지 꺼냈었다. 제하를 알게 된 지 얼마 되지 않았지만 믿을 수 있는 사람이라 여겼다.

"알아서 잘하겠지만 감정에 휘둘리지 마."

그때는 알 수 없었던 말이 이제 모두 이해되었다.

지안의 검이 광록대부의 검을 피해 그의 심장으로 정확히 향하였다. 광록대부의 검이 지안의 목을 스치고, 지안의 검이 그의 심장을 꿰뚫었다.

광록대부의 몸이 굳은 사이, 그의 검을 빼앗은 지안은 그것을 달려드는 호위들에게 휘둘렀다.

두 명이 쓰러지고, 나머지 자객들이 그녀에게 달려들려는 순간 어디선가 나타난 흑의의 사내들이 일사불란하게 자객들을 공격하였다.

그들의 난입에 불리했던 상황이 지안에게 유리해지기 시작하였다. 지안을 보호하듯 흑의 인영이 그녀를 둘러싸고, 남은 자들이 자객의 목숨을 하나씩 거두었다.

갑작스러운 상황에 당황한 지안이 자신을 보호하는 흑의 인영을 바라보았다.

"단주님의 전언입니다."

"아!"

생각했던 일이 현실로 닥치자 지안의 심장이 무너져 내렸다. 지안이 어떤 마음인지 알 리 없는 이가 말을 마무리하였다.

"지켜보고 있으니 올바른 선택을 하라는 말씀이 있으셨습니다."

눈앞이 깜깜해졌다. 전언에 답을 해야 하건만, 온몸이 굳어 버렸는지 손가락 하나 움직일 수 없었다. 그사이, 자객을 완전히 정리한 흑의 인영이 지안에게 고개를 숙였다.

그들이 어떻게 떠났는지는 기억조차 나지 않았다. 피와 혈향으로 가득 찬 온천에 지안 혼자만이 창백한 얼굴로 서 있었다.

잠시 후, 온천으로 들어온 황제의 병사들이 지안에게 다가왔다.

"현원. 괜찮으십니까?"

다가오는 병사들에게 지안이 괜찮다며 손을 저었다. 어깨의 옷이 찢어진 것이 거슬렸는지 내관이 지안의 어깨에 두꺼운 천을 둘렀다. 하지만 그것조차 알아차릴 정신이 지안에게는 없었다.

"거래가 아니었다."

"현원? 무슨 말씀을……."

피눈물을 흘리지 않을 뿐, 지안의 눈은 충혈되어 있었다.

황제에게 그렇게 당해 놓고도 제하를 믿었다. 아니, 정확히 말하면 황제에게 원한을 가진 그를 믿고 있었다. 황제를 향한 증오를 가진 제하라면 같은 감정을 가진 지안의 복수에 도움을 줄 것이라 믿었었다.

지안의 신뢰에 제하는 불신으로 답하였다. 그녀가 손을 잡을 수 있는 사람인지 시험하였다. 지안에게는 거래였던 것이, 제하에게는 수단이었을 뿐이었다.

"폐하께서는 어떠하신가?"

"현재 태의가 해독약을 찾기 위해 노력하고 있습니다. 워낙 강골이신 터라 버티고 계시지만 독이 점점 퍼지고 있어 위험하옵니다."

제하가 건넨 것은 황제의 해독약.

무엇인지도 모르고 받았던 물건이 어떻게 쓰일지 안 순간 지안은 절망하였다.

황제를 지키는 것으로도 모자라 그를 살리라 하고 있었다.

감정에 휘둘리지 말라는 말은 결국 해독약을 가지고 있는 지안이 어떻게 행동하는지 보겠다는 제하의 시험이었다.

이대로 해독약을 숨긴다면 황제는 죽을지도 모른다. 하지만 태의가 해독약을 찾아내 황제가 낫는다면, 황제를 죽일 기회도 사라지고, 증오를 다스리지 못하는 지안에게 제하는 어떤 도움도 주지 않을 것이다.

결국 그가 하라는 대로 하는 수밖에 없었다. 상처뿐인 마음에 다시 생채기가 생겨났다.

"자객들에게서 찾았다. 해독약으로 보이니 태의에게 가져가라."

해독약을 받아 든 내관의 얼굴에 화색이 돌았다. 급하게 몸을 돌린 내관이 사라지고, 온천에는 지안만이 남았다.

이것으로 황제의 시험도, 제하의 시험도 모두 이겨 냈다.

황제는 해독약을 가져온 지안을 신뢰할 것이고, 제하는 감정을 조절할 줄 아는 지안을 받아들일 것이다. 죽은 광록대부를 쳐다보는 지안의 눈에 한 방울, 굵은 피가 흘러내렸다.

복수하겠다는 마음을 먹었어도 달라진 것은 아무것도 없었다.

제하를 향한 분노와 바뀌지 않은 현실에 지안은 절망하였다.

결국 그녀는 이용당했을 뿐이었다.

❀ ❀ ❀

해독제를 먹고 안정을 찾은 황제가 지안을 찾았다. 옷을 갈아입은 지안이 조용히 황제의 침소 안으로 들어갔다.

지안이 들어오자 시중을 들던 궁녀를 물린 황제가 몸을 일으켰다. 그리곤 손으로 턱을 기대 멀찍이 무릎을 꿇은 지안을 조용히 바라보았다.

"현원은 가까이 오라."

황제의 부름에도 지안은 그 자리에서 움직이지 않았다.

평소보다 더 확실히 선을 긋는 지안의 모습에 황제가 눈을 좁혔다.

"온천의 일이 마음에 남은 것이냐? 별것 아니었다. 짐이 너를 아껴서 장난을 쳐 보았을 뿐이니 현원은 마음에 두지 마라."

"소인은 폐하께서 원하는 것을 드릴 수 없습니다."

가볍게 넘기려던 황제를 붙잡듯 지안에게서 낮지만 단호한 목소리가 흘러나왔다.

굳은 얼굴의 황제가 몸을 일으키자 겁에 질린 내관과 궁녀가 본능적으로 몸을 숙였다. 하지만 고개를 숙인 지안은 고요하다 못해 평온하였다.

“그래도 짐이 원한다면 어찌하겠느냐?”

“폐하의 검에 죽겠습니다.”

죽는다는 지안의 말에 황제가 놀라 몸을 일으켰다. 하지만 말을 꺼낸 지안은 처음과 다름없이 단정한 모습으로 몸을 숙일 뿐이었다.

가장 증오하는 사내와 신뢰를 배신당한 사내에게 연달아 시험당한 탓에 기분이 바닥을 쳤다. 그녀는 살아남기 위해 온몸으로 몸부림을 치고 있었건만, 그녀의 노력과 상관없이 두 사내는 지안을 우롱하였다.

두 사내가 연달아 그녀를 시험했으니 이제는 그녀가 둘에게서 원하는 것을 얻어 낼 차례였다.

“떠난다는 말씀을 드린다 한들 들어주실 폐하가 아니시라는 것을 알고 있습니다. 소인, 폐하를 보필할 수는 있사오나 폐하의 침상을 덥혀 드리는 남총은 될 수 없습니다. 만약 폐하께서 원하시는 것이 후자이시라면 차라리 목을 베어 주십시오.”

지안의 단호한 어조에 황제의 눈에 살기가 어렸다. 분노한 그가 손을 내밀자 가까이에 있던 이 내관이 검을 뽑아 황제의 손에 올렸다.

황제가 검을 던지자 지안의 앞에 검이 꽂혔다.

“짐의 총애를 잃으면 아무것도 없는 주제에 감히! 네가 죽음으로 겁박하면 짐이 물러날 것이라 생각하느냐? 죽겠다고 하였느냐? 해 보아라."

지안을 보며 황제가 코웃음을 쳤다. 어차피 잠깐의 분노에 일시적으로 부리는 반항일 뿐이었다. 곁에 있었던 육 개월, 지안은 그에게 목소리조차 높이지 않았다.

누구보다도 황제의 마음을 알고, 그의 뜻을 따르던 존재. 아끼던 시비를 죽였어도 지안은 그의 곁으로 돌아왔다. 그런 그가 자신을 배신할 리 없었다.

그랬던 황제의 방심은 검을 댄 지안의 목에서 나는 실핏줄을 보는 순간, 완전히 사라졌다. 느긋하게 앉아 있던 황제의 몸이 순식간에 지안의 앞으로 움직였다. 목을 베려는 지안을 말린 황제가 빼앗은 검을 멀리 던졌다.

검에 베인 상처에서 나는 붉은 피에 분노한 황제가 지안의 멱살을 잡아 일으켜 세웠다.

"감히! 네가 감히!"

황제의 고함에도 지안은 소름 끼치도록 평온하였다.

모든 것을 놓은 듯한 그 모습에 소스라치게 놀란 황제가 손을 놓고 뒤로 물러났다.

피눈물만 흘리지 않았을 뿐, 시비가 죽었던 그날과 똑같은 모습이었다. 대수롭지 않게 생각했던 황제의 심장이 내려앉았다.

지안이 그에게서 멀어졌다. 유일하게 그를 이해하고 받아들이던 지안이 그를 외면하였다.

"네 뜻을 받아들이마."

"……진심이십니까?"

"널 남총으로 품에 안지 않을 것이다. 하지만 그것뿐이다. 넌 여전히 현원이고, 내 사람으로서 내 곁에만 있어야 할 것이다."

황제의 선언에 지안이 떨리는 숨을 내쉬었다. 지금의 말이 얼마나 갈지는 알 수 없어도 시간을 벌었다. 그리고 이 순간 지안은 황제의 약점이 무엇인지 알게 되었다.

"황공하옵니다, 폐하."

지안의 답을 들은 황제가 그제야 안도의 숨을 내쉬었다. 아직까지도 등골이 서늘했다. 지안의 저런 모습은 다시 보고 싶지 않았다. 저런 모습을 보지 않을 수 있다면 당분간 지안을 품에 안겠다는 생각 정도는 감수할 수 있었다.

"말이 끝났다면 현원은 나가 보라. 찾지 않을 터이니 이만 쉬어라."

지친 지안의 모습이 거슬리는지 황제가 몸을 돌렸다. 등을 돌리고 있는 황제에게 몸을 숙인 지안이 뒷걸음질로 침소 밖을 나갔다. 그 순간, 지쳐 보이던 지안의 얼굴이 언제 그랬느냐는 듯 평소대로 돌아왔다.

침소를 나온 지안은 걸음을 옮겼다. 힘든 모습이 완전히 사라진 걸음은 어느 때보다도 가벼웠다.

"교활한 놈."

익숙한 목소리에 지안이 몸을 돌렸다. 언제 따라온 것인지 이 내관이 서슬 퍼런 눈으로 지안을 노려보고 있었다.

"무슨 말을 하고자 함인가?"

"아무렇지도 않은 주제에 폐하의 앞에서만 약한 척이라

니…… 기분 나쁜 놈. 교활한 놈! 폐하의 총애를 무기로 원하는 것을 얻어 내다니. 내 언젠가는 네 정체를 폐하께 낱낱이 고할 것이야!"

이 내관의 말을 들은 지안이 코웃음을 쳤다. 황제가 자신을 시험하였는데 자신이라고 그를 속이지 못할 이유가 없었다. 더군다나 부딪힐 일이 없었을 뿐, 이 내관 또한 지안에게는 복수해야 할 상대였다.

"그리 내가 꼴 보기 싫으면 폐하께 고하면 되지 않은가?"

거침없이 다가오는 지안의 걸음에 당황한 이 내관이 뒷걸음을 쳤다. 하지만 그러한 걸음도 잠시뿐, 앞으로 다가온 지안이 이 내관의 목을 손으로 움켜잡았다.

"컥!"

"내가 아무것도 몰라 네놈을 가만히 놔둔 줄 아느냐? 여희를 죽인 것은 폐하였으나 그렇게 된 것이 네놈의 세 치 혀 때문이라는 것을 내 모를 줄 아느냐?"

"……."

"너 하나를 죽여 이 기분이 풀린다면, 실수로라도 죽이겠다만 이 상황에서 널 죽이는 것은 벌레를 죽이는 것보다도 가치가 없다."

지안의 말이 계속될수록 이 내관의 얼굴이 창백해졌다.

오랫동안 목을 잡고 있던 손에 힘을 주던 지안이 이 내관을 힘껏 밀어냈다. 붉게 달아오른 목을 붙잡은 이 내관이 거칠게 기침을 내뱉었다.

그를 경멸 어린 눈으로 보던 지안이 나지막이 말하였다.

"네가 해 오던 것을 내가 해 보았을 뿐이다. 그리 불편하면 폐하께 고해 봐라. 남총 대우가 싫은 현원이 폐하의 총애를 이용해 원하는 것을 얻었다고 말이다."

"너…… 너!"

"그런데 말이다. 너와 나. 지금의 폐하는 누구의 말을 더 신임하겠는가? 궁금하면 원하는 대로 해 보아라. 대신 나 또한 가만히 앉아 당하지는 않을 것이다."

말을 끝낸 지안이 몸을 돌렸다. 돌아가는 그녀의 등 뒤로 이 내관의 저주가 들려왔다.

"내가 네 비밀을 모를 줄 아느냐! 반드시 밝혀낼 것이다! 폐하께 반드시 알릴 것이다!"

온갖 저주의 말을 귓등으로 넘기며 지안은 숙소로 걸음을 옮겼다.

그를 시험했던 황제는 일시적이나마 정리하였다. 지금의 황제는 누구보다도 지안을 신뢰하고 있었다. 그토록 죽이고 싶었던 이를 살린 기분은 처참했지만, 참을 수 있었다.

한 번도 물러난 적이 없던 황제가 지안의 무너진 모습에 자신의 의견을 접었다.

이제 시작이었다. 황제를 단단히 지키고 있는 힘을 이제부터 하나씩, 하나씩 없애 나갈 것이다.

하지만 그전에 처리해야 할 일이 하나 더 남아 있었다.

❀ ❀ ❀

지안을 내보낸 후, 황제가 눈을 좁혔다.

분명 온천에서 들은 목소리는 여인의 목소리였다. 당할지도 모른다는 두려움에 숨기고 있던 원래의 목소리가 나온 것이라면, 사내여도 상관없다는 그의 생각에 조금씩 균열이 생겨났다.

가까이에 앉아 있는 내관을 향해 황제가 손짓하였다.

"말씀하시옵소서. 폐하."

황제의 곁으로 다가온 내관이 몸을 깊게 숙였다.

"황궁에 머무는 동안, 현원은 누구와 지내는가?"

"현원께서는 주로 혼자 계시옵니다. 교류가 없으신 것은 아니옵니다만 쉬실 때는 누구도 방에 들이지 않습니다."

"이곳의 방이 풍족하지 않다는 이야기를 들었다. 짐과 대신들이 각각 방을 쓰면 부족할 터, 누구와 함께 머물고 있느냐?"

"감모가 있다며 따로 방을 쓰고 싶다 하셔서 작은 방을 내어 드렸습니다."

내관의 대답에 황제의 손이 턱을 쓸었다.

누구와도 함께하지 않는다. 물론 같이 방을 쓰는 것을 싫어할 수 있으나, 한편으로는 그의 머릿속을 가득 채운 생각이 사실일지도 모른다는 기대감이 서렸다.

사내여도 상관없다고 생각했다.

그러나 지안의 목소리를 듣는 순간, 사내이기보다 여인이었으면 하는 바람이 생겨났다.

지안이 여인이라면, 생각만으로도 온몸이 들끓었다.

"이 내관을 조용히 방에 들라 하여라."

❀ ❀ ❀

"이러시면 안 되십니다! 단주께서는 이곳에 없으십니다."

채훈의 고함에도 지안은 눈썹 하나 꿈틀대지 않았다. 산에서 돌아온 황제는 지안을 달랠 생각인지 삼 일의 휴식을 내렸다. 곧바로 황궁을 빠져나온 지안이 감시하는 자들을 따돌리고 향한 곳은 태성 상단의 분가였다.

모두가 본가로 알고 있는 분가. 들어오자마자 단주를 찾았지만 지안을 맞이한 사람은 제하가 아니라 채훈이었다.

"현원!"

"비켜라."

"자택에서 기다리시면 단주님께 연통을 드리겠습니다! 아무리 이곳을 뒤지셔도 단주님은 계시지 않습니다!"

채훈의 만류에 지안의 걸음이 멈추었다. 거침없이 안을 헤치던 그녀가 멈추자 채훈이 안도의 숨을 내쉬었다. 하지만 그의 안도는 지안의 날카로운 말에 다시금 깨어졌다.

"단주가 이곳에 없다면 그대 또한 이곳에 있을 리가 없지. 그대는 단주의 손이자 머리이지 않은가."

놀라는 채훈을 바라보는 지안의 눈이 어둡게 가라앉았다. 애초에 거래 따위는 없었다. 그저 이용하려는 자와 이용당하는 자가 있을 뿐이었다.

거짓말을 들킨 채훈을 밀어낸 지안이 걸음을 옮겼다. 그녀가 다시 몸을 움직이자 정신을 차린 채훈이 그녀의 옆으로 달려갔다.

단주는 괜찮다고 했지만 채훈이 본 그녀는 전혀 괜찮지 않았다. 이대로 둘이 만나면 상황은 최악으로 치달을 것이 분명했다. 지안의 옷을 잡은 채훈이 다급히 말하였다.

"현원! 잠시만! 이대로는 안 되십니다. 자리를 마련하겠습니다. 단주에게 연통할 시간만이라도 주십시오."

"황궁에는 제법 많은 것들이 있다. 그 안에는 이곳 지도도 있더군. 확신은 없지만 그가 있으리라 짐작되는 곳이 있다."

지안의 말에 채훈의 숨이 멈추었다. 옷소매를 붙잡은 그를 떼어 낸 지안이 멈췄던 걸음을 옮겼다. 지금 이곳에서 쓸데없는 감정 소모를 할 때가 아니었다.

그녀가 생각한 장소에 제하가 있을지는 알 수 없었지만, 없으면 다시 찾으면 그만이었다.

목적지에 다다르자 문을 지키던 이들이 지안의 앞을 막았다. 이곳까지 오면서 봤던 이들과는 확실히 다른 기운을 풍기고 있었다.

'이곳이다.'

문을 막는다면 힘으로라도 뚫을 것이다. 허리에 찬 검에 지안이 손을 갖다 댔다.

지안의 행동에 문을 지키던 이들 또한 무기를 꺼내었다. 일촉즉발의 상황, 그때 문 너머로 익숙한 소리가 들려왔다.

"들여보내라."

그의 목소리에 문을 지키던 이들이 원래의 자리로 돌아갔다. 굳게 닫혀 있던 문이 열리고 서서히 보이는 제하의 모습에 지안의 눈에 살기가 어렸다.

황궁으로 돌아오는 내내 간신히 참고 있던 분노가 그를 보자마자 단숨에 치밀어 올랐다.

제하에게 다가간 지안이 검을 뽑아 그에게 휘둘렀다. 찰나의 순간에 검을 휘두른 지안의 행동도 빨랐지만 그녀의 검을 피한 제하의 움직임도 범상치 않았다.

"사람을 그렇게 이용하니 즐겁던가?"

지안의 행동에 놀란 채훈과 단원들이 안으로 들어왔다. 날카롭게 들어오는 지안의 검을 피하며 제하가 채훈에게 손을 내밀었다. 채훈이 던진 검을 받아 든 제하가 심장으로 들어오는 지안의 검을 쳐 냈다.

"모두 나가라!"

제하의 명에 남아 있던 이들이 전부 나가고, 열려 있던 문이 닫혔다.

사내의 힘은 없었지만, 지안의 검은 정확하고 날카로웠다. 조금이라도 방심하면 치명적인 상처를 입을 터, 매섭게 들어오는 그녀의 공격을 제하의 검이 신중히 막았다.

이번 일을 생각했을 때부터 각오했던 일이었다. 지안에게 끌리는 것은 끌리는 것일 뿐, 순간의 감정에 지금까지 이뤄 놓은 일을 망칠 수 없었다.

"이용은 아니었지만 그 덕분에 황제의 신뢰를 얻지 않았나? 도리어 나에게 고마워해야 함이 아닌가?"

"그곳에서 어떻게 될지 다 알고 있었으면서도 당신은 아무 말도 하지 않았어! 광록대부를 없애는 데 날 이용했어! 내 손으로 그 망할 황제를 살리게 했어!"

검과 검이 치열하게 만나는 순간에 나오는 지안의 절규가 처절했다. 분노가 강해질수록 지안의 공격이 거세어졌다. 지안의 검은 정면으로 부딪치는 순간 방향을 바꾸어 급소를 찌르는 식이었다.

잠깐의 방심이 곧 치명상으로 이어질 상황, 하지만 제하는 그녀의 검을 피하며 차갑게 응수하였다.

"해독약을 숨겼다면 당신은 결국 그 정도밖에 안 되었다는 거지. 내 목숨을 걸고 도와주는데 그 정도는 시험할 권리가 있지 않은가!"

검을 막은 제하가 지안을 어깨로 힘껏 쳤다. 지안이 비틀대는 사이, 제하의 검이 그녀의 복부를 후려쳤다.

"컥."

몸이 휘청거리는 순간, 제하의 손이 지안의 팔목을 향해 움직였다. 그를 피해 몸을 날린 지안이 제하와의 간격을 넓혔다. 아물었던 상처가 터지면서 흐른 피가 지안의 입술을 붉게 물들였다.

"내가 요구한 그 어떤 것도 들어주지 않았으면서 권리를 주장하는 것인가? 치졸하고 비겁한 수작이다. 신뢰를 시험으로 되갚는 당신의 방식, 황제와 무슨 차이가 있단 말인가!"

지안의 독설에 제하의 눈이 꿈틀댔다. 달라진 그의 분위기에 지안은 조용히 긴 숨을 내쉬었다. 제하를 자극하는 것이 지안에게 좋을 것이 없다는 사실은 알고 있었다.

제하의 분노를 사서 도움을 얻지 못할 수도, 최악의 경우에는 많은 걸 알고 있는 지안을 그가 살려 놓지 않을 수도 있었다. 하지만 이 상황을 바로잡지 못한다면 결국 같은 일이 일어날 뿐이었다.

"황제와 내가 똑같다고?"

"독에 중독된 상황에서도 내가 자신의 사람인지 시험하는 황제나 자신의 말을 잘 듣는지 시험하는 당신이나 뭐가 다르지?"

날카로운 검만큼이나 매서운 질문이었다. 분명 상황의 우위를 잡고 있는 사람은 제하였지만, 이 순간 지안의 질문에는 아무런 대답도 할 수 없었다.

황제 앞에서 지안이 얼마나 감정을 절제하는지 시험해 보고 싶었다. 그 결과는 만족스러웠다. 복수의 증오로 이성을 잃는 광록대부와 달리 지안은 자신을 절제하고 냉정히 상황을 판단하였다.

제하가 시험했다는 것을 알면서도 지안은 답을 요구하였다. 지독한 상황에서도 분노에 자신을 마냥 놓기보다는 제하에게서 답을 들으려 하였다.

누가 제하의 앞에서 황제와 똑같다는 말을 할 수 있단 말인가? 최측근인 채훈조차 황제의 이야기를 꺼낼 때는 조심스러워하였다. 하물며 지안은 제하가 가진 황제의 원한까지 본 사람이었다.

묘한 전율이 그의 몸을 휘감았다.

지금까지 알아 오던 여인과는 확실히 달랐다. 자신도 모르게 입가에 미소가 감돌았다. 끌리면서도 의심을 품었던 감정이 이 순간 명쾌하게 답을 내놓았다.

"다를 수는 없겠지. 그 망할 놈과 난 연결되어 있는 게 많으니까."

제하의 미소에 지안의 얼굴이 굳었다. 하지만 어느 때보다 제하는 진심이었다.

당장에라도 부서질 것처럼 위태로운 모습임에도 이를 물고 버티는 모습에 심장이 뛰었다. 남은 것이라고는 복수를 향한 껍데기밖에 없음에도 그녀에게 눈을 뗄 수 없었다.

'미쳤군.'

이런 상황에서 심장이 떨리다니 우스운 일이었다. 지안은 제하를 죽일 듯이 달려들고 있건만, 지금 그가 느끼는 감정은 적의와는 완전히 다른 감정이었다.

그녀가 자신의 사람이라면…… 자신만을 바라보며 자신만을 향해 웃어 준다면…….

하지만 이 순간 달콤한 말로 마음을 보인다 한들 아무런 도움이 되지 않았다.

"널 시험한 것이 잘못되었다고는 생각하지 않는다. 너야 너 하나 죽으면 그만이겠지만 난 아니야. 해야 한다면 몇 번이고 다시 널 시험할 거다. 고작 한 번 이용당했다고 징징대는 애 따위 필요 없어."

차가운 제하의 대답에 지안의 몸이 휘청거렸다. 예상은 했지만 막상 실제로 들으니 아픈 것은 여전했다. 복수를 하겠다는 생각으로 잡은 손이 결국은 독일 뿐이었다.

몸의 힘이 빠져나갔다. 내내 쌓여 있던 피로가 그녀를 단번에 집어삼켰다. 하지만 그 자리에서 무너지는 대신 이를 물고 검을 들었다.

"하앗!"

앞을 막는 검을 빗기며 제하의 범위 안으로 들어온 지안의 검이 심장을 향해 정확히 찔러 왔다. 심장을 공격하는 그녀의 검을 제하의 검이 위로 올려쳤다. 완전히 피하지 못한 듯 그녀의 검이 스친 뺨에서 긴 실핏줄이 흘러나왔다.

동시에 제하가 그녀의 발을 걸었다. 중심을 잃고 휘청거리는 지안을 바닥에 눕힌 그는 그녀의 검을 빼앗아 자신의 검과 함께 던졌다.

그사이 제하의 어깨를 잡은 지안이 몸의 힘을 실어 그를 바닥에 눕혔다.

"당신을 믿었어. 적어도 당신 눈에 보인 황제를 향한 증오를 믿었다."

"……."

"얼마든지 시험할 수 있다고 했는가? 네 시험에 떨어진 사람들은 광록대부처럼 이용만 당하다가 죽었겠지. 그들의 잘못은 황제를 향한 증오를 조절하지 않은 게 아니야. 당신을 믿은 거지."

"뭐?"

지안의 말에 제하의 눈이 커졌다. 그의 위에 있던 지안이 몸을 일으켰다.

"황제가 쉽게 죽으면 안 된다며 고민하고 또 고민하면서,

한편으로는 확실히 죽일 기회인데 주저하고 있는 게 아닌가 생각하고…… 결국은 내 손으로 황제를 살리는 모습까지 보게 되었군. 당신을 믿는 바람에 말이지."

말을 하던 지안이 지친 듯 헛웃음을 터트렸다. 이야기를 할수록 후련하기보다는 처참하였다. 결국 힘이 없는 제 탓이었다. 혼자서 복수를 못 하는 무능 때문이었다.

"하긴 이런 말을 해서 무엇이 달라지겠나? 난 여전히 당신의 도움이 필요한 것을. 당신 말대로 애처럼 징징대고 있었군."

눈을 감은 지안이 소매로 고인 눈물을 닦아 냈다. 그녀의 눈물에 붉게 물들어 있는 소매를 본 제하의 심장이 내려앉았다.

분명 그녀와 싸울 때까지는 그가 생각한 대로 모든 것이 진행되었다. 마음 없이 내뱉은 말을 지안이 진심으로 받아들인 순간, 상황은 그의 생각과 완전히 반대로 흘러가기 시작하였다.

"무의미한 짓이었군."

힘겹게 말을 내뱉은 지안이 몸을 비틀댔다. 그 모습에 놀란 제하가 손을 내밀었지만 지안은 그의 손길을 거부하였다. 그와 결판을 낼 생각으로 온 걸음이었지만 결국 남은 것은 상처뿐이었다.

누구에게 화를 낸단 말인가. 결국 혼자만이 짊어져야 할 책임을 누군가와 나누려고 한 그녀의 실책이었다.

"안 믿겠지만 광록대부에게 준 독은 그대의 것이 아니야."

제하의 목소리에 지안의 걸음이 멈추었다. 하지만 눈은 제하가 아니라 굳게 닫힌 문에 고정되어 있었다. 지안을 향해 제하가 한 걸음씩 다가왔다.

성격대로라면 제하는 나가는 지안을 잡지 않았을 것이다. 복수를 하기 위해 모든 것을 가진 그였다. 지안이라는 패가 없어도 원하는 것을 얻어 낼 수 있었다.

그럼에도 지친 지안이 몸을 돌리는 순간, 그녀를 보며 떨리던 심장이 바닥으로 떨어지는 기분이었다. 지금의 상황이 당혹스러웠다. 머릿속에 수도 없이 세워 놓았던 계획 따위 완전히 잊어버린 지 오래였다.

지안이 멀어져 갔다.

"그대의 신뢰를 이런 식으로 시험한 건 사과하겠다. 좀 전에 그대에게 한 폭언도 사과하겠어."

채훈이 자리에 있었다면 제하의 행동에 기함했을 것이다. 단 한 번도 제하는 누군가에게 사과라는 단어를 꺼낸 적이 없었다.

모든 것을 잃은 후, 다시 일어선 제하는 누구보다도 자존감이 강한 사내였다. 누군가에게 무엇을 주는 것보다 받는 것을 더 당연히 여기는 사내, 그런 그가 지안에게 처음으로 자신을 굽혔다.

황제를 향한 복수를 준비했을 때도 이렇게 초조하지는 않았다. 이제 겨우 자신의 감정을 자각했다. 지안이 그를 거부하고 있었다. 그 사실 하나만으로도 제하는 생전 처음으로 지독한 초조를 느꼈다.

"거래는 지킨다고 했어."

사과와 거래라는 말에 등을 보이던 지안이 몸을 돌렸다.

"그대가 구해 달라고 한 건 방에 있어."

"……."

"내 도움이 필요하다고 하지 않았나? 난 아직 그대와 거래를 깰 생각이 없어. 그렇다면 지금 그대가 할 행동은 이곳을 나가는 게 아니라 내 손을 잡는 거라고 생각하는데."

"……."

"그대와 나의 방향은 달라도 목적은 같아."

말없이 서 있는 지안을 향해 제하가 손을 내밀었다.

제하의 손을 지안은 오랫동안 바라보았다. 초조한 마음을 무표정 속에 감추며 제하가 지안을 기다렸다.

잠시 후, 지안이 제하의 손을 붙잡았다.

손을 잡았을 뿐이건만 미칠 듯이 몰아치던 초조가 조금씩 가라앉았다.

"당신을 믿지 않아."

"믿지 않아도 돼."

무너진 신뢰는 다시 만들면 된다. 지금은 그에게서 멀어지려는 지안을 잡은 것으로 충분했다. 쌓여 있는 피로가 한꺼번에 몰려올 정도로 힘들었지만 이제는 상관없었다.

지키지 못한 스승에 대한 보답으로 거둔 여인이라 생각했었다. 황제를 이용할 좋은 패로 적당하다 여겼었다.

하지만 이제는 그 어떤 계획도, 생각도 들지 않았다.

복수의 감정으로 껍데기밖에 남지 않은 여인이어도 상관없었다.

누구에게도 주지 않았던 자신의 곁, 그녀를 그 곁에 머물게 할 수만 있다면 그는 무슨 짓이라도 할 자신이 있었다.

❋ ❋ ❋

검지만 한 작은 옥색 병을 지안이 받아 들었다.

구해 달라고 부탁하기는 했지만 막상 직접 받아 드니 기분이 복잡했다. 평생 힘들게 살아오기는 했어도 누군가에게 해를 끼치며 살지는 않았다.

이걸 황제에게 쓰는 순간부터 지금까지 살아온 삶으로는 돌아갈 수 없다.

"처음 구한 독은 그대가 본 것처럼 효과가 곧바로 나는 것이었다. 막상 구하고 나니 그대가 원하는 독과는 거리가 있다고 생각했다."

"……그래서 광록대부에게 그것을 준 것이오?"

"변명이 될지는 모르겠지만 난 그걸 광록대부에게 준 적이 없어. 방을 치우는 시종을 매수한 광록대부가 멋대로 가져간 거지."

"말릴 수 있었잖아요."

"한 번만 더 말리면 이곳에 대해 전부 터트리겠다고 했었지. 그 하나를 구하겠다고 나와 연관된 모든 이를 죽이는 무모한 짓은 할 수 없지 않은가?"

좀 전까지 검을 맞대고 싸웠는데도, 두 사람은 태연하다 못해 평온하였다. 광록대부가 한 말과 제하의 말은 전혀 달랐기에 누구의 말도 믿기 어려웠다.

어차피 이제는 아무런 상관도 없는 일, 지안의 눈이 다시 독이 든 병으로 향하였다.

"이건 그것과는 다르다는 건가요?"

"독을 쓰는 양에 따라서 짧게는 한 달, 길게는 일 년 뒤에나 효과가 나는 독이다. 어떻게 사용하느냐에 따라 천천히, 고통스럽게 죽일 수 있는 독이지."

"바로 효과가 나지 않는다는 건가요?"

"처음에는 몸이 가볍다는 착각을 하게 될 것이다. 그게 시작이지. 양귀비처럼 중독될수록 독에 더 집착하게 될 것이다. 그리고 어느 순간, 독이 제 효과를 발휘하겠지."

마치 속을 들여다본 것처럼 제하는 지안이 원하는 독을 구해다 주었다.

독살처럼 빠르고 편한 죽음을 원하지 않았다. 지안이 원하는 것은 황제를 죽이는 것이 아니라 독의 효과로 그의 굳건한 이성을 잃게 하는 것이었다. 몸의 쾌락과 피의 갈망으로 미쳐 있어도 황제의 판단력은 지안조차 혀를 내두를 정도로 정확하고 날카로웠다.

그의 광기에 불만이 쌓이고 있음에도 대신들이 뭉치지 못하는 이유는 그런 황제의 건재함 때문이었다. 하지만 황제가 무너진다면, 반발을 가진 이들은 순식간에 하나로 모여들 것이다.

"유용하게 쓸 수 있겠네요."

"유용한 만큼 감수해야 할 문제도 있지."

지안의 반대편에 앉아 있던 제하가 그녀에게로 다가왔다. 지안을 향한 감정을 자각한 순간, 제하는 그녀에게 이 독을 주고 싶지 않아졌다.

지안의 손에 있던 병을 가져온 제하가 비어 있는 잔에 독을 따랐다. 짙은 갈색의 독이 잔에 담기고, 병의 마개를 닫은 제하가 주저 없이 독에 손가락을 집어넣었다.

"지금 무슨 짓을 하는 거예요!"

믿지 않겠다며 선을 그은 것도 잠시. 제하의 행동에 놀란 지안이 비명을 질렀다. 독에 담겨 있는 제하의 손을 지안이 붙잡고 꺼내려는 순간, 독이 묻은 손가락이 잔의 모서리를 훑어 내렸다.

"아!"

제하를 말리던 지안의 행동이 멈추었다. 믿을 수 없다는 눈이 제하의 손가락이 지나간 자리를 몇 번이고 보고 또 보았다. 분명 독은 짙은 갈색이었다. 하지만 그의 손가락이 쓸어 내려간 자리에는 어떤 색도 없었다.

"독을 쓰는 사람도 중독될 각오로 써야 하는 거야. 이 독은 사람의 체온이 닿아야 색이 없어지는 거니까. 그런데도 이걸 사용할 건가?"

제하의 물음에 지안이 색이 사라져 있는 잔을 바라보았다. 잔에 담겨 있어도 어떠한 향도 나지 않았다. 일주일에 두세 번은 지안이 황제의 차를 준비하니 기회는 얼마든지 있었다.

"상관없어요. 황제보다 조금만 더 오래 살 수만 있다면……

그것만 이루어지면 괜찮아요."

지안의 답에 제하의 눈썹이 미약하게 꿈틀댔다.

황제를 향한 원한을 품고 있어도 제하와 지안은 지향하는 바가 달랐다. 제하는 황제에게서 빼앗긴 것을 돌려받는 것이 바람이었다. 하지만 지안은 달랐다.

원하는 것은 황제의 목숨뿐, 그녀는 이후의 삶은 전혀 생각하지 않았다. 지금은 황제를 죽이겠다는 일념으로 버티고 있었지만, 목적을 이루는 순간 지안은 자신을 완전히 놓을 것이다.

"황제를 죽인 이후의 삶은 그대에게 중요하지 않나?"

제하의 물음에 차분하던 지안의 눈동자가 격하게 떨렸다. 하지만 그것도 찰나, 원래대로 돌아온 지안이 무거운 숨을 내쉬었다.

품에 넣어 놓았던 손수건을 꺼낸 지안이 제하의 손가락에 묻어 있는 독을 닦아 냈다. 믿지 않는다고는 했지만, 제하의 손에 묻은 독에 자꾸 신경이 쓰였다.

이렇게 한들 그의 손에 묻은 독이 사라지는 것은 아닐 것이다. 하지만 독을 생각해 낸 것은 지안이었다. 그녀의 짐을 그와 나눌 수는 없었다.

"여희가 죽은 후, 삶에는 미련이 없어요. 다만 살아서 해야 할 일이 아직 남아 있으니까. 그것만 이룬 후에는……."

"죽을 건가?"

독을 닦아 낸 지안의 손이 떨어지려는 순간, 제하의 손이 그녀를 잡았다. 손목을 잡고 당기니 작은 여체가 바로 앞으로 다가왔다. 황궁에서 보았던 미소가 처음이자 마지막이었다.

지안은 더는 미소 짓지 않았다.

화를 내거나 절규하며 감정을 터트리기는 했지만 즐겁게 미소를 짓거나 웃지 않았다.

예전에는 대수롭지 않게 여겼던 것, 하지만 지금은 그게 안타까웠다.

"황제가 죽은 후는 생각해 보지 않았어요."

"나에게 줘."

"네?"

자신이 잘못 들은 것인가? 제하를 향해 지안이 눈을 좁혔지만 그는 좀 전과 똑같은 모습이었다. 지안의 손수건을 빼낸 그가 가늘고 하얀 손가락에 입술을 갖다 대었다.

놀란 나머지 굳어 버린 몸이 그가 하는 대로 끌려갔다.

그가 원하는 것은 여인의 몸뿐이었다. 껍데기밖에 남지 않은 몸이기에 복수만 이룰 수 있다면 어떻게 되든 상관없다 생각하여 받아들였었다.

그의 숨소리에서 느껴지는 열기가 그녀의 멈춰 있는 심장을 흔들었다.

"나에게 그대를 줘."

그의 목소리가 허공에 퍼졌다.

남은 것이라고는 황제의 복수밖에 없었던 그녀의 심장에 그의 말이 조금씩 스며들었다.

그를 믿지 않는다는 말을 꺼낸 것이 조금 전의 일이었다. 자신을 믿지 않아도 상관없다던 그가 이제는 그녀를 달라는 말을 하고 있었다.

그가 말하는 것이 단순히 품에 안기라는 뜻이 아님을 지안은 알고 있었다. 자신을 정인으로 보고 있다는 것인가? 그럴 리가 없다. 그런 조짐은 전혀 없었다. 하물며 마음을 달라고 한들 그녀에게는 누군가에게 줄 마음 따위 이제 전혀 남아 있지 않았다.

"당신은 여인으로서의 나를 달라고 했었죠. 나는 그 거래를 받아들였어요. 하지만 그것뿐이에요. 그 이상을 욕심내지 마세요."

지안의 거부에 제하의 눈이 커졌다. 제하의 손을 떼어 낸 지안이 그에게서 한 걸음 물러났다. 멀어지는 지안이 싫었는지 그가 그녀의 팔목을 붙잡았다.

거부한 여인과 거부당한 사내 사이에 흐르는 분위기가 숨막히도록 답답하였다. 한 치의 양보도 없는 상황 속에서 제하가 입을 열었다.

"그대를 정인으로 원하는 것이 잘못된 건가?"

"난 껍데기일 뿐이에요. 누구에게 줄 마음도, 특히 사내를 품고 연모할 마음이 없어요."

담담히 나오는 거부가 제하의 심장을 제멋대로 흔들어 댔다.

단번에 받아들일 것이라고는 생각하지 않았다. 하지만 이렇게까지 담담하게, 그리고 단호하게 잘라 낼 것이라고는 생각해 본 적 없었다.

"휘령을 찾아온다면? 네가 가장 원하는 황태자를 찾아오면 정인으로 받아 줄 것인가?"

다가오는 그를 밀어내고, 그는 또다시 그녀에게 다가왔다.

연이은 상황이 혼란스럽고 피곤했다.

언제부터 그가 이런 마음을 먹은 것일까? 물론 그의 품에서 안정을 찾기도, 그의 손길에 자신도 모르는 떨림을 느끼기도 했었다.

하지만 아닌 것은 아니다. 자신은 누구를 마음에 둘 자격도, 준비도 되어 있지 않았다.

그리고 그를 믿지 않았다.

"내 스스로도 잡지 못하는 것이 마음인데 어찌 거래로 받아들이고 주고 할 수 있겠어요."

"……."

"거래는 지킬 거예요. 그러니……."

"지금 지켜."

제하의 짧은 말에 지안의 눈이 커졌다.

단호한 거부 속에서도 그는 침착했지만, 그렇게 보일 뿐이었다. 팔목에 느껴지는 그의 체온이 뜨거웠다. 한번 자각한 감정이 그의 이성을 멋대로 집어삼키고 있었다.

언제나 받기만 하던 그가 처음으로 손을 내밀었던 여인에게 철저히 거부당했다. 낯선 갈증이 그를 태울 듯 흔들어 댔다.

여인으로 안길 수는 있지만 정인으로 마음을 줄 수는 없다고 하였다.

그가 원하는 것은 지안의 전부. 그렇다면 지금 당장 가질 수 있는 것을 손에 넣으리라.

지안의 팔을 잡은 그가 자신을 향해 그녀를 끌었다.

제하의 품에 갇힌 지안이 놀란 비명을 지른 것도 잠시, 열려 있는 입술로 그가 멋대로 침범해 들어왔다.

❀ ❀ ❀

작게 열려 있던 입술 사이로 들어온 그는 거침없이 지안에게 자신의 흔적을 각인시켰다. 한숨이 나올 정도로 천천히 지안의 안을 누비던 그의 혀가 피하려는 작은 혀를 단단히 휘감았다.

서로의 체액이 감긴 혀에 섞이고, 천천히 시작되었던 입맞춤이 점점 격렬해졌다.

"하앗."

숨을 쉴 짧은 틈조차 그녀에게 주지 않을 생각인지 지안의 턱을 잡은 제하가 입안의 여린 살을 혀로 쓸어내렸다. 미끈거리는 체액에 혀에 느껴지는 촉감이 부드러웠다.

가쁜 호흡을 내쉬는 지안의 숨이 얼굴을 간질이자 그의 혀가 붉게 달아오른 아랫입술을 가볍게 어루만졌다.

"흐읍."

거친 입맞춤과는 다르게 지안을 쓸어내리는 그의 손길은 평소처럼 부드러웠다. 놀란 나머지 굳어 버린 지안의 눈이 제하의 눈을 바라보았다. 그녀의 의사 없이 입맞춤을 하는 상황에서도 제하의 눈은 지안에게 고정되어 있었다.

온 힘으로 반항한다면 제하를 밀어내고 이 상황에서 빠져나올 수 있었다. 하지만 지안은 그러지 않았다. 지금의 상황이 당황스럽기는 했지만, 밀어낼 정도로 거부감이 들지는 않았기 때문이다.

어차피 여인인 지안은 그에게 주기로 하였다. 마음까지 원하는 그에게 지안이 줄 수 있는 것은 제 몸뿐이었다.

한 번은 겪어야 할 일, 지안의 손이 제하의 뺨을 조용히 감쌌다.

약간의 거부도 없이 받아들이는 지안의 행동에 그제야 제하가 입술을 떼고 그녀를 바라보았다. 눈에 깃들어져 있는 갈증을 보는 것만으로도 지안은 숨이 막혔다. 하지만 그의 시선을 피하고 싶지는 않았다.

"싫다면 지금이라도 밀어내."

당장에라도 그녀를 취할 것 같은 눈으로 제하는 참고 있었다. 그저 시선을 마주하고 있는 것뿐인데도 온몸을 태우는 기분을 느꼈다.

그녀의 의사와는 상관없이 시작된 일이라는 것은 황제와 똑같았다. 하지만 그가 원하는 대로 그녀를 취해도 되는 상황에서 그는 지안에게 의사를 물어봤다.

사람의 마음이라는 것은 참으로 간사하였다. 좀 전까지는 황제와 똑같이 느껴졌던 그가 지금만큼은 전혀 다르게 다가왔다.

'이 사람이면 괜찮다.'

여인보다는 사내로서의 삶이 더 길었지만, 이 순간만큼은 여인으로 그에게 안기는 것이 싫지 않았다.

"내가 말한 것은 지켜요. 거래는 거래니까요."

거래라는 말에 제하의 눈이 차갑게 가라앉았다. 하지만 잠시 후, 감정을 진정시킨 제하가 나지막이 말하였다.

"거래는 거래지."

그에게 무슨 마음을 가지고 있는 것은 아니었다. 하지만 꿰뚫듯 바라보는 시선이, 작은 틈 사이로 가까이에 있는 지금의 상황이 떨리는 것은 어쩔 수 없었다. 뺨을 감싸던 손을 내리는 순간, 제하가 그녀를 안아 들었다.

갑자기 달라진 높이에 숨을 참은 것도 잠시, 침상에 지안을 눕힌 제하가 그녀를 내려다보았다. 그를 올려다보던 지안의 손가락이 제하의 입술을 쓸었다.

손가락의 감촉에 그의 눈 끝이 작게 떨렸다. 작은 접촉에도 민감하게 반응하는 그가 새롭게 다가왔다.

어차피 품에 안길 사내라면 차라리 지금 안기는 것이 나았다. 복수를 할 수 있다면 그것으로 충분했다. 입술을 어루만지던 손을 내려놓은 지안이 몸의 힘을 빼자 그가 다가왔다.

이마에 닿았던 입술이 오뚝한 코를 지나 닫혀 있던 입술로 향하였다. 열어 달라는 듯 제하의 입술이 지안의 입술 주변을 미끄러지며 맴돌았다. 떠는 숨을 억지로 참고 있던 지안의 입이 작게 열리고, 그 사이로 들어온 그의 입술이 고른 치열을 어루만졌다.

괜찮다며 다독여도 심장이 터질 듯이 두근대는 것은 어쩔 수 없었다. 침상의 천을 힘껏 움켜쥔 지안이 눈을 감은 채 숨을 삼켰다.

"하앗."

붉게 부은 입술을 살짝 깨물자 긴장한 몸이 약하게 떨렸다. 각오를 하고 있어도 사내를 전혀 모르는 몸은 지금 순간을 두려워하고 있었다.

"괜찮아."

하얀 솜털이 나 있는 귓불을 삼키며 그가 그녀를 다독였다. 그의 속삭임에 자신도 모르게 고개를 끄덕였지만 떨리는 몸이 바로 진정되지는 않았다. 옷고름을 풀자 가슴을 단단히 묶은 붕대가 그의 손에 잡혔다.

"아!"

누구도 만질 수 없었던 살결에 사내의 감촉이 느껴지자 지안이 소스라쳤다. 방의 한기는 느껴지지도 않았다. 몸의 모든 감각이 향한 곳은 사내의 손길이 스치는 곳이었다. 당혹스러운 지안의 표정에도 불구하고 그는 멈추지 않았다.

반쯤 벗겨진 상의를 완전히 벗긴 그가 하얀 목에 얼굴을 묻었다. 긴 목선에 입술을 깊게 묻으니 지안의 맥이 생생하게 느껴졌다.

깊게 입술 자국을 남기며 목을 희롱하던 제하의 혀에 피부와는 다른 까칠한 딱지가 느껴졌다. 황제를 따라 사냥을 가기 전까지는 없었던 것, 길게 늘여진 상처는 검에 의한 것이었다.

어깨를 붙잡았던 손이 목의 상처를 조심스럽게 어루만졌다.

나날이 황제에게 입는 상처가 늘어 갔다. 본디 황제는 누군가를 연모하고 아끼는 것을 모르는 이였다.

이러다가 황제의 손에 죽임이라도 당한다면…….

제하의 움직임이 멈추자 지안의 눈이 떠졌다. 다독이듯 그녀의 손을 제 뺨에 댄 제하가 손바닥에 짧게 입술을 맞추었다.

"껍데기라도 상관없어. 송지안은 송지안일 뿐이야."

제하의 목소리가 조용한 방에 울렸다. 그의 말을 들은 지안의 눈이 커졌다.

"그러니 조금이라도 네 자신을 아껴."

몸의 떨림이 거짓말처럼 사라져 갔다. 가볍지만 많은 의미를 지닌 그의 말이 상처뿐인 마음을 조용히 다독였다. 강압적인 듯 보여도 본심인 그는 지안을 아껴 주었다.

사내에게 줄 마음은 없었다. 복수를 해야 하는 그녀에게 연모라는 감정은 필요 없는 것이었다. 껍데기라도 상관없다는 그에게 지안이 해 줄 말은 하나밖에 없었다.

"미안해요."

지안의 팔이 제하의 목을 감쌌다. 눈썹을 꿈틀댄 제하의 입술에 지안의 입술이 수줍게 닿았다 떨어졌다.

아슬아슬하게 잡고 있던 인내가 끊겼다. 입고 있던 옷가지를 벗어 던진 그가 지안의 입술을 덮쳤다. 단단히 묶여 있던 붕대가 그의 손에 가볍게 풀어졌다.

눈처럼 새하얀 피부에 소담하게 오른 가슴이 시선을 사로잡았다. 부끄러워하는 지안이 자유로운 한쪽 팔로 그곳을 가리려 했지만 그 모습이 그를 더 자극하였다.

가는 팔을 떼어 낸 그가 가쁘게 내쉬는 가슴을 손으로 담뿍 쥐었다. 고개를 뒤로 젖힌 지안에게서 열기에 찬 숨이 흘러나왔다. 그에 아랑곳하지 않고 고개를 숙인 그가 가슴 위에 핀 작은 꽃을 입에 물었다.

"아!"

그가 닿는 모든 부분이 불에 닿은 것처럼 뜨거웠다. 의지와는 상관없이 그는 그녀의 몸에 열기를 불어넣었다. 하지만 몸과는 반대로 긴장이 풀린 정신은 점점 아늑해졌다.

그가 이끄는 대로 몸을 맡기던 지안의 몸에서 천천히 힘이 빠졌다.

힘이 빠진 지안이 침상에 그대로 늘어졌다.

가슴골에 얼굴을 묻자 지안의 향이 코끝을 간질였다. 옷 너머로 맡았던 것과 직접 얼굴을 묻고 살 내음을 맡는 것은 완전히 다르게 다가왔다.

오랫동안 품지 못했던 여인을 향한 갈망일까? 그것은 아니었다. 지금껏 여인을 안을 기회는 많았지만 내키지 않았을 뿐이었다.

겉으로는 연모한다며 환한 미소를 지어도 이득 관계에 따라 그의 심장에 검을 꽂거나 숨어 있는 그를 황제에게 밀고하는 이들, 적어도 제하를 연모한다며 다가온 여인들의 대부분이 그러했다.

자신은 껍데기라며 제하를 밀어내는 지안은 그가 기존에 생각하던 여인에 대한 정의를 바꾸었다.

사내보다도 더 단단하고 강한 여인, 몇 번이나 무너지고 변할 수 있는 상황 속에서도 그녀는 싸워 내고 이겨 냈으며 버텨 냈다.

언제부터였는지는 알 수 없었다. 아니, 어쩌면 황궁에서 처음 봤던 날, 보여 줬던 미소에서 시작된 것일지도 모른다.

이 여인과 함께할 수만 있다면…… 복수 외에는 아무것도 없던 그에게 다른 소원이 생기기 시작하였다.

"아!"

가슴에 핀 작은 꽃을 작게 삼켰을 뿐이건만, 지안의 허리가 활처럼 휘었다. 사내로 자랐지만 사내의 손 따위 단 한 번도 닿은 적이 없는 여인이었다. 지금의 거래를 싫다며 거부해도 이해할 수 있었다.

하지만 지안은 피하지도, 거부하지도 않았다. 가슴을 움켜잡았던 손으로 가는 허리를 감쌌다. 종종 그를 향해 내미는 수줍은 손길에 단단히 닫혀 있던 심장이 제멋대로 떨리기까지 하였다.

'내 여인이다.'

아무것도 모른 채, 배신당하고 빼앗긴 처음과는 다를 것이다. 생의 전부를 빼앗긴 것은 한 번뿐이다. 그 어느 것도, 특히 지안만큼은 절대로 놔주지 않을 것이다.

가쁜 숨을 내쉬는 목에 입을 맞추며 그가 그녀의 손을 붙잡았다. 일방적인 행위였지만, 지안은 그를 밀어내기보다는 받아들였다.

거래라는 그럴싸한 단어를 갖다 붙여도 상관없었다. 그에게 이미 지안은 거래 이상의 존재였다.

아담하게 파여 있는 쇄골을 혀로 희롱하니 지안의 몸이 움찔댔다. 그때부터 안겨 있던 지안의 몸에서 힘이 빠지는 것이 느껴졌다.

약간의 불안은 있었지만, 지금만큼은 그녀에게만 집중하고 싶었다. 하지만 그의 바람과는 다르게 고개를 드니 이미 정신을 잃은 지안이 침상에 늘어져 있었다.

"후우."

사냥터에 황제와 같이했을 때부터 살얼음판이었으니 기운이 빠질 만하였다. 하지만 달아오를 무렵에 이러니 김이 빠지는 것은 어쩔 수 없었다.

제멋대로 솟구치는 열망을 억지로 잠재우며 제하가 무거운 숨을 내쉬었다. 옆으로 몸을 돌린 그는 지안을 품에 안았다.

지안의 가녀린 몸피에 억지로 진정시켰던 열기가 다시 치밀었지만, 정신을 잃은 여인을 취할 정도로 배려가 없지는 않았다.

"기회는 다음에도 있으니까."

지안을 안고 싶은 욕구를 억지로 누르며 제하가 작은 등을 손으로 쓸어내렸다. 지안의 살결이 스칠 때마다 억누른 욕망이 그를 흔들어 댔지만 이대로 그녀를 놓치고 싶지 않았다.

얼굴을 가린 머리카락을 뒤로 넘기니 지안이 내쉬는 숨이 그의 팔을 간질였다. 그의 손가락이 하얀 이마를 어루만지고 귓불을 간질였다. 오뚝한 코를 지나 거듭 씹혀 부어오른 입술 위를 그림 그리듯 손가락이 스쳐 갔다.

매끈한 뺨을 손으로 감싸고, 하얀 이마에 제하가 입술을 맞추었다. 흔적을 남겨도 부족하게 느껴졌다. 마음 같아서는 황제에게 보란 듯이 그의 흔적을 남기고 싶었다.

하지만 그리하면 위험해지는 것은 제하가 아니라 지안이었다.

지금도 지안을 품에 안지 못해 초조한 황제였다. 만약 지안이 여인이라는 것을 알게 된다면, 굳이 생각하지 않아도 나오는 대답에 제하의 눈이 차갑게 변했다.

“단주. 채훈입니다.”

채훈의 목소리에 지안의 몸에 이불을 덮은 제하가 자리에서 일어났다. 침상 밑으로 던져 놓았던 옷을 입은 그가 문을 열고 방을 나왔다.

들어오라는 말 대신 제하가 방을 나오자 놀란 채훈이 고개를 숙였다.

“죄, 죄송합니다. 단주. 소인이 들어가도 되는지를…….”

“조용히 해라.”

평소보다 목소리가 큰 채훈에게 제하가 나지막이 말하였다. 그의 명령에 잠시 갸웃대던 채훈이 이윽고 알겠다는 듯 고개를 숙였다.

“사도께서 뵙기를 청하십니다. 급한 용무이시라 서둘러 뵙기를 청하셨지만 지금은 어려우니 차후에 연락을 드리기로 하였습니다.”

“급한 일이라고 해 봤자 하나겠지.”

“무슨?”

모든 일을 대충 넘기는 듯 보여도 황제는 마음에 걸리는 일을 절대 가벼이 여기지 않았다. 사도를 밀어내고 대홍려를 앉히려 했던 황제에게 지안은 다시 생각해 보라는 말을 꺼냈었다. 화가 난 황제는 그녀에게 벼루를 던졌지만, 그렇다고 그냥 넘어갈 이가 아니었다.

대다수의 귀족들과 돈독한 사이를 유지하면서 황궁 물품의 구 할을 대고 있는 대상단.

얼굴을 보이지 않는 대상단의 단주. 그럼에도 은근히 황궁에 영향을 미치는 존재.

그 의심하기 좋아하는 황제가 이제야 상단의 존재를 자각하기 시작하였다.

"기하가 날 보고 싶어 하는군."

제하의 뜻을 파악한 채훈의 얼굴이 창백해졌다.

"단주. 하지만 아직 연기하를 상대하기에는 병력이 부족합니다. 이 상황에서 혹여라도 단주를 알아보게 된다면……."

채훈의 말에 제하의 입가에 불쾌한 미소가 감돌았다. 제하의 손가락이 뺨에서 목까지 길게 내려오는 흉터를 천천히 어루만졌다.

배신당한 형님에 대한 공포와 이제는 위협이 되어 버린 황태자라는 신분을 숨기기 위해 제하는 스스로를 상처 내며 인상을 바꾸었다.

물론 단번에 제하의 존재를 알아차릴지도 모른다. 하지만 제하가 자신이 죽인 황태자라는 확신은 하지 못할 것이다.

바보처럼 사람을 믿다 죽어 버린 황태자는 이제 없었다.

"내일 아침 사도에게 이곳으로 오라 하여라."

"명을 전하겠습니다."

"시종을 시켜 지안이 입을 옷을 가져와라."

"네?"

생각지 못한 명에 숙이고 있던 채훈의 고개가 올라갔다. 좀 전까지 죽이겠다며 검을 맞대던 둘이었다. 그런데 이제는 그녀가 입을 옷을 가져오라니, 도대체 저 방에서 무슨 일이 있었는지 궁금할 정도였다.

마음 같아서는 굳게 닫혀 있는 문을 열고 안을 보고 싶었지만, 제하를 상대로 호기심을 채울 정도로 채훈은 무모하지도 멍청하지도 않았다.

"준비하겠습니다."

말을 끝낸 채훈이 사라지고, 제하가 다시 문을 열고 방으로 들어왔다.

깊게 잠든 그녀의 옆에 누운 제하의 손이 지안의 머리를 조심스럽게 어루만졌다.

채훈의 말대로 아직 제하가 나서기에는 이른 감이 있었다. 하지만 황제에게 지안이 억지로 안기는 모습을 볼 수는 없었다.

지안의 마음을 얻지 못해도 상관없었다. 그녀를 품에 안을 사람은 자신뿐이어야 했다.

지안을 바라보는 제하의 눈에 고요한 살기가 감돌았다. 황제가 바로 옆에 있었다면 검이라도 휘두를 것처럼 서늘한 빛이 오랫동안 그의 눈에 머물렀다.

❋ ❋ ❋

주변에 쌓여 있는 시체를 보는 지안의 눈이 가라앉았다. 그녀를 옥죄던 꿈은 언제나 과거에 있었던 일이었다. 하지만 지금은 평소와는 달랐다.

'꿈이다.'

그녀가 보고 있는 배경은 가문이 멸문되었던 그날과 똑같았다. 차이라면 아홉 살이 아니라 열여덟 살의 그녀가 있을 뿐이었다. 꿈이라는 것을 알고 있으면서도 무서웠다. 하지만 그때와는 다르게 시작된 꿈, 마음을 다잡으며 지안은 천천히 걸음을 옮겼다.

문 앞에서 죽은 유모와 어머니의 시신을 본 지안이 몸을 휘청거렸다.

변한 것은 모습일 뿐, 그때의 공포는 여전하였다. 이를 악문 지안이 다른 곳으로 걸어갔다.

'괜찮아. 꿈이야.'

끊임없이 자신을 다독이며 지안이 불안한 마음을 다잡았다. 하지만 이미 두려움에 손은 약하게 떨리고 있었다. 지안의 걸음이 아버지인 송정기가 있었던 본채로 향하였다.

비릿한 피 냄새와 타는 냄새, 사람들의 비명과 병사들의 고함이 들려왔다. 하지만 누구도 지안을 잡거나 제재하지 않았다.

"후우."

송정기가 마지막으로 있었던 곳까지 다다른 지안이 무거운 숨을 내쉬었다.

과거 지안은 아버지의 죽음을 보지 못했다. 지안을 공격하려는 병사를 죽인 여희가 울고 있는 그녀를 안고 도망친 것이 이곳에서의 마지막이었다.

'지금이라도 돌아갈까?'

갈등하던 지안이 고개를 저었다. 그저 꿈일 뿐이었지만 마치 지금의 상황은 그녀에게 무언가를 알려 주려는 것 같은 기분이 들었다.

숨을 길게 내쉰 그녀가 문을 열고 안으로 들어갔다. 문이 열리자마자 보이는 모습에 지안은 입을 틀어막았다. 죽어 있는 오라버니와 혀를 깨물고 죽은 언니의 시신이 병사들 사이에 엉망으로 뒹굴고 있었다.

그리고 그들의 위, 온몸에 검상을 입은 송정기가 병사들에게 팔이 잡힌 채, 무릎을 꿇고 있었다. 송정기의 앞, 익숙한 뒷모습의 사내가 피에 젖은 검을 들고 있었다.

'아니야.'

지금의 상황을 부정하면서도 천천히 두려움에 찬 걸음을 내디뎠다. 바람과는 다르게 가까워질수록 그녀의 확신은 현실이 되었다.

"황자 저하께서 직접 이곳에 오시다니 오늘 소인이 죽는 날이 긴 한가 봅니다. 쿨럭."

비아냥대던 송정기가 연거푸 거친 기침을 내뱉었다. 기침 사이로 흘러나오는 피가 바닥을 붉게 적셨다. 비아냥거림을 듣던 사내가 그를 향해 검을 휘둘렀다. 일부러 그러는 듯 사내의 검이 지나간 가슴팍에 옅게 피가 뿜어져 나왔다.

"기회를 주지 않았는가?"

언제나 공포 속에서 들어왔던 목소리가 사내에게서 들려왔다. 잊으려야 잊을 수 없는 목소리. 사내의 등을 보던 지안이 그의 옆으로 다가갔다.

'황제!'

"유남훈처럼 전하를 버리고 저하를 따르라는 것입니까? 하하하. 저하께서 지존의 그릇을 가지신 분이었다면 저의 선택으로 저하를 권좌에 세우는 데 최선을 다했을 것입니다."

"……."

"권좌에 오르기도 전에 부모와 형제를 버리는 이를 폐하라 부르며 따를 마음은 없습니다."

"황제의 자질 따위 아무런 상관없다. 결국 권좌에 앉는 사람이 황제일 뿐이지."

황제의 검이 송정기의 목 위로 올라갔다. 고함을 지르며 지안이 검을 든 황제의 앞을 막았다. 하지만 그녀를 통과한 검이 비아냥거리던 송정기의 목을 베었다.

"아……."

몸을 통과한 검의 감촉은 느껴지지 않았건만, 등 뒤로 느껴지는 뜨거운 피는 왜 진짜처럼 느껴지는지 알 수 없었다. 겁에 질린 지안의 눈이 송정기를 벤 황제에게 향하였다.

사람을 죽였어도 변하지 않는 눈. 음습하면서도 살기 어린 눈이 보이지 않는 지안을 노려보듯 그녀 너머의 송정기를 노려보고 있었다.

황제의 시선에 굳은 몸을 억지로 움직이려던 지안이 자리에 주저앉았다. 손에 느껴지는 비릿한 촉감에 고개를 돌리니 송정기의 피가 그녀의 손에 묻어 있었다.

"아니야."

피를 보는 지안의 눈에 깊은 공포가 물들었다. 불안하게 잡고 있던 이성이 점점 흔들렸다. 고개를 돌려 송정기의 시선을 봐야 한다. 황제가 죽인 아버지의 마지막을 봐야 했다.

꿈이라는 생각은 완전히 사라진 지 오래였다. 지안에게 이 상황은 이미 꿈을 넘어선 현실이었다. 힘겹게 고개를 돌리려는 순간 그녀를 뒤에서 안는 익숙한 체온이 느껴졌다.

"아가씨. 보지 마세요."

"여희?"

"보지 않아도 돼요."

여희의 목소리가 들리자 떨리던 지안의 몸이 천천히 안정되었다. 지안의 손이 자신을 안고 있는 여희의 손을 붙잡았다. 손을 잡았을 뿐인데도 그녀를 집어삼키던 공포를 이겨 낼 마음이 생겼다.

꿈에서라도 여희를 볼 수 있어서 다행이었다. 자신도 모르게 눈물이 왈칵 샘솟았다.

"여희, 보고 싶었어요."

마음을 진정시킨 지안이 여희를 보기 위해 고개를 돌렸다.

그녀를 안고 있던 여희는 목이 없었다.

지안의 비명에 잠들어 있던 제하가 놀라 몸을 일으켰다.

자리옷으로 갈아입힌 후 잠든 것이 얼마 전이었다. 등을 돌린 채 자는 지안의 허리를 감쌌던 팔이 그녀가 흘린 땀으로 흥건히 젖어 있었다.

"송지안?"

"까아악."

제하의 손길을 밀어내며 지안이 발버둥 쳤다.

"살려 주세요! 살려 줘!"

"이봐! 정신 차려!"

"죽이지 마요! 이러지 마. 하지 마!"

찢어질 듯 내지르는 비명이 방을 가득 채웠다. 침상에서 떨어질 기세로 몸부림치는 그녀를 붙잡고 보니 지안의 눈은 여전히 감겨 있었다.

잠들기 전 입혀 놓았던 자리옷의 고름이 풀어질 정도로 버둥거리는 지안의 모습에 제하의 얼굴이 창백해졌다.

지안의 비명에 시종들이 방으로 들어왔다.

"모두 나가라!"

"다, 단주님."

"나가라 하였다!"

제하의 불호령에 들어왔던 이들이 다급히 방 밖으로 나갔다. 문이 완전히 닫힌 것을 확인한 제하가 그녀의 몸 위로 올라탔다. 도대체 무슨 꿈을 꾸는 것인지 온 힘으로 바동거리면서도 지안은 잠에서 깨지 못하고 있었다.

"무서워서요."

왜 잠들지 못하느냐는 물음에 지안이 했던 대답이 머리를 스쳤다. 억지로 잠을 쫓기 위해 밤에도 밖에 나와 있던 지안의 모습이 눈에 선했다.

그때는 이해할 수 없었던 행동이 이제야 왜 그럴 수밖에 없었는지 알게 되었다. 거친 숨을 내쉬며 살려 달라는 말에 그녀가 무슨 꿈을 꾸고 있는지 보지 않아도 알 수 있었다.

"여희! 여희!"

발작을 일으키는 것처럼 몸을 비틀던 지안의 입이 연이어 여희를 부르고 있었다. 여희라는 시비는 이런 지안을 어떻게 깨웠던 것일까? 발작을 넘어 울음을 터트리는 지안을 어떻게 진정시켜야 할지 제하는 막막하였다.

결국 있는 힘껏 지안을 안은 제하가 그녀의 발버둥을 힘으로 막았다.

"지안아. 꿈이야! 꿈이란 말이다."

"아아악."

그의 품에서조차 고개를 저으며 지안이 비명을 질렀다. 울면서 터트리는 비명 속 담겨 있는 공포에 제하가 입술을 깨물었다.

그럴듯해 보이는 것은 겉모습일 뿐이었다. 현명하고 단단함 속에 가려 있는 지안은 위태롭고 불안하였다.

가문이 멸문되고 내내 이렇게 살아왔다는 것일까? 추스르지 못할 정도로 악몽을 꾸어 오면서 그렇게까지 자신을 지켜왔다는 것이 화가 나면서도 안타까웠다.

"지안아. 괜찮아."

저항하는 지안의 손톱에 긁힌 상처가 붉게 달아올랐다. 하지만 그럴수록 제하는 지안을 안은 팔에 힘을 주었다. 흐느끼며 살려 달라는 절규를 들은 제하의 손이 지안의 등을 천천히 두드렸다.

작정하고 깨우려면 어떻게든 깨울 수 있었다. 하지만 그런 식으로 깨우다 보면 결국 지안의 몸에 남는 것은 상처뿐일 것이다.

"꿈일 뿐이야. 지안아."

등을 두드리며 그가 지안을 다독였다. 몸부림치는 그녀를 잡고 있는 일이 쉬운 것은 아니었지만 그는 인내를 가지고 연거푸 지안의 이름을 불렀다.

한참이 지난 후, 제하의 품에서 저항하던 지안의 움직임이 멈추었다. 그녀의 머리에 턱을 기대고 있던 그가 고개를 내리니 눈을 뜬 지안이 제하를 바라보고 있었다.

"지안아."

"여희…… 어디에 있어요?"

허공을 헤매는 눈이 완전히 정신을 차리지는 못한 것처럼 보였다. 눈가에 가득 고여 있던 눈물이 얼굴을 따라 흘러내렸다. 땀이 흥건한 채로 몸을 떠는 지안의 얼굴을 제하가 손으로 천천히 어루만졌다.

"여희가 있었는데…… 분명히 있었는데……."

"꿈이야."

"황제가 아버지를 죽였어요. 오라버니도 죽이고 언니도 죽였는데…… 여희가 지켜 줬는데……."

"그냥 꿈일 뿐이야."

"여희의 머리가 없었어요. 황제가 여희도 죽였어요. 나도 죽일 거야. 황제가…… 나도 죽일 거예요."

간신히 진정되었던 몸이 다시 떨리기 시작하였다. 딱딱하게 굳은 몸은 제하의 손길에도 쉽게 풀리지 않았다. 무너진 지안을 보는 제하의 눈이 어둡게 가라앉았다.

악몽으로 무너진 지안은 당장에라도 사라질 것처럼 위태로워 보였다. 이제야 마음에 품었건만, 그의 품에 안겨 있는 지안은 생각보다도 상처가 깊었다.

그의 말 한마디로 그녀가 안정을 찾지는 못할 것이다. 하지만 이 상황에서 그가 할 수 있는 일은 이런 것밖에 없었다.

"황제가 널 죽이게 두지 않을 거다."

"그러다 당신도 죽어요. 황제가 전부 죽일 거예요."

"난 이미 황제에게 한 번 죽었으니까 또 죽지 않아. 내가 지켜 줄게."

거듭된 제하의 말에 그제야 사라졌던 초점이 미약하게 돌아왔다. 겁에 질린 몸은 여전히 떨리고 있었지만 제하를 보는 눈만큼은 조금 전과 확실히 달라져 있었다. 제 품에 안겨 있는 지안을 다독이듯 굳은 몸을 어루만지며 제하가 낮게 속삭였다.

"황제도 결국 사람이야. 겁내지 마."

"황제 따위 결국은 사람일 뿐이에요. 무서워하지 마요."

죽기 직전에 여희가 해 주었던 말이 제하의 입에서 똑같이 흘러나왔다. 다독이는 제하의 말에서 여희가 느껴졌다. 마음을 줄 수 없다고 한 것이 겨우 몇 시진 전이었다. 이렇게 품에 안겨 있어선 안 되고, 작은 여지조차 주면 안 된다는 것 또한 알고 있었다.

하지만 지금만큼은 그녀를 이해해 주는 그의 손길이 절실했다. 이기적인 행동이었지만 그에게서 떨어지고 싶지 않았다.

힘겹게 움직인 지안이 제하의 허리에 떨리는 팔을 감았다. 언제나 제하가 그녀를 안고, 그의 품에 수동적으로 안겼었던 것이 처음으로 바뀌었다.

"미안해요. 이러면 안 되는데……."

말을 막으며 제하가 자신의 가슴에 얼굴을 기대게 하였다. 그의 심장 소리가 그녀의 불안을 조금씩 가라앉혔다. 이 순간만큼은 그에게서 떨어지고 싶지 않았다.

"좀 더 자."

잠을 자고 싶지는 않았지만, 부드럽게 다독이는 제하의 손길에 지친 몸이 점차 무너져 내렸다. 잠을 잔다는 것에 대한 두려움이 있었으나 그것보다도 한계에 다다른 몸이 이제는 쉬어야 한다며 지안을 재근하고 있었다. 결국 지친 그녀가 무너지듯 제하의 품에서 조용히 잠들었다.

지안이 잠들었음에도 그녀를 다독이는 제하의 손길은 오랫동안 계속되었다.

❁ ❁ ❁

잠을 깨자 맨 먼저 느낀 것은 희미한 연초의 향, 그리고 밤새도록 위로를 받았던 체온이었다. 힘겹게 눈을 뜨자 보이는 것은 잠에서 깬 제하와 그의 옷을 붙잡고 있는 자신이었다.

"깼나?"

제하의 물음에 지안이 정신을 차리기 위해 고개를 저었다.

흐릿했던 시야가 점점 또렷해지자 지난밤, 그녀가 무슨 짓을 저질렀는지 떠올랐다. 그에게 안기다가 기절한 것인지, 어쩌다가 악몽을 꾼 것인지 아무런 생각도 나지 않았다.

다만 악몽에 정신을 놓은 자신을 제하가 진정시켰다는 것, 그리고 잠에서 깬 그가 일어나지 못하게 자신이 옷소매를 붙잡고 잠들어 있었다는 것이었다.

"그게…… 미안해요."

잔뜩 가라앉은 목소리로 지안이 잡고 있던 옷소매를 풀었다. 빠져나가려는 지안의 손을 붙잡은 제하가 그녀를 자신의 품에 안았다. 지난밤, 그 험한 모습을 전부 보았음에도 지안을 대하는 그의 행동은 똑같았다.

늘어진 옷 너머로 보이는 어깨에 생긴 생채기가 눈에 들어왔다. 발버둥 치면서 그의 어깨를 긁은 것이 분명했다.

자신이 낸 상처를 본 지안이 눈을 내렸다.

"미안해요."

거듭된 사과에 제하의 눈이 좁혀졌다.

"무슨 잘못이라도 했나?"

"어젯밤은……."

"악몽을 꾸는 것이 잘못은 아니지."

품에 안겨 있는 지안이 짧게 숨을 들이마셨다.

여희는 지안이 악몽을 꿀 때면 언제나 안아 주었다. 괜찮다며 그저 악몽일 뿐이라며 그녀가 진정될 때까지 곁에 있어 주었다. 지금 그가 하는 대수롭지 않은 말과 행동이 그녀에게는 여희가 있었던 때에 받았던 위로와 똑같은 기분을 느끼게 했다.

여희가 죽은 후에 꾸는 악몽은 감당할 수 없을 것이라 생각하였다. 그런데 생각지도 못했던 제하의 품에서 안정을 찾았고, 깨어난 후에도 곁을 지키는 그 덕분에 안도하며 눈을 뜰 수 있었다.

"꿈을 한 번 꾸면 진정시키기 어렵다는 거 알고 있어요. 내가 이러고 나면 여희도 한나절은 힘들어했으니까요. 미안하다는 말밖에 할 말이 없어요."

"이래서 잠을 자기 무섭다고 한 건가?"

제하의 물음에 지안이 말없이 고개를 끄덕였다. 여희 외에는 알지 못했던 치부를 그에게 들켜 버렸다. 하물며 반쯤은 그에게 안겨 있는 터라 대답하기 싫다며 몸을 뺄 수도 없었다.

"일주일에 많으면 세네 번. 적을 때는 두 번 정도 이렇게 꾸더군요."

"멸문된 가문에서 혼자 살아남았는데 온전할 리가 없지."

제하의 말에 지안의 눈이 그를 향했다. 말 없는 물음과 그 물음에 대한 답이 짧은 시간 동안 치열하게 오고 갔다. 잠시 후, 제하의 어깨에 지안이 다시 머리를 기댔다.

"당신이 모를 리가 없겠죠."

"그대를 따로 알아본 건 아니야. 난 그대의 아버지와 친분이 있었으니까. 그 덕분에 그대를 알아본 거고 말이지."

"아버지?"

"중서령과는 인연이 좀 있었지."

궁금한 지안은 더 이야기해 주기를 바랐지만, 제하는 그 선에서 말을 잘랐다.

황제의 복수에 이용할 패였다면 제하는 자신의 정체를 말했을 것이다. 하지만 지난밤 이후로 제하에게 지안은 누구보다도 가까이에 두고 싶은 이가 되었다. 삶의 욕심도, 황제가 죽은 후의 삶도 생각하지 않는 그녀에게 자신의 정체를 말한다면 지안은 곁에 머무는 대신 더 악착같이 그를 떠나려 할 것이다.

황궁에 정식으로 입궁하는 순간, 모든 것이 밝혀지겠지만 그래도 그때까지만큼은 숨기고 싶었다.

궁금한 지안이 더 물으려는 찰나 제하가 먼저 그녀에게 물었다.

"지금까지 여희는 그대를 어떻게 깨운 거지?"

말을 돌리는 제하의 행동에 지안이 고개를 갸웃했다. 그에게서 처음으로 듣는 아버지의 존재가 궁금했지만, 이 상황에서 제하를 추궁할 수는 없었다.

결국 호기심을 묻은 지안이 그의 물음에 대답하였다.

"팔이나 어깨를 물더라고요."

"물어?"

"뺨을 때리는 걸로는 깨지 않더라고요. 심하게 물지는 않았지만, 종종 잇자국이 나 있기도 했어요."

"다음에는 나도 그래야겠군."

다음이라는 말에 지안이 다시 고개를 들었다. 잠결에 외면하던 그의 몸이 얇은 자리옷 너머로 느껴졌다. 이제야 그를 자각한 지안의 얼굴에 홍조가 생겨났다.

"그런데 어제는…… 그러니까."

붉은 얼굴의 지안이 말을 삼키자 제하의 입꼬리가 올라갔다. 지안이 알면 화를 낼지도 모르겠지만 이제야 그녀가 그 나이 대의 여인으로 보였다. 하물며 지금만큼은 지안이나 그나 복잡한 이야기는 접은 채, 편하게 대화를 이어 가고 있었다.

얼마 만에 누군가와 이렇게 마음 놓고 대화를 해 보는 것인지 기억조차 나지 않았다.

"품에 안고 있던 여인이 중간에 정신을 놓은 건 또 처음이었지."

제하의 말에 옅게 물들었던 얼굴이 터질 듯 붉게 달아올랐다. 먼저 물어본 상황에서 어떻게 대답해야 할지 알 수 없었다.

우물쭈물거리며 지안이 말을 잇지 못하자 제하가 쐐기를 박았다.

"아쉽더군."

"그게, 그게 말이죠."

"나는 그대를 속였고, 그대는 중간에 잠들었으니 그냥 둘 다 비긴 걸로 치면 되겠더군. 신경 쓸 필요 없어."

"품에 안기지 않아서 거래를 못 한다는 건 아니지요?"

제하의 품에 안겨 있던 지안이 자리에서 벌떡 일어났다.

꿈에서 깼지만 여전히 지안은 지쳐 있었다. 자신의 몸을 생각해야 할 때였음에도 복수만을 생각하는 지안을 바라보는 제하의 눈이 날카롭게 변하였다.

거래를 지키지 않을지도 모른다고 의심하는 것일까? 그렇다면 지안이 틀렸다.

황제를 죽이고 자신의 자리를 되찾는 것도, 지안을 자신의 여인으로 곁에 두는 것도 제하는 단 하나도 양보할 수 없었다.

그리고 이미 거래는 지켜지고 있었다. 다만 지안에게 자신이 휘령이라는 것을 밝히면 그녀는 더더욱 복수에 매달리기만 할 뿐 스스로를 아끼지 않을 것이기에 그 사실만을 숨기고 있었다.

자신이 휘령이라는 것은 시간이 조금 더 흐른 후에 밝힐 생각이었다.

"난 욕심이 많아. 그래서 몸을 가지는 것만으로는 만족하지 못하겠어."

"분명히 난……."

"내 거야."

지안은 저를 바라보는 그의 눈에서 익숙한 빛을 느꼈다. 황제가 그녀에게 보여 줬던 시선과 비슷한, 짙은 소유욕이 담겨 있는 눈이 지안만을 바라보고 있었다.

창백한 얼굴의 지안이 몸을 떨었다. 그녀의 변화를 본 제하는 다가가는 대신 조심히 그녀와 시선을 마주했다. 그의 행동에 떨리던 눈이 조금씩 진정되었다.

"억지로 빼앗지도, 무조건 달라며 떼를 쓰지도 않을 거야. 그건 황제의 방식이지, 내 방식이 아니야. 그대가 마음을 잡을 때까지 기다릴 거야."

그는 황제처럼 그녀를 잡고 있지도, 무조건 받아들이라며 강요하지도 않았다.

그저 기다리겠다는 말일 뿐인데도 심장이 내려앉는 기분이었다. 하지만 황제에게 느꼈던 공포와는 달랐다.

만약 황제에게 느꼈던 기분을 제하에게 똑같이 느끼고 있는 것이었다면 심장이 이렇게 떨릴 리가 없었다.

지안의 손을 조심히 감싼 그가 조용히 다가왔다.

입술로 다가오는 제하를 막을 생각도, 막고 싶지도 않았다. 지난밤, 그녀의 머리에 무슨 일이 일어났던 것인지 다가오는 그를 밀어내고 싶지 않았다.

하지만 둘만이 있던 방의 정적을 채훈이 깨뜨렸다.

"단주. 사도께서 오셨습니다."

지안의 입술 바로 앞에서 제하의 움직임이 멈추었다. 긴 한숨을 내쉬며 지안의 어깨에 제하가 얼굴을 묻었다.

"적당히 일찍 올 것이지. 성질머리하고는."

"사도도 당신과 손을 잡은 건가요?"

"지안아."

이름을 부르는 그가 어색하기만 했다. 동시에 그에게서 이름이 불리자 조용히 심장이 뛰었다.

누군가를 마음에 둘 여유는 없었다. 여희를 죽게 한 자신은 누군가의 연모를 받을 자격도, 누군가를 연모할 자격도 없었다.

그렇게 다잡은 마음을 비웃듯 그는 마음 깊은 곳으로 단숨에 들어와 그녀를 흔들어 댔다.

제하의 손에서 빠져나온 지안이 반사적으로 물러났다.

“그렇게 부르지 마요.”

“뭐?”

“이름, 그렇게 부르지 마요.”

밀어내는 지안의 행동에 제하의 눈썹이 꿈틀댔다. 하지만 곧바로 표정을 바꾼 그가 지안을 조용히 바라보았다.

“내 마음이니 하고 싶은 대로 할 거다. 흔들리는 게 싫으면 받아들여. 아니면 철저히 거부하든가.”

제하의 답에 지안의 눈이 커졌다. 뭐라 하려는 찰나 제하가 자리에서 일어났다.

“시종을 보낼 거야. 옷 갈아입고 사도가 있는 데로 와. 남장은 안 돼.”

“무슨 말을 하는 거죠?”

“황제가 날 보고 싶어 해. 그 멍청한 놈이 이제야 상단의 존재를 알아차렸어.”

제하의 말에 지안의 눈이 날카로워졌다. 자신의 마음도 제대로 알지 못해 방황한 것이 조금 전이었건만, 지금 지안의 모습은 완전히 달라져 있었다.

“결과는 달라도 목표는 같아.”

“…….”

“먼저 가 있겠다. 준비가 끝나는 대로 나와.”

말을 끝낸 제하가 방 밖으로 나갔다.

아무도 없는 침상에 앉아 있던 지안이 무거운 숨을 내쉬었다.

하루가 일주일처럼 지나갔다. 악몽의 여파가 남은 몸은 여전히 아팠지만, 누워 있을 시간이 없었다.

생각하지도 못한 감정을 자각하는 순간, 지안은 혼란스러워졌다.

거래의 대가로 몸을 요구하고, 그녀가 자신의 말대로 따르는 사람인지 아닌지를 시험한 사내였다. 자신이 생각한 대로 움직이지 않는 순간, 어떤 사람이든 충분히 버릴 수 있는 차가운 이였다.

지난밤, 무슨 수를 쓴 것인지 그는 지안이 알던 제하라는 사내와는 완전히 달라져 있었다.

그에게 시험당한 불쾌감은 이미 사라진 지 오래였다. 방심하는 순간, 제하는 그녀의 마음 깊숙이 들어왔다.

그에게서 위로를 받았고, 그의 위로에 안도를 찾았다.

화가 난 것도 잠시, 이제는 또 그에게 흔들렸다. 지금 감정이 사내로서 그를 보는 것인지 아니면 일시적으로 흔들리는 것인지 혼란스러웠다.

하지만 한 가지, 여희만이 자리했던 마음 깊은 곳에 그가 들어온 것은 확실하였다.

'그러면 안 돼.'

혼란스러운 감정에 지안이 격하게 고개를 저었다. 지금 필요한 것은 황제를 향한 증오와 원한뿐이었다. 제하에게 흔들리는 감정 따위 그녀에게는 쓸모없는 것일 뿐이었다.

황제를 죽이는 것.

그녀가 살아 있는 유일한 이유이자, 생애 마지막 목표였다.

그것 외에 생각할 것은 아무것도 없었다.

❋ ❋ ❋

긴장한 상태로 자리에 앉아 기다리던 사도가 제하를 보자 몸을 일으켰다. 하얀 머리카락이나 주름진 얼굴과는 달리 건장한 체격을 가진 사도는 문인이기보다는 무인의 분위기를 가진 이였다.

"전하."

사도의 인사에 제하가 손을 저었다. 제하가 앉자, 고개를 숙이고 있던 사도가 조심스럽게 반대편에 앉았다. 탁자에 놓여 있는 차를 한 모금 마신 제하가 손에 턱을 기대었다.

"연기하는 언제까지 날 데려오라 하던가?"

곧바로 나오는 본론에 사도가 고개를 숙였다. 어떻게 이야기를 꺼내야 할지 고민하고 있던 참이었다. 하지만 그러한 걱정 따위 별것 아니라는 듯 제하는 이미 현재 상황을 꿰뚫어 보고 있었다.

"누구든 상관없으니 일주일 안에 태성 상단의 단주를 데려오라는 명령을 내렸습니다."

"일주일이라……. 그놈치고 자비를 내렸군."

"유가에서 먼저 찾게 하려는 의도로 보입니다. 최근 황제와 유가의 관계를 탐탁지 않아 하는 이들이 늘고 있으니까요. 이번 기회에 단주를 먼저 찾음으로써 유가의 힘을 보여 주려는 것 같습니다."

"맛있는 것을 오랫동안 독식하면 탈이 생기는 것이 당연하거늘, 힘을 지켜보겠다고 남훈이 꽤 분주히 움직이겠군."

제 말에 고개를 숙이는 사도를 바라보며 제하가 탁자를 손가락으로 톡톡 쳤다. 아직 나서기에는 병력과 상황이 좋지 않았다. 구 년 동안 황제의 비호 아래 세를 키운 유가는 재력과 병력 면에서 압도적이었다.

"당분간은 본가에 가 계심이 어떠하신지요?"

"……."

"지금 전하께서 모습을 드러내시는 것은 성급하옵니다. 하물며 황제와 남훈을 속일 수는 있어도…… 아시지 않습니까? 황후는……."

사도의 말에 제하의 입가에 쓴 미소가 생겨났다.

부부로서 함께하자던 여인은 그의 심장에 검을 찌르고 황후가 되었다. 모두가 죽을 거라 했었던 지옥 같은 순간이 지나고, 다시 눈을 뜬 제하가 맨 처음 본 것은 원수의 부인이 된 정인의 모습이었다.

어차피 그를 배신하고 다른 사내의 여인이 된 그녀에게는 일말의 정도 남아 있지 않았다. 지금 제하의 신경을 건드는 것은 그를 알아볼 세령이 아니라 당장 내일모레 황궁으로 돌아갈 지안이었다.

황궁에 갔다 올 때마다 느는 상처, 더군다나 황제는 지안이 여인이라는 것도 모른 채 그녀에게 욕심을 내고 있었다. 곱다며 그녀를 바라보는 시선과 욕심난다며 잡아끄는 황제의 손길 따위 상상하는 것만으로도 구역질이 치밀었다.

"빼앗기는 건 한 번으로 충분해."

"전하. 무슨 말씀을 하시는 것입니까?"

사도의 말에 대답하려는 순간, 멀지 않은 곳에서 작은 기척이 들려왔다. 일부러 기척을 숨기는 시종들과는 다른 걸음, 제하의 입가에 즐거운 미소가 감돌았다.

"전하?"

황태자로 모든 것을 잃은 후 절대 볼 수 없었던 모습이 그에게서 보이자 사도는 자신의 눈을 의심하였다. 자리에서 일어난 제하가 사도를 보며 나지막이 말하였다.

"소개해 줄 사람이 있다. 지금부터는 전하가 아닌 단주라 부르도록."

시종이 고하기도 전에 문이 열리자, 지안의 놀란 눈이 그를 향하였다.

소복을 입었을 때와 옅게 치장하고 꾸민 지안의 모습은 또 다른 차이가 있었다. 사도에게 소개를 하기 위한 모습이었지만 그럼에도 시선을 뗄 수 없었다.

들어오라며 손을 내밀자 물끄러미 제하를 바라보던 지안이 조심스럽게 그의 손을 잡았다. 낯선 치마를 붙잡고 안으로 들어온 지안을 본 사도가 자리에서 벌떡 일어났다.

"현원이 어찌! 아니, 단주! 왜 그가…… 그런데……."

지안에게 손가락을 치켜든 사도가 거듭된 상황에 말문이 막힌 듯 멍하니 눈만 깜빡였다. 황제의 최측근이라 할 수 있는 현원이 이곳에 있는 것도 황당하건만 설상가상으로 제하의 손을 잡고 있는 그는 사내가 아니라 여인이었다.

상황을 설명해 달라는 사도의 물음이 담긴 표정에 제하가 지안의 어깨를 감쌌다.

"이 모습이면 사도는 알 거라 여겼는데 내 생각이 틀렸는가? 그대와 친분이 있었던 이의 딸인데 말이야."

알 수 없는 물음에 사도의 눈이 지안을 오랫동안 살폈다. 그런 사도의 시선이 불편한지 지안이 미간을 살짝 모았다. 한참을 보던 사도가 믿을 수 없다는 눈으로 제하를 보았다.

"중서령 송정기의 살아남은 딸이자, 현원이다. 황제는 사내로 알고 있지만 말이지."

"어찌…… 어찌하여 네가."

가까이 다가온 사도가 지안의 손을 말없이 잡았다. 잡혀 있는 손에서 느껴지는 떨림이 낯설고 어색하였다.

"한 명이라도 살아 있기를 바라며 그곳을 갔었지만 살아남은 자가 없었다. 그런데 살아 있었다니…… 내 아홉 살의 너를 기억하건만, 어찌 몰라 봤단 말인가! 살아 있어서 다행이다. 다행이구나."

살아 있어서 다행인 것일까? 갑자기 달라진 사도의 행동이 지안은 불편했다. 살아남았다 한들 그녀에게 남은 것이라고는 아무것도 없었다. 황제를 죽이기 위해 버티고 있는 목숨일 뿐, 이런 삶이 다행이라 말할 수 있는 것인지 지안은 알 수 없었다.

무슨 말을 꺼내야 할지 난감한 상황에 정리를 해 준 것은 지안의 어깨를 붙잡고 있던 제하였다.

"사도는 그만하고 자리에 앉아라."

제하의 말에 고개를 끄덕인 사도가 자신의 자리로 돌아갔다. 그가 앉자 제하가 지안을 자신의 옆자리에 앉히곤 다소곳하게 모으고 있던 손을 감쌌다. 제하의 행동에 사도의 눈이 커지고, 당황한 지안이 서둘러 손을 빼려 하였다.

그럴수록 지안을 잡은 손에 제하가 힘을 주었다.

“이러지 마요! 사도께서 계시는데!”

“황제가 일주일 안에 날 데려오라는 명령을 내렸다는군.”

반항하던 지안의 몸이 황제라는 단어에 멈추었다. 불편한 상황에 대한 불안으로 흔들리던 눈이 언제부터인가 현원의 그것으로 바뀌었다.

“다른 이들보다 먼저 날 찾아보겠다며 유가는 벌써 움직였고, 여기 계시는 사도께서는 당분간 본가로 피해 있어야 한다는 의견을 꺼낸 상태지. 네가 나라면 어떻게 하겠는가?”

제하에게 손이 잡혀 있다는 것을 완전히 잊어버린 지안은 말없이 생각에 잠겼다.

평소 그의 성격으로 볼 때, 이미 그는 자신이 어떻게 해야 할지 결정을 내린 후일 것이다. 그녀에게 물어보는 것은 지안의 생각이 자신과 맞는지에 대한 확인일 뿐, 제하는 언제나 자신만의 한 수를 먼저 놓고 있었다.

“내가 당신을 황궁으로 데려가야 하는 것이군요.”

“무슨 소리를 하는 것이냐? 전…… 단주께서 잠시 동안만 몸을 피하시면 지나갈 일이란다.”

“승상의 가문에서조차 찾지 못하는 존재가 된다면 그때부터 황제는 이 사람을 상단의 단주가 아니라 다른 꿍꿍이가 있는 이로 의심할 것입니다. 어떻게든 찾으려고 하겠죠. 차라리 지금이라도 모습을 보이는 게 맞아요. 하지만 유가는 안 돼요. 사도께서도 안 되고요."

"계속해 봐."

"승상과 함께 입궁하게 된다면 사람들은 모두 유가와 태성 상단이 손을 잡은 줄 알겠죠. 그건 유가의 권력에 힘을 실어 주는 것밖에 되지 않아요. 반대로 사도와 함께 입궁하시게 되면 유가의 입장에서는 사도와 손을 잡은 상단이 좋게 보일 리가 없겠죠. 하지만 현원은 철저히 황제의 사람일 뿐, 어느 세력에도 들어가 있지 않죠."

이제야 발견한 것이 아쉬울 정도로 지안은 상황을 빠르게 파악하고 판단하였다.

상단으로서 승상이나 사도나 상관없이 거래를 했기에 제하는 황궁에 입궁한 후에도 철저히 중립적인 상황을 지켜야 했다. 한쪽으로 쏠리는 순간, 힘의 균형은 깨지고 말 것이다. 아직은 호의적인 사도와도, 적대적인 승상과도 우호적인 거래를 유지해야 한다.

그렇다면 황궁으로 그를 데려가야 할 사람은 중립적인 위치의 지안이었다.

"현원이 데리고 가야 동시에 유가와 황제 사이에도 작은 간극이 생길 수 있지. 황제 입장에서는 중립적인 태성 상단을 손에 넣으면 자신만의 힘이 생기는 것이고, 유가 입장에서는 더 큰 힘을 위해 상단에 접근하려 할 테니까 말이야."

"……."

"황제의 힘을 분열시키는 계기가 되겠지."

"당신을 이용해도 되나요?"

지안의 물음에 제하의 입가에 미소가 감돌았다.

굳이 지시하지 않아도 지안은 알아서 잘 해낼 것이다. 비록 지금은 황제의 복수만을 가지고 있지만 이제는 달라질 것이다.

지금보다도 더 나은 세상을 그녀에게 보여 줄 것이다. 껍데기밖에 남지 않은 그녀에게 삶의 이유를 가지게 해 줄 생각이었다.

잡고 있는 지안의 손을 제하의 손이 부드럽게 감쌌다.

第四章 · 의식

손에 머리를 기댄 채, 경상에 기대고 있던 황제가 감고 있던 눈을 떠 말없이 자신의 손을 바라보았다.

황제의 행동에 이 내관이 곁으로 다가왔다.

"폐하."

"가까이 와라."

그가 다가오자 황제의 손이 이 내관의 뺨을 천천히 어루만졌다.

"폐하! 갑자기 왜 이러시는 것입니까?"

놀란 이 내관의 기분 따위는 안중에도 없다는 듯 뺨의 감촉을 느끼던 황제가 손을 거두었다. 그리곤 날카로운 시선이 다시 제 손으로 향했다.

"내시감."

황제의 부름에 조용히 있던 내시감이 곁으로 다가왔다. 내시감을 본 이 내관이 입을 삐죽이며 한 걸음 뒤로 물러났다. 가까이 온 내시감은 보지도 않은 채 황제가 입을 열었다.

"사내가 여인의 피부와 같을 수 있는가?"

황제의 물음에 내시감이 숨을 들이켰다. 바보가 아닌 이상 저 물음의 의도를 모를 수 없었다. 여인임에도 지안은 제법 자신을 잘 숨겨 오고 있었다. 그러나 상대는 광폭하지만 날카로운 감을 가진 황제였다.

확신이 생기지 않는 한, 절대로 자신의 생각을 꺼내지 않았다. 그런 황제의 성정을 누구보다도 잘 아는 내시감이 애써 표정을 수습하였다.

"여인을 모르는 소인이 어찌 그것을 알겠습니까?"

내시감의 답을 넘기며 황제가 조용히 생각에 잠겼다.

처음 시작은 대수롭지 않았다. 철저히 자신에게 선을 긋는 지안의 마음을 얻고 싶다는 원초적인 욕구였다. 그랬던 생각이 점점 살이 붙어 상상하지 못했던 방향으로 흘러갔다.

아직 이 내관에게서 수확은 없었지만, 온천에서의 목소리는 분명 여인의 것이었다.

사내답지 않은 피부, 그에게 안기느니 죽겠다는 행동, 손이 닿을 때마다 당황하는 얼굴, 여인의 목소리.

지안이 여인이었으면 좋았을 것이라는 생각은, 지안이 여인일지도 모른다는 의심으로 바뀌고 있었다.

'내 생각이 맞는다면.'

내심 자신의 생각이 맞기를 바랐다. 스치듯 들은 것이 전부인 목소리였지만, 그때를 떠올리는 것만으로도 심장이 뛰었다.

당장에라도 옷을 벗기고 사내인지 여인인지 알아보는 방법이 있었지만, 조금 더 기다려 볼 생각이었다. 먹이를 바로 잡는 사냥도 재미있었지만, 진정한 재미는 도망갈 곳이라고는 하나도 없는 사냥감을 취하는 것이었다. 지안이 여인이라면 조금의 여지도 주지 않을 생각이었다.

"폐하. 차를 가져왔습니다."

밖에서 들려오는 지안의 목소리에 황제의 입가에 미소가 감돌았다. 그의 손짓에 내관이 닫혀 있던 문을 열자 차를 가져온 지안이 황제의 앞에 무릎을 꿇었다.

조금의 흐트러짐도 없는 행동, 자신의 앞에서 저렇게까지 평온하게 있을 수 있는 이는 승상 외에 지안밖에 없었다. 황제가 이 내관을 향해 손짓하자 그가 종종걸음으로 지안이 가져온 차를 받아 들었다.

매의 눈으로 잔을 살핀 이 내관이 품에 준비한 은 막대기를 꺼내 차에 담갔다. 잠시 후, 깨끗하게 나온 은 막대기를 보는 이 내관의 눈이 꿈틀댔다. 믿을 수 없는 눈으로 지안을 짧게 노려본 그가 막대기에 묻은 차를 혀끝에 갖다 댔다.

아무것도 잡지 못한 이 내관의 미간이 꿈틀댔다. 그런 이 내관과 지안을 보던 황제가 의자에 몸을 기대었다.

"차가 식은 후에 줄 것이냐?"

"아, 아니옵니다. 폐하."

황제의 재촉에 이 내관이 뒤로 물러났다. 하지만 여전히 지안에 대한 의심스러운 눈은 거두지 않고 있었다. 황제가 주었던 휴식이 끝난 후, 돌아온 지안은 거의 매일 황제에게 차를 올리고 있었다.

황제나 내시감은 별것 아니라 했지만 이 내관은 지안을 믿을 수 없었다. 분명 차에 무슨 장난을 치고 있는 것이 분명했다.

저 담담한 얼굴 속에 감추고 있는 흑심을 반드시 찾아낼 것이다.

이 내관의 생각을 아는지 모르는지 지안이 황제의 앞에 찻잔을 내려놓았다.

지안이 가져온 차를 마신 황제가 편한 숨을 내쉬었다.

"내관들이 타 오는 것과 네가 타 오는 것은 또 맛이 다르구나. 속이 한결 편하다."

"황공하옵니다. 폐하."

"그나저나 너에게 그런 벗이 있을 줄은 몰랐구나. 왜 미리 말하지 않았느냐?"

황제의 물음에 지안이 고개를 숙였다.

태성 상단의 단주가 현원의 벗이었다. 현원이 직접 데리러 오는 조건이라면 입궁하겠다는 제하의 말에 황궁은 발칵 뒤집혔다.

단주를 제일 먼저 찾아 황궁으로 데려오려 한 승상은 생각지도 못한 상황에 속수무책으로 당하였고, 같은 편인 사도는 단주의 뜻을 따르겠다며 몸을 숙였다.

황제의 사람으로 알려진 지안이 단주를 데려오게 되자 자연스럽게 이번 일의 주도권은 황제가 쥐게 되었다.

"어릴 적 잠시 교류하며 지낸 이일 뿐입니다. 저의 가문이 멸문되면서 끊긴 인연인데 우연히 그쪽에서 제 소식을 듣고 먼저 서신을 보내왔었습니다."

"어릴 적 벗이라…… 둘 사이에 제법 나이 차이가 있다고 들었다만?"

부드러운 목소리로 다정하게 말하고 있음에도 황제의 질문은 날카로웠다. 하지만 날카로운 물음만큼이나 지안의 대답 또한 조금의 주저도 없었다.

"그렇기에 벗이라는 말을 붙이기에 부끄러운 것도 있사옵니다. 하지만 형님께서 먼저 벗이라 칭해 주시니 소인이 어찌 거부하겠습니까?"

"흠."

남훈보다 주도권을 잡게 된 일은 만족스러웠지만, 지안에게 자신이 모르는 다른 존재가 있다는 사실은 불쾌하였다. 하물며 현재는 지안이 여인일지도 모른다는 의심이 드는 상황이었다.

벗이 아니라 혹 마음에 담은 정인이라면.

하지만 그런 황제의 속마음을 꿰뚫듯 지안이 고개를 숙였다.

"폐하께 조금이라도 도움이 되고자 말을 꺼냈습니다만 소인이 성급했던 것 같습니다. 폐하께서 저어되신다면 소인, 단주를 황궁에 데려오지 않겠습니다. 우연히 닿은 인연일 뿐, 어찌 소인 따위가 폐하께 누를 끼칠 수 있겠습니까."

거슬린다면 단주와의 관계를 끊겠다는 우회적인 말에 황제의 표정이 밝아졌다.

서안을 밀어내고 지안의 팔을 잡은 황제가 자신의 바로 옆에 그녀를 앉혔다.

무릎을 꿇은 지안의 허벅지에 황제가 머리를 기대고 누웠다.

"폐, 폐하."

"이건 널 억지로 안은 것도 아니고, 남총으로 대하는 것도 아니지 않느냐."

"……."

"곁에 있기만 한다면 짐이 너에게 힘을 준다는 약조를 하였다. 신경 쓰지 말고 단주를 데려와라. 내 너를 벗이라 칭하는 그를 봐야겠다."

황제가 눈을 감았다.

어차피 지안에게 뭐라 할 생각은 없었다. 마음에 안 들면 적당한 때에 없애 버리면 그만이었다.

"쉬어야겠다."

지안의 다리를 베개 삼아 누운 황제가 편안한 숨을 내쉬었다.

그답지 않게 다정한 말투였지만, 지안은 그 안에 있는 속셈을 눈치챘다. 황궁으로 들어온 제하를 황제는 시험할 것이다. 자신에게 맞지 않는 상대라면 제하의 목을 베려 할 것이다.

하지만 지안이 아는 제하는 그리 호락호락한 상대가 아니었다.

❀ ❀ ❀

편전으로 향하는 세령의 걸음이 멈추었다.

고개를 내려 바라보니 떨리는 손에 땀이 흥건하였다.

"황후마마."

그녀의 모습에 뒤따라가던 상궁이 다가왔다. 다시 궁으로 돌아가시는 것이 좋겠다는 상궁을 말린 세령이 길게 늘어지는 치맛자락을 붙잡았다.

태성 상단의 단주가 황제의 명으로 입궁하였다. 어차피 권력은 남훈이 잡고 있었고, 황제는 그저 형식상의 관계일 뿐이었다. 아낌없이 연모를 주던 정인을 찌르고 얻게 된 황후 자리는 이제 어떤 의미도 주지 않았다.

그랬던 그녀에게 남훈이 보내온 내관의 말은 그야말로 충격이었다.

"서둘러야겠다."

확신할 수 없다고 하였다. 하지만 이름이 같고 스치듯 보이는 모습이 죽은 황태자와 흡사한 분위기를 가진 이라 하였다. 놀랍도록 똑같은 이였지만 목소리와 행동이 황태자와 너무나 다르니 직접 와서 확인해 보라 하였다.

'그는 죽었다.'

심장이 터질 듯 빠르게 뛰었다. 빠르게 걸어가고 있건만, 편전이 이리 먼 곳인지 오늘에서야 알게 되었다. 손만 떨렸던 것이 편전이 가까워질수록 온몸이 떨렸다.

"세령아."

속삭이던 그의 목소리가 아직도 귓전에 선명하였다.

황태자는 죽었다.

국혼 바로 전날, 품에 자신을 안고 자던 황태자의 심장을 직접 찔렀다.

여인의 힘이라 치명상까지는 아니었지만, 다친 그를 곧바로 들어온 황제가 난도질하였다.

황태자의 목을 베지 않는 조건으로 이루어진 살육은 피로 흥건한 시신을 보는 것으로 마무리되었다.

눈을 뜬 채 죽은 그의 마지막 시선이 아직도 잊히지 않았다.

'혹시라도 살아 있다면!'

그를 먼저 배신해 놓고 자신은 무엇을 기대하는 것일까? 황태자는 그날 확실히 죽었다. 또한 살아 있다고 한들 이제 그녀에게 그 어떤 의미도 아니었다.

그걸 알면서도 한 번 두근거리기 시작한 심장은 좀처럼 진정되지 않았다.

"폐하. 황후마마께서 납시셨사옵니다."

내관의 목소리도, 들어오라 하는 황제의 목소리도 오늘따라 느리게 느껴졌다.

문이 열리기도 전에 세령이 들어섰다.

"아!"

황제의 앞에 몸을 숙일 생각조차 나지 않는 듯 세령의 시선이 무릎을 꿇고 있는 사내에게로 향했다.

"전……하?"

"황후마마께 인사드리옵니다. 태성 상단의 제하라고 하옵니다."

한숨이 나올 정도로 느긋한 자세로 일어난 제하가 옅은 미소로 세령에게 고개를 숙였다. 제하의 목소리에 석상처럼 멈춰 있던 세령의 몸이 작게 움찔댔다.

분명 얼굴의 생김새나 이름은 황태자와 똑같았지만 분위기는 전혀 다른 이였다.

황태자는 조용하고 단정한 분위기를 가지고 있었다. 하지만 앞에 있는 이는 조용하기보다는 거칠고, 단정하기보다는 야수의 분위기를 풍기고 있었다. 무엇보다 다른 것은 목소리, 황태자의 목소리는 저렇게 낮고 묵직하지 않았다.

"황후는 왜 그 자리에 서 있는 것인가?"

가장 상석에서 들려오는 목소리에 세령의 눈이 제하에게서 황제에게로 옮겨 갔다. 태연함을 가장하고 있었지만, 제하를 보는 황제의 눈 또한 흔들리고 있었다. 황제를 보던 세령의 눈이 바로 아래에 서 있는 지안에게로 향하였다.

아버지인 남훈에게 들은 이야기로는 상단의 단주와 현원이 예전의 벗이었다고 하였다. 그렇다면 황태자가 아닌 것일까? 황제의 옆자리로 가고 있음에도 세령은 몸이 붕 뜨는 기분이었다.

떨리는 숨을 길게 내쉰 세령이 황제의 옆에 자리하였다. 의자에 등을 기대며 황제가 세령에게만 들릴 목소리로 나지막이 말하였다.

"참으로 비슷한 모습이지 않소?"

황제의 물음에 세령이 작게 입술을 깨물었다. 긴 옷소매 사이로 굳게 쥔 손이 부들부들 떨렸다.

다시 보게 된다면 그녀는 주저 없이 알아볼 수 있을 것이라 생각했다. 하지만 흘러간 세월 때문인지, 아니면 마음 안에 남아 있는 죄책감 때문인지 확신이 들지 않았다.

"폐하께서는 어찌 생각하시는 것입니까?"

"글쎄. 그저 얼굴만 비슷한 놈인지 아니면 짐이 직접 죽인 놈인지 이제부터 봐야겠지. 단주는 고개를 들라."

황제의 명령에 고개를 숙이고 있던 제하가 얼굴을 들었다.

그의 얼굴을 보는 것만으로도 제하는 구역질이 치밀었다. 부모와 믿고 따르던 스승을 그에게 잃었다. 황제에게 신임을 얻기 위해 그를 배신한 많은 이들의 모습이 아직도 눈에 선하였다. 평생 연모하며 살 것을 맹세한 여인은 황제의 곁에서 황후로서 부귀영화를 누리고 있었다.

죽지도 살지도 않은 채 육 개월을 생사의 고통 속에서 보내다 살아난 황태자에게 남은 것은 아무것도 없었다. 잠재웠던 살기가 조용히 치밀었다. 당장에라도 검을 뽑아 황제의 목을 찌르고 싶었다.

하지만…….

제하의 눈에 고개를 숙인 지안의 모습이 보였다.

자신만큼이나 황제를 향한 원한을 가진 여인, 하지만 지안은 과거의 꿈을 꾸며 힘들어하면서도 황제의 곁에 머물고 있었다.

이 상황에서 황제의 목숨을 거둔다 한들 그는 물론이고, 지안에게조차 아무런 의미도 없는 일이었다. 모든 일의 원흉, 그렇기에 그는 누구보다도 고통스럽게 죽어야 했다.

"도대체 어떻게 생긴 사내이기에 이리 얼굴을 보기 어려운 것인가 했더니만 다 이유가 있었군. 아니면 짐의 생각이 맞는 것인가?"

황제의 물음에 제하가 부드러운 미소로 고개를 숙였다.

"전에 연국과의 물품을 거래할 때 연국의 승상께서 황태자와 닮은 외모라 하시었지요. 더군다나 이름까지 같으니 어찌 얼굴을 드러낼 수 있단 말입니까?"

"꺼릴 것이 없다면 드러내도 문제는 아니지 않은가?"

"원하국의 주인은 죽은 황태자가 아니라 폐하이시지 않습니까? 폐하께 누를 끼칠 수는 없는 일이었습니다."

나오는 말이 청산유수였다. 생전 황태자는 낯을 가리고 소심해 황제의 같잖은 말에도 상처 입고 주눅이 들기 일쑤였다.

사람은 쉽게 제 본성을 바꾸지 못한다. 모습만 같을 뿐, 눈을 피하지 않는 모습이나 편전에서조차 여유로운 행동은 그가 알던 황태자와는 거리가 있었다.

"짐에게 누를 끼칠 수 없어서 모습을 드러내지 않았다? 그런데 어찌 이번에는 짐의 앞에 모습을 드러냈는가?"

황제의 물음에 미소를 지은 제하의 눈이 지안을 향하였다. 그 행동에 황제의 미간이 잔뜩 구겨졌다. 멀지 않은 곳에서 느껴지는 시선에 고개를 숙이고 있던 지안의 눈이 제하를 향하였다.

시선을 마주하고 있는 것뿐인데도 황제는 주체할 수 없는 분노를 느꼈다. 아끼는 시비를 죽이기까지 하여 곁에 둔 현원이었다. 감히 그 외의 누가 지안의 저런 시선을 받을 수 있단 말인가. 진정하려 할수록 불쾌감이 치밀었다.

분노한 그가 입을 열려던 찰나, 지안을 보던 제하의 눈이 다시 황제에게로 향하였다.

그 순간, 그에게 독설을 내뱉으려던 황제가 숨을 삼켰다.

맹수의 눈, 마치 사냥감을 발견한 짐승처럼 제하의 눈에는 온몸을 옥죄게 하는 살기가 깃들어져 있었다. 하지만 그것은 찰나, 고개를 숙인 제하가 또렷한 목소리로 고하였다.

"천한 장사치라 폐하께 누가 되지 않도록 몸을 숨기고 조용히 사는 것이 옳은 길이오나 오랜만에 만난 벗이 부탁한 일이니 또 어찌 거절할 수 있겠습니까? 그리고……."

말을 멈춘 제하가 다시 고개를 들었다. 살기를 감춘 제하의 눈이 황제를, 그리고 옆에 있는 황후를 조용히 응시하였다. 제하와 눈을 마주친 황후가 길게 숨을 들이마셨다.

그녀를 보던 제하가 보일 듯 말 듯 옅게 입꼬리를 올렸다.

평생을 같이하자던 정인의 심장을 찔러 놓고는 이제 와서 떨리는 눈으로 그를 바라보고 있었다. 우스운 일이었다. 한번 잘린 인연이 다시 연결될 리는 없었다.

이제 세령은 정인이 아니었다. 그저 그의 목숨을 빼앗으려 한 원수일 뿐이다. 얼굴을 마주하는 것만으로도 역겨웠다.

"이번 기회에 깨끗하게 폐하께 모습을 보여 태성 상단을 향한 관심과 의심을 풀어야 했습니다. 상단이 그저 상단이듯 소인 또한 그저 천한 장사치일 뿐입니다. 장사치로 이득을 얻을 뿐, 그 이상 또는 이하의 의미는 아무것도 없사옵니다."

"그럼 짐을 위한 힘이란 말인가?"

"폐하께서 소인의 상단에 이득을 주신다면 말입니다. 하지만 그게 아니라면 소인은 그저 이득을 좇는 장사치일 뿐이지요. 아직 누구의 무언가가 아니라는 말씀을 드리고자 함입니다."

태성 상단은 승상의 힘도, 사도의 힘도 아니다. 간접적으로 제 뜻을 표하는 제하의 말에 황제가 처음으로 의심의 눈초리를 거두며 미소를 지었다.

현원의 뜻을 따라 황궁에 입궁하였고, 누구의 힘도 아니라는 공식적인 말을 꺼내었다.

아직 그를 향한 의심을 거둔 것은 아니었으나 지금의 모습만으로 속단하기는 일렀다. 혹시나 하는 마음에 승상을 보니 그 또한 확신이 서지 않는지 굳은 표정으로 황제를 바라보고 있었다.

이 상황에서 그를 더 잡고 있는 것은 좋지 않았다.

"종종 황궁으로 그대를 부르겠다. 이제 그대가 누구인지 알고 있으니 몸을 숨기는 일 따위 하지 마라."

"폐하의 명을 받들겠습니다."

"이만 물러가라."

"송구하옵니다만 소인, 청이 하나 있습니다. 폐하."

제하의 명에 황제가 눈을 좁혔다. 입궁하자마자 청이라니 생각한 것보다도 대담하였다. 사람의 목숨을 짐승보다도 가볍게 여기는 황제에게 누가 저리 고개를 들어 청이 있다고 말할 수 있단 말인가? 분명 그를 따르던 애송이 황태자와는 거리가 멀었다.

승낙의 의미로 황제가 입꼬리를 올렸다. 하지만 그랬던 그의 미소는 제하의 부탁에 철저히 부서지고 말았다.

"소인의 배웅을 현원께서 해 주시기를 바랍니다."

앉아 있던 황제가 자신도 모르게 자리에서 일어났다. 생각지도 못한 청에 주변에 있던 대신들이 연신 수군거렸다. 놀란 지안조차 이게 무슨 짓이냐는 뜻으로 그를 보고 있었지만 정작 청을 한 제하는 태연하다 못해 여유로웠다.

무슨 의도가 있는 것이 아니냐며 대신들이 수군거렸지만, 특별한 생각이 있는 것은 아니었다. 그저 편전을 떠날 황제의 뒤를 지안이 따르는 것을 보고 싶지 않을 뿐이었다.

"장사치인 저에게 황궁은 처음 와 보는 곳이니 궁금한 것이 한두 가지가 아니라서 말입니다. 이 기회에 벗에게서 황궁을 소개받고 싶사옵니다."

"……."

"그저 사소한 청일 뿐입니다. 안 되겠습니까?"

황궁을 잘 아는 현원에게 안내를 받고 싶다는 소소한 소원이었지만, 황제에게는 전혀 다르게 다가왔다.

지금까지 누구도 건들 수 없는 지안이었다. 황궁 안에서 자신만의 소유라 말할 수 있는 현원을 내어 달라니, 그저 청일 뿐임에도 불쾌하였다.

안 된다는 말을 꺼내려는 순간, 승상이 한 걸음 앞으로 나왔다.

“폐하. 따로 드릴 말씀이 있사옵니다.”

남훈의 말에 황제의 눈이 좁아졌다. 마음 같아서는 건방진 청을 하는 사내의 혀를 편전에서 직접 뽑아 버리고 싶었다. 하지만 남훈이 따로 뵙자고 청하는 상황에서 뭐라 할 수는 없었다.

조용히 자리를 지키는 지안을 향해 황제가 힘겹게 입을 열었다.

“현원은…… 단주의 청을 들어주어라.”

황제의 명에 지안이 몸을 숙였다.

황제가 불쾌감을 드러내며 거친 걸음으로 편전을 나가고, 그 뒤를 남훈이 뒤따랐다. 둘이 사라진 후, 몸을 일으킨 세령이 천천히 그에게 다가왔다.

“고개를 들라.”

세령의 명에 제하가 고개를 들었다.

눈이 마주하였다. 하지만 그뿐이었다.

옛 정인을 보는 눈도, 그렇다고 원수를 보는 눈도 아니었다.

“무슨 일이신지요? 황후마마.”

처음 보는 사람처럼 반응하는 제하의 모습에 세령이 무거운 숨을 내쉬었다.

그는 황태자가 아니었다. 무척이나 비슷했지만, 세령의 기억에 있는 황태자와 그는 너무나도 달랐다.

"아니다. 내가 사람을 잘못 보았구나. 궁으로 돌아가겠다."

말을 끝낸 황후가 편전 밖으로 나가고, 그 뒤로 황제의 명령을 받은 지안이 다가왔다.

세령을 보았을 때와는 다른 눈이 담담한 지안을 오랫동안 바라보았다.

대신들이 모여 있는 편전이 아니라 상단 안이었다면 더 많은 말이 오고 갔을 것이다.

"앞서겠습니다. 단주께서는 저를 따라오시지요."

상단에서 그에게 속삭였던 말과는 다르게 목소리가 딱딱하고 정중하였다. 침상에서 조용히 속삭일 때의 지안의 목소리가 더 좋았지만 이곳에 와서 그렇게 해 달라며 투정을 부릴 수는 없는 일, 제하가 지안을 향해 몸을 숙였다.

"잘 부탁드립니다. 현원."

❀ ❀ ❀

황궁을 안내한다는 거창한 말을 했지만, 실상은 주변을 둘러보는 제하의 옆을 지안이 걷는 것뿐이었다. 조용히 황궁을 거닐고 싶다는 제하의 요구에 따라오던 내관과 궁녀를 모두 보내고 둘만이 걷고 있었다. 편전에서의 말과는 달리 황궁을 돌아다니는 제하는 아무 말도 하지 않았고, 지안 또한 말없이 걸을 뿐이었다.

"왜 안 물어보지?"

제하의 물음에 지안의 걸음이 멈추었다.

"내가 당신에게 무엇을 물어봐야 하는 건가요?"

"황태자."

제하의 말에 지안이 그를 바라보았다. 황태자라며 수군거리는 사람들의 말을 들었을 때는 그녀 또한 적잖게 놀랐었다. 하지만 지금까지 그녀에게 보여 줬던 행동과 상황, 장사꾼이면서도 황궁 상황을 정확히 짚어 내는 행동, 그 모든 것이 하나로 연결되었다.

하지만 지안은 그가 황태자라고 단정하지 않았다. 그는 그녀에게 자신이 황태자라는 말을 꺼내지 않았다. 그렇다면 그가 황태자일 수도, 아닐 수도 있었다.

자신을 숨기려는 사내의 정체를 억지로 끄집어낼 생각은 없었다. 어차피 그녀가 원하는 것은 황제의 목숨, 그 이후의 삶은 어떻게 흘러가든 의미가 없었다.

"당신이 그랬지요? 방향은 달라도 목적은 같다고요. 그것이면 충분해요."

"내가 황태자든, 아니든 상관이 없다?"

"어설픈 애송이면 몰라도 당신이 진짜 황태자라면 내가 생각하는 대로 움직이겠나요? 당신에게 휩쓸리지나 않으면 다행이겠지요. 당신이 황태자라면 내가 처음 생각한 계획은 실패했어요. 그럼 다른 방법을 찾아야겠지요. 결정적으로……."

"……."

"과거가 어떻든 지금의 당신은 태성 상단의 단주잖아요. 그 정도면 충분해요."

생각지도 못했던 지안의 대답에 제하의 입이 벌어졌다. 황태자를 찾아 달라는 조건에 거래를 붙였던 지안이었다.

"그래도 신경 쓰이면 물어볼게요. 당신이 황태자인가요?"

제 몸을 못 가눌 정도의 상처를 가지고 살면서도, 삶의 의욕이나 욕심 따위 전혀 없으면서도 그녀를 시험하고 이용하려는 사내까지 배려하고 있었다. 그녀답다고 해야 할지, 아니면 복수 외에는 아무것도 없기 때문에 그러는 건지 알 수 없었다.

하지만 무엇이든 상관없었다. 그녀가 그에게 보여 주는 배려가 좋았다. 적어도 지안이 마음을 터놓고 상대하는 것은 자신뿐이었다.

"당신 말이 맞아. 상단의 단주일 뿐이지."

"그럼 되었어요."

"당신을 쉬게 할 생각으로 저지른 일인데 도리어 내가 쉬고 있었군."

황태자라는 물음에도 변화 없던 지안의 표정에 처음으로 작은 균열이 생겼다. 황제에게 현원의 안내를 받고 싶다는 그의 청을 들었을 땐, 다른 생각이 있어서 그런 위험한 일을 한 것이라 생각했었다.

그런데 단순히 그녀를 황제에게서 떼어 놓을 생각으로 그랬다니 위험하다 못해 무모한 짓이었다. 작은 것도 허투루 넘기지 않는 황제였다. 의심을 받는 상황에서 충동적으로 이런 일을 저지른 제하에게 지안이 단호히 말하였다.

"다음부터 이런 무모한 짓은 하지 마요."

"별짓 아니지 않은가?"

"그에게 잘못 여지를 주면…… 알잖아요? 황제는 호락호락한 상대가 아니에요."

"널 보는 것만으로도 눈이 뒤집히는 황제 앞에서 내가 참아야 한다는 건가? 난 내가 마음에 둔 이가 다른 사내의 곁에 있는 걸 마냥 보고 있을 정도로 관대하지 않아."

조용한 목소리였지만 그 안에서 느껴지는 감정은 살을 태울 듯 강렬하였다. 예전이었다면 제하에게 느껴지는 열기에 놀란 나머지 밀어냈을 것이다.

점점 자신이 왜 이러는지 모르겠다. 여희가 죽은 후 어떤 욕심도, 미련도 없건만 이 사람의 곁에 있다 보면 잡고 있던 마음이 천천히 무너져 내렸다. 하지만 마음 가는 대로 그를 받아들일 수는 없었다.

"이만 움직여요."

제하를 바라보던 시선을 돌린 지안이 먼저 걸음을 옮겼다. 마음을 여는 것 같으면서도 조금의 틈도 주지 않는 지안을 보고 있으면 답답하였다. 하지만 싫다는 그녀에게 억지로 마음을 받아 달라며 매달릴 수도 없는 법, 제하는 지안의 뒤를 따랐다.

조용히 걷는 지안의 손을 제하가 말없이 붙잡았다. 놀란 지안이 안 된다며 고개를 저었지만, 제하는 요지부동이었다.

주변에 느껴지는 기척은 아무것도 없었다. 그리고 그 덕분에 숨 막히는 황궁에서 잠시나마 숨을 쉴 시간이 주어졌다. 주저하던 지안의 손이 조심스럽게 제하의 손을 붙잡았다.

반년 이상 황궁에 머물렀어도, 언제나 황제의 곁에 있었기에 그녀는 이곳을 잘 알지 못했다. 지안과는 다르게 제하는 황궁에 있었던 사람처럼 익숙하게 그녀를 안내하였다.

인적이 드문 궁 앞에서 제하가 걸음을 멈추었다.

"난 한 번 죽었어."

언제나 자신감에 차 있던 그의 목소리가 지금만큼은 힘이 없었다. 최대한 말을 아끼고 있었지만 그가 무슨 말을 하는지 알 수 있었다. 그의 몸에 나 있는 흉터, 뺨에서 목으로 내려오는 긴 자상.

힘과 능력을 가지고 있어도, 그 또한 황제에게 전부를 잃은 자였다.

말없이 듣고 있던 지안이 제하의 앞으로 다가왔다. 그의 뺨에서 목으로 내려오는 긴 상처를 지안의 손이 조심스럽게 어루만졌다.

목을 어루만지는 지안의 손을 붙잡은 그가 자신의 입술을 그녀의 손바닥에 묻었다.

"황태자는 죽었어."

상단의 단주인 제하는 과거의 제 삶을 그렇게 평가하였다. 자신의 의지와는 상관없이 이루어진 죽음, 그의 모든 것을 빼앗은 황제 앞에서, 그를 배신한 여인 앞에서 몸을 숙인 기분이 어땠을지 생각하는 것만으로도 참담하였다.

그에게 줄 곁은 없다고 생각했다. 자신을 추스르는 것도 못 하는 주제에 남을 받아들이는 일은 할 수 없다고 믿었다. 하지만 처음으로 보이는 그의 상처가, 지난밤 악몽에 무너질 뻔했던 자신에게 그가 준 온기가 뇌리에 또렷이 남아 있었다.

이 순간, 그의 곁에 자신밖에 없다면 그래도 조금은 다가가도 되지 않을까.

지금의 행동으로 깊게 남은 그의 상처를 감쌀 수 있을 것이라고는 생각하지 않았다. 하지만 적어도 혼자 견디는 것보다는 나을 것이라 생각했다.

제하의 목을 붙잡은 지안이 그를 자신의 품으로 끌었다. 먼저 다가오는 지안의 모습에 놀란 것도 잠시, 제하가 그녀의 어깨에 얼굴을 묻었다.

둘만의 시간, 아니, 둘밖에 없을 것이라 생각했던 시간.

하지만 꽤 멀리 떨어진 곳에서 이 내관의 눈이 매섭게 빛나고 있었다.

❀ ❀ ❀

"짐이 찌른 놈에게 저런 기운은 없었다."

급하게 모인 자리, 상석의 황제를 중심으로 유남훈과 세령이 앉아 있었다. 각자의 앞에 다과가 놓여 있었지만 누구도 입에 댈 생각을 하지 않았다.

황제의 단호한 말에 유남훈이 입을 굳게 다물었다.

이름이 똑같은 것은 그렇다 쳐도 황태자와 비슷한 얼굴은 쉽게 넘기기 어려웠다. 구 년 전에 죽은 황태자의 모습이 또렷이 기억나는 것은 아니었지만 확실히 제하라는 단주에게서 선제가 보였다.

무거운 눈이 황제를 지나 자리를 지키고 있는 세령에게 향하였다.

황후가 되기 전, 황태자의 연인으로 이 년을 곁에 있었던 딸이었다. 사내들은 알지 못하는 무엇을 세령을 잡아냈을지도 모른다.

하지만 남훈의 기대와는 달리 세령의 말은 짧았다.

"휘령의 목소리는 그렇게 거칠지 않습니다. 그리고 폐하께서도 아시다시피 죽은 그 사람과는 행동이 너무나도 달라요. 소첩이 알던 황태자라 말씀드릴 수 없습니다."

세령의 대답에 남훈이 무거운 숨을 내쉬었다.

하지만 굳은 남훈과는 달리 황제의 눈에는 숨길 수 없는 살기가 감돌고 있었다. 황태자의 망령에서 벗어난 것이 최근이었다. 지안이 곁에 머무르고, 그런 그가 주는 휴식 속에서 안정을 찾았다.

그렇게 자신을 진정시키니 이제는 황태자와 똑같은 모습의 단주가 나타났다.

생긴 것만으로도 거슬리건만, 자신의 시선과 똑같은 눈으로 지안을 바라보고 있었다.

'불쾌해.'

황태자와 비슷한 외모와 이름만 아니었다면 단주의 존재는 황제에게 유용할 것이었다. 승상과 밀접한 관계였지만 언제 남훈이 그의 뒤통수를 칠지 모르는 일이었다. 황후인 세령이 황자를 가지는 순간, 남훈은 황제가 없는 새로운 판을 짜려 할 것이다.

품에 안은 여인들에게 아이를 갖지 못하는 약을 괜히 먹이는 것이 아니었다. 후계는 황제인 그가 직접 결정할 문제였다. 그리고 후계를 가지는 시기는 남훈을 확실히 힘으로 제압한 후가 될 것이었다.

그런 황제에게 단주는 버리기에는 아까운 존재였다.

'하지만 휘령이라면…….'

잠시 든 생각에 황제가 고개를 저었다. 지금 당장 속단할 수 없다면 하나씩 알아보면 될 일이었다. 황태자면 죽이면 그만이었고, 황태자가 아니라 해도 그런 눈으로 지안을 보는 것은 용납할 수 없었다.

'어차피 힘을 빼앗은 후 죽이면 그만이지.'

시간이 흐를수록 지안을 향한 감정은 점점 더 강렬해졌다. 누구도 지안을 넘볼 수 없도록 만들 생각이었다.

"당분간 황궁으로 그를 부를 것이니 그때 알아보면 되겠지. 승상과 황후는 이만 나가 보라."

남훈은 더 이야기하고 싶어 했지만, 황제의 관심은 단주에서 멀어진 후였다. 무거운 숨을 내쉬며 남훈이 밖으로 나가자 세령 또한 자리에서 일어났다.

"만약 그가 휘령이라면."

세령의 걸음이 멈추었다. 문을 향했던 눈이 고개를 돌려 황제를 바라보았다.

입꼬리를 올린 황제가 세령을 향해 물었다.

"황후께서는 어찌하시겠소?"

황제의 물음에 세령의 눈이 딱딱하게 굳었다.

정략적인 국혼. 황태자를 배신하고 얻은 황후의 자리. 그리고 옛 정인과 놀라울 정도로 흡사한 사내. 그 사내가 바라보던 현원.

오늘 일은 세령에게 혼란스러움의 연속이었다.

"그는 죽었습니다. 폐하께서 그의 숨을 끊지 않으셨습니까?"

"단주와 황태자는 다른 사람이라는 말인가?"

"앞서 말했다시피 단언할 수는 없습니다. 하지만 그가 살아 있어도 달라지는 것은 없습니다. 애석하게도 전 이제 폐하의 부인이자 원하국의 황후이니까요."

말을 끝낸 세령이 밖으로 나가자 경상에 팔을 기댄 황제가 손에 턱을 기댔다.

눈을 감은 황제가 손가락으로 서안을 톡톡 두드렸다.

잠시 후, 부산스러운 걸음 소리가 들리더니 가쁜 숨의 이 내관이 아뢸 것이 있다며 뵙기를 청하였다. 이 내관에게 들어오라 명한 황제가 내시감을 조용히 불렀다.

"폐하."

"이 내관과 독대를 하고 싶다. 모두 나가 있어라."

"네?"

믿을 수 없는 명령에 내시감의 눈이 커졌다. 하지만 잠시 후, 고개를 숙인 내시감이 안에 있는 이들을 모두 데리고 방 밖으로 나갔다.

그들이 모두 사라진 자리, 황제의 바로 앞까지 다가온 이 내관이 자신이 본 것을 황제에게 전부 고하였다.

이 내관의 보고를 황제는 하나도 놓치지 않고 귀에 담고 또 담았다.

표정의 변화라고는 전혀 없던 황제의 분위기가 천천히 바뀌기 시작하였다.

지안의 어깨에 단주가 얼굴을 묻었다는 보고를 듣는 순간, 황제의 손이 움켜잡고 있던 서안을 우그러뜨렸다. 황제의 분노에 부지런히 입을 놀리던 이 내관이 몸을 숙였다.

"그게 전부인가?"

황제의 물음에 이 내관이 고개를 깊게 숙였다.

"그 이후로 단주는 황궁 밖을 나갔고, 현원은 이쪽으로 오고 있사옵니다. 그보다 먼저 폐하께 말씀드리기 위해 최선을 다해 걸어온 것이나이다."

"……."

이 내관의 보고를 듣는 황제의 입술이 파르르 떨렸다.

황제의 유일한 소유. 반드시 그의 것이 되어야 하는 존재. 안심하고 있었던 마음에 불안이 치밀어 올랐다.

"폐하. 소인에게 기회를 주십시오. 소인이 단주와 현원에 대해 알아 오겠나이다. 둘이 무슨 관계인지, 현원이 숨기고 있는 것이 있는지, 단주의 목적은 무엇인지 샅샅이 뒤지겠습니다."

그의 말에 황제가 눈을 좁혔다. 잠시 후, 입꼬리를 올린 황제가 미소를 지었다.

"확실한 증좌를 가져와야 할 것이다. 어설프게 입을 놀린다면 네 목을 내놓아야 할 것이야."

황제의 허락에 이 내관이 환한 미소를 지으며 깊게 고개를 숙였다.

❋ ❋ ❋

황궁이 뒤집힌 것도 잠시, 시간은 계속 흘러갔다.

제하가 모습을 드러냈어도 어차피 대부분의 상단 일을 처리한 사람은 채훈이었다. 승상도, 반대 세력인 사도와도 손을 잡지 않은 중립적인 입장을 계속 고수하며 평소와 똑같은 상황을 유지하자 상단의 일은 황궁은 물론 대신들 사이에서도 조용히 가라앉았다.

그리고 황제에게 독을 먹이는 일 또한 천천히 진행되었다. 그녀를 의심하는 이 내관 때문에 차가 아니라 찻잔에 바르고 있었지만 조금씩 효과가 나고 있었다.

머리가 아프다며 종종 태의를 찾는 황제를 떠올린 지안이 쥐고 있던 오른손을 폈다.

손에 생기는 쌀 알갱이 크기의 작은 반점, 황제에게 독을 쓰면서 지안에게 생긴 변화였다.

"아가씨."

환영처럼 들리는 목소리에 지안이 고개를 들었다.

앞에 보이는 모습이 믿어지지 않는다는 듯 지안의 눈이 소리가 들려온 방향으로 향하였다. 오랜 정적이 흐른 후, 그녀가 멈추었던 숨을 길게 내쉬었다.

"꿈에서는 머리가 없었는데."

지안의 속삭임에 앞에 서 있는 여희가 조용히 미소 지었다. 한 걸음 더 다가온 여희는 지안의 손을 부드럽게 감쌌다. 흔들리는 눈으로 여희를 보던 지안이 애써 쓴 미소를 삼켰다.

"여희가 죽은 걸 알면서도 애써 인정하고 싶지 않았는데 이제는 그럴 수도 없겠네요. 이렇게 손을 잡고 있는데도 아무것도 안 느껴져요."

지안의 힘없는 목소리에 여희의 눈이 아래로 늘어졌다. 지안의 손을 감싸고 있는 자신의 손에 여희가 얼굴을 묻었다.

"바람이 차요. 방에 들어가셔서 쉬세요."

"피곤해서 그래요. 조금만 더 있다가 들어갈게요."

"잠이 완전히 깬 다음에요?"

그녀의 속마음을 꿰뚫듯 나오는 여희의 물음에 지안이 말을 삼켰다. 여희가 죽은 이후로 짓지 않았던 미소가 희미하게나마 생겨났다.

"아직 무섭거든요."

"의지할 분이 계시잖아요."

여희의 물음에 미간을 좁힌 지안이 말도 안 된다는 듯 고개를 저었다.

"그런 관계 아니에요. 그냥 같은 목적을 가지고 있는 사람일 뿐이에요."

"흔들리시잖아요."

"……."

"흔들리지도 않으시면서 같은 침상에서 주무시는……."

"여희! 그만! 그만해요!"

현실인지 꿈인지 알 수 없는 지금 같은 상황에서 여희와 나누는 대화는 소중했다. 하지만 남녀의 일을 태연히 말하는 여희의 모습은 적응되지 않았다. 얼굴이 붉게 달아오른 지안이 하지 말라는 시선으로 보자 여희가 미소를 지었다.

"이제 좀 편해지세요."

여희의 손가락이 지안의 오른손에 나 있는 작은 점들을 조심스럽게 어루만졌다.

"이런 무모한 짓도 그만하시고요."

황제에게 죽임을 당하는 순간까지 복수하지 말라 했던 여희였다. 여희가 죽지 않았다면 복수를 꿈꾸지도 않았을 것이고, 제하와 같이 있지도 않았을 것이다.

"미안해요. 여희."

"예전이나 지금이나 아가씨는 제 말은 하나도 듣지 않아요. 꼭 작은 주인님처럼 말이죠."

처음 보는 여희의 투정에 지안이 작게 웃음을 터트렸다.

여희의 손에서 빠져나온 지안의 손이 그녀의 머리카락을 조심히 쓸었다. 아무것도 느껴지지도, 만져지지도 않았지만 이렇게라도 그녀를 느끼고 싶었다.

하지만 결국 바뀌는 것은 없었다. 지안의 눈에 맑은 것이 가득 차올랐다.

울 것 같은 그녀를 보던 여희가 몸을 일으켜 지안을 안았다.

"아가씨. 혼자 전부를 짊어질 책임은 없어요. 조금은 나누세요."

"여희. 그 사람은 그냥……."

"아가씨께서도 아시잖아요."

말을 아끼고 있어도 여희가 말하고자 하는 의미가 무엇인지 알 수 있었다.

하지만 나눌 수 있는 것도 아니었고, 그와 함께하는 일은 더더욱 있을 수 없었다.

그에게 흔들리지 않는다는 말은 거짓이었지만 그렇다고 마음이 따르는 대로 그의 손을 잡을 수도 없었다. 제하는 황제가 죽은 이후의 삶을 생각했지만 지안에게 황제가 죽은 이후의 삶은 없는 것이나 다름없었다.

지안의 표정을 보던 여희가 고개를 저으며 다른 곳으로 시선을 두었다. 그녀의 변화에 지안 또한 같은 방향으로 고개를 돌렸다.

하지만 지안의 눈에는 아무것도 보이지 않았다.

"아가씨."

여희의 부름에 지안이 그녀를 바라보았다. 환한 미소를 지은 여희가 지안의 귓가에 작게 속삭였다. 여희의 말에 놀란 지안이 항변하려는 순간, 언제 있었느냐는 듯 여희의 모습이 완전히 사라졌다.

"아……."

있던 사람이 사라진 자리, 지독한 공허가 밀려왔다. 지안의 입에 감돌던 미소가 순식간에 사라졌다. 결국 남은 것은 살아 있는 지안뿐, 온몸의 힘이 빠져나가는 기분이었다.

지친 몸이 속수무책으로 무너지려는 찰나, 뒤에서 낯익은 온기가 그녀의 등을 휘감았다. 갑작스럽게 다가온 온기에 놀란 지안이 고개를 돌리려는 순간, 그녀의 어깨에 그가 턱을 괴었다.

"여희라도 왔다 간 것인가?"

"네? 무슨……."

"귀신하고 대화하는 것처럼 있더군."

등 뒤로 그의 심장 울림이 느껴졌다. 그녀를 배려해서인지 양팔로 껴안은 것치고 무게감은 거의 느껴지지 않았다. 그의 체온이 닿고 나서야 쌀쌀한 밤바람이 느껴졌다.

"여희가 왔다 갔어요."

"음……."

"꿈도 아닌데 이렇게 선명하게 보기는 처음이네요."

"이승을 떠나자니 살아남은 자가 마음에 남았었나 보지."

마음이 없다며 밀어내도, 태연하게 다시 다가와 그녀에게 자신을 알리는 그.

평생 말하지 않을 생각이지만 지안은 그의 말 없는 배려가 좋았다. 그리고 그 배려가 미안하고 안타까웠다.

지안이 말이 없자 어깨에 얼굴을 기대고 있던 제하가 소리 없는 한숨을 내쉬었다.

사람에게 상처를 입은 사람들은 누군가를 받아들이기보다 자신의 세상에서 머무는 것을 택하였다. 지안이 그러했고, 한때 제하도 그랬었다.

그녀에게 그를 받아들일 시간이 필요하다는 것은 알고 있었다. 하지만 그 시간조차 아까울 만큼 제하는 절박하였다.

황제가 지안을 빼앗을지도 모른다는 불안 따위가 아니었

다. 지안에게 미소라는 것은 죽은 사람을 위해 짓는 게 전부였다.

황제를 죽인 후, 지안은 제하가 손을 쓰기도 전에 무너져 버릴지도 모른다. 그 모습만큼은 죽어도 보기 싫었다. 그런 일은 절대 일어나서는 안 되었다.

"나한테도 그렇게 웃어 주면 좋을 텐데."

뜬금없는 말에 지안이 제하를 바라보았다. 조용하던 심장이 그녀의 귀에 들릴 정도로 세차게 뛰기 시작했다.

지안의 시선에 그 또한 고개를 돌려 눈을 마주하였다.

"전에도 말하지 않았나? 당신은 웃는 모습이 곱거든."

"그, 그건…… 갑자기 무슨."

"좀 웃어. 웃는 게 죄는 아니지 않은가?"

가쁘게 뛰던 심장이 그대로 멈춰 버리는 충격에 지안의 말문이 막혔다. 이 사람 앞에서는 철저히 가리고 있던 본심이 속수무책으로 드러났다.

"그분 앞에서 미소를 보여 주시면 아주 좋아하실 거예요."

어떤 표정으로 무슨 말을 해야 할지 생각나지 않았다. 수많은 말이 머릿속을 맴돌았지만 그 어떤 말도 이 상황과는 맞지 않았다.

마음을 줄 상대가 아니다.

그런데도 그가 자신에게 주는 마음을 가지고 싶었다.

이기적이고 제멋대로인 감정이라는 것은 알고 있었다. 그렇기에 그에게만큼은 조금의 여지도 줄 수 없었다.

"쉬어야겠어요."

제하의 팔을 풀고 지안이 자리에서 일어났다. 거부당한 마음에 눈이 꿈틀댄 것도 잠시, 제하의 손이 도망가려는 지안의 손목을 붙잡았다.

"나가자."

"……."

뜬금없는 그의 말에 지안의 몸이 그 자리에 굳었다. 들켜버린 감정에 당황한 눈과 단호한 눈이 허공에서 매섭게 부딪쳤다.

하지만 제하는 어느 때보다도 진지하였다.

"지금 들어가도 잠을 자지는 않을 거잖아. 가고 싶은 곳이 있어. 가자."

그녀를 바라보는 그의 시선은 평소보다도 더 단호하였다. 조용한 그의 시선을 보는 순간, 지안을 어지럽히던 복잡한 생각이 천천히 사라져 버렸다.

반 시진 후, 준비를 마친 제하가 그녀에게 손을 내밀었다.

그의 손을 지안이 말없이 붙잡았다.

따르는 사람도 없이 둘만 나온 길. 제하의 손을 잡은 지안은 언제나 입던 남복이 아닌 여복을 입고 있었다.

❋ ❋ ❋

앞에 보이는 광경에 지안의 눈이 커질 대로 커졌다.

도성을 가로지르는 넓은 강, 그 강 주변에 있는 수많은 객주들, 밤이 깊었음에도 꺼지지 않은 불과 사람들의 목소리. 그리고 사람들 사이에 머물고 있는 둘.

하지만 지안의 눈을 사로잡은 것은 강 주변에 가득 날아다니는 풍등이었다. 아이가 들고 있던 붉은색 풍등이 천천히 하늘 위로 날아올랐다. 오색 빛깔의 등이 구름 한 점 없는 밤하늘에 제 색을 비추고 있었다.

"와……."

자신도 모르게 입에서 짧은 탄성이 흘러나왔다. 산에 몸을 숨기고 살 때는 작은 마을이었기에 이런 모습을 볼 수 없었고, 황궁에 온 이후로는 복수만을 생각하느라 도성을 둘러볼 생각조차 하지 못했다.

제하가 풍등을 보는 지안을 물끄러미 바라보았다. 상기된 표정과 빛이 가득 찬 눈동자를 보는 것만으로도 마음이 뿌듯하였다.

여인의 옷을 입은 지안은 눈을 떼기 아쉬울 정도로 고왔다. 다른 여인들처럼 화사한 미소를 짓거나 화려한 모습을 하고 있지는 않았지만 특유의 단정하고 조용한 분위기가 제하를 두근거리게 하였다.

"데려오길 잘했군."

"이런 건 처음 봐요."

"오월 보름에 한해의 소원을 비는 의미로 도성에서만 하는 기원이지."

제하의 말에 지안이 미간을 좁혔다. 갈 곳이 있다기에 복수와 관련된 중요한 일이라 생각했다. 그런데 그저 곱게 날아다니는 풍등을 보여 줄 뿐이었다.

평소의 제하라면 이 상황에서도 무언가 다른 것을 준비해 놓았을 것이다.

"설마 이걸 보려 주려고 나오자고 한 건 아니죠?"

"뭔가 다른 게 있을 것 같아서?"

"당신이 나에게 무언가를 보여 줄 때는 다른 목적이 있었잖아요."

지안의 대답에 제하가 눈을 살짝 찌푸렸다. 내내 저지른 짓이 있으니 지안이 저렇게 반응하는 것은 당연한 일이었다. 하지만 지금만큼은 복수도, 거래도 그의 머릿속에는 없었다.

황제를 죽이려는 생각뿐인 지안에게 다른 걸 보여 주고 싶었다. 복수가 삶의 전부인 그녀에게 다른 것을 욕심내며 살아도 된다는 것을 알려 주고 싶을 뿐이었다.

"그냥 혼자 와서 보고 싶지 않았을 뿐이야."

"무슨 말을 하는 거죠?"

"주변을 둘러봐. 그럼 알지 않겠나?"

그의 입가에 지어져 있는 미소가 음흉하게 느껴지는 것은 기분 탓일지도 모른다. 제하가 답을 알려 줄 것 같지 않자 지안이 가볍게 주변을 둘러보았다.

대수롭지 않게 살피던 눈에 젊은 남녀가 함께하는 모습이 들어왔다. 그들 사이로 자식을 데려온 가족들도 많았지만, 주변을 가득 채운 이들은 한눈에 봐도 정을 나누는 연인이었다.

지안은 붉게 달아오른 얼굴로 힐난하듯 제하를 노려보았

다. 그녀의 눈에 제하가 대수롭지 않은 얼굴로 입을 열었다.

"그런 시선을 받을 만큼 죄를 짓지는 않았는데?"

"당신하고 난 아무 사이도 아니잖아요! 더군다나 이런 분위기라니…… 자칫 다른 사람이 보기라도 하면 어쩌려고 그래요!"

"아무 사이도 아닌 여인에게 마음을 달라며 매달리는 사내는 없어."

제하의 말에 당황한 지안의 말문이 막혀 버렸다. 황제의 앞에서도 할 말은 다 할 수 있었건만, 이 사내 앞에서는 번번이 해야 할 말이 나오지 않았다.

일말의 주저도 없이 나오는 말에서 그의 속마음이 느껴졌다. 다가오지 말라며 밀어내고 외면해도, 그는 언제 그랬느냐는 듯 그녀에게 자신을 사내로 보아 달라는 말을 하였다. 막혔던 둑에서 물이 쏟아져 내리는 것처럼 그는 단단히 잠겨 있던 지안의 속마음에 깊숙이 들어왔다.

하지만 그 마음에 답을 하는 대신 지안은 몸을 돌렸다.

연분홍의 하늘거리는 치마가 그녀의 움직임에 물결처럼 흐트러졌다. 그를 피해 걸음을 옮기는 것뿐이건만, 상대는 마음에 담고 있는 여인이었다. 한숨이 날 정도로 고왔고, 속이 터질 정도로 초조하고 답답하였다.

결국 이 상황에서 아쉬운 사람은 지안이 아니라 그 자신이었다. 소리 없이 한숨을 내쉰 제하가 앞서가는 지안의 손을 붙잡았다. 놀란 그녀가 손을 빼려 하자 오기가 발동한 그가 지안의 손에 깍지를 껴 버렸다.

고집을 피우는 그의 행동에 지안이 결국 접고 들어갔다.

"이번만이에요."

"손 한 번 잡아 주는 것치고는 너무 박하지 않나?"

능청스럽게 받아치는 모습에 지안이 기가 막힌다는 눈으로 쳐다보았다. 하지만 그녀의 힐난에도 그는 태연하였다. 내내 그에게 휩쓸리는 상황에 울컥 화가 치민 지안이 입을 열려는 찰나, 멀지 않은 곳에서 둘을 부르는 목소리가 들려왔다.

"나리. 여기까지 오셨으면 풍등 하나는 날리셔야지요?"

수많은 사람들 사이, 매서운 눈으로 둘을 발견한 상인이 등을 사라며 미소 지었다. 사람 좋은 미소로 등을 보고 가라며 목소리를 높이는 상인을 보던 그가 지안을 이끌고 다가왔다.

제하가 관심을 보이자 기다렸다는 듯이 상인이 목소리를 높였다.

"원하는 색이나 모양을 말씀만 하십시오. 두 분의 마음에 드는 풍등을 보여 드리겠습니다."

상인의 말에 제하의 눈이 지안을 향하였다. 말을 하지는 않았지만 마음을 빼앗긴 듯 지안의 눈이 여러 색의 풍등을 바쁜 눈으로 보고 있었다.

"하나 보여 보게."

제하의 말에 지안은 그를 돌아보았고, 허락을 받은 상인은 콧노래를 부르며 지안이 입은 것과 똑같은 연분홍색의 풍등을 제하 앞에 내밀었다. 선뜻 나서지는 못했지만 호기심에 가득 찬 지안의 눈이 연신 풍등을 살폈다.

제하가 돈을 내자 상인이 등이 진열된 가게 안을 손으로 가리켰다.

"안에서 등에 소원을 적어 주시면 띄울 수 있게 해 드리겠습니다. 풍등은 잘못 만지면 날리시기 전에 그냥 타 버리거든요."

상인의 안내에 따라 안으로 들어간 둘은 마련해 준 의자로 다가갔다. 지안에게 소원을 써 보라며 자리를 권한 제하가 반대편에 앉았다.

원하는 소원을 등에 적으면 된다는 이야기를 들었지만 이상하게도 붓을 든 지안의 손은 풍등에 가까워지질 않았다.

지안이 주저하자 앉아 있던 제하가 고개를 갸웃했다.

"왜 그러지?"

제하의 물음에 잡고 있던 붓을 내린 지안이 낮은 목소리로 말하였다.

"당신이 써요."

"처음이니까 한번 해 보는 것도 괜찮지 않은가?"

"그게 아니라…… 쓸 말이 없어요."

지안의 말에 제하의 눈이 커졌다. 그가 자신을 어떻게 보고 있는지 알고 있지만 사실이었다. 이리도 고운 색깔의 풍등에 복수를 하고 싶다는 더러운 바람 따위는 쓸 수 없었다. 그렇다고 다른 바람을 쓰자니 딱히 떠오르는 것이 없었다.

당혹스러워하는 그녀를 보던 제하가 얼굴을 가리는 지안의 머리카락을 귀 뒤로 넘겼다. 그의 손길에 지안의 얼굴에 옅은 홍조가 다시 일었다. 자신을 지키려고 스스로를 닫은 그녀를 억지로 현실로 끌어낼 생각은 없었다.

"주인장."

자리에서 일어난 제하가 부르자 풍등을 팔던 상인이 안으로 들어왔다.

"무슨 일이신지요? 나리."

"등에 굳이 소원을 쓸 필요는 없지 않은가?"

제하의 물음에 이상하다는 듯 상인이 고개를 갸웃했다. 소원을 쓸 자리가 부족하다며 난리 치는 것은 보았어도, 소원을 쓰지 않겠다는 경우는 또 처음이었다. 하지만 하루 이틀 장사하는 것도 아니었고, 오늘 같은 대목에 입맛만 잘 맞추면 후하게 돈을 쓸 손님을 놓칠 수는 없었다.

사람 좋은 미소를 지으며 상인이 지안에게 없는 이야기를 태연히 꺼내었다.

"두루두루 평안하라는 의미로 소원을 쓰지 않고 날리는 분들도 계십지요. 소원을 안 쓰셔도 되니 저에게 주십시오."

상인의 말에 지안의 눈이 제하를 향하였다. 자신은 상관없으니 마음대로 하라는 그의 말에 지안이 풍등을 상인에게 넘겼다. 능숙한 솜씨로 풍등에 불을 붙이고 띄울 준비를 끝낸 상인이 지안에게 다시 그것을 건네었다.

"소원을 쓰지 않으셨어도 마음으로 비시면 이루어진다는 이야기도 있습지요. 이곳은 사람이 많아 조금 불편하실 수도 있습니다. 강을 따라 내려가시면 작은 돌다리가 나오니 기왕이면 그곳에서 날리십시오."

상인의 말에 지안이 고개를 끄덕였다. 눈치 있게 상황을 정리한 상인에게 제하가 제값보다 높은 값을 건네었다. 예상치 못한 금액에 상인이 몇 번이고 허리를 굽혔지만, 이미 제하는 지안을 데리고 사라진 뒤였다.

혹여 등에 다치기라도 할까 제하가 자신이 들겠다고 했지만 괜찮다며 지안은 고개를 저었다.

조심스럽게 풍등을 들고 있는 지안의 손에 작게 나 있는 반점을 발견한 제하의 눈이 날카롭게 변하였다. 제하의 달라진 분위기를 눈치챈 지안이 고개를 들자 그가 굳었던 얼굴을 풀었다.

풍등이 타지 않도록 조심스럽게 걸음을 옮기자 상인의 말대로 빼곡했던 인파가 조금은 덜한 곳이 눈에 들어왔다. 풍등을 날리기 제법 괜찮은 곳에 자리한 지안이 잡고 있던 등을 놓았다.

옅은 바람을 따라 지안이 잡고 있던 풍등이 점점 하늘로 올라갔다. 제 손에 있던 것도 잠시, 사람들 사이를 지나 하늘로 올라갈수록 작아지는 풍등을 지안은 오랜 시간 바라보고 또 바라보았다.

"소원을 쓰지 않으셨어도 마음으로 비시면 이루어진다는 이야기도 있습지요."

자신의 풍등이 하늘 위로 날아드는 순간, 지안의 머릿속에 떠오르지 않던 소원 하나가 스쳤다.

풍등을 보던 지안의 눈이 제하에게로 향하였다. 지안이 날린 풍등이 어디에 있는지 보려는 것처럼 그의 날카로운 눈이 밤하늘을 보고 있었다.

'이 사람만큼은 황제에게 다치지 않기를…….'

풍등을 보던 제하가 지안의 시선을 느끼고는 고개를 내렸다.

물끄러미 바라보는 지안의 시선에 제하가 고개를 갸웃하였다. 조심스러운 지안의 손이 제하의 손을 조용히 감쌌다.

'이 사람만큼은 황제에게 아무 일도 없기를…….'

"지안아?"

마주하는 시선, 잡고 있는 손.

지금의 바람을 그에게 말할 수는 없었다. 제하가 지안을 마음에 담고 있는 것처럼, 지안 또한 제하를 마음에 담고 있다는 표현을 절대로 할 수 없었다.

하지만 이런 배려를 해 주는 그를 못 본 척 그냥 넘어가고 싶지는 않았다.

제하를 바라보던 지안이 보일 듯 말 듯 희미한 미소를 지었다. 가볍게 보았다면 모르고 지나갔을 것, 그렇지만 제하의 눈에는 지안의 미소가 누구보다도 또렷하게 보였다.

부끄러워하는 지안이 몸을 돌리려는 순간, 제하의 손이 그녀를 끌었다.

혹시나 하는 마음으로 그녀를 이끄니 평소와는 다르게 지안이 품에 조용히 안겼다.

품 안의 작은 여체에 몸을 맡기며 그가 떨리는 숨을 깊게 내쉬었다.

❀ ❀ ❀

내시감과 몇몇 호위만을 데리고 나온 황제는 객주에서 조용히 술을 즐기고 있었다.

한동안 평온했던 것도 잠시, 최근 잠을 이루기 힘들었다. 간헐적으로 일어나는 두통에 식사를 하여도 좀처럼 소화가 되질 않으니 하루가 다르게 몸이 고단하였다.

그나마 지안이 타 주는 차를 먹으면 몸의 고통이 가라앉았지만, 그것도 잠깐이었다. 결국 쉽게 잠들지 못하자 황제는 황궁을 나왔다.

"폐하. 밤바람이 찹니다. 방을 준비하였으니 안으로 드시지요."

"목소리가 쓸데없이 크구나."

황제의 지적에 내시감이 고개를 숙였다. 곁을 지키던 이내관도 최근 모습을 볼 수 없었고, 황제의 기행도 나날이 늘어갔다.

"조심하겠습니다. 대인. 그나저나 밤바람이 차니……."

내시감의 말을 듣는 둥 마는 둥 넘기던 황제가 자리에서 벌떡 일어났다. 그의 갑작스러운 행동에 내시감이 하던 말을 멈추었다.

"대인. 무슨 일로……."

손을 들어 내시감의 말을 막은 황제가 앞에 보이는 광경에 숨을 삼켰다.

하나로 땋아 내린 머리카락이 어깨와 등을 감싸고 있었다.

위로 올려서 묶으면 황궁에서 보았을 것 같은 길이의 머리카락, 무엇보다도 황제의 눈을 끄는 것은 밤하늘을 바라보는 여인의 모습이었다.

하늘이 그의 바람을 들어주는 것인가? 아니면 최근 그의 머릿속을 가득 채우는 의심 때문인가?

수많은 사람들 사이에서도 여인은 황제의 시선을 단번에 빼앗았다.

화려한 풍등도, 사람들이 터트리는 웃음소리도 그에게는 들리지 않았다. 풍등으로 가득 찬 밤하늘을 조용히 바라보는 여인의 모습이 한 폭의 그림처럼 심장을 뛰게 하였다.

황궁에서 보았던 그와 같은 사람이라고 단언하기에는 황제와 여인 사이의 거리가 멀었다. 내시감의 만류에도 몸을 빼고 눈을 좁혔지만 그의 마음만큼 또렷하게 보이지 않았다.

"내시감은 가까이 오라."

"무슨 일이신지요? 대인."

가까이 다가온 내시감이 볼 수 있도록 황제가 지안을 손가락으로 가리켰다.

눈을 좁히며 같은 방향을 보던 내시감이 지안의 모습에 숨을 삼켰다.

이 시간에, 더군다나 왜 저런 모습으로 이곳에 와 있단 말인가.

늙은 내관의 심장이 격하게 요동치기 시작하였다. 하지만 이곳에서 그런 반응을 황제에게 들켜 버리면 모든 것이 끝이었다.

"소인, 눈이 침침하여 제대로 보이지는 않사옵니다만…… 현원과 비슷해 보이는 모습이옵니다."

"비슷하다라."

말을 흐리는 황제를 보며 내시감은 고개를 숙였다.

마음 같아서는 황제가 보이는 그곳에서 도망치라 하고 싶었지만, 지금 섣불리 움직이면 앞의 여인이 현원이라는 확신만 줄 뿐이었다.

내시감의 마음이 어떤지 관심조차 없는 황제가 여인을 오랫동안 바라보았다. 사람들을 헤치고 여인에게 다가가 바로 확인할 수도 있었지만, 지금만큼은 저 모습을 하나도 빠짐없이 눈에 담고 싶었다.

'고개를 돌려 보아라.'

밤하늘을 담담히 보는 저 눈과 마주할 수만 있다면, 생각하는 것만으로도 열기가 차올랐다. 손만 뻗으면 안을 수 있는 황궁의 여인들과는 다른 감정이었다.

먼 곳의 여인을 보는 사내는 원하국의 황제가 아니라 그저 연기하일 뿐이었다.

열망에 가득 찬 황제의 시선을 느낀 것일까? 여인의 고개가 하늘이 아니라 황제가 있는 곳으로 천천히 돌려졌다.

가쁜 숨을 내쉬며 황제가 몸을 앞으로 뺐다. 두근거리던 심장이 걷잡을 수 없이 뜀박질하였다. 시선을 마주치기만 한다면 저 여인이 지안인지 아닌지 알 수 있었다.

온천에서 들었던 지안의 목소리가 떠올랐다. 저런 모습을 한 채 그때의 목소리로 속삭이는 것을 들을 수만 있다면. 황제의 눈에 위험한 빛이 감돌았다.

앞의 여인이 지안이라면, 그녀라는 확신만 생긴다면 그는 주저하지 않을 생각이었다.

그녀의 눈이 황제를 바라보기 직전, 건장한 체구의 사내가 둘의 사이에 끼어들었다. 여인을 지키듯 등을 돌린 사내를 본 황제의 눈에 광기가 스며들었다.

"내시감. 발이 빠른 자를 현원의 집에 보내라."

"폐하."

"제 목숨을 걸고, 현원이 자택에 머물고 있는지 눈으로 직접 확인해라."

"네. 폐하. 폐, 폐하! 어디를 가시는 것입니까?"

말을 끝낸 황제가 아래로 몸을 날렸다. 황제의 돌발 행동에 놀란 호위들이 서둘러 그의 뒤를 따랐다. 안 된다는 내시감의 비명이 들렸지만 지금은 그것을 신경 쓸 겨를이 없었다.

이대로 지안과 똑같은 여인을 놓칠 수 없었다. 어쩌면 이 상황은 하늘이 그에게 준 마지막 기회일지도 모르는 일이었다.

절대로 놓치지 않을 것이다.

인파들을 헤치며 황제가 여인을 향해 다가갔다.

❀ ❀ ❀

"쥐새끼가 있다?"

지안에게 잠시 기다리라 한 후, 보고를 들은 제하의 눈이 차갑게 가라앉았다. 둘만의 시간을 방해받고 싶지는 않았다. 급하다기에 어쩔 수 없이 듣게 된 보고는 그의 예상을 뛰어넘는 내용이었다.

"현원뿐만이 아니라 단주의 주변도 캐는 것 같았습니다. 워낙 말솜씨가 좋고 능청스러워 다른 점주들은 그냥 넘긴 것 같습니다만, 포목점의 늙은이가 사람 보는 눈은 또 남다르지 않습니까? 걸리는 것이 있었는지 인상을 그려 보냈습니다."

사내가 건넨 손님의 얼굴을 본 제하의 입꼬리가 비뚜름해졌다. 자신이 존재를 드러내면 황제가 곧바로 움직일 것이라 생각하고 있었다. 하지만 승상의 사람도 아니고 이 내관이라니 예상외의 상황이었다.

"심증은 있되 물증이 없다는 건가?"

"다행히 두 분께서 나가신 후에 쥐새끼가 현원의 집에 도착한 터라 마주치지는 못했습니다만, 아직 집 주변에서 기회를 엿보고 있습니다. 채훈 부단주의 지시로 자택 주변을 철저히 감시하는 중입니다."

사내의 보고를 들으며 제하가 멀지 않은 곳에 서 있는 지안을 바라보았다. 밤하늘을 가득 채운 풍등이 질리지도 않는지, 인파 속에서도 그녀의 눈은 조용히 위를 바라보고 있었다.

보는 것만으로도 두근거리면서 아프고 쓰렸다. 어색하게 짓는 미소조차 애참하게 고왔다. 황제보다 먼저 만났더라면, 의관으로 처음 보았던 그날 그녀를 황제에게서 빼 왔더라면 어쩌면 지금보다는 상황이 좋을지도 모르는 일이었다.

"단주?"

"내가 준비시키라 한 아이는?"

"오늘 아침 현원의 저택으로 들여보냈습니다. 그리고……."

사내의 보고를 제하가 손을 들어 막았다. 그의 제재에 사내가 고개를 들었지만, 제하에게는 지금의 상황을 설명할 겨를이 없었다.

고요히 그 자리에서 주변을 바라보는 지안, 그리고 그녀를 바라보는 황제.

황궁에 있어야 할 황제가 왜 이 시간에 이곳에 있는지 알 수 없었다. 하지만 지안에게는 도성에 온 이래 처음으로 맞는 휴식이었다. 복수를 잊고 즐기는 그녀의 평화를 황제가 깨게 할 수는 없었다.

"쥐새끼를 현원의 집 안으로 들여라."

"단주?"

"쥐새끼를 안에 들이기 전에 그 아이에게 전하거라. 곧 내 시감이 보낸 사람이 올 것이다. 이쪽 사람이니 안심하고 쥐새끼에게 현원이 집에 머물고 있다는 확신을 심어 줘라."

빠르게 내리는 명에 사내가 하나라도 놓칠세라 귀를 기울였다.

황제가 움직일 것이라는 생각으로 제하 또한 준비한 것이 있었다.

"현원과 난 다른 곳에 가 있겠다. 서둘러라."

제하의 재촉에 사내가 걸음을 빠르게 옮겼다. 떠나는 사내를 확인한 후 고개를 돌리니 당장에라도 지안에게 달려올 듯 객주의 이 층에서 황제가 몸을 빼고 있었다.

지안을 바라보는 황제의 눈을 보자 제하의 마음에 불이 일었다.

'네가 무슨 자격으로 그녀를 본단 말인가!'

지안을 무너뜨린 장본인인 주제에 홀린 듯 바라보는 그의 눈이 역겨웠다.

인정하고 싶지 않았지만 지안을 보는 황제의 눈은 제하가 그녀를 바라보는 것과 똑같았다.

거칠게 욕지거리를 내뱉은 제하가 앞을 가리는 인파 사이를 바쁘게 지나갔다.

'내 여인이다!'

황태자의 자리도, 옛 연인도 그에게 빼앗겼다. 황제와 대립할 힘을 얻었고, 수많은 사람이 곁에 있었지만 귀하게 마음에 담은 것은 앞의 여인뿐이었다.

자신만의 여인. 집착이어도 상관없었다. 전에는 알지 못했던 초조와 불안이 이 순간 제하를 완전히 흔들었다.

가쁜 숨을 내쉬며 황제와 지안 사이에 제하가 끼어들었다. 갑작스럽게 들어온 그를 지안이 놀란 눈으로 바라보았다.

"무슨 일 있어요?"

"아니."

지안에게는 숨겼지만, 제하의 귀로 황제의 고함이 들려왔다. 길게 숨을 내쉰 제하가 지안의 손을 붙잡았다. 황제의 기척이 점점 가까워져 왔다.

이만큼 지안을 보여 준 것으로도 충분했다. 하늘 아래 가장 곱고 귀한 여인, 더는 황제에게 그녀를 내보이고 싶지 않았다.

"사람이 많다. 자리를 옮기자."

일이 있다며 잠시 기다리라고 했던 것이 방금 전이건만, 이제는 자리를 옮기자는 말을 하고 있었다.

아무렇지도 않은 듯했지만 그의 시선에서 불안과 초조가 느껴졌다. 무슨 일인지 물어보는 대신 지안이 제하의 손을 붙잡았다. 지안의 허락에 제하가 서둘러 사람들 사이로 몸을 숨겼다.

황제의 고함 소리가 먼 곳에서 들려왔지만 제하는 외면하였다.

"저쪽이다!"

둘을 발견한 사내의 목소리에 제하의 눈이 굳었다. 미행을 따돌리는 것은 어렵지 않았지만, 지안이 알지 못하게 움직이는 것은 까다로웠다. 포위를 좁혀 가는 이들 속에서 제하가 미간을 굳힐 때, 지안이 그의 팔을 끌었다.

집과 집 사이에 두 사람이 겨우 들어갈 만한 작은 틈으로 몸을 숨긴 둘이 조용히 숨을 삼켰다.

몸을 밀착시킨 채 숨을 삼키자 사람들의 발걸음 소리가 부산스럽게 들려왔다. 밖의 기척을 살피던 그가 옆에서 느껴지는 시선에 고개를 돌렸다.

모든 것을 알아차린 지안을 보며 제하가 소리 없는 한숨을 내쉬었다.

약간의 틈도 없이 밀착된 몸에서 서로의 심장 고동이 느껴졌다. 몸을 숨기기 위한 곳이었지만, 적어도 이곳에서만큼은 둘뿐이었다. 주변을 기웃거리는 기척 때문에 말을 할 수는 없었으나 마주하는 시선에서 많은 대화가 오고 갔다.

"저쪽으로 갔다. 찾아라!"

기척이 멀어지는 것이 느껴지자 지안이 안도의 숨을 내쉬었다.

"모르게 하려 했는데 말이야."

"황제의 목소리를 잊을 수는 없죠. 그가 날 봤는지는 모르겠지만, 거리가 있었으니 나라는 확신을 하지는 못했을 거예요."

"황궁에 얌전히 있을 것이지. 꼭 이런 때에 나타나서는……."

"이제 돌아가요."

그녀의 말에 제하의 미간이 굳어졌다. 그의 반응에 지안이 조심스럽게 말을 꺼냈다.

"당신 덕분에 모처럼 마음 편히 있었어요. 시간도 늦었고, 돌아가요."

"지금 돌아가기는 어려운데."

"네?"

"쥐새끼 이 내관이 당신과 나를 감시하는 중이더군. 지금 너의 자택에서 어슬렁대고 있다는 보고를 받았어."

대수롭지 않게 말하는 제하와 달리 지안의 얼굴은 창백해졌다.

왜 그 소리를 이제야 하는 것인가? 지금 상황에서 황제가 자신을 보았다면, 그리고 황제가 마련한 저택에 자신이 없다는 것을 알게 된다면, 생각하는 것만으로도 끔찍한 일이었다.

놀란 지안이 틈에서 나와 집으로 돌아가기 위해 부지런히 발을 놀렸다. 하지만 몇 걸음 가지 못하고 달려온 제하에게 붙잡혔다.

"지안아."

"그걸 왜 이제 이야기해요! 황제가 날 본 거라면! 이 내관이 내가 없다는 것을 알게 된다면…… 이거 놔요!"

"지금 네가 가면 이 내관에게 확신만 줄 뿐이야! 도리어 네가 여인인 것을 들키게 된다고!"

제하의 말에 지안의 걸음이 멈추었다. 그녀가 돌아가면 도리어 모든 일이 수포가 된다는 것은 또 무슨 소리일까?

어서 말하라는 지안의 재촉에 제하가 머리를 긁적였다.

"너에게 내가 할 말은 아니지만…… 그냥 한 번만 날 좀 믿어주면 안 되겠나?"

"……."

"이 내관은 걱정하지 마라. 내일 본인의 의지와는 상관없이 네가 저택에 있다고 보고할 테니까. 그러니 오늘만큼은 내가 하자는 대로 하면 안 되겠나?"

그가 무슨 말을 하고 있는지 알 수 없다. 당장에라도 제하의 손을 뿌리치고 집으로 돌아가도 늦을 일이었다.

머리로는 그걸 알고 있는데 발걸음이 떨어지지 않았다.

"내일 아침이면 전부 알게 돼."

그의 말을 믿어도 될지 확신이 서지 않았다. 어쩌면 다른 생각으로 그녀에게 거짓말을 하는 것일지도 모른다.

하지만 지안을 보는 제하의 눈에서 거짓은 느껴지지 않았다. 하물며 잡고 있는 그의 손은 긴장으로 땀이 맺혀 있었다.

"내일 아침에는 전부 말해 줄 수 있는 거죠?"

지안의 물음에 제하가 고개를 끄덕였다. 말없이 제하를 바라보던 지안도 알겠다는 듯 고개를 주억거렸다. 그녀의 허락에 제하가 안도의 숨을 길게 내쉬었다.

"그럼 오늘은 상단으로 가는 건가요?"

"아니. 너나 나와 전혀 상관없는 곳으로 갈 거야."

어떻게 할 생각인지는 알 수 없었지만 지안은 제하에 대해 확신하는 것이 하나 있었다.

적어도 그는 그녀에게 피해가 될 일은 하지 않을 것이다.

제하가 이끄는 대로 지안이 함께 걸었다. 그가 데리고 간 곳은 도성에서 조금 떨어져 있는 작은 저택, 그곳에서 하룻밤을 머물렀다.

밤이 지나고, 이른 아침에 처음 보는 어린 소녀가 지안에게 고개를 숙였다.

❀ ❀ ❀

영이라 소개한 아이는 지안보다도 세 살이 어린 평민이었다. 먹색의 옷에 단정히 묶어 내린 머리는 한 치의 틈도 없이 단정한 모습이었다. 오늘부터 시비로 오게 되었다는 영의 소개에 지안은 고개를 저었다.

여희가 죽은 지 일 년도 지나지 않았다. 시비는 괜찮다며 거절하려는 순간, 미소를 지은 영이 지안에게 말하였다.

"이 정도면 제법 비슷하지 않습니까?"

영의 목소리에 지안의 눈이 커졌다. 인사했을 때와는 전혀 다른 목소리, 문제는 그 목소리가 지안과 똑같다는 것이었다. 놀란 지안을 보던 제하가 피식 미소를 지었다.

"똑같구나."

"어떻게? 아니, 그것보다도…… 그러니까 이 상황은?"

무척이나 놀랐는지 지안은 좀처럼 상황을 받아들이지 못했다. 연이어 두 사람을 번갈아 보는 지안을 진정시킨 제하가 영에게 물었다.

"이 내관은?"

"방 밖에서 호위와 대화하는 것을 들은 후 황궁으로 돌아갔습니다. 집 안을 뒤지려 했지만 안까지는 들어오지 못했습니다. 같이 계시던 채훈 부단주님께서도 잘 넘어갔다는 말씀을 해 주셨습니다."

"채훈이 그랬다면 괜찮겠지. 고생했다. 네 주인에게는 내가 설명할 테니 나가 있어라."

고개를 숙이고 몸을 일으킨 영이 한동안 지안을 보다 뒷걸음질로 방을 나갔다.

영이 완전히 사라진 후, 어서 설명을 해 보라는 듯 지안이 제하를 닦달하였다. 그녀의 재촉에 제하가 마지못해 입을 열었다.

"극단의 노예로 있던 아이다. 제법 남의 말을 잘 따라 하고 눈치도 어느 정도 갖추고 있지. 시비로 있으면서 네가 없을 때는 네 그림자로 움직일 거다. 네 방에 출입할 수 있는 시종은 몇 명밖에 없으니 목소리만으로도 충분히 속일 수 있어."

"그러니까 내 목소리를 똑같이 따라 하는 아이를 시비로…… 더군다나 알잖아요? 시비는 이제 필요하지 않아요."

"그건 네 생각일 뿐이지."

제하의 손이 지안의 오른손을 붙잡았다. 놀란 지안이 손을 오므리려 했지만, 이미 반점을 제하에게 보인 후였다.

황제에게 독을 쓸수록 지안 또한 중독되어 가고 있었다.

"독을 얼마나 썼지?"

"……삼분지 일 정도."

"슬슬 황제에게도 효과가 나고 있겠군."

"잠을 못 이루고 두통이 자주 생기더군요. 좀처럼 쉬질 못하니 전보다도 성격이 신경질적으로 바뀌었어요."

그에게 이런 손을 보여 주고 싶지 않았다. 부끄러운 마음에 지안이 잡혀 있는 손을 빼려는 찰나 제하의 손이 그녀를 끌었다. 어영부영 그의 무릎에 앉은 것도 순식간, 곱게 닫혀 있던 입술에 그가 입을 맞추었다.

품에 안으려 했던 일이 미수로 돌아간 후, 강제로는 그녀에게 다가오지 않았던 제하였다. 놀란 지안이 반사적으로 그를 밀어내려는 순간, 씁쓸한 맛의 무언가가 그의 입에서 그녀의 입으로 흘러들어 왔다.

눈이 아득해질 정도로 쓴맛에 지안이 뱉어 내려 했지만, 뒤통수를 잡은 그가 완전히 삼킬 때까지 집요하게 입안을 파고들었다.

"흐읍."

제하가 건넨 것을 완전히 삼킨 지안이 손으로 입을 가렸다. 입맞춤의 촉감조차 느끼지 못할 정도로 입안에 쓴 기운이 가득하였다. 좀처럼 사라지지 않는 쓴맛에 오만상이 찌푸려졌다.

이게 무엇이냐고 물으려는 순간, 제하의 손이 지안의 뺨을 감쌌다.

"중독되는 시간이 긴 만큼 해독되는 시간도 긴 독이지."

"난 처음부터 중독될 걸 각오하고……."

"살았으면 좋겠다."

평온하게 뛰던 심장이 쿵 내려앉았다.

지안의 삶은 황제에게 복수하는 것까지였다. 그 이후의 삶은 생각할 겨를도, 딱히 떠오르는 것도 없었다. 그런 그녀에게 제하는 아직 살 만하다며 살 의미를 찾으라 하고 있었다.

"황제의 죽음이 네 삶의 끝이 아니라 시작이 되면 안 되는 건가?"

제하의 말에 어떻게 대답해야 할지 알 수 없었다. 손에 자잘하게 나 있던 반점이 미약하게나마 옅어졌다.

그의 도움을 받고 있으면서도 그의 마음을 거절했다. 생각할수록 치졸하고 이기적이었다. 단호해야 한다는 것을 알면서도 그의 말 한마디에 또다시 닫혀 있던 마음이 흔들렸다.

흔들리는 마음을 지안은 다시 붙잡았다. 황제가 죽은 후, 황태자인 그는 권좌에 오르겠지만 지안은 먼 신분 차이만큼이나 다른 선택을 하게 될 것이다.

지안이 아무 말도 하지 않자 제하가 소리 없이 긴 한숨을 내쉬었다.

좀처럼 마음을 열지 않는 지안이 답답했다. 저 상황에서는 저럴 수밖에 없다는 것을 알면서도 조심스러운 그녀가 조금은 원망스럽게 느껴졌다. 하지만 먼저 그녀를 마음에 담은 것은 자신, 누구보다 그녀가 필요한 것 또한 자신이었다.

"이제부터 영이 시중을 들 것이다. 하루에 한 번, 지금 먹은 걸 먹어."

"난……."

"먹지 않으면 내가 직접 먹이러 올 거다. 시작은 거래였지만 이제는 아니야."

"……."

지안의 어깨에 제하가 얼굴을 묻었다. 주저하던 손이 천천히 그의 뺨으로 옮겨 갔다. 하지만 뺨에 닿기 직전, 지안의 손이 멈추었다. 그의 온기에 기댈수록 마음이 약해졌다. 그걸 알면서도 약해진 마음이 그에게 자꾸 기대라며 지안을 흔들어 댔다.

그러면 안 됐다. 미안한 눈으로 제하를 보던 지안이 결심한 듯 천천히 말을 꺼냈다.

"당신, 아니…… 황태자 전하에게는 상처 없고 밝은 여인이 더 어울리실 거예요. 복수의 원한과 상처밖에 남지 않은 저와는 달리 전하의 상처를 어루만져 드릴 수 있는 고운 분이 반드시 나타나실 테니…… 본래의 자리를 찾으시면 그때 그런 분을……."

"네가 하는 말은 언제나 들을 만하지만 지금 말은 진짜 듣기 싫다."

서늘하다 못해 차가운 대답에 지안의 말문이 닫혔다. 그의 화를 돋울 생각으로 일부러 마음에도 없는 말을 꺼내었다.

자존심에 상처를 입힌다면, 기분을 상하게 한다면 그녀를 밀어낼 것이라 생각했다. 하지만 서늘한 목소리와 달리 그는 화를 내지도, 지안을 밀어내지도 않았다. 그저 하지 말라며 말을 잘랐을 뿐, 지안을 바라볼 뿐 어떤 독한 말도 하지 않았다.

자신을 바라보는 제하의 눈을 보자 독하게 마음먹었던 것이 우습게 무너져 내렸다. 치미는 감정을 참으려고 했건만, 자꾸 눈앞이 흐릿해졌다. 울 것 같은 지안을 그가 조용히 품에 안았다. 그렁그렁 맺혀 있던 것이 결국 떨어져 버린 듯 지안이 얼굴을 묻은 상의에 물기가 천천히 배어들었다.

"너를 희생하는 게 죽은 자를 위하는 일은 아닌데 말이다."

가늘게 울먹이는 소리가 조용한 방을 채웠다. 차라리 소리라도 내어 통곡을 하면 나으련만, 이 와중에도 지안은 참고 또 참고 있었다. 여리고 작은 등을 손으로 토닥이며 그는 지안이 진정할 때까지 기다렸다.

지안의 울음소리가 어느 정도 가라앉자 제하가 나지막한 목소리로 말하였다.

"지금은 무슨 소리를 들어도 받아들여지지 않겠지. 너에게 선택을 강요할 생각은 없었다. 그냥…… 나도 좀 초조했나 보군."

초조하다는 말에 지안이 고개를 들었다. 눈물이 그렁그렁하게 맺혀 있는 여인과 황제의 곁에 태연히 머무는 현원은 같은 사람임에도 참으로 다르게 느껴졌다.

현원의 강인한 모습이 좋았지만, 지금의 모습도 좋았다. 적어도 그녀의 이런 모습을 볼 수 있는 사람은 자신뿐이었기 때문이다.

"초조해요? 당신이?"

"마음에 둔 여인이 자꾸 도망가려 하는데 안 초조해할 사내가 있던가?"

제하의 긴 손가락이 지안의 눈에 맺혀 있는 눈물방울을 부드럽게 닦아 냈다.

"네가 말한 상처 없이 밝은 여인은 내 심장을 찌르고 황후의 자리에 올랐지. 자신의 상처를 아는 사람이 남의 상처도 보듬을 수 있는 거야. 난 그런 사람을 내 곁에 둘 거다."

제하의 말에 지안의 눈이 커졌다. 떨림이라고는 전혀 없는 고요한 시선이 자신만을 바라보고 있었다. 그런 사람이 지안이라는 말을 꺼내지는 않았지만, 바라보는 시선은 이미 그녀를 가리키는 것이나 마찬가지였다.

마음속 깊이 단단히 막혀 있던 벽에 작은 금이 새겨졌다.

"단주. 현원. 입궁하실 시간이옵니다."

방 너머로 시종의 조심스러운 목소리가 들려왔다.

제하가 입궁하는 날은 지안이 그와 동행하였다. 그것이 제하가 황궁과 황제에게 힘이 되는 대신 내건 조건 중 하나였다.

입궁할 시간이라는 말에 제하가 무거운 숨을 내쉬자 그의 무릎에 앉아 있던 지안이 조심스럽게 옆으로 내려왔다. 얼굴의 열기를 애써 가라앉힌 지안이 준비를 하고 오겠다며 방 밖으로 나가려 하였다.

둘만의 시간이 깨진 것이 아쉬웠던 것일까? 나가려는 지안을 붙잡은 제하가 말없이 그녀를 품에 안았다. 말없이 안긴 지안이 작은 숨을 길게 내쉬었다.

잠시 후, 주저하던 손이 조심스럽게 제하의 등을 감쌌다. 생각지 못한 행동에 제하의 눈이 커진 것도 잠시, 곧 편안한 숨을 뱉으며 그가 지안의 체온에 몸을 맡겼다.

❀ ❀ ❀

머리가 지끈거리자 황제의 미간이 잔뜩 찌푸려졌다.

최근 하루에도 몇 번씩 머리가 아파 왔다. 잠을 제대로 못 이루어서인지 하루가 다르게 몸이 바닥으로 가라앉는 느낌이었다. 언제부터 시작된 고통인지 곰곰이 생각하던 황제의 눈이 날카롭게 변하였다.

"폐하. 소인의 말씀을 듣고 계신 것인지요?"

나지막이 들려오는 목소리에 황제가 고개를 들었다. 시선의 끝, 굳은 표정의 승상 남훈이 그를 보고 있었다.

"대신들의 우는소리야 하루 이틀이 아니지 않은가?"

"그저 흔들리는 것이라면 폐하께 소인이 직접 이야기할 리가 없지 않습니까? 분명 중간에서 흔드는 무리가 있습니다.

그러지 않고서야 노골적으로 폐하와 소인의 뜻을 따르지 않겠다는 이들이 나올 리가 없습니다."

"힘이 흔들린다?"

두통은 가라앉지 않고 더 날뛰었다. 앉은 의자에 몸을 맡기며 황제가 눈을 감았다.

모순되게도 지안이 직접 차를 가져오기 시작하면서 두통과 불면이 시작되었다. 지안이 술수를 썼다는 것인가? 하지만 차를 올리기 전 이 내관에게 확인은 물론, 지안이 직접 기미까지 했다. 술수를 썼다면 같은 반응이 일어날 터, 하지만 지안은 달라진 것이 없었다.

"폐하! 도대체 무슨 생각을 그리 골똘히 하시는 것이옵니까?"

"그럼 승상은 무슨 생각을 하고 있는가? 짐에게 말을 꺼냈을 때는 이미 이 상황을 타개할 대안이 있다는 것이 아닌가?"

"후계를 만드십시오."

승상의 말에 황제가 감았던 눈을 떴다. 무슨 소리냐는 듯 노려보았지만, 황제의 시선에도 그는 태연했다.

"후계를 만들어 폐하의 입지를 공고히 하시란 말입니다."

남훈의 말에 황제의 입꼬리가 올라갔다. 언제나 돌려 말하던 남훈이 직설적으로 심경을 토로하고 있었다. 어지간한 일에 움직이지 않는 그가 이럴 정도면 대신들의 움직임이 심상치 않다는 것이리라. 하지만 그걸 알면서도 지금 남훈의 행동이 한없이 거슬렸다.

지존의 자리. 원하국의 주인은 승상인 유남훈이 아니라 황제인 연기하였다.

자신 덕분에 얻게 된 권력이거늘, 주제도 모르고 남훈은 황제에게 훈수를 두고 있었다.

"황후에게 후계를 만들라……. 언제부터 승상이 황제의 권한에 이래라저래라 훈수를 두게 된 것인가?"

황제의 조롱에 남훈의 눈이 딱딱하게 굳었다. 흔들리는 대신들을 추스르는 것만으로도 막대한 자금과 힘이 필요했다. 자신의 의견에 따라 지금 움직여도 늦건만, 황제는 말을 따르는 대신 이를 드러내고 있었다.

그가 아니었다면 황제도 되지 못했을 주제에 적의라니 괘씸하다 못해 웃음이 나왔다.

"폐하께서 앉아 계시는 그 자리, 소인이 만들어 드렸음을 잊으신 것은 아니신지요?"

그의 말에 황제의 눈에 짙은 살기가 맺혔다. 의자에서 등을 뗀 황제가 남훈을 노려보았다.

"지금의 유가를 만들어 준 것이 짐이라는 것을 그대는 잊은 것인가?"

일촉즉발의 상황이 둘 사이에 팽팽히 유지되었다. 서로를 노려보는 시선에 단 한 치의 양보도 없었다. 자신의 협박에도 눈 하나 꿈쩍하지 않는 황제를 보며 남훈이 작게 입술을 깨물었다.

이 상황에서 황제와의 대립은 좋지 않았다. 하지만 이대로 자신의 조언을 황제가 무시하는 상황도 좌시할 수는 없는 일이었다.

"폐하께서 이리 소인과 의견이 맞지 않으신다면 원흉을 떼어 내는 수밖에 없겠지요."

원흉이라는 말에 황제의 눈에 살기가 맺혔다. 남훈이 말하는 원흉이 누구인지 묻지 않아도 알 수 있었기 때문이다.

"현원은 오롯이 짐의 소유다. 그걸 건든다면 승상 또한 목을 내놓아야 할 것이다."

"이렇게 된 이상, 폐하께 여쭙고 싶은 것이 있사옵니다. 폐하께서 곁에 두시는 현원은 사내입니까? 아니면 여인입니까?"

남훈의 물음에 황제의 눈이 커졌다. 질문에 담긴 저의를 설명해 보라는 시선에 남훈이 조용히 숨을 내쉬었다.

"폐하께서 없애셨다는 현원의 시비는 알아본 바로 구 년 전 죽었던 송정기의 시비였습니다. 폐하께서도 아시지 않습니까? 그날, 찾지 못한 시신은 송정기의 막내딸뿐입니다."

"……."

"자세한 것은 알지 못하나 송정기와 연관이 있는 것은 확실하옵니다."

생각을 방해하던 두통과 남훈을 향한 적의가 순식간에 사라졌다. 처음에는 그저 호기심으로 데려왔을 뿐이었다. 이후에는 눈치껏 보필하는 모습에, 다른 이들과는 다른 지안의 행동이 마음에 들어 곁에 머물게 하였다.

생각하지 않은 것은 아니었다. 송정기와 똑같은 성을 쓰고 있고, 송정기의 시비를 데리고 있던 상황이 아니더라도 틀림없이 여인일 것이라 여겼다. 하지만 그 확신은 어제 확인 차

보냈던 호위의 대답에 작게 흔들리고 있었다.

"폐하!"

"승상은 이만 물러가라!"

"폐하! 늦을수록 불리해지는 것은 폐하이십니다."

"짐뿐만이 아니라 승상도 불리해지는 일이겠지. 오늘은 이만 물러가라. 승상의 말은 생각해 보겠다."

더는 대화가 귀찮은 듯 황제가 남훈을 내쫓듯 명했다. 아직 황제에게 할 말이 남아 있었지만, 황명은 황명이었다. 입을 굳게 다문 남훈이 불쾌한 듯 거친 몸짓으로 방을 나갔다.

남훈이 나간 후, 한동안 생각에 잠겨 있던 황제가 이 내관을 들어오라 명령하였다.

황제의 부름에 이 내관이 무릎을 꿇고 앉았다.

"방에서 들린 목소리가 현원이라는 것에 네 목을 걸겠느냐?"

황제의 물음에 이 내관이 고개를 숙였다. 마음 같아서는 현원이 방에 없었다는 말을 꺼내고 싶었다.

분명 단주가 처음 황궁에 온 날 현원의 모습은 계집의 그것과 똑같았다. 하물며 황제에게 차를 올리는 지안의 행동조차 의심할 것이 한둘이 아니었다.

만약 지안이 계집이라면, 그리고 황제에게 올리는 차에 수를 쓰고 있는 것을 밝힐 수만 있다면 눈엣가시 같은 현원도 제거하고, 자신의 입지도 더욱 견고히 만들 수 있었다.

하지만 이 내관의 바람과 달리 그날 들은 목소리는 현원이었다.

"분명 그곳에서 들은 목소리는 현원이었습니다."

그날 현원의 집에 보냈던 호위도 집에 지안이 있는 것을 확인했다는 보고를 하였다.

서로 다른 둘에게서 똑같은 대답이 나왔다. 그럼에도 마음에 걸리는 것이 있었다.

'너무 잘 들어맞는다.'

그래서 중요한 무언가를 놓친 기분이었다.

지안을 보고 있으면 객주에서 보았던 여인이 떠올랐다. 만약 그 여인이 지안이라면, 지안이 여인의 모습을 숨기고 사내로서 제 곁에 머무는 것이라면, 떠올리는 것만으로도 묘한 떨림이 황제를 휘감았다.

"폐하. 태성 상단의 단주와 현원이 들었습니다."

내관의 목소리에 황제의 눈에 위험한 빛이 감돌았다.

"이 내관은 나가 보라. 그리고 단주와 현원을 들라 하라."

황제의 말에 문이 열리고, 현원과 단주가 안으로 들어왔다. 둘을 오랫동안 노려보던 이 내관이 방을 나섰다.

자리에 앉는 둘을 보는 황제의 입꼬리가 희미하게 올라갔다.

궁금하면 알아보면 그만, 옷을 벗겨 확인하는 방법도 있었지만 그런 식으로 지안에게 미움을 사고 싶지 않았다. 객주의 그녀가 지안이라면, 송정기의 막내딸이어도 상관없었다.

가질 것이다. 지안은 자신만의 것이었다.

❋ ❋ ❋

밖을 나온 이 내관이 거친 숨을 내쉬었다.

황제의 총애를 받는 현원도, 그런 현원의 옆에서 제 집 드나들듯 황궁을 드나드는 단주도 마음에 들지 않았다.

자신의 촉은 언제나 배신하지 않았다. 분명 둘에게 말 못할 무언가가 있었다.

"무슨 생각을 그리 골똘히 하는가?"

멀지 않은 곳에서 들려오는 소리에 이 내관이 고개를 돌렸다.

"승상."

남훈의 모습에 놀란 이 내관이 서둘러 몸을 굽혔다. 이 내관에게 다가온 남훈이 턱의 수염을 느긋이 어루만졌다. 하지만 여유로운 손짓과는 다르게 이 내관을 노려보는 눈은 매서웠다.

별것도 아닌 패가 생각지 못한 수확을 가져올 때가 있었다. 제 행동에 황제가 동조하지 않는다면 직접 움직이는 것이 최선, 그리고 앞의 내관은 기대를 저버리지 않을 것이었다.

"최근 그대가 하는 일이 쉽지 않은 것 같더군."

남훈의 말에 이 내관이 경계하는 눈을 좁히자 괜찮다는 듯 그가 부드러운 미소를 지었다.

"그쪽에 관심이 생기긴 했는데 이제야 행동으로 나서려니 쉽지 않더군. 그대가 도와주면 일이 좀 쉽게 풀릴 것 같은데 말이지."

"무슨 말씀을 하시는 것입니까?"

"폐하께 보고를 드리기 전에 유가에 잠시 들르는 것도 나쁘지 않다는 말일세."

남훈의 말에 이 내관의 머리가 부지런히 움직였다. 현원과 단주에 대한 정보를 황제보다 유가에 먼저 넘기라는 제안을 받을 줄은 생각지 못했다. 황제와 뜻을 같이하던 남훈이 다른 생각을 품고 있다는 것인가. 하지만 이 상황을 황제가 알게 된다면 이 내관은 죽은 목숨이었다.

"만약 폐하께서 이 사실을 아시게 된다면……."

"자네는 오랫동안 폐하를 모셨지. 또한 자네의 능력이라면 지켜보는 눈 따위 얼마든지 따돌릴 수 있지 않겠나?"

"소인의 목을 걸어야 할 일입니다."

"대신 원하는 것을 얻을 수 있겠지."

고민하는 이 내관을 보며 남훈이 소리 없는 미소를 지었다.

"내시감도 슬슬 평안한 노년을 준비해야 하지 않겠나?"

내시감이라는 단어에 이 내관의 눈이 커졌다. 내관으로 오를 수 있는 최고의 자리, 남훈이 도와준다면 충분히 가능한 일이었다.

그리고 이번 일만 해결된다면 남훈과도 돈독한 관계가 될 수 있었다. 막대한 부과 권력, 그리고 눈엣가시 같은 존재까지 없앨 수 있는 절호의 기회였다.

이 내관이 흔들리자 남훈이 그에게만 들릴 정도의 목소리로 나지막이 말하였다.

"오늘 안으로 현원의 자택에 들어갈 수 있게 해 주겠네."

남훈의 말에 이 내관이 깊게 고개를 숙였다.

"조만간 찾아뵙겠습니다."

말을 끝낸 이 내관이 주변을 살피며 부지런히 걸음을 옮겼다. 그를 보는 남훈의 입가에 만족스러운 미소가 감돌았다.

❋ ❋ ❋

한숨이 나올 정도로 느긋하면서도 여유로운 미소와 완벽에 가까운 절제된 모습으로 제하가 황제를 향해 몸을 숙였다. 인사를 받은 황제가 곁눈으로 앉아 있는 지안을 물끄러미 바라보았다.

황제의 시선을 받으면서도 지안의 움직임은 조금의 흐트러짐도 없었다.

차를 준비하는 지안의 모습을 우연히 보게 된 이후로 황제는 줄곧 곁에서 직접 차를 준비시켰다. 차를 올리면서 시작된 두통이라고는 하나 곁에서 보는 지안에게서는 거슬리는 점이 없었다.

무엇보다도 지안의 저런 모습을 보다 보면 내내 괴롭히던 분노와 짜증이 일순간 잦아들었다. 저 모습을 계속 볼 수 있다면, 오롯이 자신만을 위한 사람이 된다면 지안이 자신에게 독을 먹여도 상관없을 것 같았다.

턱을 괴고 지안을 보던 황제의 시선이 앉아 있는 제하를 향하였다. 그 순간 황제의 눈썹이 희미하게 꿈틀댔다.

"현원의 모습이 꽤 곱지 않은가?"

황제의 싸늘한 목소리가 방 안을 울렸다.

그러면 안 된다는 것을 알면서도 차를 타는 지안을 계속 바라보고 있었다. 황제의 눈에 깃들어져 있는 살기를 본 제하가 조용히 몸을 숙였다.

"송구하옵니다. 폐하."

"짐 또한 현원의 저런 모습을 좋아하지. 여인이었다면 주저 없이 품에 취했을 것이다. 사내인 것이 아쉬울 따름이지."

몸을 숙인 제하의 얼굴이 굳어졌다. 무슨 의도로 저런 말을 꺼내는지 알 수 없었다. 감이 좋은 황제이니 그날 이후로 무언가를 느꼈을지도 모르는 일이었다.

제하의 눈이 차를 준비하는 지안에게로 향하였다.

황제의 도발에도 찻물을 따르는 지안의 손은 그대로였다. 언제나 이런 말을 들으며 참아 왔다는 것인가. 잠을 이루지 못할 정도로 공포심을 가지고 있으면서도 황제의 곁에 있는 지안은 그러한 내색조차 전혀 보이지 않았다.

"폐하께 귀한 총애를 받고 있다니 현원께는 홍복이옵니다."

"홍복이라…… 현원은 어찌 생각하느냐?"

황제의 물음을 받은 지안이 고개를 숙였다. 차를 모두 따른 지안은 황제가 마실 찻잔의 입술 부분을 엄지손가락으로 짧게 쓸었다.

독을 묻힌 찻잔을 황제의 앞에 내려놓은 지안이 제하에게도 차를 건넸다. 눈이 마주치지기는 했지만 그것도 찰나, 고개를 돌린 지안이 원래의 자리로 돌아가려 하였다.

"현원은 가까이 오라."

황제의 부름에 지안이 그의 곁으로 다가갔다. 차를 한 모금 마신 황제가 곁에 앉아 있는 지안을 조용히 바라보았다. 그날 객주에서 본 여인을 떠올리는 것만으로도 피가 끓었다. 그 여인이 지안이라면, 그리고 지안이 송정기의 딸이라면, 남훈은 절대 안 된다고 하겠지만 황제의 생각은 달랐다.

"네가 여인이라면 얼마나 좋겠느냐?"

황제의 목소리에 제하의 눈에 살기가 서렸다. 하지만 그 살기를 황제에게 비추는 대신 고개를 숙였다. 그런 제하와는 다르게 황제를 지척에서 마주한 지안은 좀 전의 모습과 변함이 없었다.

"소인이 여인이었다면 어찌 이 자리에서 폐하를 모실 수 있겠습니까?"

"네가 여인이었다면 사내가 있는 이런 자리에 두지 않았을 것이다. 누구도 볼 수 없는 곳에 널 가두어, 오랫동안 오롯이 짐만을 바라보게 하고, 짐만이 널 취했을 것이니라."

황제의 눈에 보이는 집착과 광기에 지안이 소리 없이 숨을 삼켰다. 객주에서 무언가를 알아차린 것일까? 그럴 리가 없다. 무언가 알아차린 것이 있다면 절대 숨길 이가 아니었다.

제하의 앞에서 황제가 왜 이러는지 알 길이 없었다. 제하를 도발하기 위함인지 아니면 지안의 허점을 찾으려는 것인지 혼란스러웠다.

다만 이 상황에서 고개를 돌려 제하를 바라본다면 황제는 의심에 확신을 가지게 될 것이다.

"소인, 사내라 폐하의 바람을 이루어 드리지 못하옵니다. 차가 식습니다. 어서 드시지요."

온천에서의 일 이후로 지안은 황제의 도발에 화를 내거나 불쾌하다며 목소리를 높이지 않았다. 그저 부드러운 어조로 그의 말을 피할 뿐이었다.

황제는 자신에게 단주의 힘과 재력이 필요하다는 것을 알고 있었지만 한편으로는 지안이 벗이라 칭하는 그를 보고 싶지 않았다. 객주에서 여인과 자신을 가렸던 사내. 짐작일 뿐이었지만 그때 보았던 사내의 체격이 단주와 비슷하였다.

궁금하면 알아보면 그만, 찻잔을 잡는 대신 황제가 지안의 무릎에 머리를 기대고 누웠다.

"폐하."

"짐이 최근 몸이 좋지 않아서 말이다. 단주는 이해하라."

지안의 무릎에 머리를 기댄 황제에게서 편안한 숨이 흘러나왔다. 그에 반해 제하의 눈은 차갑다 못해 날카로웠다.

지금 황제가 노리는 사람은 지안이 아니라 제하였다. 일부러 제하의 앞에서 지안을 희롱하고 있었다. 심중은 있되 물증이 없으니 제하를 직접 시험하겠다는 것이었다.

이 상황을 가장 끔찍이 여길 지안조차 참고 있었다. 그렇다면 자신도 참을 것이다. 지안의 무릎에 얼굴을 기댄 채, 그녀의 손을 잡고 있는 황제를 죽여 버리고 싶었지만 제하는 살기를 드러내는 대신 부드러운 미소를 지었다.

"소인 그저 일개 장사치일 뿐입니다. 편히 대하시옵소서. 폐하."

표정과 목소리를 흐트러뜨리지 않는 제하를 보며 황제가 눈을 좁혔다.

분명 지안을 도발할 때마다 단주의 기운이 흐트러졌었다. 벗이라고 하기에 중간중간 느껴지는 것은 분명 살기였다.

하지만 결정적인 순간에서 단주는 터트리기보다는 자신을 갈무리하였다. 장사치라고 하기에는 쉽지 않은 상대였다.

지안의 무릎에 머리를 기댄 채 황제가 눈을 감았다.

"최근 사도와 승상 사이에서 이리저리 저울질을 한다지?"

"소인 이득을 취하는 장사치인데 가벼이 거래를 할 수는 없지 않겠습니까?"

"짐에게 힘이 될 생각이라면 당연히 승상과 거래함이 맞지 않은가? 승상은 짐의 외척이니 말이야."

"폐하의 원하국이지 유가의 원하국이 아니지 않습니까?"

감겨 있던 황제의 눈이 떠졌다. 그녀의 놀란 시선 또한 제하를 향해 있었다. 몸을 일으킨 황제가 싸늘한 눈으로 제하를 노려보았다.

"무슨 말을 하고 있는 것이냐?"

"권력에 기대 물건을 파는 이들은 의지하던 권력이 무너지는 순간 같이 몰락하지요. 하물며 승상은 폐하의 외척이기 때문에 더욱 막강한 권력을 휘두를 수 있는 분이십니다. 때로는 폐하보다도 더 많은 영향을 소인에게 끼칠 수 있는 분이시고요."

"계속해 보라."

"소인이 승상에게 힘을 드리는 만큼 승상 또한 소인에게 많은 혜택을 주시겠지요. 하지만 그러한 관계가 계속되다 보면 소인은 폐하의 말씀보다도 승상의 말씀을 더 따라야 할 상황이 오게 될 것입니다. 폐하께서 주실 수 없는 것을 승상께서는 주실 테니까요. 실제로 원하국 상단의 몇몇은 이미 그러한 상황입니다."

"황제의 힘 밑에 유가가 있는 것이 아니라 유가의 힘 아래에 황제가 있는 것이다? 그렇다면 더욱 승상과 손을 잡아야 하는 것이 아닌가?"

"한 사람에게 너무 많은 힘이 모이게 되면 그만큼 이를 적대시하는 힘 또한 생기게 되지요. 승상의 힘은 막강하지만 폐하의 힘처럼 절대적이지 않습니다. 승상의 영향력은 넓지만 사도의 세력 또한 무시할 수 없지요. 장사꾼에게 중요한 것은 이득이나 목숨을 지킬 힘도 필요하지 않겠습니까? 소인은 승상, 사도, 폐하 중 폐하의 힘이 가장 큰 영향력을 가지고 있다고 생각하옵니다."

"유가의 영향력이 없는 힘을 키우란 말인가?"

"폐하만의 힘을 가지시게 된다면…… 승상과 사도 사이에서 소인이 갈등할 필요가 없지 않겠습니까?"

승상에게 의지하지 말고 황제만의 힘을 만들어라.

정중했지만 그 안에 들어 있는 내용은 유가의 세력 외에는 내세울 것이 없는 황제를 조롱하는 말이었다. 황태자와 똑같은 이름으로, 비슷한 모습으로 장사치 주제에 자신을 비웃다니. 황제의 눈에 불이 일었다.

'건방진 놈.'

목을 베라는 명령만 내린다면 당장에라도 도성에 그의 목을 걸 수 있었다. 하찮은 장사치 주제에 놀리는 혀가 괘씸하였다. 뭐라 하려는 찰나 낮은 목소리가 옆에서 흘러나왔다.

"단주는 말을 아끼시지요."

곁에서 들리는 목소리에 황제의 시선이 돌아갔다. 차분한 지안의 눈이 제하를 조용히 바라보고 있었다. 지안을 오랫동안 바라보던 제하가 황제를 향해 몸을 숙였다.

"송구하옵니다. 폐하. 소인 경솔하였습니다."

울컥 치밀던 화가 순식간에 가라앉았다. 아직 앞의 사내가 마음에 들지 않았지만 언제나 방관자로만 자리하던 지안이 황제를 위해 나섰다. 주제도 모르는 저 사내의 혀를 뽑아 버리고 싶었지만 지안을 생각하며 황제는 생각을 바꾸었다.

지안에게 눈을 고정한 황제가 짧게 말하였다.

"단주는 이만 물러가라."

황제의 명령에 제하가 일어나고 그를 배웅하기 위해 지안이 일어나려는 찰나, 황제의 손이 지안의 팔을 붙잡았다.

"현원은 그대로 있어라."

황제의 명령에 지안이 다시 자리에 앉았다.

문이 닫히기 직전 보인 모습에 밖으로 나간 제하의 눈이 차가워졌다.

앉아 있는 지안의 목에 황제가 얼굴을 묻었다.

황제가 다가오자 몸을 피하려 했지만, 그보다도 먼저 굵은 팔이 지안의 허리를 휘감았다.

굳게 닫힌 문 너머로 들려오는 지안의 목소리에 제하가 피가 배어 나오도록 입술을 깨물었다.

❀ ❀ ❀

태성 상단의 단주가 왔다는 이야기를 들었을 뿐인데 심장이 답답했다. 결국 상궁의 만류에도 세령은 홀로 황궁을 걸었다.

그는 죽었다.

얼굴만 비슷할 뿐, 황태자와 단주는 목소리부터 분위기까지 다른 사람이었다. 그걸 알면서도 그날 이후로 세령의 머릿속에서는 단주가 잊히지 않았다.

"세령아."

길을 걷던 세령의 걸음이 뚝 멈추었다.

그녀가 아는 황태자는 황제처럼 주변을 휘어잡는 힘은 없었지만 적어도 주변을 배려하는 힘을 가지고 있었다. 겉으로는 무능하고 속이 없어 보여도, 그러한 힘으로 원하는 것을 얻어 내는 이였다.

'후회해 봤자 되돌아갈 수 있는 건 하나도 없거늘.'

세령의 입가에 씁쓸한 미소가 짙게 생겨났다. 부질없는 짓이라는 것을 알면서도 끊임없이 과거를 생각하고, 그때를 기억하고, 바뀌지 않는 현실에 좌절했다.

"아……."

다시 걸음을 옮기던 세령은 몇 걸음 가지 못하고 짧게 탄성을 질렀다.

황궁을 나가기 위해 지나가야 하는 네 개의 문 중 하나인 적문 앞에 그가 있었다. 황제와의 면담을 끝내고 돌아가는 길이라기에 사내의 모습은 꼭 누군가를 기다리는 것처럼 보였다.

심장이 천천히 떨려 왔다.

가까이 가도 될까? 다가가 무슨 말을 꺼낸단 말인가?

'그래도 조금만. 잠시만이라도.'

마음 둘 곳도, 믿을 사람도 없는 황궁 따위 이제는 지긋지긋했다.

잠깐이라도 위로받을 수 있다면, 회피고 도피일지라도 현실에서 벗어날 수만 있다면.

"황후마마."

몇 걸음 조심스럽게 다가갔을 뿐인데도 기척을 느낀 제하가 세령을 향해 몸을 숙였다. 떨리는 몸을 최대한 진정시킨 세령이 그의 인사를 받았다.

"폐하는 뵈었는가?"

"인사를 드리고 나오는 길입니다."

"그런데 어찌 퇴궁하지 않는 것인가?"

세령의 물음에 제하가 입꼬리를 올렸다.

혹시 단둘이 보게 된다면 그날 왜 그랬느냐며 분노를 터트릴 것이라 생각했었다. 살아 있는 내내 제하를 괴롭혔던 것은 남훈도, 기하도 아닌 세령의 배신이었다. 기하의 옆에 세령이 있는 모습만 봐도 몸에 남아 있는 상처가 욱신거렸었다.

하지만 사람의 마음이라는 것은 참으로 간사하고 약하였다.

이제는 그녀를 봐도 아무것도 느껴지지 않았다. 그녀와 마주하는 이 순간에도 제하를 괴롭히고 있는 것은 배신을 한 세령이 아니라 황제의 곁에 있을 지안이었다.

지안이 당하고 있을 거라는 생각이 머릿속에서 지워지지 않았다. 태연한 척 미소 짓고 있었지만 제하를 휘감고 있는 것은 분노였다.

"현원을 기다리고 있었습니다. 황후마마."

단순한 기분 탓일지도 모른다. 어쩌면 그에게서 황태자의 잔영이 보여서일지도 모른다.

현원을 기다린다는 그의 모습에서 옛 연인의 분위기를 느꼈다. 현원과 벗이라는 것을 알면서도 지금 세령이 느끼는 감정은 복잡하였다.

그 탓에 자신도 모르게 날카로운 목소리가 흘러나왔다.

"현원은 폐하께서 허락하시기 전까지는 황궁에서 나오지 못한다. 쓸데없는 기다림이니 단주는 먼저 퇴궁하는 편이 나을 것 같구나."

쓸데없는 기다림이라는 말에 제하의 입가에 묘한 미소가 자리하였다.

시간이 흘렀어도 성격은 전혀 변하지 않았다. 예전의 세령은 자신이 아닌 다른 사람에게 그가 관심을 가지면 감당하기 어려울 정도로 시샘을 부려 댔었다. 황후의 자리에 앉아 그럴

듯한 모습으로 자신을 가려도 결국 본질은 본질이었다.

예전에는 미처 발견하지 못했던 모습이 이제는 굳이 보지 않으려 해도 눈에 들어왔다.

"기다리는 것이 지루하지 않으니 조금 더 머물겠습니다. 해가 지면 조만간 나오겠지요."

두려워하는 황제에게 그런 일을 당한 지안을 두고 혼자 황궁을 나가고 싶지 않았다. 황제의 곁에서 빠져나온 그녀가 어떤 모습일지 보지 않아도 눈에 선했다.

제하의 입가에 보일 듯 말 듯 옅은 미소가 자리 잡혔다. 그 미소에 세령의 눈이 커졌다.

"황후마마께 누를 끼쳤사옵니다. 소인은 신경 쓰지 마십시오. 현원이 오는 대로 황궁을 나가겠나이다."

몸을 숙이는 제하를 보는 순간 세령의 눈에 위험한 빛이 감돌았다. 몸을 굽혔는데도 진심이 느껴지지 않았다. 황제와 대화할 때와는 다른 느낌, 상대할수록 세령의 마음을 흔들었다.

자신은 신경 쓰지 말라는 말을 꺼냈지만, 세령은 아직 그를 보내고 싶지 않았다.

좀 더 이야기를 나누려는 찰나, 몸을 일으킨 제하가 그녀 너머로 시선을 던졌다. 제하의 행동에 세령 또한 고개를 돌렸다.

언제 왔는지 다가온 지안이 세령을 향해 몸을 숙였다.

"황후마마."

오지 않았으면 하던 현원이 나타나자 세령의 미간이 찌푸려졌다. 하지만 곧 내색을 감추고는 태연히 물었다.

“폐하의 심부름인가?”

“아니옵니다. 황후마마. 어사중승께서 드시어 이야기가 길어질 것 같으니 이만 퇴궁하라 명하셨습니다.”

어사중승이라는 말에 세령의 눈이 작아졌다. 어사중승은 남훈의 사람이기도 했지만, 독자적으로 세력을 가지고 있는 사람이기도 하였다. 무슨 생각으로 그를 보자고 한 것인지는 모르겠지만, 일찍 나온 현원 때문에 지금의 대화가 깨져 버리고 말았다.

심란한 마음을 애써 감추며 세령이 지안에게 말하였다.

“단주께서 현원을 기다렸다고 한다. 함께 퇴궁하면 될 것 같구나.”

“황공하옵니다. 황후마마.”

지안의 인사를 받은 세령이 제하를 바라보았다. 둘 사이에서 멀어지기 직전, 세령이 제하에게 물었다.

“만약 단주가 나의 입장에서 황태자가 살아 있다는 것을 알게 되면 어찌하겠는가?”

세령의 물음에 지안의 놀란 눈이 제하를 향하였다. 정작 세령과 지안의 시선을 모두 받은 제하는 평온하였다.

“황태자가 살아 있다 한들 황후마마께 무슨 의미가 있겠습니까? 이미 황태자와 황후마마의 연결 고리는 끊어져 있는데 말입니다.”

제하의 말에 세령의 눈이 커졌다. 말을 하고 있는 것은 상단의 단주였으나 세령에게는 배신한 황태자가 직접 자신에게 선언한 것으로 느껴졌다.

멈춰 있던 손이 후회와 공포로 천천히 떨려 왔다. 흔들리는 눈빛이 그럴 리가 없다며 제하를 응시하였다.

"현원도 왔으니 이만 물러가 보겠습니다. 황후마마."

세령의 시선을 한 몸에 받고 있던 제하가 이만 가 보겠다며 몸을 숙였다. 그를 따라 지안 또한 몸을 숙였다.

열린 적문으로 둘이 나가고, 그 자리에 석상처럼 굳어 있는 세령을 향해 상궁이 다가왔다.

"황후마마. 어찌 여기에 계시는 것입니까? 한참을 찾았나이다."

"……."

"마마?"

"따르거라."

"마마? 마마!"

황후로서 이러면 안 된다는 것은 알고 있었다. 하지만 여인의 감이 제하와 지안을 따라가야 한다는 신호를 보내고 있었다.

긴 치맛자락을 붙잡은 세령이 먼저 나간 제하를 뒤쫓았다. 안 된다는 상궁의 만류에도 적문을 나와 한참을 걸으니 멀지 않은 곳에서 마주 보고 있는 제하와 지안을 발견할 수 있었다. 무슨 이야기를 하고 있는지는 알 수 없었지만 세령과 대화할 때와는 전혀 다른 표정으로 지안을 보고 있었다.

'저런 모습은 벗이라고 하기에 힘들지 않은가?'

벗이라기에는 미묘하게 다른 분위기, 혹여나 들킬까 세령은 가까운 나무에 몸을 숨기고 숨을 삼켰다.

세령의 기척을 느끼지 못했는지 지안이 제하를 보며 입을 열었다. 거리가 있어 무슨 말을 하고 있는지는 알 수 없었지만 평소에 듣던 목소리와는 다르게 가늘었다.

마치 여인의 목소리를 듣는 것 같은 느낌에 의심을 가지는 순간, 제하의 손이 지안의 뺨을 조심스럽게 어루만졌다.

'아…….'

심장이 내려앉았다.

언제나 그녀에게 황태자가 해 주었었던 행동을 지금 제하가 똑같이 하고 있었다.

떨리는 세령의 손가락이 자신의 뺨을 쓸었다.

"황태자가 살아 있다 한들 황후마마께 무슨 의미가 있겠습니까? 이미 황태자와 황후마마의 연결 고리는 끊어져 있는데 말입니다."

나무 기둥을 붙잡은 채, 세령이 몸을 떨었다. 놀란 상궁이 다가와 괜찮냐며 속삭였지만 대답해 줄 여력 따위 없었다.

황태자가 살아 있다.

태성 상단의 단주가 죽었다고 생각한 황태자였다.

❀ ❀ ❀

서책을 보던 지안의 눈이 제하가 있는 침상으로 향하였다. 그곳을 한동안 바라보던 지안이 보고 있던 서책을 접고 그에게 다가갔다. 연초의 향이 나던 것이 조금 전이었건만, 언제 잠든 것인지 침상에 누운 그에게서 옅은 숨소리가 흘러나왔다.

이불을 펼쳐 덮어 준 지안은 침상에 앉아 잠든 제하를 물끄러미 바라보았다. 그리고는 조심스럽게 그의 손을 감쌌다.

작은 흠조차도 없는 황제의 부드러운 손과는 다르게 마디마디 굳은살이 박여 있었다. 그의 손을 잡고 있는 것만으로도 불안했던 마음이 안정되었다.

"짐은 네가 아끼는 시비조차도 죽였다. 고작 상단의 단주 목숨 하나가 무엇이 어렵겠느냐?"

제하가 나간 후, 품에 지안을 가둔 황제가 그녀에게 속삭였다. 마치 지안의 마음을 알고 있다는 듯 몇 번이고 같은 말을 하고 또 하였다.

제하가 모습을 드러내자 본능적으로 황제는 위험을 느끼는 것처럼 끊임없이 지안과 그의 사이에서 무언가를 찾아내려 하고 있었다.

거듭된 황제의 경고에 지안은 무슨 뜻인지 모르겠다며 발뺌했지만, 몇 시진이 지난 지금까지도 황제의 말은 그녀를 괴롭히고 있었다.

'당신이 죽지 않을 거라는 건 알아.'

그걸 알고 있음에도 불안했다. 마음을 받지 않았을 뿐, 지안에게 제하는 귀한 존재였다. 그에게 도움이 되고 싶었지만,

제하에 비하면 지안의 힘은 너무 약하였다.

그녀가 할 수 있었던 행동은 황제의 관심에서 제하를 밀어내는 것과 유가의 힘이 아닌 독자적인 세력을 어떻게 얻겠느냐는 물음에 어사중승을 추천한 것이 전부였다.

예전의 황제였다면 그녀의 조언에 꿈쩍도 하지 않았을 테지만 중독되면서부터 판단력이 점점 흔들리고 있었다.

동시에 그녀와 제하를 의심하기 시작했다.

황제를 죽일 수만 있다면 자신은 어떻게 되어도 상관없었다. 하지만 제하가 잘못된다면, 자신 때문에 그의 존재를 황제에게 들키게 된다면.

'아니야.'

온몸에 돋는 소름에 지안이 거칠게 고개를 저었다. 제하를 바라보는 지안의 눈에 여희를 잃었을 때와 똑같은 공포가 짙게 깔려 있었다.

제하의 손을 붙잡은 손에 힘이 들어갔다. 진정하려 했지만 빠르게 뛰기 시작한 심장은 그녀의 의지와는 다르게 좀처럼 가라앉지 않았다. 이대로 계속 있으면 잠이 든 그를 깨울 것 같았다. 하얗게 질린 지안이 잡고 있는 손을 빼려 하였다.

그 순간 도망가려는 지안의 손을 제하가 당겼다. 얼떨결에 제하의 품에 안긴 지안이 놀란 눈으로 그를 바라보았다. 잠결에 한 행동인지 제하의 눈은 감겨 있는 그대로였다. 다만 모든 상황을 알기라도 하듯 제하의 손이 지안의 등을 천천히 토닥였다.

"아……."

"괜찮아."

낮게 속삭이는 목소리가 불안한 그녀를 보듬었다. 이런 그와 함께 있으면 단단히 잡고 있던 마음이 언제나 무너져 내렸다. 황제에게 느꼈던 공포조차 그의 곁에 있으면 진정되었다.

욕심내면 안 된다는 것을 알면서도 언제나 그에게서 위로 받았다.

황제를 죽인 후의 삶.

제하와 함께라면, 이 사람의 곁이라면 조금은 욕심내도 되지 않을까? 여희를 죽게 한 자신이 이런 꿈을 가질 자격 따위 없다는 것을 알면서도 자신도 모르게 하나씩 욕심이 생겨났다.

다시 잠들었는지 지안의 등을 두드리던 그의 손이 천천히 멈추었다. 잠결에도 놔주고 싶지 않은 듯 그의 팔은 그녀를 단단히 감싸고 있었다.

지안은 그의 품에서 빠져나오는 대신 얼굴을 묻었다. 최근 연초를 줄이기는 했지만, 그의 품에서 나는 옅은 연초의 향이 코를 간질였다.

심장이 먹먹하여 미안하다는 말조차 꺼낼 수 없었다.

대신 제하의 품에 조용히 몸을 맡겼다.

❋ ❋ ❋

"요즘 단주께서는 내내 아가씨의 방에서 잠드시는 것 같은데 무슨 진전이라도 있냐?"

"이봐! 목소리 낮춰! 지난번에도 입을 놀리다가 그 영이라는 계집애한테 한 소리 들었잖아!"

"뭐 어때? 이 시간에 누가 듣는다고! 아무튼 쓸데없이 조심한다니까."

부엌에서 집안일을 마무리하는 아낙 사이에서 분주히 이야기가 오고 갔다. 하루 일을 끝마쳐서 그런지 긴장이 풀어진 이들의 입에서 평소에는 꺼내지 못했을 말들이 연이어 튀어나왔다.

"그래도 말이야. 전에 비해 아가씨 쪽에서 더 단주님께 다가가는 거 같지 않아? 전에는 그렇게 쌀쌀맞았는데 말이야."

"단주님도 신기한 게 노골적으로 다가오는 여인은 본 척도 안 하시더니만 저 쌀쌀맞은 아가씨에게는 아주 깜빡 넘어가셨잖아. 얼굴은 고와도 살갑기는커녕 웃지도 않던데 뭐가 그렇게 좋은지 모르겠다니까."

"바보 같긴! 원래 눈 정이 한번 박히면 보이는 게 없잖아. 그 눈 정에 당해서 당신도 못난 놈 먹여 살리겠다고 이러고 있는 거 아닌가?"

아낙의 말에 다른 아낙들이 까르르 웃음을 터트렸다. 그 와중에도 분주히 움직이는 손은 빠르게 내부를 정리해 갔다.

"그런데 아가씨께서는 요즘 무엇을 하시기에 약초들이 하루에도 몇 번씩 들어오는 거지? 지난번에 뭣도 모르고 만졌다가 영에게 한 소리 단단히 들었다니까."

"안의 시종에게도 물어봤는데 모른다고 하던데? 부단주조차 관심 가지지 말라며 엄포를 놓았나 보더라고."

"얼마나 좋은 걸 만드는지 아가씨 방 주변은 얼씬도 못 하게 한다니까."

"에이. 또 마냥 그런 게 아니야. 지키는 병사들에게 적당히 잘 이야기하면 들어갈 수 있다니까. 그런데 별거 없던데?"

한번 시작된 수다는 멈추지 않고 계속되어 저택의 아가씨가 독이라도 만드는 것이 아니냐는 말까지 튀어나왔다. 중간중간 까르르 터지는 웃음소리에 연이어 지안에 대한 이야기가 끝도 없이 흘러나왔다.

"지금 무슨 대화를 하시는 것입니까?"

영의 서늘한 목소리에 아낙의 수선스러운 대화가 뚝 끊겼다. 제하가 직접 지안의 곁에 둔 시비였기에 영의 영향력은 집 안에서 상당하였다. 지안의 목소리를 따라 하는 능력도 뛰어났지만, 주변을 수습하는 능력 또한 뛰어났기에 채훈이 집을 비우는 동안에는 종종 영이 주변을 관리하였다.

"주인님과 단주님의 대화는 특히 조심하라고 하지 않았습니까?"

"이 시간에 이곳에서 또 누가 듣는다고…… 알았어! 알았다고! 조심하면 되지 않나."

영의 말에 딴죽을 걸던 아낙이 서늘한 시선에 서둘러 말을 돌렸다.

아낙들이 조용해지자 영이 작은 한숨을 내쉬었다.

"자칫 말이 새어 나가면 두 분 다 위험해지십니다. 조심 또 조심해 주십시오. 저나 아주머니들께서 일하면서 받는 돈이 입을 조심하는 대신 받는 것임을 잊지 말아 달라는 이야기입니다."

"아이고! 알았어! 이제 말 안 꺼낸다니까."

영의 당부에 아낙들이 알겠다며 손을 저었다. 대수롭지 않게 생각하는 그들을 보며 영이 고개를 저었다. 아무리 관리를 해도 저는 그저 지안의 시비일 뿐이었다. 채훈이 돌아오면 다시 이야기해야겠다는 생각을 하며 영이 지안의 방을 향해 몸을 돌렸다.

같은 시각, 몸을 숨기고 있던 이 내관이 양손으로 입을 틀어막았다.

남훈의 힘을 통해 일꾼으로 저택에 숨어들었다. 황궁과는 다른 거친 일에 투덜댄 것이 좀 전이었건만, 현재 그의 표정은 나라를 얻은 것마냥 환하였다.

현원의 집에 들어온 지 하루도 되지 않아 생각지 못한 월척을 낚았다.

지안이 여인이라는 것도 모자라 독을 만들고 있을지도 모른다는 정보를 얻었다. 하물며 이야기를 들어 보니 단주와 지안이 심상치 않은 관계라는 것까지 짐작할 수 있었다.

"증좌만 찾는다면 두 연놈의 목숨은 내 것이다."

지금 당장 남훈과 황제에게 보고를 해도 될 만한 일이었지만 이 내관은 애써 자신을 참아 냈다. 이 상황에서 확실한 증좌만 잡아내면 그만이다. 이번 기회를 잘 이용한다면 지금까지의 고생을 한 번에 해결할 수 있었다.

"독만 찾아내면 현원을 죽일 수 있다."

이 내관의 입가에 잔인한 미소가 감돌았다.

조금만 더 참으면 된다. 증좌를 찾는 순간, 꿈꾸었던 부귀영화는 모두 자신의 것이었다.

주변의 기척을 살핀 이 내관이 조심스럽게 자리를 빠져나갔다.

第五章 · 함정

거친 신음과 함께 황제의 미간에 핏줄이 도드라졌다. 여인의 가는 어깨와 두 손을 붙잡은 황제가 거칠게 허리를 움직였다. 황제가 움직일 때마다 그의 밑에 깔린 여인에게서 고통스러운 신음이 흘러나왔다.

여인이 고개를 젖히며 드러난 하얀 목에 황제가 입술을 묻었다. 움직임이 격해질수록 고통스러워하던 여인의 목소리가 점점 색에 젖어들었다. 침상을 움켜잡았던 여인의 손이 황제의 어깨를 붙잡았다.

황제의 움직임에 여인이 몸을 맞춰 갔다. 젖힌 고개에서 울리는 교성이 열기가 가득 찬 방에 끊임없이 퍼졌다. 격한 움직임이 절정에 이르자 황제는 짧은 신음과 함께 몸을 움찔댔다.

"하아앗."

황제의 허리를 다리로 잡고 있던 여인이 쾌락에 젖은 교성을 질렀다. 정사의 여운이 남았는지 황제의 분신이 빠져나간 후에도 작게 몸을 떨었다. 욕구를 푼 황제가 여인에게서 몸을 일으켰다.

뜨거운 숨을 길게 내쉰 그는 침상에 늘어져 있는 여인을 보았다.

"단주는 황태자가 아니라는 건가?"

황제의 물음에 눈을 감고 있던 여인, 세령의 눈이 떠졌다.

"아니에요."

"그대의 수발을 드는 상궁과는 다른 말을 하는군."

황제의 말에 세령이 입술을 깨물었다. 광기에 정신을 놓은 황제여도 만만히 대할 수 없는 상대였다. 남훈이 붙여 준 그녀의 상궁임에도 황제는 자신의 수족처럼 원하는 정보를 얻어냈다.

남훈은 아니라고 했지만, 황궁을 지배하는 사람은 황제였다.

"그저 황태자와 비슷해 보였을 뿐이에요. 그는 아니에요."

세령의 거듭된 부정에 황제의 눈이 작아졌다. 최근 곳곳에서 황태자를 보았다는 소문이 들려오고 있었다. 그저 소문일 뿐이었지만 그걸 들은 대신들은 분위기에 휩쓸려 흔들리고 있었다.

삼인성호(三人成虎). 세 사람이면 없던 호랑이도 만들어 낸다고 하였다. 거짓말이어도 여러 사람이 말하면 진실이라 믿는 것은 어려운 일이 아니었다. 하물며 황태자를 되살려 귀족들을 흔드는 것은 쉬운 일이었다.

황태자가 나타났다면 다시 죽여 버리면 그만이었다. 다만 이상하게도 황태자를 생각할 때마다 지안이 떠올랐다.

"만약 현원이 여인이라면 폐하께서는 어떻게 하실 거죠?"

세령의 물음에 황제가 고개를 갸웃했다.

"남훈도 그렇고, 황후까지 현원이 여인인 것 같다는 말을 꺼내는군. 짐에게 내세울 증좌라도 있는 건가?"

황제를 바라보던 세령이 고개를 돌렸다.

증좌 따위 없었다. 그저 황태자와 대화하던 지안의 목소리가 평소와는 다르게 가늘었다는 것, 그리고 지안을 대하는 황태자의 행동이 사내가 아니라 여인을 대하는 것 같았다는 정도일 뿐이었다.

"그런 건 없어요."

회피하는 세령의 행동에 황제가 입꼬리를 올렸다. 세령은 부정했지만, 황제의 눈에 보이는 그녀는 황태자를 배신한 일을 후회하고 있었다. 만약 황태자가 살아 있다는 확신만 생긴다면 황제가 부추기지 않아도 세령은 스스로 움직일 여인이었다.

그때가 기회, 황태자가 살아 있다면 그 순간 목을 베어 버릴 것이다.

"글쎄. 현원이 여인이라면 어떻게 할 것인가……."

말을 흐리던 황제가 나신으로 앉아 있는 세령의 팔을 잡아 자신에게로 끌었다. 황제의 다리 위로 올라온 세령이 제 가슴골에 얼굴을 묻은 황제를 불쾌한 눈으로 바라보았다. 고개를 들어 세령의 표정을 보는 황제의 눈에 경멸의 빛이 생겨났다.

그의 품에 안기는 것을 거부하지 않으면서도 언제나 어쩔 수 없는 일이지 않느냐며 스스로에게 당위성을 주었다. 황태자를 죽인 시점에서 그나 그녀나 똑같은 인간일 뿐이었다.

"하아."

싫다며 눈을 찌푸린 것도 잠시, 황제의 애무에 그녀의 입에서 더운 숨이 흘러나왔다.

"지안이 여인이라면 이 시간 짐의 품에 있을 여인은 그대가 아니고 현원이겠지."

"……하윽."

또다시 휘감는 애욕에 세령이 작게 흐느꼈다. 세령을 다시 침상에 눕힌 황제가 그녀의 위로 올라탔다. 온몸을 휘감은 욕망에도 자신의 모습을 부정하듯 세령의 손이 황제를 밀어냈다.

입으로는 쾌락에 가쁜 숨을 내쉬면서도 악착같이 감정을 숨기려는 그녀를 보던 황제의 눈에 광기가 스며들었다.

"용종을 걱정할 필요도 없으니 질릴 때까지 안을 것이다."

"흐읍."

"하지만 그전에 눈에 거슬리는 것부터 제거해야겠지."

황제의 손이 스칠 때마다 세령의 신음 소리 또한 커져 갔다. 거부하던 손길이 어느새 그를 받아들이는 몸짓으로 변해 있었다. 발기한 분신을 세령의 몸에 묻자 사내를 안은 여인의 몸이 환희로 떨려 왔다.

쾌락에 울부짖는 세령의 귓가에 황제가 속삭였다.

"연회를 열 것이다."

"하윽."

"꼭 참석하도록."

황제의 말에 대답할 정신이 없는 듯 그의 목에 팔을 감은 세령이 작게 흐느꼈다. 그녀의 신음에 억누르고 있던 욕망을 터트리는 것처럼 황제가 거칠게 몸을 움직였다.

연이은 정사에 세령이 정신을 놓을 때까지 황제의 움직임은 계속되었다.

❋ ❋ ❋

자신의 방을 둘러보던 지안의 눈이 어둡게 가라앉았다.

"아가씨. 무슨 일이라도 있으신가요?"

"이 방은 영이 치우던가요?"

시비임에도 아직은 어색한 듯 지안이 영에게 존대로 물었다. 지안의 존대가 어색했지만 그녀의 분위기가 워낙 심각했기에 영이 말없이 고개를 숙였다.

"채훈 부단주님께서 저 외에는 이 주변에 얼씬도 못 하게 하시는 걸요. 오늘 아침에도 제가 치웠습니다."

영의 대답을 들은 지안이 말없이 책장으로 걸어갔다. 가는 손가락이 두꺼운 서책 사이에 끼워져 있는 작은 목함을 꺼내었다. 자세히 보지 않으면 서책과 똑같은 목함의 모습에 영이 신기한 눈으로 그것을 바라보았다.

함의 뚜껑이 열리자, 그 안에 제하가 지안에게 주었던 독이 든 병이 들어 있는 것이 보였다. 절반 정도 남은 독을 물끄러미 보던 지안이 뒤에 서 있는 영에게 고개를 돌렸다.

"내가 무슨 일을 하고 있는지 알죠?"

지안의 물음에 영이 말없이 고개를 끄덕였다.

그녀와 그녀의 가족을 노예에서 빠져나오게 해 주는 대신 영은 제하에게 귀속되었다. 신분만 노예에서 평민이 되었을 뿐, 실질적으로 가족들이 인질로 잡혀 있는 상황에서 영은 지안을 모시게 되었다.

적당히 시비로서 구색만 맞추다 도망가려던 영에게 지안이 의외의 손을 내밀었다.

황제에게 가족과 아끼는 시비를 잃었다는 지안은 제하의 반대에도 불구하고 영과 그녀의 가족에게 씌워져 있던 인질이라는 상황을 풀어 주었다. 처음에는 안 된다며 반대하던 제하도 그녀의 거듭된 설득에 결국 따로 데리고 있던 가족과 영을 다시 만나게 해 주었다.

"그런 위험한 일을 하겠다며 달려드는 여인은 아가씨밖에 없으실 거예요."

영의 말에 지안의 미간이 옅게 모였다. 지안의 묘한 표정에 영의 안색이 자신도 모르게 어두워졌다.

지금까지 수많은 사람을 보았지만 지안처럼 표정 변화가 없는 이는 처음이었다. 모시기 어려운 상대는 아니었지만 감정을 표현하지 않으니 그녀에게 맞춰 행동하기 어려웠다.

"일이 끝나면 영을 보내 줄게요. 그때까지만 부탁해요."

보내 준다는 말에 영의 눈이 커졌다. 목소리를 따라 할 줄 아는 시비는 용건이 끝나면 죽이거나 주인이 죽을 때까지 소유로 데리고 있는 것이 기본이었다.

대부분 자신을 놓은 사람은 주변을 챙길 생각조차 하지 않는다. 그렇기에 삶의 의지라고는 하나도 없으면서 주변을 배려하는 지안의 행동이 영의 눈에는 신기하게 보였다.

오랫동안 함께한 시비를 황제가 죽였다는 이유만으로도 저렇게 전부를 희생하는 사람이 얼마나 있을까. 만약 자신이 이 사람에게 그런 존재가 될 수 있다면 얼마나 좋을 것인가.

알 수 없는 기분이었지만, 영은 지안을 볼수록 작은 욕심이 생겨났다.

"역시 누가 왔다 가긴 했군요."

목함을 내려놓은 채, 주변을 두리번대던 지안이 바닥에 떨어져 있는 것을 주워 들었다. 자세히 보지 않으면 보이지 않을 정도로 얇고 가는 바늘, 일부러 묻혀 놓은 것인지 바늘에 하얀 가루가 묻어 있었다.

"목함의 모서리에 끼워 놓은 바늘이에요. 영은 목함을 건드리지 않으니…… 결국 다른 사람이 건드렸다는 말이겠죠."

"그렇게 조심했는데……. 당장에라도 부단주님께 알려 드려야……."

당황해 나가려는 영을 지안이 막고 달래 주었다.

"영! 진정해요. 괜찮아요."

"괜찮긴요! 어서 채훈 부단주님에게 침입자가 들어왔다고 알려 드려야 한다니까요. 아가씨!"

거듭 말리는 지안을 향해 영이 결국 목소리를 높였다. 하지만 잠시 후, 자신이 너무 앞서 나갔다는 것을 깨닫고 고개를 숙였다.

"죄송해요. 아가씨."

"미안하지만 이곳에 다른 사람이 들어온 일은 영과 나만 알고 있으면 안 될까요? 여기까지 들어왔다면 이미 볼 건 다 봤을 거예요."

목숨을 위협당하는 상황에서도 지안은 태연하였다. 죽는 것이 무섭지 않은지 바닥에 떨어져 있는 다른 바늘을 줍는 지안의 행동은 침착했다.

그런 지안의 모습이 이해가 되지 않는 듯 영이 미간을 좁혔다. 그녀의 얼굴을 본 지안의 눈 끝이 내려갔다.

자신의 행동 하나에 제하는 물론 영과 다른 사람들의 목숨이 달렸다. 다른 사람이라는 단어를 썼지만 결국 이곳을 뒤진 사람은 이 내관이라는 것을 알고 있었다. 독이라는 확신을 갖지 못했는지 목함의 약은 그대로였지만 그것도 조만간 밝혀질 것이다.

"타인의 목숨을 함부로 거둘 자격은 누구에게도 없어요."

"아가씨?"

알 수 없는 지안의 말에 영이 고개를 갸웃했다. 무슨 소리냐는 영의 시선을 지안은 적당히 넘겼다.

황제를 죽인다는 마음을 먹었을 때부터 건널 수 없는 강을 건넜다. 황제에게 원한을 가지고 있었지만, 결국 그녀가 추구하는 방식 또한 황제와 똑같았다.

타인의 목숨을 거둘 자격은 그녀에게도, 황제에게도, 누구에게도 없었다.

하지만 이 내관의 행동이 자신과 제하 모두에게 위협이 되는 일이라면 지안이 할 수 있는 선택은 하나였다.

독이 담겨 있는 병을 꺼낸 지안이 무거운 숨을 내쉬었다.

❀ ❀ ❀

벌써 현원의 저택에 들어온 지도 이 주가 넘어갔다.

현원의 방과 개인적인 물건이 놓여 있는 곳을 지키는 병사는 이미 이 내관의 사람이었다. 한껏 험상궂은 얼굴의 그는 욕심은 많은지 이 내관이 찔러 주는 돈을 한 번도 거절하지 않고 넙죽넙죽 받았다.

그 덕분에 이 내관은 이제는 느긋하게 현원의 짐을 뒤질 수 있었다.

"지난번 그 목함이 이상했단 말이지."

언제나 그 자리에 있는 다른 물건들과는 다르게 서책 사이에 숨겨 놓은 목함은 종종 다른 위치에 있었다. 때로는 함을 찾아도 안에 들어 있는 병이 없어 헛수고를 하기도 했다.

하지만 목숨을 걸어 가며 이곳까지 온 이상, 물러날 길은 없었다.

조심히, 하지만 빠른 손놀림으로 짐을 뒤지던 이 내관의 눈에 빛이 반짝였다. 숨겨져 있던 함을 꺼낸 그가 주변의 기척을 살폈다.

"찾았다!"

이 주 내내 헛걸음을 해 대며 찾으려 했던 병이 보이자 그는 미소 띤 얼굴로 내쉬던 숨소리까지 조심하며 병의 마개를 열었다.

품에 넣어 놓은 은 막대를 꺼내 병에 담갔지만 아무런 변화가 없었다.

"역시 반응이 없다."

잘못 찾은 것일까? 이 내관이 고개를 저었다. 이게 아무 의미도 없는 것이었다면 현원이 이리 조심히 숨길 이유가 없었다. 이 병에 있는 것은 분명 현원이 쓰는 독일 것이다.

하지만 탁자에 흘려 보거나 가지고 있는 은 막대로 이리저리 저어도 좀처럼 알 수 없었다.

"흠흠."

밖에서 들려오는 병사의 헛기침에 이 내관은 부랴부랴 병을 숨겼다. 어차피 이것만 황제에게 가져가면 끝나는 일이었다. 이렇게 숨겨 놓은 물건이라면 독이 아닐 확률은 희박했다.

독이라는 것만 입증한다면 현원이 여자라는 것은 굳이 증좌를 찾지 않아도 황제가 직접 나서서 밝힐 터였다.

본디 참는 성격의 황제가 아니니 여인이라는 것을 깨닫는 순간, 말리지 않아도 이 내관이 원하는 최선의 방향으로 움직일 것이다.

방을 나온 이 내관이 병사의 손에 작은 주머니를 건네었다. 주변을 둘러보며 돈을 받은 병사가 고개를 끄덕이자 이 내관이 기척 없이 복도를 걸어갔다.

이 내관이 사라진 자리, 복도 끝에서 둘을 지켜보던 영이 조심스럽게 어딘가로 향하였다.

잠시 후 자택을 나온 이 내관이 부지런히 걸음을 옮겼다.

그 뒤, 여섯의 사내들이 그를 뒤쫓았다.

❀ ❀ ❀

황궁과 남훈의 저택으로 가는 갈림길에서 이 내관의 걸음이 멈추었다.

여기서 어느 방향으로 가느냐에 따라 그의 인생이 달라진다. 황제의 신임을 얻을 것인가, 아니면 승상의 지원을 받아 내시감이 될 것인가.

'황제의 총애는 얼마 가지 않는다.'

미친 황제의 관심은 오래 가지 않을 게 뻔했다. 그는 여인이 아닌 사내, 결국은 황제의 손발일 뿐 힘을 얻을 수는 없었다. 무엇보다 아무리 노력해도 황제가 신뢰하는 사람은 자신이 아니라 늙은 내시감이었다.

하지만 남훈의 지지를 얻게 된다면, 그리고 고대하는 내시감의 자리에 오르게 된다면 그가 원하는 힘과 재물은 저절로 손아귀에 들어올 것이다.

'승상이다.'

마음을 굳힌 이 내관은 남훈의 저택을 향해 몸을 돌렸다. 그와 동시에 이 내관을 따라오던 여섯의 사내가 그를 둘러쌌다.

저승사자처럼 흑의를 입은 사내들의 모습에 이 내관의 얼굴이 창백해졌다.

"누! 누구냐? 내가 누구인지 알…… 읍읍."

소리치려는 이 내관의 입을 뒤에 있던 사내가 끈으로 묶자 나머지 사내들이 팔과 다리를 묶어 큰 포댓자루에 담았다. 이 내관이 든 포댓자루를 어깨에 멘 사내를 다섯의 사내가 보호하며 부지런히 몸을 옮겼다.

"읍! 읍!"

포댓자루에서 벗어나려는 이 내관의 몸부림이 계속되었지만 사람의 기척 따위 전혀 없는 한밤중에 그를 보는 사람은 없었다.

한참의 시간이 지난 후, 바닥에 부딪히는 충격에 이 내관이 비명을 질렀다. 포댓자루가 열리고 반항하려는 찰나, 앞에 보이는 황제의 모습에 이 내관이 몸을 굳혔다.

차마 비명을 질러야겠다는 생각조차 들지 않았다.

기회를 달라고 한 후, 어떤 물음도 하지 않았기에 황제가 그냥 넘기고 있을 것이라 생각했다. 입에 물고 있던 재갈을 풀자 이 내관이 바닥에 얼굴을 박았다.

"폐, 폐하!"

무늬가 전혀 없는 흑색의 옷을 입은 황제가 이 내관을 보며 입꼬리를 올렸다.

"짐의 쥐새끼가 실은 짐의 것이 아니었군."

"폐하. 설명드리겠습니다! 전부 말씀드리겠습니다!"

황제의 앞으로 기어가려는 이 내관의 어깨를 흑의를 입은 사내가 발로 밟아 저지하였다.

굴욕적인 상황임에도 반항할 생각조차 들지 않았다.

황제가 직접 관리하고 키우는 흑관.

어린 내관들 중 무예가 출중하고 입이 무거운 이를 뽑아 만든 직속부대로서 내시감조차 그들이 몇 명인지, 누구인지 알지 못했다.

황제가 죽으라는 명령을 내린다면 주저 없이 자신의 목에 검을 꽂을 자들. 황제를 위해 존재하며 황제의 명만 듣는 이들이 지금 자신을 둘러싸고 있었다.

하필이면 유일하게 황제를 말릴 수 있는 내시감조차 자리에 없었다.

"폐, 폐하. 살려 주십시오. 소인이, 소인이 전부 알아 왔습니다! 그래서 폐하께 알려 드리고자 발걸음을 서두르고 있었습니다!"

입에 침도 안 바르고 하는 거짓말에 황제의 눈이 작아졌다.

"짐에게 알려 주기 위해 승상의 집으로 가고 있었단 말이냐?"

"그, 그것이 승상께서도 함께 입궁하셔서 들으시면 좋을 듯하여……."

이 내관의 변명에 황제가 나지막이 웃음을 터트렸다. 그저 웃음일 뿐이었건만, 듣는 이 내관은 소름이 끼쳤다.

이대로라면 황제에게 죽는다. 다급해진 이 내관이 바쁘게 입을 놀렸다.

"현원이 폐하께 독을 쓰고 있었습니다! 소인 그것을 찾아냈습니다! 소인의 품 안에 있으니 직접 보시옵소서!"

다급한 그의 말에 황제가 옆의 흑관에게 시선을 보냈다. 거친 손길로 이 내관의 옷을 뒤지던 흑관이 작은 병을 꺼내 황제 앞에 내밀었다.

"먹여라."

"폐하! 그건 독…… 읍."

이 내관의 입을 억지로 연 흑관이 주저 없이 병의 액체를 들이부었다. 먹지 않으려 온몸으로 반항했지만 그의 의지와는 다르게 병에 들어 있던 것이 목을 타고 들어갔다.

병의 액체를 삼킨 이 내관이 하얗게 질린 채 몸을 떨었다. 하지만 아무리 기다려도 몸은 그대로였다.

처음부터 끝까지 그 모습을 지켜보던 황제가 차갑게 입을 열었다.

"현원이 독을 썼다는 증좌는 실패군. 네가 가져온 것은 독이 아닌 것 같구나."

"폐하! 분명 폐하께서는!"

"중독되어 있지. 네가 쓰고 있는 독으로 말이지. 황궁에는 태의만 있는 것이 아니지 않은가?"

"그게 현원의 짓입니다! 현원의 짓이란 말입니다!"

"이젠 짐이 가져온 것을 보려무나."

"네?"

무슨 소리냐는 듯 이 내관이 눈을 껌벅였다. 그의 앞에 현원의 집에서 가져온 것과 비슷한 크기의 병이 놓였다. 영문을 모르겠다는 이 내관을 황제가 조용히 노려보았다.

상황이 생각지 못한 방향으로 흘러가자 이 내관의 얼굴에 점점 공포가 자리 잡혔다.

"폐하! 믿어 주십시오! 저건, 저건 제 것이 아닙니다! 저는 저게 무엇인지도 모릅니다! 믿어 주시옵소서! 폐하!"

"그래? 모른다는 이 병이 네 침소, 그것도 네 베개 안에 있더구나. 흑관들이 아주 오랫동안 찾았단다. 이게 독일지 아닐지는 너에게 먹여 보면 되겠지."

황제의 말이 계속될수록 이 내관의 얼굴이 굳어졌다.

모함이다. 분명, 자신은 모르는 무슨 일이 일어나고 있었다. 묶여 있는 이 내관의 몸이 사시나무처럼 떨려 왔다.

"폐, 폐하. 이건…… 그, 그 계집의 모함입니다. 현원! 현원 그 계집이…… 그러니까 현원이 사내가 아니라 계집입니다. 그 단주와 그렇고 그런 사이란 말입니다!"

"계집?"

이 내관의 말에 황제의 눈이 날카로워졌다. 황제의 분위기가 바뀌자 이 내관의 눈이 다시 빛났다.

아직 기회가 있다.

"소인의 귀로 똑똑히 들었습니다! 단주와 그렇고 그런 사이고, 분명 현원을 아가씨라 부르는 것도 들었습니다. 소인이 잠시 미쳐 잘못된 선택을 하였습니다만 이제는 아닙니다! 소, 소인에게 기회를 주십시오. 이번에야말로 반드시 찾아내겠습니다! 폐하!"

"그럴 필요 없다."

"네?"

황제의 대답에 이 내관의 눈이 커졌다. 황제가 자리에서 일어나자 가까이에 있던 흑관이 그의 어깨에 장옷을 걸쳤다. 이 내관의 흔들리는 눈을 조용히 응시하던 황제가 빙긋 미소를 지었다.

"너에게서 원하는 이야기는 전부 들었다."

"폐하!"

"지금까지 수고했다."

환한 미소로 꺼내는 말에서 느껴지는 살기가 불안했다. 그가 다시 말을 꺼내려는 찰나 대기하던 흑관이 이 내관의 방에서 찾아낸 병의 마개를 열고 그에게 먹였다.

"컥. 컥컥."

발버둥을 치는 것도 잠시, 이 내관의 입에서 굵은 핏덩어리가 쏟아져 내렸다. 묶여 있는 몸이 고통에 몸부림쳤지만 방에 있는 누구도 그에게 관심을 주지 않았다.

"폐, 폐……."

황제가 가려는 길을 이 내관이 막자 곁을 지키던 흑관이 경기를 일으키는 몸을 발로 찼다. 곧이어 다른 흑관이 품에 넣어 놓은 작은 병을 황제에게 내밀었다.

"해약을 드시고 출발하시지요. 폐하."

흑관이 건넨 병을 받아 든 황제가 단숨에 안에 든 해약을 삼켰다. 입안을 가득 채우는 쓴맛에 황제가 이맛살을 찌푸림과 동시에 고통스럽게 몸을 비틀던 이 내관의 움직임이 멈추었다.

구 년 동안 수족처럼 부린 내관을 죽였음에도 황제는 눈 하나 깜빡하지 않았다.

부리는 쥐새끼야 다른 것으로 채우면 그만이었다. 이 내관의 자리를 채울 쥐새끼는 황궁에 널리고 널렸다.

"지안이 여인이라……."

황제의 입가에 즐거운 미소가 생겨났다. 하지만 그것도 잠시, 단주를 떠올린 눈가에 차가운 살기가 맺혔다. 굳이 사람을 쓰지 않아도 알아볼 방법은 충분했다.

지안이 여인이라면 반드시 자신의 여인으로 취할 것이다.

"내 눈으로 직접 확인하면 그만이지."

단주가 지안과 남다른 사이라면 죽일 것이다.

해독하는 데 시간이 걸린다 했지만 황제에게 독은 이미 관심 밖이었다. 그의 머릿속을 채운 것은 지안의 존재, 그리고 그 곁에서 신경을 거슬리게 하는 단주였다.

마차에 오른 황제가 푹신한 자리에 몸을 맡겼다.

이미 판은 마련되었다. 남은 일은 지안과 단주가 연회에 참석하는 것뿐이었다.

"출발하라."

황제가 명을 내리자 마차가 천천히 출발하였다.

❀ ❀ ❀

다리 기둥에 매달려 있는 이 내관의 시신을 보며 제하가 눈을 좁혔다.

해가 뜨기에는 이른 새벽, 잠든 지안 몰래 밖으로 나온 제하가 향한 곳은 도성에서 조금 떨어져 있는 돌다리 앞이었다.

온몸의 피가 빠져 버린 듯 창백한 피부와 뼈밖에 없는 시신은 보는 것만으로도 흉측하였다.

“중간에 흑관들에게 납치당한 것까지는 확인을 했습니다만 송구하옵니다. 저희의 움직임을 알아챈 흑관들이 개별로 움직인 터라…….”

보고를 듣는 제하의 눈이 어둡게 가라앉았다.

지안이 숨겨 놓은 독을 이 내관이 발견했다는 이야기에 황제가 어느 정도 제하와 지안에 대해 알아차릴 것이라고는 예상하고 있었다.

하지만 이 내관이 이런 모습으로 죽을 것이라고는 생각하지 못했었다.

‘황제에게 버림을 받은 것인가?’

지안의 비밀을 알아차린 이 내관은 분명 황제에게 향했을 것이다. 하지만 그사이 무슨 일이 있었던 것인지 납치된 몇 시진 후, 죽은 채 발견되었다.

‘이 내관이 보고하려 했던 사람이 황제가 아니라 다른 사람이었다면…….’

죽기 직전에 그가 다른 생각을 품은 것이라면 그럴 사람은 남훈밖에 없었다.

“남훈과 황제가 따로 움직이고 있다라…….”

“단주. 무슨 말씀을 하시는 것입니까?”

“사도에게 사람을 보내라. 언제든지 움직일 수 있도록 준비하라고 해."

제하의 명령에 보고하던 이가 몸을 숙였다.

"그리고 저놈의 시신을 치워라. 누구도 이 내관의 시신을 찾아서는 안 된다."

지안과 자신의 존재를 오랫동안 숨길 수 있다고는 생각하지 않았다. 황제가 어떻게 움직일지는 알 수 없지만, 그에 대한 대비를 해 놓으면 그만이었다.

지금 그에게 가장 중요한 것은 이 내관의 시신을 지안이 볼 수 없도록 하는 것뿐이었다.

누구도 해코지한 적 없는 지안이 결국 자신의 손에 피를 묻혔다. 물론 이 내관을 죽인 것은 황제였지만, 그를 죽이는 데 사용한 독은 제하가 지안에게 준 것이었다.

괜찮다는 말을 꺼냈지만, 지안은 점점 무너져 가고 있었다.

복수를 끝낸 후의 지안이 어떻게 될지는 알 수 없었다. 복수를 할 수만 있다면 죽어도 상관없다는 그녀를 보며 그의 마음속 깊이 늘어가는 감정은 초조였다.

삶의 목적을 복수로 잡은 지안의 뜻을 제하가 억지로 꺾을 수는 없었다. 그렇다고 무너져 가는 그녀를 그저 방관만 할 수도 없었다.

결국 제하가 해 줄 수 있는 최선은 이 내관의 시신을 숨김으로써 그녀가 변하게 될지도 모르는 계기 자체를 막는 것뿐이었다.

해가 떠오르기 직전, 외곽의 깊숙한 숲에 이 내관의 시신이 묻혔다.

❀ ❀ ❀

이 내관이 자신의 방을 뒤진다는 것을 깨닫자 지안은 내시감에게 부탁해 그의 베개에 독을 숨긴 후, 원래 독이 있던 병에 색만 비슷하게 약초를 달여 넣어 놓았다. 이대로 독을 포기하는 것은 아까운 일이었지만, 감이 좋은 황제를 상대로 쓸데없는 욕심을 부릴 수는 없었다.

"현원은 무슨 생각을 그리 골똘히 하는 것이냐?"

황제의 주변을 칼같이 지키고 있던 이 내관이 보이지 않았다. 내시감에게 물었지만 어두운 표정으로 고개만 저을 뿐이었다. 영의 말로는 그날 저택을 나간 이후로 다시 돌아오지 않았다고 했다.

굳이 시신을 보지 않아도 이 내관이 어찌 되었을지 짐작할 수 있었다. 어차피 그가 죽을 줄 알고 저지른 일이었다. 여희가 죽게 된 원흉, 그의 죽음에 지안은 그 어떤 감정도 느낄 수 없었다.

"아닙니다. 폐하."

독의 존재를 눈치챘을 황제에게 더는 그것을 쓸 수 없었다. 독이 없는 차를 올린 지안이 황제가 앉아 있는 상석에서 조심스럽게 내려왔다. 무릎을 모으고 자리에 앉던 지안은 느껴지는 시선에 고개를 돌렸다.

지안이 올린 차를 마시지 않은 채, 서안에 팔을 올린 황제가 그녀를 물끄러미 바라보았다. 그의 입꼬리가 올라가 보이는 것은 기분 탓일까? 무언가를 찾아냈다는 생각을 하기에는 그의 분위기가 무척이나 조용하였다.

"폐하. 무슨 좋은 일이라도 있으신 것입니까?"

언제나 침착한 목소리가 황제의 귀에 속삭이듯 나지막이 울렸다. 수많은 여인을 안고 원하는 쾌락을 즐겨도 황제의 공허는 좀처럼 사라지지 않았다.

하지만 지안과 같이 있는 이 순간만큼은 그를 괴롭히는 모든 것들에게서 평온하였다. 그래서 다른 이들과는 다르게 지안에게는 너그러울 수밖에 없었다.

"좋은 일이라…… 지금은 모르겠다만 앞으로 생길 것 같구나."

황제는 제 대답에 고개를 갸웃거리는 지안을 보고 또 봐도 질리지 않았다.

처음부터 그의 사람으로 데리고 왔던 존재. 사내로 잘못 생각해 다른 놈에게 여지를 주고 말았지만 어차피 남녀의 관계라는 것은 한번 잘라 내면 다시 연결되기 어려운 것이었다.

자리에서 일어난 황제가 지안의 앞으로 다가왔다.

그가 다가오자 지안은 본능적으로 경계의 눈빛을 보냈다.

"지안아."

제가 가까이 다가가는 것만으로도 긴장하는 그녀를 보며 황제의 입가가 살짝 굳었다. 단주에게는 어떤 표정으로 무슨 말을 속삭일까? 떠올리는 것만으로도 불쾌하고 화가 났다.

현원이라 부르던 그가 이름을 부르자 놀란 지안이 고개를 들었다.

왜 이제야 그녀가 여인이라는 것을 알게 되었을까?

"폐하."

그를 보는 맑은 눈과 하얀 피부, 겁에 질린 목소리조차 자신의 것이었다.

불안을 느낀 지안이 몸을 뒤로 빼려 하자 황제의 손이 그녀의 팔목을 잡았다. 속절없이 끌려오는 지안을 가두듯 그가 안은 팔에 힘을 주었다.

"폐하! 이러지 마십……."

"짐에게 숨기는 것이 있느냐?"

황제의 물음에 지안이 자신도 모르게 저항을 멈추었다.

"없습니다."

흔들림조차 없는 눈에 평온한 목소리가 거짓을 말하고 있었다. 다른 사람이라면 목을 베어 버렸을 일이었지만 지안은 달랐다. 품에 가둔 것이 여인임을 알게 된 순간 자신의 안에서 무언가가 완전히 변해 버린 것이 분명했다.

그렇기에 반드시 알아내야 할 것이 있었다.

단주와의 관계. 그리고 자신을 어떤 대상으로 보고 있는지 알아야 했다.

안겨 있는 지안의 입술을 황제가 손가락으로 쓸어내렸다. 그의 손길에 지안이 고개를 돌렸다.

"아직도 짐을 원망하느냐?"

시선을 외면하던 지안이 고개를 돌렸다. 지안의 눈을 바라보던 황제의 눈이 꿈틀댔다.

"소인이 어찌 폐하께 그런 감정을 가질 수 있단 말입니까?"

곧바로 사라지긴 했지만 지안이 황제에게 보인 감정은 분명 증오였다.

황제는 자신도 모르게 지안을 안고 있던 손에 힘을 풀었다. 품에서 벗어난 지안이 몇 걸음 뒤로 물러났다.

"연회 준비를 하셔야 할 시간이옵니다. 소인은 이만 퇴궁하여……."

"오늘 연회에 너도 참석하거라."

황제의 말에 지안의 눈이 다시 그를 향하였다.

"소인 따위가 어찌 폐하께서 여시는 연회에 들어갈 수 있겠습니까? 소인 그저 폐하께서 내려 주신 자리에서 폐하의 수발을 들 뿐이옵니다."

"태성 상단의 단주도 올 것이다. 그를 위해 직접 연 연회이나 황궁에 무지한 단주이니 네가 곁에 있는 것이 편하지 않겠느냐?"

무슨 의도가 있는 것은 아닐까? 하지만 아무리 기색을 살펴도 황제에게서 전과 달라진 점을 찾을 수 없었다. 거부는 일체 용납하지 않겠다는 황제의 행동에 지안이 고개를 숙였다.

고개를 숙인 지안을 보는 황제의 눈에 위험한 빛이 감돌았다.

❋ ❋ ❋

황궁의 내관과 궁녀들이 부지런히 발을 놀렸다.

태성 상단의 단주를 위한 연회는 황제의 명에 따라 여느 때보다도 크고 호화롭게 진행되었다. 모처럼의 연회에 참석한 이들의 웃음소리가 연회장을 가득 채웠다.

그들의 상석엔 느긋한 표정의 황제와 굳은 표정의 세령이 자리하고 있었다.

"무슨 생각이십니까?"

"황후는 무슨 말을 하는 것인가?"

잔에 담긴 술을 마시며 황제가 느긋이 물었다. 아무 일도 없다는 행동임에도 무언가를 숨기는 것 같은 기분에 세령이 눈을 모았다.

불안한 표정의 세령을 곁눈질하며 황제가 입꼬리를 올렸다.

"황후는 짐이 여는 연회를 좀 즐겨 보는 것이 어떤가?"

"폐하의 일방적인 연회에 소첩이 왜 맞장구를 쳐야 하는 것입니까?"

"그래야 그대와 짐이 가진 궁금증이 해결될 테니까."

"……."

"혹 짐만의 궁금증이던가?"

황제의 말에 세령의 얼굴이 창백해졌다. 그녀의 모습을 지켜보던 황제의 눈이 단주 옆의 지안에게로 향하였다. 눈을 마주치지는 않았지만 단주의 물음에 지안이 대답하는 식으로 대화하고 있었다.

상대방에게 특별한 감정을 내보이거나 표현하지는 않았지만, 둘을 보는 황제의 눈은 차갑게 가라앉았다. 지안은 단 한 번도 저런 신뢰의 눈으로 황제를 보지 않았었다.

"황후께서는 단주와 단둘이 이야기해 보고 싶지 않은가?"

"소첩이 어찌 외간 사내와……."

"이미 황태자와 똑같이 보고 있지 않은가? 증좌만 없을 뿐이지."

황제의 말에 세령이 숨을 삼켰다. 속마음을 꿰뚫어 보듯 그녀를 날카롭게 바라보던 황제가 재미있다는 미소를 지었다.

"황후. 짐 몰래 생각하는 것을 이루려면 눈치 있게 행동하는 편이 좋을 것이다."

서늘한 말에 세령이 회피하듯 고개를 돌렸다. 그런 세령을 비웃으며 보던 황제의 눈이 다시 지안을 향하였다.

한참을 바라보던 황제가 손을 올리자 뒤에 있던 내관이 가까이 다가왔다.

"짐이 준비시키라 한 것은?"

"전부 끝냈습니다."

"내시감의 눈은 적당히 돌려라. 그리고 슬슬 시작해라."

고개를 숙인 내관이 사라지고, 잠시 후 또 다른 내관 하나가 내시감을 끌고 사라졌다.

선제 때부터 내시감직을 맡던 노인이다. 일 처리가 깔끔하여 부리기 편했지만, 최근의 상황을 생각해 보면 마냥 믿을 수만은 없게 되어 버렸다.

'저 늙은이 또한 황태자에게 죄책감을 느끼고 있겠지.'

그리고 그 죄책감 때문에 황제를 배신할 수도 있었다.

아직 단주가 황태자라는 증좌는 없었다. 아니, 증좌 따위는 이제 필요 없었다. 죽었다고 생각했던 황태자가 나타난다면 다시 없애 버리면 되었다.

연회가 한창 무르익을 무렵, 단주가 자리를 떴다. 그리고 잠시 후, 내관에게 이야기를 들은 지안 또한 자리를 비웠다.

모든 준비가 끝나자 황제가 아래의 내관에게 눈짓을 보냈다.

연회장 곳곳에서 나타난 무희들이 입고 있는 옷만큼이나 화려한 춤을 추기 시작하였다. 대신들의 시선이 그녀들에게홀려 있는 사이, 상석의 황제가 연회장에서 홀연히 사라졌다.

❀ ❀ ❀

제하가 나간 후, 얼마의 시간이 흐르지 않아 내관이 그녀에게 다가왔다. 단주가 전해 드리라며 건넨 쪽지에는 장소가 적혀 있었다. 황제와 주변을 살피니 모두 연회에 빠져 있느라 그녀에게는 관심도 없었다.

눈치를 보던 지안은 조용히 자리에서 일어나 연회장을 빠져나왔다. 쪽지를 건네준 내관은 제하의 사람인 듯 연회장에서 나와서도 그녀의 곁에서 길을 안내하였다.

"이곳입니다. 현원."

불빛이라고는 하나도 없는 거대한 궁 앞에서 내관이 걸음을 멈추었다.

"여기는 어디인가?"

"종종 황태자 전하께서 머무시던 곳입니다. 사람의 눈을 피하기 좋은 곳에서 대화하고 싶다고 하셨습니다."

내관의 말에 지안이 고개를 갸웃거렸다. 종종 황궁에서 지안에게 감정을 표현하기는 했지만 이런 곳으로 불러내기는 처음이었다. 고민하던 지안이 고개를 돌려 안내한 내관을 쳐다보았다.

그녀의 시선에도 내관의 표정은 하나도 바뀌지 않았다.

왠지 모를 불안이 엄습해 왔다. 하지만 제하가 부르는데 안 갈 수도 없는 노릇이었다.

"이만 가 보아라."

말을 끝낸 지안이 안으로 한 발짝 걸음을 옮겼다. 달빛에 희미하게 보이기는 했지만 짙은 어둠이 내려앉은 궁은 걷기가 쉽지 않았다. 희미한 빛에 의존하여 지안이 천천히 걸음을 옮겼다.

"제하. 어디 있습니까?"

황궁 안이었기에 지안의 목소리는 여전히 사내인 상태였다. 연신 경계하며 주변을 둘러보았지만 어떤 기척도 느껴지지 않았다.

도대체 어디에 있는 것인지 궁 안 깊숙이 들어왔어도 좀처럼 그의 기척이 들리지 않자 지안이 걸음을 멈추었다.

'이대로 더 들어가야 하는 것인가?'

황제가 만든 함정일지도 모른다. 하지만 그렇다고 속단하기에는 안에서 느껴지는 기척이 희미하였다. 제자리에서 고민하던 지안은 결국 몸을 돌렸다.

그 순간, 누군가의 손이 지안을 붙잡아 벽에 붙였다.

"아!"

갑자기 잡아당기는 힘에 놀란 지안에게서 짧은 비명이 흘러나왔지만, 작게 벌어진 입을 덮치는 더운 기운에 말문이 막혀 버렸다.

어두운 궁 안, 보이는 것은 사내의 윤곽뿐이었지만, 여인인 지안에게 이럴 수 있는 사람은 제하뿐이었다. 더군다나 희미한 연초향은 언제나 맡아 오던 그의 향이었다.

"자, 잠시만…… 흡."

무슨 일이 있었는지 그는 거칠고 광포했다. 그녀를 통째로 삼켜 버릴 기세로 혀를 휘감아 입에서 흘러나오는 타액을 빨아들였다. 목이 마른 사람이 차가운 물을 들이켜는 것처럼 지안의 허리를 팔로 감은 채 오랫동안 입을 맞추었다.

그의 열기에 입안이 덥다 못해 뜨거웠다. 길지 않은 시간이었지만 그에게 닿은 입안이 모두 부어오르는 기분이었다.

"제……하."

사내로 가리고 있던 목소리가 자신도 모르게 풀어졌다. 거친 그가 버겁기는 했지만 다른 사람도 아닌 제하였기에 힘겹게 버텨 냈다. 거듭된 입맞춤으로 붉게 달아오른 입술을 깊게 빨아들인 그가 그제야 입술을 뗐다.

"하아. 하아."

열기에 가득 찬 숨을 길게 내쉰 그가 지안의 어깨에 머리를 기댔다. 물끄러미 그를 바라보던 지안의 손이 뜨거운 뺨을 감쌌다. 지안의 손길에 그의 몸에 힘이 들어간 것도 잠시, 굵은 팔이 그녀를 더욱 자신의 몸에 밀착시켰다.

"무슨 일이 있었어요?"

"……."

"혹 황제가 나에 대해 뭐라고 말한 건가요?"

황제라는 단어에 사내의 몸이 순간 움찔댔다. 하지만 그것도 잠시, 여인의 어깨에 얼굴을 묻으며 그가 고개를 저었다. 빛을 등지고 있는 터라 사내의 얼굴은 보이지 않았다.

연회장을 나간 짧은 사이, 무슨 일이 벌어졌는지 알 수 없었지만 그에게서 깊은 피로가 느껴졌다. 조용히 응시하던 지안의 팔이 그를 감쌌다.

"무슨 일이 있었는지는 모르지만 내가 짊어진 짐까지 모두 감싸려 하지 마요. 황제의 일은…… 내가 감당해야 할 일이에요."

지안의 위로에 품에 안겨 있던 그가 고개를 들었다. 얼굴은 보이지 않았지만 어떤 표정일지 눈에 선하였다. 얌전히 안겨 있는 그의 등을 지안이 천천히 쓸어내렸다.

"무리하지 마요."

이곳에 짙게 가라앉은 어둠 때문일 것이다. 어쩌면 그녀의 위로에 아무 말도 하지 않는 그가 미치도록 신경 쓰이기 때문일지도 모르는 일이었다.

"당신까지 잘못되면 난 더는 못 버틸 거예요."

제하가 아니면 여기까지 오지 못했다. 언제부터였는지는 알 수 없다. 황제를 죽이고 싶다는 생각보다도, 살고 싶다는 욕심보다도 이 사람만큼은 다치지 않았으면 하는 바람이 더 커져 갔다.

짙은 어둠 속에서 지안의 손이 그의 얼굴을 부드럽게 보듬었다. 지안의 손길을 느끼던 그가 그녀의 뺨을 감싼 채 입술을 맞추었다.

하지만 그 순간 지안의 몸이 딱딱하게 굳었다.

지안의 반응을 아는지 모르는지 턱을 붙잡은 앞의 사내는 부어오른 입술을 혀로 쓸어 가며 정신없이 그녀의 입술을 탐하고 있었다.

지안이 기억하는 제하의 손은 굳은살이 박여 있는 거친 손이었다.

'제하가 아니다!'

놀란 지안이 있는 힘껏 그를 밀어냈다.

애써 외면하던 불안이 순식간에 그녀를 휘감았다. 바닥에 쓰러진 사내가 다시 손을 뻗었지만 다가오는 손을 지안이 반대로 꺾어 버렸다.

"윽!"

익숙한 신음이 귓전에 생생히 들려왔다. 어둠 속을 빠져나가는 지안의 눈동자가 사시나무처럼 떨렸다.

"제하가…… 아니야."

심장이 쿵쾅댔다. 자신 때문에 전부 들켜 버렸다.

이 순간 머릿속을 채운 것은 제하였다. 자신은 어떻게 되든 상관없었다.

제하만 지킬 수 있다면! 제하만큼은 황궁을 나가게 해야 했다.

어두운 궁을 나오자 흑의를 입은 사내들이 그녀를 에워쌌다.

"비켜!"

앞을 막는 사내의 팔목을 후려쳐 검을 빼앗은 지안이 보지도 않고 옆으로 휘둘렀다. 그녀에게 다가오던 사내의 몸에서 피가 뿜어져 나오고, 동시에 검을 빼앗은 사내의 어깨를 지안이 찔렀다.

검을 든 손이 떨렸다.

흑의의 사내들이 지안에게 다가가려 했지만, 그녀의 저항은 격렬하다 못해 처절했다. 사내들을 상대로 검을 휘두르던 지안이 뒤에 다가온 기척을 느끼고 검을 휘둘렀다.

챙!

살이 베이는 소리 대신 검과 검이 마주치는 소리가 울렸다. 자신의 검을 막은 이를 보는 지안의 눈에 절망이 깃들었다.

"황제."

지안의 모습에 황제의 입가에 미소가 감돌았다. 이를 악문 지안이 검을 휘둘렀다. 그녀는 흑관 네 명을 상대로 한 치의 밀림도 없이 싸워 냈다. 사내로도 여인으로도 참으로 탐이 났다. 이제 그녀가 도망갈 곳은 어디에도 없었다.

"이제야 잡았구나."

황제의 비웃음에 지안이 검의 방향을 바꾸었다. 연이어 들어오는 공격을 막아 내던 황제는 무슨 생각에서인지 지안의 공격을 빗겨 내기만 할 뿐 피하지 않았다.

지안의 검이 황제의 목을 스쳤다. 검에 베인 상처에서 피가 나오는 동시에 황제의 손이 지안의 혈을 찔렀다. 검을 놓친 지안이 힘없이 황제의 품에 안겼다.

포박하려 다가오는 흑관을 뒤로 물린 황제가 지안을 안아 들었다.

혈을 찔려 움직이지 못하는 지안의 눈이 황제를 노려보고 있었다. 지안의 눈에 그렁그렁 맺혀 있는 눈물에 황제가 입술을 갖다 댔다.

그의 감촉이 끔찍했지만 몸이 움직이지 않았다.

"이제야 오롯이 내 것으로 있게 되었구나."

"……."

분해하는 지안을 보던 황제가 대기하고 있는 흑관에게 말하였다.

"단주는?"

"갑자기 사라진 터라…… 추적 중입니다."

"죽여서는 안 된다. 반드시 사로잡아라."

고개를 숙인 흑관의 절반이 사라지고, 황제가 지안을 안아 든 팔에 힘을 주었다. 움직이지 못하는 지안은 황제가 이끄는 대로 향할 수밖에 없었다.

이제야 자신의 품에 들어왔다.

누구도 황제인 그에게서 지안을 데려갈 수 없었다.

지안을 안은 황제가 걸음을 옮기자 나머지 흑관들이 뒤를 따랐다.

❀ ❀ ❀

"황제가 시킨 일이란 말이냐?"

제하의 서늘한 물음에 잡혀 있던 내관이 힘없이 고개를 끄덕였다. 사도가 은밀히 찾는다는 쪽지에 연회장을 나왔지만, 내관을 따라갈수록 알 수 없는 이질감이 들었다. 종종 사도를 황궁에서 은밀히 만났으나 사도의 성격답게 쪽지를 보내기보다는 직접 찾아오는 식이었다.

묘한 기분에 내관을 따라가던 제하가 먼저 손을 썼다.

"그곳으로 단주를 데리고 가면 된다 하여…… 사, 살려 주십시…… 윽."

살려 달라는 내관의 복부를 차 기절시킨 제하가 바닥에 그를 내려놓았다. 입꼬리에 불쾌한 미소가 감돌았다.

조만간 황제가 자신의 존재를 알아차릴 것이라 생각했다. 견제받는 황자에서 황제까지 된 기하였다.

"확신이 있었다면 내 목을 직접 베었을 것이다."

하지만 대신들 앞에서 목을 베는 대신 인적이 드문 곳으로 제하를 끌어내려 하였다. 바쁘게 머리를 굴리던 제하의 몸이 경직되었다.

"폐하가 노리는 사람은 전하가 아니에요. 현원이죠."

뒤에서 들리는 목소리에 제하가 몸을 돌렸다. 언제부터 있었던 것인지 세령의 모습에 그는 고개를 숙였다.

"황후마마."

"그런 호칭으로 부르지 마세요."

"어찌 소인 따위가 마마를 다른 이름으로 부를 수 있단 말입니까."

"세령아. 언제나 세령이라 불러 주셨잖아요."

세령이라는 말에 몸을 숙였던 제하가 고개를 들었다. 세령의 눈에 가득 고여 있는 눈물이 금방이라도 떨어질 듯 가득하였다. 세령과는 반대로 그녀를 보는 제하의 눈은 차가웠다.

그녀의 눈물에 입을 여는 대신 제하가 몸을 숙였다.

"그저 얼굴이 같다고 착각하시면 아니 됩니다. 황후마마. 이러시면……."

말하던 제하의 뺨에 세령의 손이 닿았다. 쓸어내리듯 뺨을 어루만지는 손길에 제하의 눈이 차갑게 굳었다. 숙였던 고개를 든 제하의 손이 세령의 손을 쳐 냈다.

제하의 살기가 세령의 몸을 속박하였다. 숨조차 내쉬기 어려운 분위기였지만 세령은 제하의 분노를 모두 감당했다.

"아직도 전하께서 소첩에게 해 주셨던 모든 걸 기억해요."

세령의 말에 제하의 안에 있던 인내가 뚝 끊겼다. 피해자인 것처럼 행동하는 그녀가 역겨웠다.

"기억한들 달라지는 것은 아무것도 없지."

"그날 일은 어쩔 수 없었어요! 폐하와 아버지가…… 아시잖아요! 그때의 전 선택권이 없었어요."

"지금은 있던가?"

그의 물음에 세령의 눈이 어두워졌다. 그녀의 모습을 보며 제하가 비틀린 미소를 지었다.

그녀는 죄를 저지른 죄인이지 피해를 입은 사람이 아니었다. 이제 와서 자신은 억울하다며 백날 말해 봤자 그의 귀에 들어올 리가 없었다.

세령이 굳은 표정으로 제하를 바라보았다.

"지금 전하를 폐하에게서 피하시게 도와드릴 수 있어요."

제하의 미간이 꿈틀댔다. 비로소 그가 관심을 가지자 세령이 긴 숨을 내쉬었다.

이미 현원의 상황은 마무리되었을 것이다. 원하는 것이 있으면 곧바로 취하는 황제이니 현원이 여인이든 아니든 이미 황제의 손아귀에 있을 것이다.

"폐하가 모든 걸 알았어요. 현원은 이미 폐하에게 잡혔을 거예요. 그에게 욕망을 가진 폐하이시니 현원은 살 수 있겠지만 전하는 아니에요. 지금이라도 피하셔야 합니다. 소첩이 도와드리겠어요."

"……."

"전하! 제발! 지금 나가셔야 해요. 현원에게 황제의 관심이 가 있는 지금이 절호의 기회예요."

"네가 나의 상황이었다면, 날 미끼로 두고 도망갔겠군."

제하의 냉소에 세령의 눈이 커졌다.

그의 눈이 세령의 너머 궁으로 향하였다. 세령에게서 얻을 수 있는 정보는 모두 얻었다.

지안이 황제의 품에 있다. 그 사실만이 제하의 머릿속을 가득 채웠다.

세령의 말대로 황궁을 빠져나가려면 지금이 기회일지 모른다. 황궁을 나간 후, 곧바로 일을 진행하면 언젠가는 다시 때가 올 것이다.

“이제 참는 건 지긋지긋해.”

나지막이 나오는 말에서 느껴지는 살기에 세령이 한 걸음 뒤로 물러났다.

공포로 가득 찬 시선이 제하를 바라보고 있었지만 그는 그걸 느낄 겨를조차 없었다. 황제의 꿈을 꾸는 것만으로도 무서워하는 지안이다. 그런 그녀가 지금 황제에게 있었다.

“내가 아는 그녀는 도망치는 대신 반항했겠지. 나한테 알려야 한다면서 말이야.”

제하는 현원을, 분명 그녀라고 말하였다.

막연히 의심했던 일이 사실이었다. 황제가 열망하는 현원은 여인이다.

알 수 없는 기분이 세령을 휘감았다. 현원이 여인이라면 마음껏 품에 안겠다고 한 황제였다. 이제 억지로 황제에게 안기지 않아도 된다. 현원을 마음에 들어 하는 황제이니 황후인 자신을 밀어내고 지안을 거기에 앉힐지도 모른다.

그렇게 되면 다시 제하에게 돌아갈 수 있는 길이 열릴 수도 있었다.

그런데도 불쾌하고 화가 났다.

“현원을…… 그녀를 마음에 두고 계신 건가요?”

세령의 물음에 제하가 입꼬리를 올렸다. 세령의 옆, 비어 있는 공간을 보며 입을 열었다.

“나와라.”

제하의 말이 끝나기 무섭게 세 명의 인영이 모습을 드러냈다. 둘밖에 없을 것이라 생각했던 세령은 갑자기 나타난 인영에 짧게 비명을 질렀다. 세령을 외면한 제하가 무릎을 꿇은 인영을 향해 말했다.

"채훈에게 가라. 연회장에 오기 전에 내가 지시한 것을 시작하라고 해."

"네."

"나와 지안이 잘못되면 똑같이 잘못될 것이라 전해라. 그리고 나머지 둘은 황제의 곁에 붙어서 지안이 어디 있는지 알아내라."

"네!"

대답을 마친 인영이 사라지고, 제하가 몸을 돌려 세령을 바라보았다.

복잡한 눈의 그녀를 바라보던 제하가 한쪽 입꼬리를 올렸다.

"이제야 얻은 내 여인을 그 망할 기하에게 줄 수 없지."

"전하?"

불길한 기분에 제하를 불렀지만 이미 그의 관심은 세령에게서 벗어난 뒤였다. 달빛 아래 가장 밝은 곳으로 나온 제하가 목소리를 높였다.

"태성 상단의 단주가 여기 있다!"

제하의 목소리가 밤하늘을 가득 울렸다. 고함에 달려온 병사들이 그를 포위하였다.

그들을 바라보며 제하가 고개를 들었다.

"가짜 황제를 두려워할 이유는 없다."

가짜라는 말에 병사들이 고개를 갸웃했다. 어리둥절해하는 병사를 향해 제하가 포박하라는 듯 팔을 내밀었다.

태성 상단의 제하가 황제의 명으로 금옥에 갇히었다.

❀ ❀ ❀

길게 뻗은 복도로 황제가 걸어가자 대기하던 내관과 궁녀가 고개를 숙였다. 복도의 끝, 두툼한 사슬과 자물쇠로 단단히 묶여 있는 방에 도착하였다.

"열어라."

황제의 명에 내관들의 손이 부지런히 움직였다. 자물쇠와 사슬이 풀리고, 굳게 닫혀 있던 문이 열리자 황제가 거침없이 안으로 들어갔다. 침상에 앉아 있는 여인의 모습에 황제의 눈이 부드러워졌다.

얇은 자리옷에 한쪽 어깨로 늘어뜨린 머리카락은 언제나 보아 오던 모습과 달랐다.

스치듯 떠올리던 모습과 실제로 보는 모습은 무척이나 달랐지만, 그럼에도 눈을 뗄 수 없었다.

"전부 나가라."

황제의 명령에 수발을 들던 시종들이 조용한 걸음으로 방 밖을 나갔다. 부산히 움직이는 시종들의 움직임에도 그녀는 눈 하나 깜빡하지 않았다. 곁으로 다가온 황제가 그녀가 보던 창을 막으며 앞에 섰다.

시야를 가리게 되자 고개를 올려 황제를 보는 대신 그녀가 눈을 감았다. 전과 다른 모습에 시선을 빼앗긴 것과는 달리, 전과는 다른 행동에 황제의 눈이 차가워졌다. 몸을 굽힌 황제가 눈을 감은 지안과 높이를 맞췄다.

"짐을 봐라."

"……."

"단주에게서는 언제나 연초향이 흘러나왔지. 연초를 피우지는 않지만 그렇게 해야 네가 짐을 그 단주라 생각하지 않겠느냐?"

사내의 껍질을 두르고 있을 때는 그의 말에 그 어떤 거부도 하지 않았었다. 하지만 본모습을 보인 지안은 황제조차 혀를 내두를 정도로 상당한 고집을 드러내었다.

그런 지안의 모습에 과거의 누군가가 겹쳐 보였다.

"성격은 네 아비와 똑같구나."

아비라는 말에 감았던 지안의 눈이 떠졌다.

그를 거부하는 지안의 관심을 끌 수 있는 것은 그녀의 부모와 단주의 이야기를 할 때뿐이었다. 하나는 황제가 자신의 손으로 죽인 것이었고, 나머지 하나는 조만간 황제가 목을 거두어야 할 이였다.

지안의 눈을 물끄러미 바라보던 황제가 그녀의 무릎에 얼굴을 묻었다. 지안이 몸을 피하려 했지만, 그녀의 행동을 미리 안 황제가 움직이지 못하도록 손을 잡았다.

황제의 얼굴이 다리에 닿자 지안의 몸이 떨렸다.

그녀의 반응 따위 상관없다는 듯 얇은 자리옷 너머로 맡아지는 살 내음을 황제가 깊게 들이마셨다.

"네 아비에게 몇 번이고 기회를 주었었다. 짐의 사람만 되면 원하는 모든 것을 주겠다는 약조를 했었지. 그런데도 그는 짐이 아니라 무능한 황태자를 선택했다. 승상보다 그에게 먼저 기회를 주었는데도 말이다."

"……."

"그래서 죽였다. 짐의 것이 되지 않는다면 결국 짐을 위협하는 존재가 될 테니까. 네 아비를 죽임으로써 짐은 견제받는 황자가 아니라 원하국의 황제가 되었다. 네 아비의 죽음은 지금까지 죽인 이들 중에 가장 가치가 있었다."

황제의 말이 계속될수록 지안의 얼굴이 차가워졌다. 황제가 힘으로 붙잡고 있던 손을 지안이 억지로 떼어 냈다. 벗어나려는 지안을 보던 황제의 눈이 어둡게 가라앉았다.

밀어내려는 지안의 손을 붙잡은 황제가 다른 팔로 허리를 감았다. 굵은 팔에 감기는 여린 몸체에 몸이 달아올랐다.

"짐을 거부하지 마라."

황제의 말에도 지안은 온몸으로 그를 밀어내고 있었다. 지안의 저항을 보다 못한 황제가 그녀를 안아 침상에 눕혔다. 지안의 몸 위로 올라탄 황제가 그녀의 양손을 잡고 머리 위로 올렸다.

황제의 행동이 무엇을 의미하는지 깨달은 지안의 얼굴이 창백해졌다.

고개를 돌리는 지안의 턱을 붙잡은 황제가 마른 입술에 입을 맞추었다. 턱을 잡은 손에 힘을 주자 굳게 다물었던 입술이 억지로 열렸다.

"싫어!"

거침없이 휘감는 황제의 혀에 지안이 비명을 질렀다. 하얗게 질린 얼굴에 온몸으로 밀어내는 행동은 발악에 가까웠다. 지안의 반항에도 오랫동안 그녀의 입술을 탐하던 황제의 손이 묶여 있는 자리옷의 고름으로 향하였다.

가벼운 손짓 하나에 묶여 있는 고름이 끊어지자 풀어진 저고리에 단단히 감춰져 있던 하얗고 보드라운 살이 피부에 닿았다.

"흐읍."

반쯤 모습을 드러낸 가슴 위로 황제의 손이 닿자 지안이 숨을 삼켰다. 질리도록 여인을 품에 안았던 황제였지만 지금만큼은 그조차 처음 느껴 보는 기분이었다. 열기에 붉게 달아오른 입술에서 입을 뗀 황제의 얼굴이 점점 아래로 내려갔다.

녹아들듯 여린 속살도, 가쁘게 내쉬는 숨소리도 좋았다. 색에 젖어 든 요염한 여인의 교성은 아니었지만, 사내를 모르는 여인의 당혹스러운 모습도 색다른 눈요기였다.

하얀 피부에 깊게 숨을 들이마시니 달콤한 향이 밀려왔다. 몸이 달아오르는 황제와는 달리 시간이 지날수록 지안의 눈은 사시나무처럼 떨리기 시작했다.

"하지 마!"

고개를 돌려 외면한 지안에게서 처절한 거부가 흘러나왔다. 하지만 이미 그녀를 향한 욕망에 눈이 먼 황제에게는 그녀의 거부를 받아 줄 이성 따위 남아 있지 않았다.

"가만히 있어라."

"싫어! 하지 마!"

미끄러지듯 하얀 곡선을 그려 내는 어깨에 입술을 묻자 옷 너머로 맡아지던 살 내음이 한층 강해졌다. 양손이 그에게 잡혀 있는 상황 속에서도 지안의 반항은 계속되었다.

이성을 놓아 버릴 정도로 그녀는 매혹적이었지만, 그를 거부하며 반항하는 모습은 눈에 거슬렸다. 눈조차 마주치지 않는 지안을 보는 황제의 눈에 분노가 스미었다.

황제에게 현원과 지안은 똑같은 존재였다. 현원이 황제를 거부하지 않았던 것처럼, 지안도 그를 거절해서는 안 되는 것이었다.

황제는 몸부림치는 지안을 억지로 일으켜 침상에 앉혔다. 어깨 아래까지 흘러내린 저고리를 추스르며 그녀가 황제를 노려보았다.

"너에게 느끼는 것이 그저 욕정이었다면 이런 곳에 널 가두지도, 짐을 보라며 인내하지도 않았다."

"내 몸에 손대지 마. 가까이 오지 마!"

"송지안!"

황제의 일갈에 그를 밀어내던 지안이 그와 시선을 맞추었다. 그 순간 황제의 눈이 커졌다.

황제를 증오하는 것도, 미워하는 눈도 아니었다.

그를 보는 지안에 눈에 깃들어져 있는 감정은 공포였다.

마음속 깊이 숨겨 놓았던 감정이 무너져 내렸다. 자신도 모르게 손에서 힘이 빠져나갔다.

황제를 밀어낸 지안이 벽으로 몸을 붙였다.

"짐이 무서운 것이냐?"

여인에게서 이런 기분을 느낄 것이라고는 생각하지 못했다. 황제에게 여인은 품에 안아 욕망을 채우면 그만인 존재였다. 그의 품에 지안이 들어온다면, 질리도록 안아 욕망을 충족시키면 지금의 갈증이 해결될 것이라 생각했다.

몸 안을 휘감던 욕망이 공포에 질린 지안의 눈을 보는 순간 싸늘하게 식어 내렸다.

지안을 만지려 했지만 그러한 행동조차 지안이 그의 손을 쳐 내면서 무산되었다.

눈에 보일 정도로 지안은 황제를 보며 떨고 있었다. 그녀의 그런 모습을 처음 본 황제는 진심으로 당황하였다.

"현원."

"저리 가! 가까이 오지 마."

"짐이 원하는 것은 네 목숨이 아니라 너 그 자체다. 짐을 겁낼 필요 따위 없단 말이다."

다독이는 말에도 지안의 표정은 바뀌지 않았다. 어떻게든 곁에서 벗어나려는 몸부림이 처절하다 못해 애처로웠다. 황제를 밀어내는 지안이 혼잣말로 작게 중얼거렸다.

누군가를 부르듯 작게 속삭이는 목소리에 황제가 조용히 귀를 기울였다.

"……제하."

연이어 들려오는 이름에 황제의 피가 싸늘히 식어 내렸다. 믿고 싶지 않은 상황에 지안의 어깨를 붙잡았다.

"왜…… 왜!"

연거푸 제하를 찾는 지안의 모습에 남아 있던 이성이 무너져 내렸다.

도망가려는 지안을 침상에 거칠게 눕힌 황제가 강제로 그녀와 눈을 맞추었다.

"짐이 사과하면…… 너에게 저지른 일 따위, 그 대수롭지 않은 일에 대해 사과라도 한다면 그 빌어먹을 이름을 찾지 않을 것이냐?"

황제의 외침에도 지안은 철저히 그를 외면하였다. 휘둘린 채 짓밟히고 있으면서도, 하지 말라며 온몸으로 밀어내도 지안의 눈은 철저히 황제를 부정하고 있었다.

"제하…… 어디 있어요?"

지안의 입에서 나오는 말 한마디, 한마디가 황제에게 깊은 상처를 만들어 냈다.

이대로는 지안에게서 아무것도 얻을 수 없다.

지금의 기분이 정확히 무엇인지는 그도 알 수 없었다. 하지만 그의 곁에서 제하를 찾는 지안을 안고 싶은 마음 따위 들지 않았다.

그 순간, 굳게 닫힌 방 밖에서 내관의 떨리는 목소리가 들려왔다.

"폐, 폐하. 승상께서 폐하를 뵙고자 하십니다."

품에 가둔 지안이 가는 팔로 눈을 가렸다. 몸을 떠는 지안을 보던 황제가 힘없이 침상에서 일어났다. 한동안 지안을 바라보던 그는 거칠게 방 밖으로 걸음을 옮겼다.

사슬과 자물쇠가 걸리는 소리가 들려오고, 소란스러웠던

방 안에 깊은 정적이 휩싸였다.

한참의 시간이 흐른 후 지안의 눈에 미세한 초점이 돌아왔다. 떨리는 몸을 억지로 추스르며 지안이 힘겹게 몸을 일으켰다.

흥건히 맺힌 땀이 지친 얼굴을 타고 흘러내렸다. 좀처럼 가라앉지 않는 몸이 그녀의 의지와는 다르게 계속 떨렸다.

꿈을 꾸지도 않았건만, 황제의 촉감을 몸으로 직접 느끼는 것만으로도 지독한 공포가 그녀를 휘감았다. 다행히 오늘은 넘어갈 수 있었지만 언제 그에게 억지로 안겨 죽임을 당할지 알 수 없었다.

황제의 모습이 떠오르자 지안이 손으로 입을 틀어막았다. 치밀어 오르는 토악질을 억지로 참으며 눈을 질끈 감았다.

"커억."

간신히 속을 진정시킨 그녀는 힘없이 고개를 들었다. 떠는 몸을 억지로 진정시키며 힘겹게 숨을 토해 냈다.

"여기서 나가야……."

말을 꺼내는 지안의 눈이 어둡게 가라앉았다. 떨림이 가시지 않는 손을 움켜잡아 있는 힘껏 입술을 깨물었다.

가는 피가 입술을 타고 내리자 그제야 온몸을 감싸던 공포에서 약간이나마 벗어날 수 있었다. 무너지려는 정신을 억지로 추스르며 지안이 힘껏 주먹을 쥐었다.

❀ ❀ ❀

집무실에서 초조히 기다리던 남훈은 황제의 방문에 앉아 있던 자리에서 벌떡 일어났다. 사색인 남훈의 얼굴에 황제의 미간이 작게 꿈틀댔다.

"무슨 일인가?"

"현원을 품에 안으셨습니까?"

남훈의 목소리에서 미세한 떨림이 느껴졌다. 어떤 어려운 상황 속에서도 느긋했던 남훈이 당혹스러운 모습을 보이자 황제가 기색을 살피듯 눈을 좁혔다.

"여인을 품에 안았는지 승상에게 말해야 하는가?"

"태성 상단에서 거래하던 모든 귀족들이 서한을 보내왔습니다. 단주와 현원을 건드리면 상단도 가만히 있지 않겠다는 내용이었습니다."

"가만히 있지 않겠다? 그깟 상단이 무엇을 해 보겠다는 것인가?"

"사흘 안으로 단주와 현원을 온전히 풀어 주지 않으면 지금까지 상단에서 이루어진 거래를 모두 밝히겠다고 하였습니다."

남훈의 말에 황제의 몸이 딱딱하게 굳었다. 황제가 자리에 앉자 반대편에 남훈이 자리하였다. 서둘러 말해 보라는 황제의 재촉에 남훈이 당혹스러운 표정으로 무겁운 입을 열었다.

"언제부터의 내역인지는 알 수 없지만, 그걸 공개한다는 선언만으로 대신들은 허둥대고 있습니다. 상황이 좋지 않습니다. 최소한으로 잡아도 태성 상단은 황궁은 물론 원하국 유통의 칠 할을 차지하고 있는 대상단입니다."

"그래서 겨우 장사치의 협박에 짐이 양보를 해야 한단 말인가?"

"단순한 장사치가 아니지 않습니까!"

답답하다는 듯 남훈이 목소리를 높이자 황제가 살기를 담아 노려보았다. 황제의 눈빛에 남훈이 하던 말을 억지로 삼켰다. 황제의 기세에 위축되기는 했지만 이번에는 물러날 생각이 없는 듯 남훈이 무거운 숨을 내쉬었다.

"소인, 폐하의 심기를 거스르는 말씀을 어찌 올리겠습니까? 하지만 선제와 황태자를 밀어낼 때부터 폐하와 전 한배를 탔습니다. 만약 태성 상단의 단주가……."

"만약이 아니라 사실일 것이다. 어떻게 살아남았는지는 모르지만 놈이 휘령일 것이다."

"폐하. 아직 증좌가……."

"'가짜 황제를 두려워할 이유는 없다'. 병사들에게 잡힌 그가 이런 말을 했다고 하지. 옥새가 없다는 사실을 알고 있는 건 그대와 짐, 그리고 옥새를 가져간 휘령뿐이겠지."

황제의 말에 남훈의 눈이 커졌다. 남훈을 보던 황제가 의자에 몸을 기댔다.

숨바꼭질했던 과거와는 다르게 진실이 밝혀지는 것은 순간이었다.

지안은 자신의 손에 밝혀졌고, 휘령은 스스로 밝혔다.

아직 모든 대신들이 아는 것은 아니었지만, 지금 분위기라면 사실이 퍼지는 것은 순식간이다.

"짐이 가진 옥새가 가짜라는 것을 휘령이 증명한다면 이 자리가 위험해지겠군."

"그전에 손을 써야지요."

"잘못 손을 쓰면 상단에서 움직이겠지. 칠 할이라는 소리는 그대도 포함되어 있다는 것이 아닌가? 승상."

황제의 질문에 남훈이 입술을 깨물었다. 부단주를 믿고 일을 맡긴 것이 화근이었다. 지금까지 그의 곳간을 풍족하게 채워 줬던 상단이 이를 드러냈다. 나쁘다 못해 최악의 상황이었다.

"폐하와 소인이 대신들 몰래 토국과 거래한 장부가 있을 것입니다."

원하국에 풍부하게 있는 자원 중 단연 으뜸은 금이었다. 만금의 가치가 있다 하는 원하국의 금을 주변 나라에서 호시탐탐 노렸다. 하지만 욕심을 부리면 고갈되는 것 또한 광물, 법으로 나라 외의 금 반출을 철저히 금지하였다.

그랬던 것을 어긴 사람이 황제와 남훈이었다. 일 년에 세 번, 바다가 없는 원하국에서 천금으로 팔리는 것이 바로 토국의 소금이었다. 토국과의 교역으로 황제와 남훈은 대신들을 지배할 자금을 마련하였다.

그리고 그 둘을 연결하는 상단이 바로 태성이었다.

태성 상단에서 꺼내 든 패는 황제는 물론 대신들의 목줄을 움켜쥐고 흔들 만큼 막강한 것이었다. 간신히 지안을 손아귀에 넣고 제하를 잡았건만, 상황은 마냥 황제에게 유쾌하게만 흘러가지 않았다.

"분명 시신을 땅에 묻었었는데 말이다."

"상단에서 요구하는 것은 하나입니다. 단주와 현원을 풀어 달라는 것. 그것만 들어준다면 움직이지 않을 것이라 했습니다."

"만약 요구하는 것이 그것뿐이었다면 휘령은 본인이 황태자라는 것을 밝히지 않았겠지."

황제의 말에 남훈의 눈에 힘이 들어갔다. 그럴 리가 없다는 남훈의 시선과는 달리 황제의 눈은 확신에 차 있었다. 지안에게 거부당한 마음이 여전히 쓰렸다. 애써 감추려 해도 사라지지 않는 씁쓸함이 채 가시기도 전에 제하에게 느끼는 불쾌감이 황제를 휘감았다.

"짐이 움직일 것을 생각하고 있었다. 그걸 알면서도 놈은 가만히 있었어. 모든 이에게 휘령이라 말하지 않았어도, 확실히 짐과 그대에게는 본인이 휘령이라는 것을 알렸다."

"폐하의 목적은 단주가 아니라 현원이 아니었습니까?"

남훈의 물음에도 황제는 말없이 의자의 팔걸이를 손가락으로 톡톡 칠 뿐이었다. 그의 행동에 남훈 또한 머리를 굴렸다.

현원이 여인이고, 송정기의 막내딸이라는 것을 알게 되었다.

그런데 왜 단주가 위험을 무릅쓰고 자신의 존재를 알렸는지는 알 수 없었다.

부지런히 머리를 굴리던 남훈은 뇌리를 스친 생각에 황제를 바라보았다.

"폐하. 혹 휘령과 현원이?"

"자신이 휘령이라는 것을 밝히고 싶지 않으면 현원을 완전히 포기하라는 소리겠지."

남훈의 질문을 자르며 황제의 눈에 지금까지와는 다른 살기가 맺혔다. 보는 것만으로도 숨이 막히는 서슬 퍼런 기운에 남훈이 몸을 움찔댔다.

황제를 따라 남훈이 일어났지만, 그의 눈에 남훈은 더 이상 보이지 않았다.

"최대한 대신들을 막아라."

"폐하! 기한이 얼마 남지 않았습니다. 서둘러 결단을 내리셔야 하옵니다."

"이대로 짐의 손에 들어온 패를 힘없이 놓지 않을 것이다. 그리고 본인이 휘령이라는 것을 밝힌 이상 그에 맞는 대우를 해 줘야 함이 옳지 않은가?"

말을 끝낸 황제의 입가에 잔인한 미소가 감돌았다.

이제야 자신의 손에 들어온 지안도, 금옥에 갇혀 있는 휘령도 절대 놓치지 않을 것이다.

구 년 전에도 했던 일을 또 하지 못하리란 법은 없었다.

유달리 밤이 길게 느껴졌다.

황제의 걸음이 금옥으로 향하였다.

❀ ❀ ❀

금옥에 갇혀 있던 제하가 멀리서 들려오는 발걸음 소리에 감고 있던 눈을 떴다. 거침없는 걸음걸이와 그를 뒤따르는 부산한 걸음들, 굳이 누구인지 고민하지 않아도 알 수 있는 존재에 제하의 눈에 옅은 살기가 맺혔다.

지안이 황제에게 있는 현재 상황이 초조했지만, 그는 애써 감정을 삭였다.

“죄인은 자리에서 일어나라.”

병사의 외침에 제하가 고개를 들었다. 한숨이 나올 정도로 느긋한 그의 행동에 명령했던 병사가 목소리를 높였다.

“네깟 놈이 감히 폐하 앞에서 고개를 쳐든단 말이냐! 당장 일어나지 못할까!”

병사의 외침에도 느긋이 자리에서 일어난 제하가 연신 사람 좋은 미소로 입을 열었다.

“금옥이 좁으니 일어나기가 쉽지 않군요. 송구하옵니다. 폐하. 자비를 내려 주시옵소서.”

폐하라는 단어를 말하는 제하의 눈에서 적의가 보였다. 제하의 바로 앞에 서 있는 황제만이 알아차릴 수 있는 적의에 그의 눈이 꿈틀댔다. 건방진 태도에 분노한 병사가 입을 열려는 순간 황제가 나지막이 명령하였다.

“모두 물러나라.”

“폐, 폐하!”

“짐이 명하기 전까지 절대 다가오지 마라.”

서슬 퍼런 명령에 주변에 있던 병사들이 몸을 숙이고 사라졌다. 그들의 기척이 완전히 사라진 다음에나 황제가 제하를 쳐다보았다. 그러자 몸을 숙이고 있던 제하가 고개를 꼿꼿이 세워 황제를 보았다.

“금옥에 갇혀 있는 주제에 당당하군.”

"형님이 가둔 게 아니라 내 스스로 들어온 거니 거슬릴 일이 또 무엇이 있겠습니까?"

"……."

"아! 형님이라는 단어가 불쾌하십니까? 그럼 이렇게 불러야 하나? 연기하."

제하가 갇혀 있는 금옥의 철창이 울렸다. 철창을 친 황제의 눈에서 소름끼치는 살기가 흘러나왔다. 하지만 황제를 노려보는 제하는 눈 하나 깜빡이지 않았다.

"내 명령 하나에 죽을 놈이 입만 살아 있군."

"한 번 죽은 몸이 또 죽는 걸 무서워할 리 있는가? 그리고 여기서 잘못 행동하면 황제의 옥새가 가짜라는 소문이 금세 떠돌 텐데 내가 아는 연기하가 그런 무모한 짓을 할 리 없지."

핵심을 찌르는 제하의 대답에 황제의 눈썹이 꿈틀댔다.

"유약하고 멍청했던 놈이 제법 머리를 쓰게 되었군."

"시체로 황궁에서 쫓겨난 것이 벌써 구 년 전인데 머리라도 굴려야 살아남지 않겠나?"

"머리라고 굴린 것이 금옥이라면 결국 넌 그때의 황태자에서 변한 것이 없다는 소리겠지."

황제의 말에 제하의 입가에 희미한 미소가 생겨났다.

어차피 한 번은 부딪칠 사이, 그게 제하의 생각보다도 빨랐을 뿐이었다.

"순순히 잡혀 줄 생각은 없었는데 내가 귀하게 여기는 여인을 데리고 가서 말이야. 말이 나온 김에 지안은 어떻게 했지?"

귀한 여인이라는 단어에 황제의 눈에 서늘한 한기가 맺혔다.

자신의 여인이었다. 산속 깊이 숨어 있는 그녀를 찾아낸 사람은 제하가 아니라 황제인 자신이었다. 처음부터 그만의 것이었던 지안에게 이미 죽었어야 할 제하가 다가왔다.

아무것도 모르는 지안에게 황제를 향한 적의를 심은 사람은 바로 제하일 것이다. 치미는 분노에 황제의 눈에 불길이 일었다.

"짐의 침소에서 기진한 채 잠들었다."

"……."

"짐의 손길을 거부한 것도 순간, 어느새 교성을 지르며 짐의 품에 매달리더군. 떨어지지 않으려는 지안을 침소에 두고 오느라 제법 애를 먹었지."

황제의 음담패설에 제하의 눈이 굳어졌다. 하지만 그것도 찰나, 제하의 입가에 조롱 어린 미소가 생겨났다.

"교성이 아니라 비명이었겠지. 너의 품에 매달린 게 아니라 도망가려 몸부림쳤겠지. 제법 거짓말이 늘긴 했지만 너의 기대에 부응하기에는 내가 아는 송지안이 좀 다른 사람이라 말이지."

좀 전의 상황을 본 것처럼 말하는 제하의 행동에 황제의 눈이 딱딱하게 굳었다. 황제의 굳은 표정을 보던 제하 또한 비웃던 입꼬리를 내리며 소리 없는 한숨을 내쉬었다.

황제의 거짓말 따위 믿을 가치도 없었지만, 자신이 말한 지안의 상황이 사실이라는 것을 아니 마냥 웃을 수도 없었다.

"내가 아는 송지안은 황제, 네놈의 꿈을 꾸는 것만으로도 무섭다며 발작을 일으키는 약한 여자니까. 오랫동안 괜찮다며 다독이고 다독여야 간신히 잠들면서도 자신 때문에 죽은 시비의 복수를 해야 한다면서 애써 공포를 숨기고 황궁으로 가는 여자가 지안이었으니까."

"네놈이…… 무엇을 안다고 감히……."

당장에라도 검을 뽑아 목에 댈 기세로 황제가 제하를 노려보았다.

금옥의 철장을 사이에 두고 마주 보는 둘이었지만, 황제가 제하를 보는 것과는 달리 제하의 눈은 황제 너머의 막연한 것에 향해 있었다.

황제가 지안에게 해코지하기 전에 먼저 손을 써야 했다. 지안을 안겠다는 생각보다도 제하를 먼저 죽여야 한다는 확신을 황제에게 심어야 했다.

자신보다도 지안을 구하는 것이 우선이었다. 그녀만 괜찮다면, 원수인 황제에게서 지안만 데려올 수 있다면 자신의 목숨이야 얼마든지 미끼로 내걸 수 있었다.

"송지안이 어떤 여자인지 알았으니까 그녀의 복수도 막은 거지. 내 덕분에 네가 지금까지 살아 있는 거다. 황제."

"뭐?"

살아남아 봤자 결국은 멍청한 황태자라 여겼던 황제의 생각이 철저히 부서졌다.

하나를 던지면 두세 배로 되돌려 받는 느낌이었다. 상대하면 할수록 불쾌한 감각이 황제를 휘감았다.

분명 갇혀 있는 자는 제하였고, 지안을 인질로 잡고 있는 사람은 자신이었다. 그런데도 지금의 대화에서 우위를 점하고 있는 자는 자신이 아니라 갇혀 있는 제하였다.

답을 말해 보라는 기하의 물음에 제하가 입꼬리를 올렸다.

처음 지안을 데려왔을 때의 감정은 그저 호기심이었다. 그렇기에 그녀의 조건을 들어주겠다는 약속을 했을 뿐, 후에는 그가 생각한 대로 황제를 죽일 패로 쓸 생각이었다.

그랬던 생각이 언제부터인가 바뀌었다.

복수의 패로 쓸 지안이 같은 곳을 바라볼 여인이 되기를 갈망하게 되었다. 풍등 속에서 희미하게 지어 보였던 미소에 멈춰 있던 심장이 걷잡을 수 없이 뛰었다.

그때부터였다.

지안의 복수가 성공한 후의 상황이 제하에게는 공포로 다가왔다.

"지안에게 권력이라는 것을 주었다면, 사내의 모습인 그녀에게 빠져드는 너에게 여인으로서 다가가게 했다면, 베개송사로 네 주변의 이를 모두 쳐 내게 했다면 지안이 원하는 대로 넌 철저히 고립된 채 죽었겠지. 온몸을 갉아먹는 독에 중독된 채 말이야."

"그런데 왜 안 했지?"

"그렇게 소모하기에는 지안이 너무 아깝잖아. 그런 식으로 상처 입고 망가진 채로 이룬 복수 따위 그녀에게 독일 뿐이니까."

"그렇게 마음이 약하니 결국 이런 식으로 갇히게 된 거다."

"대신 지안은 무너지지 않겠지. 그거면 되었어."

"멍청한 놈."

제하의 대답에 황제가 차갑게 일갈했다. 하지만 말과는 달리 황제를 휘감은 감정은 지독한 패배감이었다.

여인은 그저 공허한 마음을 덥혀 주는 존재일 뿐이다. 다른 여인들과는 조금 다르게 다가올 뿐, 지안도 결국 황제에게는 그 정도였다.

그럼에도 화가 치밀어 올랐다. 지안의 전부를 알고 있는 것 같은 저 행동은 무엇이며, 마치 진즉 죽일 수 있었는데 자비를 내린 것같이 행동하는 제하의 모습이 거슬렸다.

"갇혀 있는 건 내가 아니라 너다. 제하, 아니, 연제하. 그 입, 함부로 놀리다가 짐에게 혀라도 뽑히면 어쩌려는가? 그때도 짐을 보며 웃고 있을지 궁금하군."

"내 혀를 뽑으면 옥새가 어디에 있는지 평생 들을 수 없을 텐데 괜찮겠나? 혀를 뽑을 생각이면 뽑아. 당장 내일 아침부터 옥새가 가짜라는 소문이 돌 테니 재미있겠네."

"여기에 갇힌 채로 혀가 뽑힐 것인데 황궁 밖의 상단 놈들이 어찌 알고 소문을 내겠나?"

황제의 물음에 제하가 여유로운 미소를 지어 보였다. 그 순간, 왠지 모를 불안감이 황제를 감쌌다.

"지안이 오늘 입은 옷이 연하늘색이었던가? 저녁에는 하얀 자리옷이 안으로 들어갔을 테고 말이야."

황제의 입가가 딱딱하게 굳었다.

하지만 제하의 말은 거기서 멈추지 않았다.

"귀찮다며 황제가 빠진 석강 시간에 모인 대신들은 승상에게 사태를 해결해 달라며 목소리를 높였고, 석강이 끝난 후 승상은 곧바로 널 찾아와 상황을 진정시켜 달라 했었지. 넌 참석해야 할 석강 시간에 지안을 만나러 갔고 말이야."

마치 황궁 전체를 내려다보듯 저녁에 일어난 일을 나열하는 제하를 보며 황제가 눈을 좁혔다. 잔뜩 굳어 버린 황제를 제하가 고요히 노려보았다.

"너만 수족처럼 부리는 흑관이 있는 것은 아니지."

"그때 네 목을 완전히 베었어야 했다."

이를 갈며 나오는 서늘한 말에 제하의 눈이 차갑게 굳었다.

죽지 않고 살아남았다. 살아남아 여기까지 오게 되었다.

아직 지안이 어디에 갇혀 있는지는 알아내지 못했다. 하지만 그 사실까지는 황제가 모르니 상관없었다. 황제의 기색을 살피며 제하가 최대한 머리를 굴렸다.

이곳은 황제의 기반이 있는 황궁이었다. 진심으로 죽이려 움직이면 제하로서는 막을 수 없었다.

여유로운 모습으로 황제를 압박하고 있었지만, 사실 지금의 대화는 숨조차 편히 못 쉴 정도로 긴장의 연속이었다.

"나나 지안이 잘못되면 곧바로 움직이게 될 거야. 믿기 싫으면 지금 내 목을 찔러."

제하의 도발에 황제가 이를 갈았지만, 상황이 상황인 만큼 섣불리 움직이지 않았다.

분노에 찬 황제가 거칠게 금옥 밖으로 나가고, 그의 기척이 완전히 사라진 후에야 제하가 긴 숨을 내쉬었다. 손에 흥건히 맺혀 있는 땀을 옷에 닦으며 다시 자리에 앉았다.

아무리 지안을 욕망하는 황제여도 제 권력을 내줄 정도로 눈이 뒤집히지는 않았다. 섣불리 지안을 건들면 권력 기반을 흔들겠다는 제하의 협박에 황제는 어느 정도 넘어간 상태였다.

황제의 적의가 온전히 자신에게로 향한 것은 위험했지만, 어차피 고비는 한 번이었다.

그것만 잘 넘기면 제하가 생각한 대로 모든 일이 이루어질 것이다.

그때, 황제의 뒤를 지키던 병사들 중 하나가 제하에게로 다가왔다. 금옥을 지키고 있는 병사들과 무언의 눈빛을 주고받은 그가 철창에 몸을 붙인 채 제하만이 들을 수 있는 작은 목소리로 입을 열었다.

"현원이 어디에 갇혀 있는지 찾았습니다. 다만 황제가 정한 궁인들만이 방에 들어갈 뿐, 소인은 들어가지 못합니다."

"그럼 궁녀는 들어갈 수 있겠군."

"내시감께서 힘을 써 주신다고 했지만, 이미 황제의 눈 밖에 나신 터라 쉽지만은 않습니다."

"지안의 자택에 있는 영을 황궁으로 데려와라. 지안이 갇혀 있는 궁 주변의 궁녀로 적당히 세워. 똑똑한 아이니 알아서 들어갈 것이다. 채훈에게는 사흘 넘게 기다리지 말고 상단을 정리하라 해라."

제하의 명령이 끝나자 언제 그랬느냐는 듯 병사가 태연히 금옥 밖으로 나갔다.

황제에게는 사흘의 말미를 주었지만 제하는 기다릴 생각 따위 없었다. 늦장을 부리면 죽는 것은 자신, 이제 더는 피할 곳도 없었다.

이제는 상단의 단주가 아니라 휘령으로 돌아올 시간이었다.

연이어 머리를 굴리느라 지친 제하가 피곤한 숨을 내쉬며 눈을 감았다.

❋ ❋ ❋

약속한 시일이 다가오자 결국 대신들 사이에서 파란이 일어났다.

태건궁에서 나온 황제가 편전에 들어서고 처음 본 모습은 문을 향해 무릎을 꿇고 앉아 있는 대신들의 모습이었다.

황제의 모습에 대신들이 땅에 이마가 닿도록 깊게 얼굴을 숙였다. 그들의 모습에 황제의 시선이 멀지 않은 곳의 남훈에게로 향하였다. 남훈이 무거운 눈으로 고개를 저으려는 순간, 앞에 있던 하남윤이 목소리를 높였다.

"폐하. 금옥에 갇혀 있는 단주를 풀어 주시옵소서."

하남윤의 고함에 황제의 눈썹이 꿈틀댔다. 하지만 그의 고함은 끝이 아니라 시작이었다.

막혀 있던 계곡이 뚫린 것처럼 대신들 사이에서 단주를 풀어 달라는 말이 계속되었다.

“태성 상단은 오랫동안 원하국에 수많은 이득을 가져다주었습니다. 상단임에도 수많은 공을 세운 단주를 어찌 금옥에 가두신단 말입니까?”

“단주의 죄가 무엇인지는 알 수 없으나 상단의 영향력 또한 무시할 수 없는 것이 사실이옵니다. 지금은 시기가 좋지 않으니 자비를 내려 주시옵소서. 폐하.”

곳곳에서 하나같이 거슬리는 말들만 들려왔다. 대신들의 약점을 쥐고 있는 제하를 오랫동안 잡아 놓지 못한다는 것을 알고 있지만 그렇다고 풀어 줄 수도 없는 노릇이었다.

승상에게 대신들을 막으라 했더니만 어찌 움직인 것인지 그들은 황제를 더욱 압박하고 있었다. 마음대로 풀리지 않는 일에 짜증이 밀려와 황제가 눈살을 찌푸렸다.

“짐은 단주에게 들어야 할 이야기를 듣지 못했다. 단주가 죄가 없다면 당연히 나오는 것이 맞지만 죄가 있다면 또한 그 죗값을 치러야 하는 것이 마땅하다. 그런데 어찌 그대들은 그 과정은 무시하고 죄인을 풀어 달라 청하는 것인가?”

살기가 담긴 황제의 낮은말에 연이어 웅성거리던 대신들의 목소리가 뚝 끊겼다. 상단에 잡혀 있는 단주가 움직이면 자신들이 위험해졌다. 몸이 달아 움직인 것은 좋았지만, 황제가 자신의 권리를 주장하면 또 어쩔 수 없는 것이 사실이었다.

하지만 이대로 약속한 시일을 넘길 수는 없었다. 상단이 비밀을 터트리면 그들은 죽은 목숨이었다. 서로 시선을 교환하며 분위기를 보고 있을 무렵, 남훈의 반대편에 조용히 서 있던 사도가 굳게 닫았던 입을 열었다.

"단주를 위한 연회를 여신 것은 폐하셨습니다. 그 연회 또한 죄를 지은 단주를 잡기 위함이셨습니까? 아니면 현원을 잡기 위함이셨습니까?"

조용한 물음이 대전을 울렸다. 엎드려 있던 모든 이의 시선이 뒤쪽의 사도를 향하였다.

대신들을 훑어보던 황제가 사도를 조용히 응시하였다. 섬뜩한 황제의 시선을 전부 받아 내며 사도가 말을 이었다.

"대소신료들에게 어떠한 언질도 없이 독자적으로 일을 처리하심은 분명 폐하께서 단주에게 걸리시는 것이 있기에 그러시는 것이라 생각하옵니다. 하지만 그날, 현원조차 자취를 감추었습니다. 혹 단주에게 죄가 있음이 아니라 단주를 미끼로 현원을 잡아 진실을 아시기 위한 것이 아닙니까?"

"내가 왜 단주를 미끼로 하여 현원을 잡아들인단 말인가?"

"소인의 가장 친했던 벗이 중서령이었음을 폐하께서는 잊지 마시옵소서. 소인 말씀을 올리지 않았을 뿐이옵니다."

소리 없이 황제가 숨을 들이마셨다. 말로 꺼낸 것은 아니었지만, 이미 사도가 말하고자 하는 내용이 무엇인지 알 수 있었다.

빠르게 오가는 시선 속에서 수많은 말이 오갔다. 치미는 화를 억누르며 황제가 사도를 향해 작게 으르렁거렸다. 하지만 지금 여기서 지안에 대해 더 파고드는 건 좋지 않았다.

스승이자 선제의 충신이었던 중서령을 죽이고 얻어 낸 황제의 자리다. 그런데도 중서령의 딸인 지안을 품에 안으려 한다면 그에게 힘을 실어 줬던 귀족들은 황제가 다른 맘을 먹고 있다며 등을 돌릴 것이 뻔하였다.

휘령도, 지안도, 완전히 자신의 손에서 해결되기 전까지 존재를 드러내면 안 되었다.

"사도. 정확하지 않은 내용으로 대신들을 흔들지 마라. 그런 모험을 하기에는 그대의 목숨은 하나이지 않은가?"

"폐하께서도 신중하셔야 하지 않겠습니까? 자의였든, 타의였든 소인들은 이미 주군을 한 번 바꾸었습니다."

공격적인 사도의 말에 황제의 말문이 그대로 막히었다. 언제나 황제의 의견에 토를 달기는 했어도 이번처럼 단도직입적으로 경고의 말을 던진 것은 처음이었다.

이미 휘령과 손을 잡았다는 것인가? 아니면 다른 대신들처럼 휘령에게 약점이 잡혀 있는 것인가?

"사도. 말씀이 지나치시오. 폐하께 어찌 그런 말씀을 올릴 수 있단 말이오."

상황이 심각해지자 결국 승상 남훈이 사도를 제지하였다. 남훈의 말에 잠시 숨을 고르던 사도가 황제를 향해 고개를 숙였다.

"송구하옵니다. 하지만 폐하, 소인의 말씀이 단순히 제 일신만을 걱정하여 올리는 것이 아님을 알아주시옵소서."

사도의 말이 끝나자 단주를 풀어 달라는 대신들의 외침이 다시 편전을 채웠다.

진정했던 분노가 결국 온몸을 휘감았다. 오랜 시간 참고 견디어 지안과 제하를 제 손에 넣었다고 생각했건만, 현실은 자신의 생각과는 달랐다.

남훈을 바라보니, 그 또한 어쩔 수 없다는 듯 힘없이 고개를 저었다.

'내 손으로 휘령을 풀어 주란 말인가!'

당장 죽여도 시원찮을 놈이건만, 남훈조차 이번만큼은 물러나자는 말을 하고 있었다.

휘령을 풀어 주는 순간, 지안 또한 그에게 다시 내줘야 한다.

"당신까지 잘못되면 난 더는 못 버틸 거예요."

제하인 줄 알고 지안이 속삭였던 말이 뇌리를 채웠다. 자신은 단 한 번도 받을 수 없었던 지안의 마음을 한 번 죽은 황태자 주제에 가지고 있었다.

황제의 눈에 불이 일었다.

"한 시진 안으로 모두 퇴궁해라."

"폐하! 통촉하여 주시옵소서."

"나가지 않는 대신은 목을 쳐라!"

머리끝까지 치미는 분노가 이성을 흐트러뜨렸다. 자신의 원하국이건만, 마음대로 되지 않았다.

말을 끝낸 황제가 옷깃을 거칠게 날리며 편전을 나갔다. 대신들의 상황을 보던 남훈이 황제를 서둘러 따라 나갔다. 하지만 몇 걸음 가지 못하고 병사들에게 남훈 또한 제지되었다.

허둥대는 남훈을 멀지 않은 곳에서 사도가 바라보았다.

"제하에게 무슨 일이 생긴다면 사도께서 나서 주세요."

연회가 일어나기 직전, 그를 찾아온 지안은 사도에게 도와 달라며 담담히 말하였다. 음모가 있다면 피하면 되지 않겠느냐는 사도의 물음에 지안은 고개를 저었다.

"도망가면 목숨을 구할 수 있겠지만 그분이 바라시는 일은 결국 무산이 되어 버려요. 무슨 일이 일어날지는 모르지만 분명 제하의 발목을 제가 잡게 될 거예요. 제하보다는 제가 황제의 표적이 될 가능성이 더 크거든요."

무엇을 느꼈던 것인지 어두운 표정의 지안은 자신 때문에 일이 나 버릴 것 같다는 불길한 말을 꺼내었다. 다른 방법이 있으니 일단 몸을 피하라는 사도의 제안을 거절하며 지안이 말을 마무리하였다.

"황제를 압박할 방법이 없을 때는 제가 중서령의 딸이라는 것을 밝혀 주세요. 제 아버지는 황제와 대립되는 위치에 있었던 분. 그런 사람의 딸을 황제가 욕심내고 있다는 사실만 밝혀져도, 구 년 전 황제의 편에 섰던 귀족들이 반발할 테니 아무리 황제가 광기에 자신을 놓은 자여도 쉽게 움직이지 못할 거예요."

자신을 팔아서 약점을 만들라는 지안의 계획은 성공하였다. 적어도 황제는 제하의 목을 함부로 벨 수 없게 되었다.

제하의 목숨이 사라지는 순간, 황제의 이중적인 행동도 같이 드러날 것이니 사실을 알게 된 귀족들은 황제에게 적의를 드러낼 것이다.

이제부터는 시간 싸움이었다. 황제가 주저하는 사이, 더욱 격하게 대신들을 흔들어야 한다.

'전하께서 풀려나시는 순간 휘령은 돌아와야 한다.'

이번 위기를 잘 넘기면 고대하던 기회가 생길 것이다.

수많은 적의와 반발을 사고 있는 황제.

그에게 실망한 귀족들은 살아 돌아온 황태자에게 힘을 실어 줄 것이다.

당혹해하는 남훈을 지나치며 사도가 바쁜 걸음으로 황궁을 나왔다.

❀ ❀ ❀

"절대 내가 건넨 것이라 하면 안 되네."

궁인이 건넨 나무 비녀를 받아 든 지안이 깊게 고개를 숙였다.

"부탁을 들어주셔서 감사합니다."

"감사는 무슨…… 그때 나서 주지 않았다면 난 죽은 목숨이었네. 고작 자네 물건 하나 가져다주는 걸로 목숨 값을 갚았다고 할 수는 없겠지만 우선은 그때의 보답이라 생각해 주게."

황제의 변덕에 죽을 뻔했던 궁인, 평소였다면 목을 베라는 황제의 명에 죽어 나가던 수많은 사람 중에 하나가 되었을 것이다.

그때 궁인을 도와준 사람이 황제 곁에 있던 지안이었다.

자신을 구해 준 현원이 여인이라는 사실에 놀랐지만 어쨌든 그녀 덕분에 목숨을 구할 수 있었다. 운이 좋게도 그녀의 수발을 드는 궁인 중 하나로 이곳에 머물게 되었다.

죽는 것이 무서워 내보내 줄 수는 없었지만, 필요한 물건이라도 가져다줄 생각에 말을 걸었다. 그리고 그녀의 말에 지안이 한 부탁은 갇히기 전에 빼앗겼던 물건 중 나무 비녀를 가져다 달라는 것이었다.

"차라리 검이나 이곳에서 빠져나갈 물건을 가져다 달라 하지 그랬나. 그런 나무 비녀가 무슨 도움이 된다고……."

"여희의 물건이거든요."

지안의 말에 이해할 수 없다던 궁인의 표정이 묘하게 바뀌었다.

함께하던 시비가 죽던 날 피눈물을 흘리며 끌려갔던 현원의 모습이 눈에 선했다. 황궁에서나 황궁 밖에서나 귀족이 아닌 이들은 황제에게 그저 거슬리면 죽는 존재일 뿐이었다. 귀족이면서도 귀족답지 않은 이, 그렇기에 여인이면서도 사내로 살아온 것일지도 몰랐다.

"그럼 난 이만 가 보겠네."

"감사합니다."

고개를 숙인 지안의 인사를 적당히 받으며 궁인이 방을 나갔다. 궁인의 기척이 완전히 사라진 후, 지안이 손에 들고 있는 나무 비녀를 바라보았다.

"독은 중독되는 자에게도, 독을 쓰는 자에게도 해를 끼치는 양면성을 가지고 있습니다. 쓰려는 독이 독하면 독할수록 그 영향은 더 크게 나타나지요."

황제에게 죽은 여희는 어떠한 유품도 남기지 않았다. 그녀의 물건이 있던 집은 황제의 손에 전부 불타 버렸다.

그럼에도 궁인에게 지안은 여희가 준 유품이라는 거짓말을 하였다.

가장 마지막에 쓰려고 했었던 것. 이제 지안에게는 다른 대안이 없었다.

비녀의 끝을 비틀자 뚜껑이 열리며 연주황빛을 내는 가루가 소복이 담겨 있었다.

수발을 드는 궁인들에게서 상황이 어떻게 돌아가고 있는지 대략적으로나마 듣게 되었다. 무슨 연유에서인지 태성 상단의 단주가 황제에게 일부러 잡혔다는 것, 잡히기 전 그가 무슨 말을 했으며 지금 상단과 단주가 대신과 황제를 상대로 대립하고 있다는 것까지 들었다.

제하 혼자였다면 얼마든지 황궁을 빠져나가 다음을 생각할 수 있었다. 하지만 그는 빠져나가는 대신 황제에게 자신을 드러냈다.

최악의 상황, 그리고 그 상황을 만든 것은 바로 자신이었다.

"아가씨께서 가지고 계신 독은 시간과 양을 조절해서 상대를 이용할 수 있지만, 이것은 다릅니다. 아주 미량으로도 확실히 죽음까지 몰고 갈 수 있지요. 대신 효과가 나타나는 것은 한나절이니 그 안에 독을 썼다는 증좌만 없애십시오. 세 번의 토혈 후에는 곧바로 즉사할 것입니다."

독을 보는 지안의 눈이 깊게 가라앉았다.

여희와 산속에 있을 때는 최소한의 사냥 외에는 동물을 죽이는 일조차 내켜하지 않았던 그녀였다. 여희가 죽은 후에도, 제하에게 독을 받았을 때도, 증오를 가지고 있으면서도 누군가의 생명을 빼앗는 데 고뇌하고 주저했었다.

이 내관을 술수로 죽인 후부터였을 것이다. 그를 죽인 것은 황제였지만 그렇게 만든 사람은 지안이었다. 자신이 저지른 일에 죄책감을 느낄 새도 없이 황제의 술수에 빠지고 제하가 금옥에 갇혔다는 이야기를 들었다.

제하가 잘못되는 일 따위는 생각하지 않을 것이다.

지금의 상황을 풀 수 있는 방법은 한 가지뿐이었다.

"맛이 강하니 먹이는 것보다는 만지게 하십시오. 손에 닿는 것만으로도 독은 몸 안으로 들어갈 것입니다."

오랜 시간 독을 본 지안이 마개를 닫고 비녀의 반대편을 열었다. 반대편의 마개가 열리고 이번에는 칠흑색의 가루가 담겨 있었다.

“독을 쓰신 후, 반드시 이 해약을 드셔야 합니다. 드시지 않으면 독을 사용한 아가씨의 목숨까지도 가져갈 것입니다.”

해약을 보던 지안이 마개를 닫았다. 살고자 하는 의지는 처음부터 없었다.

황제를 죽일 수만 있다면, 이젠 무슨 일이 일어나도 상관없을 것 같았다. 어떻게든 이곳을 나가 제하를 구할 방법을 생각했지만, 지안의 힘으로는 어림없는 일이었다. 결국 그녀가 선택한 방법은 자신의 손으로 황제를 죽이는 것이었다.

연주황빛의 독을 덜어 낸 지안이 입술과 목에 가루를 바른 뒤 침상에 앉아 눈을 감고 기다렸다.

처음부터 이랬으면 되었을 일이었다. 힘이 없는 지안이 권력과 힘을 가진 황제를 죽일 방법 따위 없었다.

황제만 죽이면 끝날 일이다. 그만 죽는다면 제하도 풀려날 것이고, 그가 원하는 바를 이룰 수 있을 것이다. 생각의 끝, 제하가 떠오르자 지안이 입술을 깨물었다.

자신도 모르게 치민 눈물이 얼굴을 타고 흘러내렸다. 갑작스러운 상황에 놀라 서둘러 눈물을 닦아 냈다.

황제의 죽음만을 바라는 그녀에게 제하는 살라고 하였다. 살 의미를 찾아내 살아 보라는 그를 지안은 외면하였다. 그가 알면 당장 그만두라며 말렸을 것이었으나 지금 이곳에 있는 사람은 그녀뿐이었다.

그녀가 제하를 살릴 방법은 하루라도 빨리 황제를 죽이는 것뿐이었다.

"여희. 조금만 기다려요."

하루만 기다리면 될 것이다. 처음부터 생각했었던 일이었다. 후회도, 미련도 남기지 않을 것이다.

"폐하께서 드셨사옵니다."

문 밖에서 소리가 들리고, 잠시 후 열린 문으로 황제가 들어왔다.

다가온 현실 앞에서 지안이 소리 없는 숨을 내쉬었다.

❀ ❀ ❀

홀로 오랜 시간을 생각해도 답은 나오지 않았다.

이미 정해져 있는 답이어도 황제는 받아들일 수 없었다. 어떻게 잡아 놓은 둘인데 이대로 내보낸단 말인가.

지안을 풀어 주는 순간 그녀는 같이 풀려난 제하의 품으로 가게 될 것이다. 그 모습을 상상하는 것만으로도 참을 수 없는 분노가 치밀었다.

"열어라."

평소보다도 더 서늘한 목소리에 문을 지키던 이들이 잠근 문을 부지런히 열었다. 문이 채 열리기도 전에 황제가 안으로 들어왔다.

말없이 들어온 황제가 탁자에 앉아 있는 지안을 등 뒤에서 안았다. 밀어내는 지안의 손을 붙잡고 어깨에 얼굴을 묻었다.

작은 어깨에서 옅은 떨림이 느껴지자 황제가 미간을 찌푸렸다.

사내라는 가면을 벗어던진 지안은 황제를 외면하고 피하기만 하였다.

마음대로 되지 않는 상황에 짜증과 분노만이 늘어갔다. 이 상황에서 지안만이라도 자신에게 마음을 열어 준다면 좋으련만, 누구보다도 지안은 그를 거절하였다.

"네 부모를 짐이 죽여서인 것이냐?"

"……."

"네 시비를 죽여 네 눈에 보인 것 때문이냐?"

"……."

황제의 연이은 질문에도 안긴 지안에게서는 답이 없었다. 자신의 물음에 답이 없음에도 황제는 재촉하지 않았다. 대신 안고 있는 팔에 힘을 주어 그의 품에 지안을 깊게 가두었다.

"이대로 잡고 있는 손을 놓으면 넌 기다렸다는 듯 제하에게 가겠지."

황제의 말에도 지안은 아무런 대답도 하지 않았다. 지난밤이었다면 그녀의 답답한 행동에 불안하고 초조했겠지만 이번은 아니었다. 품에서 느껴지는 체온만으로도 날뛰던 분노가 가라앉았다.

"어찌하면 짐에게 마음을 열겠느냐?"

황제의 물음에 허공을 맴돌던 지안의 눈이 그에게 향하였다. 그저 곁을 데워 주는 계집의 눈임에도 심장이 떨렸다. 지안이 자신에게 마음을 열게 된다면, 제하를 상대하듯 그를 보아 준다면 그를 괴롭히는 공허함과 분노에서 벗어날 수 있을지도 모른다.

누구도 이렇게까지 황제를 흔들어 놓은 사람은 없었다. 하물며 여인이 그를 이렇게 들었다 놓았다 할 줄은 상상조차 하지 못하였다.

"…… 죽어 주세요."

담담한 어조로 나오는 간결한 말은 그녀의 입에서 나온 것인지 의심될 정도로 독하였다. 지안의 말을 믿을 수 없다는 듯 황제의 몸에서 힘이 빠져나갔다. 황제의 품에서 풀려난 지안이 몸을 돌려 그와 마주하였다.

마주하는 시선, 하지만 그날 어둠 속에서 제하를 보듯 바라보던 시선과는 사뭇 달랐다.

"죽어 주세요. 폐하."

그가 알던 현원은 이미 사라지고 없었다. 고작 며칠 가둬놓았을 뿐이건만, 그사이 지안의 눈은 칠흑 같은 밤보다도 어두워져 있었다.

떨리는 손이 지안의 얼굴을 조심스럽게 쓸어내렸다.

"지금까지 그 생각으로 내 곁에 있었던 것이냐?"

얼굴을 타고 내려온 손이 지안의 팔을 끌었다. 가냘픈 몸이 속수무책으로 황제의 품에 안겼다.

힘없이 다문 입을 억지로 열어 입술을 맞추었다. 지칠 대로 지쳐 마른 입안이 황제에게서 넘어오는 타액에 점점 촉촉해졌다. 평소와는 달리 씁쓸한 맛이 느껴졌지만 황제는 멈추지 않았다.

지안의 체향과 감촉에 황제는 달아올랐지만, 그에게 당하고 있는 지안은 조용하다 못해 깊게 가라앉아 있었다.

입맞춤이 계속될수록 황제의 눈 또한 절망으로 가라앉았다. 거칠게 시작된 입맞춤은 결국 파국으로 내달았다.

"왜! 어째서 그놈이냐?"

입술을 뗀 황제가 지안의 팔을 붙잡았다.

차라리 싫다며 반항했다면 오기로라도 밀어붙였을 것이다. 하지만 지금의 지안은 마치 살아 있는 의미 자체를 잃어버린 것처럼 무언가가 사라져 버린 모습이었다.

그가 안고 싶은 여인은 이런 껍데기만 남은 존재가 아니었다.

"그래 봤자 짐이 한 번 죽였던 놈일 뿐이다. 다 잃어버리고 목숨만 살아 있는 놈이란 말이다! 그딴 놈이 뭐라고…… 네가 원하는 모든 것을 줄 수 있는 짐과는 다르단 말이다!"

잡고 있는 손을 놓치지 않겠다는 듯 황제의 손에 힘이 들어갔다. 그러면 그럴수록 황제를 바라보는 지안의 눈은 빛 하나 없이 어두웠다.

이미 마음의 결심은 끝났다.

이제는 황제와 결판을 내야 할 순간이었다. 지안의 손이 황제의 얼굴을 조심스럽게 쓸어내렸다.

처음으로 다가온 손길에 황제의 눈이 커졌다. 지안이 이끄는 대로 황제가 그녀의 목에 얼굴을 묻었다. 독을 묻혔던 곳에 황제의 피부가 닿자 지안이 눈을 감았다.

조금 전의 입맞춤과 지금의 접촉으로 독은 확실히 그에게 들어갔을 것이다.

“부모처럼, 형제처럼 날 아껴 주었던 여희를 폐하께서 죽였을 때 처음 손을 내민 사람이 그 사람이었습니다.”

고백하듯 조용히 읊조리는 말에 황제가 몸을 움찔댔다. 황제가 어떻게 보고 있든 상관없다는 얼굴로 지안이 말을 계속하였다.

“이룰 수 없다는 것을 알고 있으면서도 제 멍청한 복수를 도와주었습니다. 그 사람은 해 줄 만큼 모두 해 줬어요. 결국 그의 도움을 제가 제대로 쓰지 못한 것뿐입니다. 아무것도 놓지 못한 저 때문에 일이 이렇게 된 것입니다.”

“겨우 그딴 독이나 구해 주면서 널 사지로 내몰았다. 그게 도움이라는 것이냐? 제가 그리 아끼는 여인이라면 복수를 막았어야 하는 거다. 그리고 복수를 도와줬다면 이미 너는 짐의 목을 베었어야 한다.”

“폐하만 죽으면 살지 않아도 괜찮다고 생각했습니다. 복수 외에는 살 의미가 없던 저였으니 저를 살리기 위해서라도 복수를 도와줬을 것입니다.”

“뭐?”

“폐하만 죽으면…… 저 또한 죽어도 상관없다고 생각했습니다. 물론 이런 생각에 그 사람은…… 제하는 화를 냈지만요. 폐하께서는 제 전부를 빼앗으셨지만, 그 사람은 폐하께서 빼앗은 것을 돌려주려 노력하였습니다.”

너를 희생하는 게 죽은 자를 위하는 일은 아니다.

삶에 욕심을 가져 보라며 제하가 해 준 말이 아직도 생생했다. 하지만 이대로 살 생각을 한다면 제하의 목숨도 위험해진다.

이제 자신만 살아남는 일은 끔찍했다. 자신 때문에 또 누군가가 위험해지는 것이라면 차라리 황제와 같이 죽는 방법을 택할 것이다.

평온한 지안과는 다르게 황제의 심장은 그녀의 말 한마디에 여러 갈래로 찢겨져 나가고 있었다.

마주 보고 있음에도 둘의 사이는 누구보다도 멀었다.

한쪽은 상대방이 자신에게 마음을 열길 갈구했지만, 다른 한쪽은 상대가 죽기를 진심으로 바라고 있었다.

자신의 손아귀에 넣을 수만 있다면, 그녀의 반항 따위 억지로 짓누르고 강제로 취한다면 지안을 소유할 수 있을 것이라 생각하였다.

"내 생각이 틀렸던 것이구나. 여기에 널 가둔다 한들 제하도, 너도 얻을 수 있는 것이 아니었다."

단순히 호기심이라 생각했던 감정이 투기로 바뀌어 갔다.

상단의 협박도, 단주를 풀어 달라며 무릎을 꿇었던 대신들의 모습도, 이번만큼은 물러나야 한다며 참으시라는 남훈의 말도 황제는 기억 속에서 전부 잊었다.

그가 먼저 찾아낸 지안의 전부를 제하가 가졌다. 지안의 곁에 있는 사람은 황제였지만, 그녀에게 전부는 황제가 아니라 금옥에 갇힌 제하였다.

지안을 잡고 있던 황제가 자리에서 일어났다.

"도망가려는 널 고립시켜 다시 황궁으로 돌아오게 했던 나다. 두 번 하지 못하리라는 법이 있는가?"

"……."

"네 앞에 제하, 그놈의 목을 보여 주마. 하늘 아래 네가 믿고 의지할 사람은 짐뿐이라는 것을 다시 한 번 보여 주겠다."

황제의 말에 앉아 있던 지안이 놀라 자리에서 일어났다. 무슨 소리냐며 다가오는 지안을 잡아챈 황제가 그녀의 혈을 짚었다. 순식간에 황제에게 당한 지안이 그의 품에 속절없이 안겨 들었다.

지안을 침상에 눕힌 황제가 이마에, 오뚝한 코끝에, 일방적으로 빼앗아 촉촉한 입술에 입을 맞추었다. 가는 목을 손으로 어루만지고 입술을 묻어 작게 뛰는 맥을 느껴 보기도 하였다.

하지만 거기까지, 움직임을 멈춘 황제가 몸을 일으켰다.

서늘하다 못해 차가운 기운이 황제의 눈에 스며들었다. 온몸에서 서서히 이는 살기가 이성을 완전히 마비시켰다.

방을 나온 황제는 뒤도 돌아보지 않고 빠르게 걸음을 옮겼다. 그런 황제의 뒤를 내관들이 거친 숨을 내쉬며 뒤따랐다. 고개를 숙이는 내시감을 지나 집무실 안으로 들어가니 남훈의 눈이 황제를 보고 있었다.

"폐하! 도대체 어디에 계시다가 이제 오시는 것입니……."

"사냥을 할 것이다."

이런 시기에 무슨 사냥이냐며 말리려던 남훈이 황제의 눈을 보자 자신의 생각을 거두었다. 편전을 나간 후 오랜 시간 무슨 일이 있었는지 황제는 이미 광기에 자신을 놓은 후였다.

"풀어 줄 때는 풀어 주더라도 제 발로 황궁을 나가지는 못할 것이다."

"단주를 풀어 주시는 것입니까?"

하도 주변에서 풀어 달라 외쳐 대니 기회를 줘 볼 생각이었다.

피치 못할 상황이라는 것은 언제나 일어나는 법, 그것까지 황제가 어찌할 생각은 없었다.

지금까지 원하는 것을 모두 얻어 낸 자신이었다. 되살아난 황태자 따위 그의 장애가 되게 만들지 않을 것이다.

지안을 얻어 낼 것이다. 그녀에게 사내는 자신뿐이라는 것을 다시 한 번 각인시킬 것이다.

남훈의 물음을 적당히 넘기며 황제가 묘한 미소를 지었다.

❋ ❋ ❋

"사냥을 하라?"

아침부터 금옥에서 끌려나온 제하에게 주어진 것은 활 자루와 열 개의 화살, 낡은 단검 하나였다.

"사냥터에서 폐하보다 큰 동물을 사냥하면 목숨을 풀어 주겠다고 명하셨다. 폐하의 은혜로운 자비이니 죄인은 전력으로 사냥에 임하도록."

병사의 말을 들은 제하의 입가에 묘한 미소가 감돌았다.

치졸하지만 그럴듯한 수였다. 직접 목숨을 거두지 못하니 사냥을 빌미로 손을 쓰겠다는 것이었다. 더군다나 대신들이 입궁하려면 아직 두 시진이 필요했다.

대신들을 움직이지 못하게 하겠다는 황제의 의도에 제하의 입술이 삐뚜름해졌다.

'어떻게 해야 하는가?'

황궁에 심어 놓은 수족을 움직이면 황제는 흑관을 움직일 것이다. 황궁은 어쨌든 황제의 영향력 안, 상황이 좋지 않았다.

"죄인은 움직여라!"

"잠시 준비할 시간을 주셔야 하지 않습니까?"

"죄인 주제에 무슨…… 윽!"

언제 잡았는지 내려놓았던 단검을 잡은 제하가 병사의 목에 겨누었다. 손조차 제대로 보이지 않는 공격에 병사가 숨을 삼켰다.

"너, 너!"

"잠깐이면 됩니다."

제하의 답에 몸을 움츠린 병사가 밖으로 나갔다. 혼자만이 남은 방, 황제가 건넨 무기를 챙기며 제하가 최대한 머리를 굴렸다. 하지만 잠시 후, 피식 실없는 웃음을 터트렸다.

살아날 방법을 생각해도 모자랄 판에 그의 머릿속을 채운 것은 지안이었다.

자신을 사냥하느라 황제가 자리를 비운 사이, 지안을 빼올 수 있을 것이다. 영은 똑똑한 아이니 지금쯤 지안이 있는 궁으로 들어갔을 것이고, 적당한 시기에 움직이라 명령해 놓았으니 굳이 사람을 붙이지 않아도 알아서 지안을 데리고 나올 것이다.

'쓸데없는 생각이나 하지 않으면 좋으련만.'

그가 아는 지안은 겉으로는 강할지 몰라도 안은 부서질 듯 불안한 이였다. 만약 자신 때문에 제하가 갇혔다는 생각이라도 하게 된다면 분명 그를 구하겠다며 무모한 짓이라도 할 여인이었다.

병사의 기척을 살피며 좁은 창을 내려다보니 역시나 자신이 심어 놓은 병사가 밑에서 대기하고 있었다.

"지안과 영이 나오면 황궁 밖으로 내보내라. 한 시진만 버티면 사도가 움직일 것이라 말하면 알아들을 것이다."

"사냥터를 감싼 이들은 황제의 흑관이었습니다. 지금이라도 병사를 움직이셔야 하옵니다."

"지금 병사를 잘못 움직이면 황제를 시해하려 했다는 누명만 받을 뿐이다. 그리되면 황궁으로 돌아올 수 없다."

구 년을 열망했던 일이 목전이었다.

이번 고비만 잘 넘긴다면 그가 꿈꿔 왔던 모든 일을 시작할 수 있었다.

황제가 만든 자신만의 사냥터에서 한 시진을 버티는 일이 무모하다는 것은 알고 있었지만 그에게는 선택권이 없었다.

버텨 낼 것이다.

하지만 그전에 지안부터 황궁에서 벗어나게 해야 했다.

"서둘러라."

"단주. 그럼 이것이라도……."

주저하던 병사가 가지고 있던 검과 단검을 그에게 내밀었다. 제하가 거둔 대부분의 사람들은 황제에게 가족이나 벗을 잃은 자들이었다. 수하라는 이름으로 부리고 있었지만 그들과 제하에게는 공통적인 목적이 있었다.

황제의 죽음.

"단검만 빌리겠다."

눈에 띄는 검은 빼고, 단검을 받아 들자 병사가 사라졌다.

서둘러 준비를 끝낸 제하가 방을 나오자 밖에서 기다리던 병사들이 그의 얼굴에 검은 주머니를 씌웠다.

어디로 얼마나 끌려갔는지 가늠할 수 없었다. 몇 번의 문을 지나 한참을 걸어가니 옅은 숲의 내음이 코끝을 스쳤다. 거친 흙길을 병사들에게 끌려 오르고 오른 후에야 머리에 씌워진 천이 내려갔다.

주변을 포위한 흑관. 산 위에서 제하를 내려다보는 황제, 그리고 그 주변에 있는 대신들.

따라온 대신들의 모습을 보니 승상과 사도의 측근이 아닌 그저 중간 계급이었다.

'후일을 위한 증인을 만들겠다는 것인가?'

아쉽게도 황제가 원하는 대로 움직여 줄 생각은 없었다.

제하는 황제를 노려보며 제 손에 든 활을 힘껏 움켜잡았다.

❀ ❀ ❀

독 기운에 어지러워 지안이 의자를 붙잡았다.

독의 효과가 한나절이니 슬슬 황제에게도 증상이 나타날

때가 되었다. 해약을 먹으면 해독될 수 있지만 지안은 일부러 약을 먹지 않았다.

어찌 되었든 원하국의 황제다. 그가 중독되어 죽는다면 누군가는 책임을 물어야 했다.

지안이 제하의 도움을 받는다는 사실이 밝혀지면 그에게 피해가 간다. 그러니 혼자 짊어지고 갈 것이다.

"컥!"

닫혀 있던 문밖에서 짧은 비명이 들려오고, 잠시 후 문이 열리며 영과 내관 몇이 안으로 들어왔다. 생각지 못한 영의 모습에 지안이 자리에서 일어났다. 하지만 독의 효과인지 그녀의 몸이 작게 휘청거렸다.

"아가씨!"

"영! 여긴 어떻게 들어왔어요?"

"나중에 설명 드릴게요. 일어나실 수 있겠어요? 단주님께서 황제의 발을 잡고 있는 동안 나가셔야 해요."

머리를 붙잡고 있던 지안이 놀란 눈으로 영을 바라보았다. 그녀가 왜 그런 눈으로 보는지 아는 영이 지안의 팔을 붙잡았다.

황제가 단주를 데리고 사냥터로 향했다는 이야기가 돌았다. 영이 받은 명령은 적당한 시기가 왔을 때 지안을 황궁 밖으로 빼내라는 것이었다. 움직이라는 명령은 없었지만 황제가 사냥을 나간 지금이 움직이기에 최적의 시기였다.

"제하가…… 그 사람이 어떻게 황제의 발을 잡고 있다는 거죠?"

"우선 나가세요. 나가신 후에 말씀드릴게요."

말을 얼버무리는 영의 행동에 지안의 눈이 날카로워졌다. 서둘러야 한다며 나가려는 영의 팔을 붙잡았다. 무언가를 느낀 지안의 행동에 영이 작게 숨을 내쉬었다.

"처음이자 마지막으로 드리는 부탁입니다. 우선 황궁을 나간 후에 확실히 설명해 드릴게요. 단주님께서는 괜찮으실 거예요. 대신들이 입궁할 시간이 되니 사도께서 움직이실 거예……."

더는 영의 말이 들리지 않았다.

지안의 머릿속을 채운 것은 지난밤, 분노로 이성을 잃은 황제가 그녀에게 마지막으로 했던 말이었다.

"네 앞에 제하, 그놈의 목을 보여 주마."

한번 마음먹으면 반드시 원하는 것을 이루는 황제였다.

황제가 제하를 죽이려 한다. 죽였던 황태자가 다시 자신의 앞에 모습을 드러냈으니 이번에야말로 목을 베어 화근을 없애려 할 것이다. 독의 효과가 완전히 일어나려면 아직 시간이 필요했다.

"아가씨. 이러실 시간이 없어요! 단주님께서 걱정 말라고 하셨으니 어서요!"

영의 재촉하는 목소리가 멀리서 들려오는 것처럼 울렸다.

지안의 눈이 재촉하는 영을 물끄러미 바라보았다.

"황제는 제하를 죽일 거예요."

"아가씨가 생각하시는 것보다 단주님께서는 강하세요. 도리어 이러시다가 아가씨께서 다시 잡히기라도 하신다면 일은 더 복잡하게 되어요."

"황제의 사냥터에 끌려간 건 제하 혼자잖아요."

"아가씨."

모르는 척 속아 주면 좋으련만, 지안은 영의 짧은 말에서 빠져 있는 것을 단번에 찾아냈다.

자세한 상황은 영도 알 수 없었지만, 제하가 홀로 황제의 사냥터로 끌려갔다는 것은 알고 있었다. 어차피 그녀가 받은 명령은 지안을 황궁 밖으로 무사히 내보내는 것까지였다. 단주는 굳이 생각하지 않아도 자신이 알아서 잘 해결할 사람이었다.

영을 노예의 신분에서 빼 준 사람은 제하였지만 그녀에게 호의를 베푼 사람은 지안이었다. 더군다나 영이 보기에도 지안의 상태는 좋지 않았다. 서둘러 치료부터 받게 해야 했다.

"어차피 지금 가셔도 단주님이 어디에 있는지 알 수 없어요. 그리고 아가씨께서 가신다 한들 단주님을 빼 올 방법은 없어요."

"……."

"복수를 하시려면 우선 나가셔야 해요. 황궁 밖에 계시면 단주님은 꼭 오실 거예요. 몸도 좋지 않으니 서둘러 나가셔서 치료부터 받으세요."

영의 말에 지안의 눈이 떨렸다.

어차피 삶의 미련은 없었다. 독의 효과는 나타나고 있었고,

잠시 후면 황제 또한 몸의 변화를 느낄 수 있을 것이다.

죽는 건 이제 무섭지 않았다.

"아가씨?"

영의 물음에 지안이 자신의 손을 바라보았다.

언제부터인지 그녀의 손이 파르르 떨리고 있었다.

죽는 건 무섭지 않았지만 제하가 잘못되는 것은 무서웠다.

그가 아니었다면 여기까지 오지 못했다. 그가 아니었다면 이렇게까지 버티지 못했을 것이다.

그가 아니었다면.

그가…… 아니었다면…….

"남복으로 갈아입어야겠어요. 미안하지만 그쪽에 있는 나무 비녀 좀 주겠어요?"

"아가씨. 그냥 가셔도 돼요. 이미 모든 준비가……."

"영. 난 가지 않아요."

"아가씨!"

"황제와 난 같은 독약을 먹었어요. 두 시진 후면 토혈이 시작될 거예요."

지안의 말에 영의 눈이 커졌다. 영의 옆에 놓여 있던 나무 비녀의 마개를 열자 흑색의 가루가 모습을 드러냈다. 마치 독처럼 생긴 가루에 놀란 영이 막으려 하자, 그녀를 진정시킨 지안이 가루의 절반을 입안에 털어 넣었다.

울렁거렸던 속이 천천히 가라앉는 것이 느껴졌다. 완전히 해독되었는지는 알 수 없었지만, 적어도 제하에게 갈 만한 시간의 여유는 벌었다.

절반의 해약이 남은 비녀를 지안이 영에게 건넸다. 얼떨결에 받아 든 영이 영문을 알 수 없는 눈으로 그녀를 쳐다보았다.

"반대편의 연주황색 가루는 독, 지금 본 검은 가루는 해약이에요. 그걸 가지고 황궁의 입구에서 기다리고 있어요."

"이러시면 안 돼요. 자칫 아가씨도 위험해지실 수 있어요."

"복수가 살아 있는 사람의 희생으로 이루어지면 안 돼요."

지안의 말에 영이 하려던 말을 멈추었다.

"내 복수는 실패예요."

제하가 죽은 후, 황제가 죽는다면 그건 복수가 아니라 파국이었다.

자신의 복수와 제하의 목숨.

둘 중 하나를 선택해야 하는 상황이 올 줄은 생각지 못했다. 그런데 막상 상황을 직면하고 나니 스스로에게 놀랄 정도로 선택은 빨랐다.

"난 그 사람을 살려야 해요."

지안을 위해 일부러 황제에게 잡혔던 제하였다. 지안이 아니었다면 유유히 황궁을 빠져나가 후일을 도모했을 그였다. 얼마든지 도망칠 수 있었던 사람이 목숨이 위험해질 상황까지 가게 된 원인은 자신이었다.

모든 건 그녀를 살리기 위해서. 구 년을 준비해 온 일조차 위험에 빠뜨리면서까지 그는 그녀를 구하려 하였다.

"지금 제하를 살릴 사람은 나예요. 황제는 날 죽이지 못할 테니까."

피눈물을 쏟으며 결심했던 일을 버리면서도 지안은 담담했다. 아니, 어쩌면 담담한 척하는 것일지도 모른다. 눈치가 좋은 영이었지만 지금 지안에게서는 어떤 감정도 읽을 수 없었다.

"남복으로 갈아입을게요. 도와주세요. 영."

잠시 후, 준비를 마친 지안이 마련되어 있던 말에 올랐다.

영은 어느 사냥터인지 알 수 없다고 했지만, 지안은 황제가 있는 곳이 어디일지 알 것 같았다.

몸 안에 남아 있는 독 때문인지 머리가 지독히도 아팠다. 하지만 몸의 고통과는 반대로 사냥터로 향하는 지안의 정신은 맑았다.

문을 막는 병사들을 뚫으며 지안이 말을 재촉하였다.

❀ ❀ ❀

당신과 내가 같은 것을 꿈꿀 수는 있겠지요. 하지만 당신과 내가 꿈꾸는 결과가 같다고는 장담할 수 없습니다. 배려에는 감사드리지만 당신의 내민 손을 잡을 수는 없습니다.

황제의 복수를 위해 손을 잡자는 제하의 제안을 지안은 냉정히 거절하였다. 목적은 같았지만 가고자 하는 방향은 달랐던 사내. 힘이 없었기에 어쩔 수 없이 손을 잡았을 뿐이었던 사내.

언제부터 그를 마음에 담았었는지는 기억나지 않았다. 그저 허공을 맴돌던 시선이 그에게 향해 있었고, 공허했던 마음에 그가 전해 주는 온기와 배려가 점점 스며들었다.

목숨에 미련이 없다는 말을 꺼내고 꺼냈었다. 원수인 황제만 죽일 수 있다면 죽어도 상관없다고 생각했었다.

하지만 황제의 손에 제하가 죽을지도 모른다는 생각을 하는 순간, 지안이 옳다고 생각했던 전부가 산산이 무너져 내렸다.

말에서 내린 지안이 남아 있는 흔적을 뒤지며 거침없이 산을 오르기 시작하였다.

'죽지 마.'

오르면 오를수록 군데군데 보이는 핏자국에 얼굴이 창백해졌다.

여희가 죽어 있었던 모습이 아직도 선명했다. 그 순간을 생각하는 것만으로도 오한이 일었고, 자신도 모르게 몸이 떨렸다.

자신의 안에 그의 자리가 이다지도 컸던 것일까?

"아악!"

정신없이 산을 오르던 지안의 앞에 화살에 목이 꿰뚫려 죽은 사슴이 널브러져 있었다.

순간, 사슴이 제하의 모습으로 보여 지안은 그 자리에 주저앉았다. 순식간에 쏟아진 눈물이 얼굴선을 타고 흘러내렸다.

그저 죽은 사슴일 뿐, 제하가 아니었다.

"여희. 내 부탁 하나만 들어줘요."

자신 대신에 죽은 그녀에게 이런 부탁을 하는 것 자체가 잘못된 것일지도 모른다. 하지만 이 순간 지안이 간절히 부탁할 사람은 여희밖에 없었다. 자꾸 힘이 빠지는 몸을 억지로 일으킨 지안이 눈가에 고인 눈물을 닦아 냈다.

"그 사람 좀 살려 줘요."

여희를 죽게 만들어 놓고 이런 부탁을 하는 것 자체가 염치없는 짓이라는 것은 안다. 조금 전까지 삶의 미련 따위 없다며 자신을 놓으려고 했었던 것도 알고 있었다.

그녀를 살리기 위해 목숨까지 걸었던 그와는 달리, 제하를 외면하고, 황제를 죽이려는 생각만 하고 있었다. 목숨을 가벼이 여긴 벌일까? 그렇다면 이건 너무 잔인한 형벌이었다.

"내가 잘못했어요. 그 사람만 살려 줘요."

무슨 말을 하고 있는지조차 느껴지지 않았다. 코끝을 스치는 미세한 혈향이, 군데군데 흘러 있는 핏자국이 보일 때마다 심장이 터질 듯이 쿵쾅거렸다.

하지만 아무리 산을 뒤져도 제하의 흔적이나 수선스러운 소리는 들려오지 않았다. 시간이 흐를수록 피가 말라 갔다. 가쁜 숨을 내쉬며 이리저리 산을 오르내렸지만 좀처럼 둘의 모습은 찾기 힘들었다.

"그 사람이 죽으면……."

말을 잇던 지안의 걸음이 제자리에서 멈추었다.

무섭다.

죽은 그를 보는 것도, 죽어 있는 그의 앞에 서 있는 황제를 보는 것도, 그리고 그가 없는 세상에 또 혼자 남게 될 자신도 두려웠다.

"그 사람이 죽으면 난 진짜 살 자신이 없어요."

삶에 미련이 없다는 말 따위 전부 거짓이었다. 황제만 죽으면 자신은 어떻게 되든 상관없다는 말 또한 결국 허상일 뿐이었다.

"살고 싶어요."

많은 사람의 목숨을 대가로 살아남은 그녀가 삶의 즐거움을 누리며 행복하게 살 자격 따위 없다는 것은 알고 있었다.

그래도 생애에 한 번, 딱 한 번만 욕심을 부려 보고 싶었다.

"여희. 그 사람과 함께…… 살고 싶어졌어요."

지안이 멈춘 자리, 가벼운 바람이 불었다.

두려움에 맺힌 땀을 닦아 내듯 지안의 얼굴을 어루만지고 간 바람 사이로 날카로운 파공음이 섞여 들려왔다. 지안의 고개가 파공음이 들려오는 쪽으로 향하였다.

생각보다 먼저 몸이 움직였다.

날카로운 나뭇가지에 얼굴을 스쳐도, 허둥대며 달려가다 넘어지면서 베이고 까진 상처의 아픔도 느껴지지 않았다.

"아!"

공포로 얼룩져 있던 지안의 눈동자에 처음으로 빛이 감돌았다.

상처에서 흘러내리는 피로 위태로운 상황이었지만 그는 살아 있었다.

그가 죽었을지도 모른다는 두려움이 사라진 자리, 제하를 지켜야 한다는 절박함이 스며들었다.

곳곳에 숨어 있는 흑관과 황제가 겨누는 화살 따위 두렵지 않았다.

쓰러져 있는 제하의 앞을 지안이 막아섰다.

하권에 계속…….